文春文庫

刺青　痴人の愛
麒麟　春琴抄

谷崎潤一郎

文藝春秋

目次

谷崎潤一郎（1954年5月）

刺青　痴人の愛　麒麟　春琴抄

＊収録作品は『現代日本文学館　16　谷崎潤一郎Ⅰ』（一九六六年四月　文藝春秋）を底本としました。

＊原文の品位、格調を守りながら、現代かなづかいに改めたほか、漢字をひらがなに直している個所があります。また、本書のなかには、今日の観点からみると差別的表現ないし差別的表現ととられかねない個所があります。しかし、作者の意図は、決して差別を助長するものではないこと、また筆者がすでに故人であるという事情に鑑み、表現の削除、変更はあえて行いませんでした。読者各位のご賢察をお願い申し上げます。

＊側注は『現代日本文学館　16』の稲垣達郎氏「注解」に、年譜は『現代日本文学館　18　谷崎潤一郎Ⅲ』（一九六八年四月　文藝春秋）の同氏「年譜」に編集部が加筆しました。

刺青（しせい）

それはまだ人々が「愚」と云う貴い徳を持っていて、世の中が今のように激しく軋み合わない時分であった。殿様や若旦那の長閑な顔が曇らぬように、御殿女中や*華魁の笑いの種が尽きぬようにと、饒舌を売るお茶坊主だの幇間だのと云う職業が、立派に存在して行けたほど、世間がのんびりしていた時分であった。女定九郎、女*自雷也、女*鳴神、――当時の芝居でも草双紙でも、すべて美しい者は強者であり、醜い者は弱者であった。誰も彼も挙って美しからんと努めた揚句は、天稟の体へ絵の具を注ぎ込むまでになった。芳烈な、或は絢爛な、線と色とがその頃の人々の肌に躍った。

*馬道を通うお客は、見事な刺青のある駕籠舁を選んで乗った。吉原、*辰巳の女も美しい刺青の男に惚れた。博徒、鳶の者はもとより、町人から稀には侍なども入墨をした。時々両国で催される刺青会では参会者おのおの肌を叩いて、互いに奇抜な意匠を誇り合い、評しあった。

清吉と云う若い刺青師の腕ききがあった。浅草のちゃり文、松島町の奴平、こんこん次郎などにも劣らぬ名手であると持て囃されて、何十人の人の肌は、彼の絵筆の下に絖地となって拡げられた。刺青会で好評を博す刺青の多くは彼の手になったものであった。達磨金はぼかし刺が得意と云われ、唐草権太は朱刺の名手と讃えられ、清吉は又奇警な構図と妖艶な線とで名を知られた。

もと豊国国貞の風を慕って、浮世絵師の渡世をしていただけに、刺青師に堕落してからの清吉にもさすが画工らしい良心と、鋭感とが残っていた。彼の心を惹きつけるほどの皮膚と骨組みとを持つ人でなければ、彼の刺青を購う訳には行かなかった。たまたま描いて貰えるとしても、一切の構図と費用とを彼の望むがままにして、その上堪え難

華魁　主に江戸で用いられた遊女の称。妹分の女やかむろ達が「おいらの姉さん」というのを縮めて呼んだのにもとづくという。明和年間（1764—1772）頃から一般化して、遊女全般に用いられるようになった。　**女自雷也**　東里山人作、春扇画の草双紙「聞説女自来也」文政三年（1820）刊行などがある。　**女鳴神**　歌舞伎の「鳴神」の主役を女に翻案したもの。元禄九年（1696）に江戸中村座で上演されて以来、後世までしばしば上演された。　**馬道**　今の東京都台東区浅草馬道。吉原遊廓へ行く途中にあって、遊客が馬（遊興費の取立て役）を連れて歩いたところからきたという。　**辰巳**　江戸深川の遊里のこと。江戸城のたつみ（東南）にあった。　**絖地**　繻子織の絹布の一種。絵絹そのほか装飾品に使用する。　**豊国**　初代歌川豊国。明和六年—文政八年（1769—1825）。浮世絵師。歌川豊春の門下で、役者絵で人気をさらった。錦絵のほかに版本の絵を描き、また京伝、三馬、馬琴などの挿絵も少なくない。　**国貞**　初代歌川国貞。天明六年—元治元年（1786—1864）。浮世絵師。豊国の門下で、のち二代目豊国をついだ。

い針先の苦痛を、一と月も二た月もこらえねばならなかった。

この若い刺青師の心には、人知らぬ快楽と宿願とが潜んでいた。彼が人々の肌を針で突き刺す時、真紅に血を含んで脹れ上る肉の疼きに堪えかねて、大抵の男は苦しき呻き声を発したが、その呻きごえが激しければ激しいほど、彼は不思議に云い難き愉快を感じるのであった。刺青のうちでも殊に痛いと云われる朱刺、ぼかしぼり、――それを用うることを彼は殊更喜んだ。一日平均五六百本の針に刺されて、色上げを良くするため湯へ浴って出て来る人は、皆半死半生の体で清吉の足下に打ち倒れたまま、暫くは身動きさえも出来なかった。その無残な姿をいつも清吉は冷やかに眺めて、

「嘸お痛みでがしょうなあ」

と云いながら、快さそうに笑っている。

意気地のない男などが、まるで知死期の苦しみのように口を歪め歯を喰いしばり、ひいひいと悲鳴をあげることがあると、彼は、

「お前さんも江戸っ児だ。辛抱しなさい。――この清吉の針は飛び切りに痛えのだから」

こう云って、涙にうるむ男の顔を横目で見ながら、かまわず刺って行った。また我慢づよい者がグッと胆を据えて、眉一つしかめず怺えていると、

「ふむ、お前さんは見掛けによらねえ突っ張者だ。――だが見なさい、今にそろそろ疼き出して、どうにもこうにもたまらないようになろうから」

と、白い歯を見せて笑った。

彼の年来の宿願は、光輝ある美女の肌を得て、それへ己れの魂を刺り込むことであった。その女の素質と容貌とに就いては、いろいろの注文があった。啻に美しい顔、美しい肌とのみでは、彼はなかなか満足することが出来なかった。江戸中の色町に名を響かせた女と云う女を調べても、彼の気分に適った味わいと調子とは容易に見つからなかった。まだ見ぬ人の姿かたちを心に描いて、三年四年は空しく憧れながらも、彼はなおその願いを捨てずにいた。

ちょうど四年目の夏のとあるゆうべ、深川の料理屋平清の前を通りかかった時、彼はふと門口に待っている駕籠の簾のかげから真っ白な女の素足のこぼれているのに気がついた。鋭い彼の眼には、人間の足はその顔と同じように複雑な表情を持って映った。その女の足は、彼に取っては貴き肉の宝玉であった。拇指から起って小指に終る繊細な五本の指の整い方、絵の島の海辺で獲れるうすべに色の貝にも劣らぬ爪の色合い、珠のような踵のまる味、清冽な岩間の水が絶えず足下を洗うかと疑われる皮膚の潤沢。この足こそは、やがて男の生血に肥え太り、男のむくろを蹈みつける足であった。この足を持つ女こそは、彼が永年たずねあぐんだ、女の中の女であろうと思われた。清吉は躍りたつ胸をおさえて、その人の顔が見たさに駕籠の後を追いかけたが、二三町行くと、もうその影は見えなかった。

清吉の憧れごこちが、激しき恋に変ってその年も暮れ、五年目の春も半ば老い込んだ或る日の朝であった。彼は深川佐賀町の寓居で、房楊枝をくわえながら、錆竹の濡れ縁に万年青の鉢を眺めていると、庭の裏木戸を訪うけはいがして、袖垣のかげから、ついぞ見馴れぬ小娘がはいって来た。

それは清吉が馴染の辰巳の*芸妓から寄こされた使の者であった。

「姐さんからこの羽織を親方へお手渡しして、何か裏地へ絵模様を画いて下さるようにお頼み申せって……」

と、娘は鬱金の風呂敷をほどいて、中から*岩井杜若の似顔画の*たとうに包まれた女羽織と、一通の手紙とを取り出した。

その手紙には羽織のことをくれぐれも頼んだ末に、使の娘は近々に私の妹分として御座敷へ出る筈故、私のことも忘れずにこの娘も引き立ててやって下さいと認めてあった。

「どうも見覚えのない顔だと思ったが、それじゃお前はこの頃こっちへ来なすったのか」

こう云って清吉は、しげしげと娘の姿を見守った。年頃は漸う十六か七かと思われたが、その娘の顔は、不思議にも長い月日を色里に暮らして、幾十人の男の魂を弄んだ年増のように物凄く整っていた。それは国中の罪と財との流れ込む都の中で、何十年の昔から生き代り死に代ったみめ麗しい多くの男女の、夢の数々から生れ出ずべき器量であった。

「お前は去年の六月ごろ、平清から駕籠で帰ったことがあろうがな」

こう訊ねながら、清吉は娘を縁へかけさせて、*備後表の台に乗った巧緻な素足を仔細に眺めた。

「ええ、あの時分なら、まだお父さんが生きていたから、平清へもたびたびまいりましたのさ」

と、娘は奇妙な質問に笑って答えた。

「ちょうどこれで足かけ五年、己はお前を待っていた。顔を見るのは始めてだが、お前の足にはおぼえがある。――お前に見せてやりたいものがあるから、上ってゆっくり遊んで行くがいい」

と、清吉は暇を告げて帰ろうとする娘の手を取って、大川の水に臨む二階座敷へ案内した後、巻物を二本とり出して、まずその一つを娘の前に繰り展げた。

それは古の暴君*紂王の寵妃、*末喜を描いた絵であった。瑠璃珊瑚を鏤めた金冠の重さに得堪えぬなよやかな体を、ぐったり勾欄に靠れて、羅綾の裳裾を階の中段にひるがえし、右手に大杯を傾けながら、今しも庭前に刑せられんとする犠牲の男を眺めている妃の風情と云い、鉄の鎖で四肢を銅柱へ縛いつけられ、最後の運命を待ち構えつつ、妃の前に頭をうなだれ、眼を閉じた男の顔色と云い、物凄いまでに巧に描かれていた。

芸妓　深川の芸妓が文化文政（1804―1830）の頃、羽織を着て宴席に出たところから羽織芸者と呼ばれ、独得な風俗として有名になった。　**岩井杜若**　五代目岩井半四郎の天保三年（1832）以後の芸名。名女形と謳われた。　**たとう**　畳紙の略。厚紙を折って作り、衣類などを入れるようにしたもの。　**備後表**　備後国（広島県）から産出する上質の畳表。ここではそれを表に貼った履物。　**紂王**　中国古代の王国殷の最後の君主。酒色にふけり、虐政を行なった。周の武王に妃の妲己もろとも滅ぼされた。夏の桀王とともに代表的な悪徳天子とされている。　**末喜**　妲己のこと。きわめて淫蕩残忍な女で、毒婦の代表とされている。

娘は暫くこの奇怪な絵の面を見入っていたが、知らず識らずその瞳は輝きその唇は顫えた。怪しくもその顔はだんだんと妃の顔に似通って来た。娘はそこに隠れたる真の「己」を見出した。

「この絵にはお前の心が映っているぞ」

こう云って、清吉は快げに笑いながら、娘の顔をのぞき込んだ。

「どうしてこんな恐ろしいものを、私にお見せなさるのです」

と、娘は青褪めた額を擡げて云った。

「この絵の女はお前なのだ。この女の血がお前の体に交っている筈だ」

と、彼は更に他の一本の画幅を展げた。

それは「肥料」と云う画題であった。画面の中央に、若い女が桜の幹へ身を倚せて、足下に累々と斃れている多くの男たちの屍骸を見つめている。女の身辺を舞いつつ凱歌をうたう小鳥の群、女の瞳に溢れたる抑え難き誇りと歓びの色。それは戦の跡の景色か、花園の春の景色か。それを見せられた娘は、われとわが心の底に潜んでいた何物かを、探りあてたる心地であった。

「これはお前の未来を絵に現わしたのだ。ここに斃れている人たちは、皆これからお前のために命を捨てるのだ」

こう云って、清吉は娘の顔と寸分違わぬ画面の女を指さした。

「後生ですから、早くその絵をしまって下さい」

と、娘は誘惑を避けるが如く、画面に背いて畳の上へ突俯したが、やがて再び唇をわななかした。

「親方、白状します。私はお前さんのお察し通り、その絵の女のような性分を持っていますのさ。――だからもう堪忍して、それを引っ込めておくんなさい」

「そんな卑怯なことを云わずと、もっとよくこの絵を見るがいい。それを恐ろしがるのも、まあ今のうちだろうよ」

こう云った清吉の顔には、いつもの意地の悪い笑いが漂っていた。

しかし娘の頭は容易に上らなかった。襦袢の袖に顔を蔽うていつまでも突俯したまま、

「親方、どうか私を帰しておくれ。お前さんの側にいるのは恐ろしいから」

と、幾度か繰り返した。

「まあ待ちなさい。己がお前を立派な器量の女にしてやるから」

と云いながら清吉は何気なく娘の側に近寄った。彼の懐には嘗て和蘭医から貰った麻睡剤の壜が忍ばせてあった。

日はうららかに川面を射て、八畳の座敷は燃えるように照った。水面から反射する光線が、無心に眠る娘の顔や、障子の紙に金色の波紋を描いてふるえていた。部屋のしきりを閉て切って刺青の道具を手にした清吉は、暫くは唯恍惚としてすわっているばかりであった。彼は今始めて女の妙相をしみじみ味わうことが出来た。その動かぬ顔に相対して、十年百年この一室に静坐するともなお飽くことを知るまいと思われた。古*のメムフィスの民が、荘厳なる埃及の天地を、ピラミッドとスフィンクスとで飾ったように、

清吉は清浄な人間の皮膚を、自分の恋で彩ろうとするのであった。

やがて彼は左手の小指と無名指と拇指の間に挿んだ絵筆の穂を、娘の背にねかせ、その上から右手で針を刺して行った。若い刺青師の霊は墨汁の中に溶けて、皮膚に滲んだ。焼酎に交ぜて刺り込む琉球朱の一滴々々は、彼の命のしたたりであった。彼はそこに我が魂の色を見た。

いつしか午も過ぎて、のどかな春の日は漸く暮れかかったが、清吉の手は少しも休まず、女の眠りも破れなかった。娘の帰りの遅きを案じて迎いに出た箱屋までが、

「あの娘ならもう疾うに帰って行きましたよ」

と云われて追い返された。月が対岸の土州屋敷の上にかかって、夢のような光が沿岸一帯の家々の座敷に流れ込む頃には、刺青はまだ半分も出来上らず、清吉は一心に蠟燭の心を掻き立てていた。

一点の色を注ぎ込むのも、彼に取っては容易な業でなかった。さす針、ぬく針の度毎に深い吐息をついて、自分の心が刺されるように感じた。針の痕は次第々々に巨大な女郎蜘蛛の形象を具え始めて、再び夜がしらしらと白み初めた時分には、この不思議な魔性の動物は、八本の肢を伸ばしつつ、背一面に蟠った。

春の夜は、上り下りの河船の櫓声に明け放れて、朝風を孕んで下る白帆の頂から薄らぎ初める霞の中に、中洲、箱崎、霊岸島の家々の甍がきらめく頃、清吉は漸く絵筆を擱いて、娘の背に刺り込まれた蜘蛛のかたちを眺めていた。その刺青こそは彼が生命のすべてであった。その仕事をなし終えた後の彼の心は空虚であった。

二つの人影はそのまま稍〻暫く動かなかった。そうして、低く、かすれた声が部屋の四壁にふるえて聞えた。

「己はお前をほんとうの美しい女にするために、刺青の中へ己の魂をうち込んだのだ、もう今からは日本国中に、お前に優る女はいない。お前はもう今までのような臆病な心は持っていないのだ。男と云う男は、皆なお前の肥料になるのだ。……」

その言葉が通じたか、かすかに、糸のような呻き声が女の唇にのぼった。娘は次第々々に知覚を恢復して来た。重く引き入れては、重く引き出す肩息に、蜘蛛の肢は生けるが如く蠕動した。

「苦しかろう。体を蜘蛛が抱きしめているのだから」

こう云われて娘は細く無意味な眼を開いた。その瞳は夕月の光を増すように、だんだんと輝いて男の顔に照った。

「親方、早く私に背の刺青を見せておくれ、お前さんの命を貰った代りに、私は嘸美しくなったろうねえ」

娘の言葉は夢のようではあったが、しかしその調子にはどこか鋭い力がこもっていた。

「まあ、これから湯殿へ行って色上げをするのだ。苦しかろうがちッと我慢をしな」

と、清吉は耳元へ口を寄せて、労わるように囁いた。

「美しくさえなるのなら、どんなにでも辛抱して見せましょうよ」

一

メムフィス　Memphis　エジプトに最初の統一王朝を打ち建てたメネス王によって建設された最古の首都。ナイル川のデルタの南端付近にあった。

と、娘は身内の痛みを抑えて、強いて微笑んだ。

「ああ、湯が滲みて苦しいこと。……親方、後生だから私を打っ捨って、二階へ行って待っていておくれ、私はこんな悲惨なざまを男に見られるのが口惜しいから」

娘は湯上りの体を拭いもあえず、いたわる清吉の手をつきのけて、激しい苦痛に流しの板の間へ身を投げたまま、魘される如くに呻いた。気狂じみた髪が悩ましげにその頰へ乱れた。女の背後には鏡台が立てかけてあった。真っ白な足の裏が二つ、その面へ映っていた。

昨日とは打って変った女の態度に、清吉は一と方ならず驚いたが、云われるままに独り二階に待っていると、凡そ半時ばかり経って、女は洗い髪を両肩へすべらせ、身じまいを整えて上って来た。そうして苦痛のかげもとまらぬ晴れやかな眉を張って、欄干に靠れながらおぼろにかすむ大空を仰いだ。

「この絵は刺青と一緒にお前にやるから、それを持ってもう帰るがいい」

こう云って清吉は巻物を女の前にさし置いた。

「親方、私はもう今までのような臆病な心を、さらりと捨ててしまいました。――お前さんは真先に私の肥料になったんだねえ」

と、女は剣のような瞳を輝かした。その耳には凱歌の声がひびいていた。

「帰る前にもう一遍、その刺青を見せてくれ」

清吉はこう云った。

女は黙って頷いて肌を脱いだ。折から朝日が刺青の面にさして、女の背は燦爛とした。

麒麟（きりん）

*鳳兮。鳳兮。何徳之衰。
往者不可諫。来者猶可追。已而。已而。今之従政者殆而。

西暦紀元前四百九十三年。*左丘明、*孟軻、*司馬遷等の記録によれば、*魯の定公が十三年目の*郊の祭を行われた春の始め、孔子は数人の弟子たちを車の左右に従えて、その故郷の魯の国から伝道の途に上った。
*泗水の河の畔には、芳草が青々と芽ぐみ、*防山、*尼丘、*五峯の頂の雪は溶けても、沙漠の砂を摑んで来る*匈奴のような北風は、いまだに烈しい冬の名残を吹き送った。元気のよい*子路は紫の貂の裘を翻して、一行の先頭に進んだ。考え深い眼つきをした*顔淵、篤実らしい風采の*曾参が、麻の履を穿いてその後に続いた。正直者の御者の*樊遅は、*駟馬の銜を執りながら、時々車上の夫子が老顔を窃み視て、傷ましい放浪の師の身の上に涙を流した。

鳳兮。……　論語微子篇にある。鳳よ。高貴な鳥である鳳のように高貴なあなたよ、なぜこのように威光が衰えたのか。過去は是正できないが、未来はできる。やめた、やめた。今の政治家になるのは、あぶないぞ、の意。楚の国の狂人接輿というものが、こう歌いながら孔子の前を通ったので、孔子はこの者と言葉を交わそうとしたが、接輿は避けてしまったという。　**左丘明**　春秋時代（紀元前五世紀頃）の魯の国の学者。孔子の門弟。「春秋左氏伝」の作者といわれる。　**孟軻**　（B. C. 390—305）軻は名、孟子のこと。戦国時代の儒者で、鄒の人。孔子の孫、子思の門人に学び、孔子の説を継承発展させ、性善説を唱えた。　**司馬遷**（B. C. 145—B. C. 86）前漢の史家。夏陽の人。代々歴史家の家に生まれ、父の死後、その職を受け継いで、修史の業の完成につとめた。李陵が匈奴に降ったのを弁護したため、武帝の怒りにふれ、宮刑を受けたが、発憤して「史記」の編成に没頭した。「史記」は百三十巻。上古以来武帝までの歴史を述べたもので、紀伝体、中国正史のはじめとなった。　**魯の定公**　魯は春秋時代の一国。周の武王の弟を開祖とし、三十四世、八百六十八年間続いた。定公はその二十四世の君主。　**郊の祭**　天地の祭祀。　**泗水**　山東省にある河。　**防山**　山東省曲阜県の東にある山。孔子が父母を葬った所。　**尼丘**　山東省曲阜県の東南にある山。孔子はこの山に禱って生れたので、名を丘、字を仲尼といった。　**五峯**　山東省清県の東南にある山。　**匈奴**　紀元前三世紀から五世紀にかけて漢民族をおびやかした北方の遊牧民族。　**子路**（B. C. 542—B. C. 481）衛の儒者。本名は仲由。孔子の弟子。粗野で果断な性質だったという。孔子にその率直な性質を愛された。　**顔淵**　孔子の高弟。魯の人。名は回、字は子淵。孔子の弟子中、最も学才、徳行がすぐれ、孔子に最も愛された。三十二歳で没した。　**曾参**　孔子の弟子。魯の人。名は参、字は子輿。孝行で名高かった。　**樊遅**　孔子の弟子。字は子遅。　**駟馬**　一台の車をひく四頭の馬。

或る日、いよいよ一行が、魯の国境までやって来ると、誰も彼も名残惜しそうに、故郷の方を振り顧ったが、通って来た路は亀山の蔭にかくれて見えなかった。すると孔子は琴を執って、

　われ魯を望まんと欲すれば、
　亀山之を蔽ひたり。
　手に斧柯なし、
　亀山を奈何にせばや。

こう云って、さびた、皺嗄れた声でうたった。

　それからまた北へ北へと三日ばかり旅を続けると、ひろびろとした野に、安らかな、屈托のない歌の声が聞えた。それは鹿の裘に索の帯をしめた老人が、畦路に遺穂を拾いながら、唄っているのであった。

「由や、お前にはあの歌がどう聞える。」

と、孔子は子路を顧みて訊ねた。

「あの老人の歌からは、先生の歌のような哀れな響が聞えません。大空を飛ぶ小鳥のような、恣な声で唄うております。」

「さもあろう。彼こそ古の老子の門弟じゃ。林類と云うて、もはや百歳になるであろうが、あの通り春が来れば畦に出て、何年となく歌を唄うては穂を拾うている。誰かあすこへ行って話をしてみるがよい。」

こう云われて、弟子の一人の子貢は、畑の畔へ走って行って老人を迎え、尋ねて云うには、

「先生は、そうして歌を唄うては、遺穂を拾っていらっしゃるが、何も悔いるところはありませぬか。」

しかし、老人は振り向きもせず、余念もなく遺穂を拾いながら、一歩一歩に歌を唄って止まなかった。子貢がなおもその跡を追うて声をかけると、漸く老人は唄うことをやめて、子貢の姿をつくづくと眺めた後、

「わしに何の悔があろう。」

と云った。

「先生は幼い時に行を勤めず、長じて時を競わず、老いて妻子もなく、漸く死期が近づ

亀山　山東省新泰県の西南にある山。**われ魯を望まんと……**　亀山の魯を蔽うというのは、魯の大夫、季桓子を亀山にたとえたもの。魯の国の強大になることをおそれた斉国は、うつくしい舞姫八十人を、百二十四の馬とともに魯君におくった。季桓子は、その楽しみにふけって三日間政治を怠った。孔子はこれを怒り、辞職して、衛の国へ向う。亀山が魯を蔽うとは、季桓子が魯国をそこない、孔子を魯国から隔てたということを意味している。「手に斧柯なし、亀山を奈何にせばや」とは、季桓子に対しどのようにすればよいか、つまり、魯国をどうしたらよいのか、という嘆きが含まれていると見られる。ここでは、単なる望郷の歌として用いられているようであるが。　**由**　前出「子路」参照。　**子貢**　孔子の弟子。姓名は端木賜。衛の人、孔門中随一の政治家。富者で子路とともに孔子の重要な相談相手だった。のち魯、衛の宰相となった。

いているのに、何を楽しみに穂を拾っては、歌を唄うておいでなさる。」

するとと老人は、からからと笑って、

「わしの楽しみとするものは、世間の人が皆持っていて、却って憂としている。幼い時に行を勤めず、長じて時を競わず、老いて妻子もなく、漸く死期が近づいている。それだからこのように楽しんでいる。」

「人は皆長寿を望み、死を悲しんでいるのに、先生はどうして、死を楽しむことが出来ますか。」

と、子貢は重ねて訊いた。

「死と生とは、一度往って一度反るのじゃ。ここで死ぬのは、彼処で生れるのじゃ。わしは、生を求めて齷齪するのは惑じゃと云うことを知っている。今死ぬるも昔生れたのと変りはないと思うている。」

老人はかく答えて、また歌を唄い出した。子貢には言葉の意味が解らなかったが、戻って来てそれを師に告げると、

「なかなか話せる老人であるが、しかしそれはまだ道を得て、至り尽さぬ者と見える。」

と、孔子が云った。

それからまた幾日も幾日も、長い旅を続けて、箕水の流を渉った。夫子が戴く緇布の冠は埃にまびれ、狐の裘は雨風に色褪せた。

「魯の国から孔丘と云う聖人が来た。あの人は暴虐な私たちの君や妃に、幸いな教えと賢い政とを授けてくれるであろう。」

*衛の国の都に入ると、巷の人々はこう云って一行の車を指した。その人々の顔は饑と疲に羸せ衰え、家々の壁は嗟きと愁しみの色を湛えていた。その国の麗しい花は、宮殿の妃の眼を喜ばすために移し植えられ、肥えたる豕は、妃の舌を培うために召し上げられ、のどかな春の日が、灰色のさびれた街を徒に照らした。そうして、都の中央の丘の上には、五彩の虹を繍い出した宮殿が、血に飽いた猛獣の如くに、屍骸のような街を瞰下していた。その宮殿の奥で打ち鳴らす鐘の響は、猛獣の嘯くように国の四方へ轟いた。

「由や、お前にはあの鐘の音がどう聞える。」

と、孔子はまた子路に訊ねた。

「あの鐘の音は、天に訴えるような果敢ない先生の調とも違い、天にうち任せたような自由な林類の歌とも違って、天に背いた歓楽を讃える、恐ろしい意味を歌うております。」

「さもあろう。あれは昔衛の*襄公が、国中の財と汗とを絞り取って造らせた、林鐘と云うものじゃ。その鐘が鳴る時は、御苑の林から林へ反響して、あのような物凄い音を出す。また暴政に苛まれた人々の呪と涙とが封じられていて、あのような恐ろしい音を出

衛　春秋時代の列国の一つ。国祖は周の武王の弟、康叔である。今の河北省大名府開州以西、河南省衛輝府、懐慶府にわたる地。四十二世君角のとき、秦に滅ぼされた。　**襄公**　衛の二十四世の君主。

す。」

と、孔子が教えた。

衛の君の霊公は、国原を見晴るかす霊台の欄に近く、雲母の硬屏、瑪瑙の榻を運ばせて、青雲の衣を纏い、白霓の裳裾を垂れた夫人の南子と、香の高い秬鬯を酌み交わしながら、深い霞の底に眠る野山の春を眺めていた。

「天にも地にも、うららかな光が泉のように流れているのに、なぜ私の国の民家では美しい花の色も見えず、快い鳥の声も聞えないのであろう。」

こう云って、公は不審の眉を顰めた。

「それはこの国の人民が、わが公の仁徳と、わが夫人の美容とを讃えるあまり、美しい花とあれば、悉く献上して宮殿の園生の牆に移し植え、国中の小鳥までが、一羽も残らず花の香を慕うて、園生のめぐりに集るためでございます。」

と、君側に控えた宦者の雍渠が答えた。するとその時、さびれた街の静かさを破って、霊台の下を過ぎる孔子の車の玉鑾が珊珊と鳴った。

「あの車に乗って通る者は誰であろう。あの男の額は堯に似ている。あの男の目は舜に似ている。あの男の項は皐陶に似ている。肩は子産に類し、腰から下が禹に及ばぬこと三寸ばかりである。」

と、これも側に伺候していた将軍の王孫賈が、驚きの眼を見張った。

「しかし、まああの男は、何と云う悲しい顔をしているのだろう。将軍、卿は物識だから、あの男がどこから来たのか、妾に教えてくれたがよい。」

こう云って、南子夫人は将軍を顧み、走り行く車の影を指した。

「私は若き頃、諸国を遍歴しましたが、周の史官を務めていた老耼と云う男のほかには、まだあれほど立派な相貌の男を見たことがありませぬ。あれこそ、故国の政に志を得ないで、伝道の途に上った魯の聖人の孔子であろう。その男の生れた時、魯の国には麒

霊公　衛の二十五世の君主。**霊台**　天文、雲気などを見る台。天文台。**榻**　腰掛。あるいは長くてせまく、低い寝台。**白霓**　霓はにじ。昔はこれを龍の一種と考え、雄を虹、雌を霓と書いた。白霓は白いにじのようなという意。**秬鬯**　くろきびと香草とを合わせて造った酒。**玉鑾**　鑾は君主などの馬車につける鈴。玉は美しいという形容語として用いられている。**堯**　古代の伝説上の聖天子。陶唐氏。治世中、天下は泰平で人民はその徳に服し、在位七十年で位を舜に譲った。**舜**　堯とならぶ伝説上の聖天子。そのすぐれた徳が天下に聞え、堯の二人の娘を妻として堯のあとを継いだ。有虞氏。**皐陶**　堯、舜に仕えた臣。舜の命を受けて士（訴訟、刑罰をつかさどる官の長）となり、大いに業績をあげた。**子産**　鄭の宰相。鄭の成公の末子。公孫僑。子産は字。仁徳が高く、孔子は彼に兄事したという。**禹**　古代の聖王。はじめ、堯、舜の臣。舜の命を受け司空（土地、民事をつかさどる官の長）となってめざましい業績をあげ、四海の内に舜の偉業がゆきわたるようにした。舜の推挙を受けて帝位を継ぎ、夏国の始祖となった。なお、「あの男の額は堯に似ている……禹に及ばぬこと三寸ばかりである」という言葉は、鄭の東門のところに、弟子達とはぐれてひとりで立っていた孔子を評した鄭人の言葉として、史記「孔子世家」に見える。ただしこの部分に続けて「その疲れはてた失意のさまは喪家の狗（野良犬）のようだ」とある。**老耼**　道家の始祖、老子のこと。

麟が現われ、天には和楽の音が聞えて、神女が天降ったと云う。その男は牛の如き唇と、虎の如き掌と、亀の如き背とを持ち、身の丈が九尺六寸あって、*文王の容体を備えていると云う。彼こそその男に違ありませぬ。」

　こう王孫賈が説明した。

「その孔子と云う聖人は、人に如何なる術を教える者である。」

と、霊公は手に持った盃を乾して、将軍に問うた。

「聖人と云う者は、世の中の凡べての智識の鍵を握っております。しかし、あの人は、専ら家を斉え、国を富まし、天下を平げる政の道を、諸国の君に授けると申します。」

　将軍が再びこう説明した。

「わたしは世の中の美色を求めて南子を得た。また四方の財宝を萃めてこの宮殿を造った。この上は天下に覇を唱えて、この夫人と宮殿とにふさわしい権威を持ちたく思うている。どうかしてその聖人をここへ呼び入れて、天下を平げる術を授かりたいものじゃ。」

と、公は卓を隔てて対している夫人の唇を覗った。何となれば、平生公の心を云い表わすものは、彼自身の言葉でなくって、南子夫人の唇から洩れる言葉であったから。

「妾は世の中の不思議と云う者に遇ってみたい。あの悲しい顔をした男が真の聖人なら、妾にいろいろの不思議を見せてくれるであろう。」

　こう云って、夫人は夢みる如き瞳を上げて、遥に隔たり行く車の跡を眺めた。

孔子の一行が*北宮の前にさしかかった時、賢い相を持った一人の官人が、多勢の供を従え、屈産の駟馬に鞭撻ち、*車の右の席を空けて、恭しく一行を迎えた。

「私は霊公の命をうけて、先生をお迎えに出た仲叔圉と申す者でございます。先生がこの度伝道の途に上られたことは、四方の国々までも聞えております。長い旅路に先生の翡翠の蓋は風に綻び、車の軛からは濁った音が響きます。願わくはこの新しき車に召し替えられ、宮殿に駕を枉げて、民を安んじ、国を治める先王の道を我等の公に授け給え。先生の疲労を癒やすためには、西圃の南に水晶のような温泉が沸々と沸騰っております。先生の咽喉を湿おすためには、御苑の園生に、芳ばしい柚、橙、橘が、甘い汁を含んで実っております。先生の舌を慰めるためには、*苑囿の檻の中に、肥え太った豕、熊、豹、牛、羊が蓐のような腹を抱えて眠っております。願わくは、二月も、三月も、一年も、十年も、この国に車を駐めて、愚な私たちの曇りたる心を啓き、盲いたる眼を開き給え。」

と、仲叔圉は車を下りて、慇懃に挨拶をした。

「私の望むところは、荘厳な宮殿を持つ王者の富よりは、*三王の道を慕う君公の誠であ

麒麟　中国で聖人の出る前の瑞兆として現われるとされている想像上の動物。　**文王**　紀元前十二世紀頃。周の王。名は昌。仁政をしき、徳望を集めた。殷の紂王に捕えられたが、赦され西伯の号を与えられて、西方を治め、周を強大にした。子の武王が殷を討って、周を創建した。　**北宮**　王宮の六宮の一つ。王宮の北にある。六宮とは、皇后の六つの宮殿。　**苑囿**　草木を植え、禽獣を飼う庭。　**車の右の席を空けて**　古代、座席の右の方を上とした。

ります。*万乗の位も*桀紂の奢のためにはなお足らず、百里の国も堯舜の政を布くに狭くはありませぬ。霊公がまことに天下の禍を除き、庶民の幸いを図る御志ならば、この国の土に私の骨を埋めても悔いませぬ。」

かく孔子が答えた。

やがて一行は導かれて、宮殿の奥深く進んだ。一行の黒塗の沓は、塵も止めぬ砥石の床に戛々と鳴った。

*摻々たる女手、
以て裳を縫う可し。

と、声をそろえて歌いながら、多数の女官が、梭の音たかく錦を織っている織室の前も通った。綿のように咲きこぼれた桃の林の蔭からは、苑囿の牛の懶げに呻る声も聞えた。

霊公は賢人仲叔圉のはからいを聴いて、夫人を始め一切の女を遠ざけ、歓楽の酒の沁みた唇を濯ぎ、衣冠正しく孔子を一室に招じて、国を富まし、兵を強くし、天下に王となる道を質した。

しかし、聖人は人の国を傷け、人の命を損う戦のことに就いては、一言も答えなかった。また民の血を絞り、民の財を奪う富のことに就いても教えなかった。そうして、軍事よりも、産業よりも、第一に道徳の貴いことを厳に語った。力をもって諸国を屈服する覇者の道と、仁をもって天下を懐ける王者の道との区別を知らせた。

「公がまことに王者の徳を慕うならば、何よりもまず私の慾に打ち克ち給え。」

これが聖人の誡(いましめ)であった。

その日から霊公の心を左右するものは、夫人の言葉でなくって聖人の言葉であった。朝(あした)には廟堂(びょうどう)に参して正しい政(まつりごと)の道を孔子に尋ね、夕(ゆうべ)には霊台に臨んで天文四時(てんもんしじ)の運行を、孔子に学び、夫人の閨(ねや)を訪れる夜とてはなかった。錦を織る織室の梭の音は、*六藝(りくげい)を学ぶ官人の弓弦(ゆづる)の音、蹄(ひづめ)の響、篳篥(ひちりき)の声に変った。一日、公は朝早く独(ひと)り霊台に上って、国中を眺めると、野山には美しい小鳥が囀(さえず)り、民家には麗しい花が開き、百姓は畑に出て公の徳を讃(たた)え歌いながら、耕作にいそしんでいるのを見た。公の眼(め)からは、熱い感激の涙が流れた。

「あなたは、何をそのように泣いていらっしゃる。」

その時、ふと、こう云う声が聞えて、魂をそそるような甘い香が、公の鼻を嬲(なぶ)った。それは南子夫人が口中に含む*鶏舌香(けいぜっこう)と、常に衣に振りかけている西域(せいいき)の香料、*薔薇水(しょうびすい)

三王　夏の禹王、殷の湯王、周の武王のこと。一説には、周の文王、武王をあわせて一つに数える。いずれも仁徳の備わった王。**万乗の位**　万乗（一万の兵車）を出動させられるくらいの大国の君主をいう。さらに転じて天子の意にも用いる。**桀紂**　桀王と紂王と。桀王は夏の最後の君主。百官を殺し、殷の湯王に放逐された。紂王は殷の最後の君主。妲己(だっき)を寵愛し、酒色に耽り、虐政を行った。周の武王に滅ぼされた。ともに暴君の代表である。**摻々**　手の細いことで、女子の手の形容。**六藝**　周代に士以上の必須科目と定められた。礼、楽、射、御、書、数の六種の技藝。**鶏舌香**　丁子(ちょうじ)の一種。その形が鶏の舌に似ているからこのようにいう。**薔薇水**　薔薇属の花を蒸溜して得たものをもとして作った香料。

の匂いであった。久しく忘れていた美婦人の体から放つ香気の魔力は、無残にも玉のような公の心に、鋭い爪を打ち込もうとした。

「どうぞお前のその不思議な眼で、私の瞳を睨めてくれるな。その柔い腕で、私の体を縛ってくれるな。私は聖人から罪悪に打ち克つ道を教わったが、まだ美しきものの力を防ぐ術を知らないから。」

と、霊公は夫人の手を払い除けて、顔を背けた。

「ああ、あの孔丘と云う男は、いつの間にかあなたを妾の手から奪ってしまった。妾が昔からあなたを愛していなかったのに不思議はない。しかし、あなたが妾を愛さぬと云う法はありませぬ。」

　こう云った南子の唇は、激しい怒に燃えていた。夫人にはこの国に嫁ぐ前から、宋の公子の宋朝と云う密夫があった。夫人の怒は、夫の愛情の衰えたことよりも、夫の心を支配する力を失ったことにあった。

「私はお前を愛さぬと云うではない。今日から私は、夫が妻を愛するようにお前を愛しよう。今まで私は、奴隷が主に事えるように、人間が神を崇めるように、お前を愛していた。私の国を捧げ、私の富を捧げ、私の民を捧げ、私の命を捧げて、お前の歓を購うことが、私の今までの仕事であった。けれども聖人の言葉によって、それよりも貴い仕事のあることを知った。今まではお前の肉体の美しさが、私に取って最上の力であった。しかし、聖人の心の響は、お前の肉体よりも更に強い力を私に与えた。」

　この勇ましい決心を語るうちに、公は知らず識らず額を上げ肩を聳やかして、怒れる夫人の顔に面した。

「あなたは決して妾の言葉に逆うような、強い方ではありませぬ。あなたはほんとうに哀れな人だ。世の中に自分の力を持っていない人ほど、哀れな人はありますまい。妾はあなたを直ちに孔子の掌から取り戻すことが出来ます。あなたの舌は、たった今立派な言を云った癖に、あなたの瞳は、もう恍惚と妾の顔に注がれているではありませんか。妾は総べての男の魂を奪う術を得ています。妾はやがてあの孔丘と云う聖人をも、妾の捕虜にして見せましょう。」

と、夫人は誇りかに微笑みながら、公を流眄に見て、衣摺れの音荒く霊台を去った。

その日まで平静を保っていた公の心には、既に二つの力が相鬩いでいた。

「この衛の国に来る四方の君子は、何を措いても必ず妾に拝謁を願わぬ者はない。聖人は礼を重んずる者と聞いているのに、なぜ姿を見せないのであろう。」

かく、宦者の雍渠が夫人の旨を伝えた時に、謙譲な聖人は、それに逆うことが出来なかった。

孔子は一行の弟子と共に、南子の宮殿に伺候して*北面稽首した。南に面する錦繡の帷の奥には、僅に夫人の繡履がほの見えた。夫人が項を下げて一行の礼に答うる時、頸飾の*歩揺と腕環の瓔珞の珠の、相搏つ響が聞えた。

北面稽首　北面とは、臣の座位（君主は南面する）。稽首は、首が地につく礼拝のこと。

歩揺　婦人の装身具。歩くと揺れるのでいう。

「この衛の国を訪れて、妾の顔を見た人は、誰も彼も『夫人の額は妲妃に似ている。夫人の目は*褒姒に似ている』と云って驚かぬ者はない。先生が真の聖人であるならば、*三王五帝の古から、妾より美しい女が地上にいたかどうかを、妾に教えてはくれまいか。」

こう云って、夫人は帷を排して晴れやかに笑いながら、一行を膝近く招いた。鳳凰の冠を戴き、黄金の釵、玳瑁の笄を挿して、*鱗衣霓裳を纏った南子の笑顔は、日輪の輝く如くであった。

「私は高い徳を持った人のことを聞いております。しかし、美しい顔を持った人のことは知りませぬ。」

と孔子が云った。そうして南子が再び尋ねるには、

「妾は世の中の不思議なもの、珍らしいものを集めている。妾の庫には大屈の金もある。*垂棘の玉もある。妾の庭には*僂句の亀もいる。*崑崙の鶴もいる。けれども妾はまだ、聖人の生れる時に現れた麒麟と云うものを見たことがない。また聖人の胸にあると云う、*七つの竅を見たことがない。先生がまことの聖人であるならば、妾にそれを見せてはくれまいか。」

すると、孔子は面を改めて、厳格な調子で、

「私は珍らしいもの、不思議なものを知りませぬ。私の学んだことは、匹夫匹婦も知っており、又知っておらねばならぬことばかりでございます。」

と答えた。夫人は更に言葉を柔げて、

「妾の顔を見、妾の声を聞いた男は、顰めたる眉をも開き、曇りたる顔をも晴れやかに

するのが常であるのに、先生はなぜいつまでもそのように、悲しい顔をしていられるのであろう。妾には悲しい顔は凡べて醜く見える。妾は宋の国の宋朝と云う若者を知っているが、その男は先生のような気高い額を持たぬ代りに、春の空のようなうららかな瞳を持っている。また妾の近侍に、雍渠と云う宦者がいるが、その男は先生のように厳な声を持たぬ代りに、春の鳥のような軽い舌を持っている。先生がまことの聖人であるならば、豊かな心にふさわしい、麗かな顔を持たねばなるまい。妾は今先生の顔の憂の雲を払い、悩ましい影を拭うて上げる。」

褒姒　周の幽王の愛后。なかなか笑わない女だったので、幽王はなんとか笑わせたいと思い、敵も来ないのに烽火をあげ、諸侯を集めたところ、それを見てはじめて大いに笑った。これで味をしめた幽王はその後しばしばウソの烽火をあげたため、申侯に攻められた時、諸侯は集まらず、幽王は殺され褒姒は虜となった。　**三王五帝**　三王は前出。この場合は三皇の誤りか。三皇は伏羲、神農、黄帝。五帝は少昊、顓頊、帝嚳、帝堯、帝舜のこと。史記では少昊の代りに黄帝をあげて五帝とする。いずれも上古の伝説上の皇帝。　**鱗衣霓裳**　鱗のように美しく光る衣。にじのような美しいもすそ。　**垂棘の玉**　垂棘は晋の地名、玉の産地。転じて名玉のことも言う。垂棘から産する美しい玉のこと。　**僂句の亀**　僂句は地名。宝亀の産地。一説には亀の名ともいう。　**崑崙**　チベットと新疆省との間を東西に走る大山脈。また、上代では、神話にもとづいて、西方に存在すると想像されていた山。　**七つの竅**　竅は耳、目、鼻など身体にある穴のこと。十八史略「殷」に、「聖人之心ハ七竅ニ有リ」とあり、また史記「殷本紀」にも、紂王が自分をいさめた王子比干を「聖人の心臓には七つの穴があるそうだな」といって解剖して、その心臓を見た、ということが見える。

と、左右の近侍を顧みて、一つの函を取り寄せた。

「妾はいろいろの香を持っている。この香気を悩める胸に吸う時は、人はひたすら美しい幻の国に憧れるであろう。」

かく云う言葉の下に、金冠を戴き、蓮花の帯をしめた七人の女官は、七つの香炉を捧げて、聖人の周囲を取り繞いた。

夫人は香函を開いて、さまざまの香を一つ一つ香炉に投げた。七すじの重い煙は、金繍の帷を這うて静に上った。或は黄に、或は紫に、或は白き*檀香の煙には、南の海の底の、幾百年に亙る奇しき夢がこもっていた。十二種の*鬱金香は、春の霞に育まれた芳草の精の、凝ったものであった。*大石口の沢中に棲む龍の涎を、練り固めた*龍涎香の香、*交州に生る密香樹の根より造った沈香の気は、人の心を、遠く甘い想像の国に誘う力があった。しかし、聖人の顔の曇は深くなるばかりであった。

夫人はにこやかに笑って、

「おお、先生の顔は漸く美しゅう輝いて来た。妾はいろいろの酒と杯とを持っている。香の煙が、先生の苦い魂に甘い汁を吸わせたように、酒のしたたりは、先生の厳しい体に、くつろいだ安楽を与えるであろう。」

かく云う言葉の下に、銀冠を戴き、*蒲桃の帯を結んだ七人の女官は、様々の酒と杯とを恭々しく卓上に運んだ。

夫人は、一つ一つ珍奇な杯に酒を酌んで、一行にすすめた。その味わいの妙なる働きは、人々に正しきものの値を卑しみ、美しき者の値を愛ずる心を与えた。碧光を放って透き徹る*碧瑶の杯に盛られた酒は、人間の嘗て味わぬ天の歓楽を伝えた甘露の如くであった。紙のように薄い青玉色の自暖の杯に、冷えたる酒を注ぐ時は、少頃にして沸々と熱し、悲しき人の腸をも焼いた。南海の鰕の頭をもって作った鰕魚頭の杯は、怒れる如く紅き数尺の鬚を伸ばして、浪の飛沫の玉のように金銀を鏤めていた。しかし、聖人の眉の顰みは濃くなるばかりであった。

夫人はいよいよにこやかに笑って、

「先生の顔は、更に美しゅう輝いて来た。妾はいろいろの鳥と獣との肉を持っている。香の煙に魂の悩みを濯ぎ、酒の力に体の括りを弛めた人は、豊かな食物を舌に培わねばならぬ。」

かく云う言葉の下に、珠冠を戴き、菜蕻の帯を結んだ七人の女官は、さまざまの鳥と獣との肉を、皿に盛って卓上に運んだ。

夫人はまたその皿の一つ一つを一行にすすめた。その中には*玄豹の胎もあった。丹穴の雛もあった。昆山龍の脯、*封獣の蹯もあった。その甘い肉の一片を口に啣む時は、人の心に凡べての善と悪とを考える暇はなかった。しかし、聖人の顔の曇は晴れな

檀香　栴檀、白檀、紫檀などの香木。　**鬱金香**　よい香りのする草の一種。百草の長とされた。　**大石口**　中国山西省応県の南にある地名。　**龍涎香**　抹香鯨から採る一種の香料。麝香に似た風雅な香がある。　**交州**　中国広西省蒼梧県にある州。　**蒲桃**　ぶどう。　**碧瑶の杯**　瑶は美しい玉の一種。青く光る美しい玉で出来た杯のこと。　**玄豹**　黒い豹。　**封獣**　大きな獣。象のこと。

かった。

夫人は三度にこやかに笑って、

「ああ、先生の姿はますます立派に、先生の顔はいよいよ美しい。あの幽妙な香を嗅ぎ、あの辛辣な酒を味わい、あの濃厚な肉を啖うた人は、凡界の者の夢みぬ、強く、激しく、美しき荒唐な世界に生きて、この世の憂と悶とを逃れることが出来る。妾は今先生の眼の前に、その世界を見せて上げよう。」

かく云い終るや、近侍の宦者を顧みて、室の正面を一杯に劃った帳の蔭を指し示した。深い皺を畳んでどさりと垂れた錦の帷は、中央から二つに割れて左右へ開かれた。

帳の彼方は庭に面する階であった。階の下、芳草の青々と萌ゆる地の上に、暖かな春の日に照らされて或は天を仰ぎ、或は地につくばい、躍りかかるような、闘うような、さまざまな形をした姿のものが、数知れず転び合い、重なり合って蠢いていた。そうして或る時は太く、或る時は細く、哀れな物凄い叫びと囀が聞えた。ある者は咲き誇れる牡丹の如く朱に染み、ある者は傷ける鳩の如く戦いていた。それは半はこの国の厳しい法律を犯したため、半はこの夫人の眼の刺戟となるがために、酷刑を施さるる罪人の群であった。一人として衣を纏える者もなく、完き膚の者もなかった。その中には夫人の悪徳を口にしたばかりに、炮烙に顔を毀たれ、頸に長枷を篏めて、耳を貫かれた男たちもあった。霊公の心を惹いたばかりに夫人の嫉妬を買って、鼻を劓がれ、両足を刖たれ、鉄の鎖に繋がれた美女もあった。その光景を恍惚と眺め入る南子の顔は、詩人の如く美しく、哲人の如く厳粛であった。

「妾は時々霊公と共に車を駆って、この都の街々を過ぎる。そうして、もし霊公が情ある眼つきで、流眄を与えた往来の女があれば、皆召し捕えてあのような運命を授ける。妾は今日も公と先生とを伴って都の市中を通って見たい。あの罪人たちを見たならば、先生も妾の心に逆うことはなさるまい。」

こう云った夫人の言葉には、人を壓し付けるような威力が潜んでいた。優しい眼つきをして、酷い言葉を述べるのが、この夫人の常であった。

西暦紀元前四百九十三年の春の某の日、黄河と淇水との間に挾まれる商墟の地、衛の国都の街を駟馬に練らせる二輛の車があった。両人の女孺、翳を捧げて左右に立ち、多数の文官女官を周囲に従えた第一の車には、衛の霊公、宦者雍渠と共に、妲妃褒姒の心を心とする南子夫人が乗っていた。数人の弟子に前後を擁せられて、第二の車に乗る者は、堯舜の心を心とする陬の田舎の聖人孔子であった。

「ああ、彼の聖人の徳も、あの夫人の暴虐には及ばぬと見える。今日からまた、あの夫人の言葉がこの衛の国の法律となるであろう。」

「あの聖人は、何と云う悲しい姿をしているのだろう。あの夫人は何と云う驕った風をしているのだろう。しかし、今日ほど夫人の顔の美しく見えたことはない。」

巷に佇む庶民の群は、口々にこう云って、行列の過ぎ行くのを仰ぎ見た。

淇水　中国河南省林県東南の臨淇鎮に発する河。衛河に注ぐ。　**商墟**　商は殷の古称。殷のあったあと。　**女孺**　召使の少女。

その夕、夫人は殊更美しく化粧して、夜更くるまで自分の閨の錦繍の蓐に、身を横えて待っていると、やがて忍びやかな履の音がして、戸をほとほと叩く者があった。

「ああ、とうとうあなたは戻って来た。あなたは再び、そうして長えに、妾の抱擁から逃れてはなりませぬ。」

と、夫人は両手を拡げて、長き袂の裏に霊公をかかえた。その酒気に燃えたるしなやかな腕は、結んで解けざる縛めの如くに、霊公の体を抱いた。

「私はお前を憎んでいる。お前は恐ろしい女だ。お前は私を亡ぼす悪魔だ。しかし私はどうしても、お前から離れることが出来ない。」

と、霊公の声はふるえていた。夫人の眼は悪の誇に輝いていた。

翌くる日の朝、孔子の一行は、*曹の国をさして再び伝道の途に上った。

「*吾 未 見 好 徳 如 好 色 者 也。」

これが衛の国を去る時の、聖人の最後の言葉であった。この言葉は、かの貴い論語と云う書物に載せられて、今日まで伝わっている。

曹　国名。周文王の子叔振鐸の封ぜられた所。今の山東省曹州府。　吾未見好徳如好色者也　論語子罕第九篇と、衛霊公第十五篇に見える。美人を愛するほどの熱烈さで道徳を愛する人間に、私はまだ出会ったことがない、という意。一説には「徳」の字は道徳という抽象名詞ではなく、有徳の人の意とする。「史記孔子世家」に、南子に謁見した際の孔子の言葉として載せている。

痴人の愛

一

私はこれから、あまり世間に類例がないだろうと思われる私たち夫婦の間柄に就いて、出来るだけ正直に、ざっくばらんに、有りのままの事実を書いてみようと思います。それは私自身に取って忘れがたない貴い記録であると同時に、恐らくは読者諸君に取っても、きっと何かの参考資料となるに違いない。殊にこの頃のように日本もだんだん国際的に顔が広くなって来て、内地人と外国人とが盛んに交際する、いろんな主義やら思想やらがはいって来る、男は勿論女もどしどしハイカラになる、と云うような時勢になって来ると、今まではあまり類例のなかった私たちの如き夫婦関係も、追い追い諸方に生じるだろうと思われますから。

考えてみると、私たち夫婦は既にその成り立ちから変っていました。私が始めて現在の私の妻に会ったのは、ちょうど足かけ八年前のことになります。尤も何月の何日だったか、委しいことは覚えていませんが、兎に角その時分、彼女は浅草の雷門の近くにあるカフェエ・ダイヤモンドと云う店の、給仕女をしていたのです。彼女の歳はやっと数え歳の十五でした。だから私が知った時はまだそのカフェエへ奉公に来たばかりの、ほんの新米だったので、一人前の女給ではなく、それの見習い、――まあ云ってみれば、ウェイトレスの卵に過ぎなかったのです。

そんな子供をもうその時は二十八にもなっていた私が何で眼をつけたかと云うと、それは自分でもハッキリとは分りませんが、多分最初は、その児の名前が気に入ったからなのでしょう。彼女はみんなから「直ちゃん」と呼ばれていましたけれど、或るとき私が聞いてみると、本名は奈緒美と云うのでした。この「奈緒美」という名前が、大変私の好奇心に投じました。「奈緒美」は素敵だ、NAOMIと書くとまるで西洋人のようだ、と、そう思ったのが始まりで、それから次第に彼女に注意し出したのです。不思議なもので名前がハイカラだとなると、顔だちなどもどこか西洋人臭く、そうして大そう悧巧そうに見え、「こんな所の女給にして置くのは惜しいもんだ」と考えるようになったのです。

　実際ナオミの顔だちは、（断って置きますが、私はこれから彼女の名前を片仮名で書くことにします。どうもそうしないと感じが出ないのです）活動女優の*メリー・ピクフォードに似たところがあって、確かに西洋人じみていました。これは決して私のひいき眼ではありません。私の妻となっている現在でも多くの人がそう云うのですから、事実に違いないのです。そして顔だちばかりでなく、彼女を素っ裸にして見ると、その体つ

メリー・ピクフォード　Mary Pickford (1893—1979)。米国の映画女優。清純な娘役でサイレント時代の第一線スター。

きが一層西洋人臭いのですが、それは勿論後になってから分ったことで、その時分には私もそこまでは知りませんでした。ただおぼろげに、きっとああ云うスタイルなら手足の恰好も悪くはなかろうと、着物の着こなし工合から想像していただけでした。

一体十五六の少女の気持と云うものは、肉親の親か姉妹ででもなければ、なかなか分りにくいものです。だからカフェエにいた頃のナオミの性質がどんなだったかと云われると、どうも私には明瞭な答えが出来ません。恐らくナオミ自身にしたって、あの頃はただ何事も夢中で過したと云うだけでしょう。が、ハタから見た感じを云えば、どっちかと云うと、陰鬱な、無口な児のように思えました。顔色なども少し青みを帯びていて、譬えばこう、無色透明な板ガラスを何枚も重ねたような、深く沈んだ色合をしていて、健康そうではありませんでした。これは一つにはまだ奉公に来たてだったので、外の女給のようにお白粉もつけず、お客や朋輩にも馴染がうすく、隅の方に小さくなって黙ってチョコチョコ働いていたものだから、そんな風に見えたのでしょう。そして彼女が悧巧そうに感ぜられたのも、やっぱりそのせいだったかも知れません。

ここで私は、私自身の経歴を説明して置く必要がありますが、私は当時月給百五十円を貰っている、或る電気会社の技師でした。私の生れは栃木県の宇都宮在で、国の中学校を卒業すると東京へ来て*蔵前の高等工業へはいり、そこを出てから間もなく技師になったのです。そして日曜を除く外は、毎日芝口の下宿屋から大井町の会社へ通っていました。

一人で下宿住居をしていて、百五十円の月給を貰っていたのですから、私の生活はかなり楽でした。それに私は、総領息子ではありましたけれども、郷里の方の親やきょうだいへ仕送りをする義務はありませんでした。と云うのは、実家は相当に大きく農業を営んでいて、もう父親はいませんでしたが、年老いた母親と、忠実な叔父夫婦とが、万事を切り盛りしていてくれたので、私は全く自由な境涯にあったのです。が、さればと云って道楽をするのでもありませんでした。まず模範的なサラリー・マン、――質素で、真面目で、あんまり曲がなさ過ぎるほど凡庸で、何の不平も不満もなく日々の仕事を勤めている、――当時の私は大方そんな風だったでしょう。「河合譲治君」と云えば、会社の中でも「君子」という評判があったくらいですから。

それで私の娯楽と云ったら、夕方から活動写真を見に行くとか、銀座通りを散歩するとか、たまたま奮発して帝劇へ出かけるとか、せいぜいそんなものだったのです。尤も私も結婚前の青年でしたから、若い女性に接触することは無論嫌いではありませんでした。元来が田舎育ちの無骨者なので、人づきあいが拙く、従って異性との交際などは一つもなく、まあそのために「君子」にさせられた形だったでもありましょうが、しかし表面が君子であるだけ、心の中はなかなか油断なく、往来を歩く時でも毎朝電車に乗る時でも、女に対しては絶えず注意を配っていました。あたかもそう云う時期に於いて、たまたまナオミと云う者が私の眼の前に現れて来たのです。

けれど私は、その当時、ナオミ以上の美人はないときめていた訳では決してありません。電車の中や、帝劇の廊下や、銀座通りや、そう云う場所で擦れ違う令嬢のうちには、

蔵前の高等工業　東京工業大学の前身。浅草蔵前にあった。

云うまでもなくナオミ以上に美しい人が沢山あった。ナオミの器量がよくなるかどうかは将来の問題で、十五やそこらの小娘ではこれから先が楽しみでもあり、心配でもあった。ですから最初の私の計画は、兎に角この児を引き取って世話をしてやろう。そして望みがありそうなら、大いに教育してやって、自分の妻に貰い受けても差支えない。――と、云うくらいな程度だったのです。これは一面から云うと、彼女に同情した結果なのですが、他の一面には私自身のあまりに平凡な、あまりに単調なその日暮らしに、多少の変化を与えてみたかったからでもあるのです。正直のところ、私は長年の下宿住居に飽きていたので、何とかして、この殺風景な生活に一点の色彩を添え、温かみを加えてみたいと思っていました。それにはたとい小さくとも一軒の家を構え、部屋を飾るとか、花を植えるとか、日あたりのいいヴェランダに小鳥の籠を吊るすとかして、台所の用事や、拭き掃除をさせるために女中の一人も置いたらどうだろう。そしてナオミが来てくれたらば、彼女は女中の役もしてくれ、小鳥の代りにもなってくれよう。と、大体そんな考えでした。

そのくらいなら、なぜ相当な所から嫁を迎えて、正式な家庭を作ろうとしなかったのか?――と云うと、要するに私はまだ結婚をするだけの勇気がなかったのでした。これに就いては少し委しく話さなければなりませんが、一体私は常識的な人間で、突飛なことは嫌いな方だし、出来もしなかったのですけれど、しかし不思議に、結婚に対してはかなり進んだ、ハイカラな意見を持っていました。「結婚」と云うと世間の人は大そう事を堅苦しく、儀式張らせる傾向がある。まず第一に橋渡しと云うものがあって、それとなく双方の考えをあたって見る。次には「見合い」ということをする。さてその上で双方に不服がなければ改めて媒人を立て、結納を取り交し、五荷とか、七荷とか、十三荷とか、花嫁の荷物を婚家へ運ぶ。それから輿入れ、新婚旅行、里帰り、……と随分面倒な手続きを踏みますが、そう云うことがどうも私は嫌いでした。結婚するならもっと簡単な、自由な形式でしたいものだと考えていました。

あの時分、もしも私が結婚したいなら候補者は大勢あったでしょう。田舎者ではありますけれども、体格は頑丈だし、品行は方正だし、そう云ってはおかしいが男前も普通であるし、会社の信用もあったのですから、誰でも喜んで世話をしてくれたでしょう。が、実のところ、この「世話をされる」と云うことがイヤなのだから、仕方がありませんでした。たとい如何なる美人があっても、一度や二度の見合いでもって、お互いの意気や性質が分る筈はない。「まあ、あれならば」とか、「ちょっときれいだ」とか云うくらいな、ほんの一時の心持で一生の伴侶を定めるなんて、そんな馬鹿なことが出来るものじゃない。それから思えばナオミのような少女を家に引き取って、徐にその成長を見届けてから、気に入ったらば妻に貰うと云う方法が一番いい。何も私は財産家の娘だの、教育のある偉い女が欲しい訳ではないのですから、それで沢山なのでした。

のみならず、一人の少女を友達にして、朝夕彼女の発育のさまを眺めながら、明るく晴れやかに、云わば遊びのような気分で、一軒の家に住むと云うことは、正式の家庭を作るのとは違った、又格別な興味があるように思えました。つまり私とナオミでたわいのないままごとをする。「世帯を持つ」と云うようなシチ面倒臭い意味でなしに、呑気な*シンプル・ライフを送る。——これが私の望みでした。実際今の日本の「家庭」は、やれ箪笥だとか、長火鉢だとか、座布団だとか云う物が、あるべき所に必ずなければいけなかったり、主人と細君と下女との仕事がいやにキチンと分れていたり、近所隣りや親類同士の附き合いがうるさかったりするので、そのために余計な入費もかかるし、簡単に済ませることが煩雑になり、窮屈になるし、年の若いサラリー・マンには決して愉快なことでもなく、いいことでもありません。その点に於いて私の計画は、たしかに一種の思いつきだと信じました。

　私がナオミにこのことを話したのは、始めて彼女を知ってから二た月ぐらいたった時分だったでしょう。その間、私は始終、暇さえあればカフェエ・ダイヤモンドへ行って、出来るだけ彼女に親しむ機会を作ったものでした。ナオミは大変活動写真が好きでしたから、公休日には私と一緒に公園の館を覗きに行ったり、その帰りにはちょっとした洋食屋だの、蕎麦屋だのへ寄ったりしました。無口な彼女はそんな場合にもいたって言葉数が少ない方で、嬉しいのだかつまらないのだか、いつも大概はむっつりとしています。そのくせ私が誘うときは、決して「いや」とは云いませんでした。「ええ、行ってもいいわ」と、素直に答えて、どこへでも附いて行くのでした。

　一体私をどう云う人間と思っているのか、どう云うつもりで附いて来るのか、それは分りませんでしたが、まだほんとうの子供なので、彼女は「男」と云う者に疑いの眼を向けようとしない。この「伯父さん」は好きな活動へ連れて行って、ときどき御馳走をしてくれるから、一緒に遊びに行くのだと云うだけの、極く単純な、無邪気な心持でいるのだろうと、私は想像していました。私にしたって、全く子供のお相手になり、優しい親切な「伯父さん」となる以上のことは、当時の彼女に望みもしなければ、素振りにも見せはしなかったのです。あの時分の、淡い、夢のような月日のことを考え出すと、お伽噺の世界にでも住んでいたようで、もう一度ああ云う罪のない二人になってみたいと、今でも私はそう思わずにはいられません。

「どうだね。ナオミちゃん、よく見えるかね？」

と、活動小屋が満員で、空いた席がない時など、うしろの方に並んで立ちながら、私はよくそんな風に云ったものです。するとナオミは、

「いいえ、ちっとも見えないわ」

と云いながら一生懸命に背伸びをして、前のお客の首と首の間から覗こうとする。

「そんなにしたって見えやしないよ、この木の上へ乗っかって、私の肩に摑まって御覧」

そう云って私は、彼女を下から押し上げてやって、高い手すりの横木の上へ腰をかけさせる。彼女は両足をぶらんぶらんさせながら、片手を私の肩にあてがって、やっと満足したように、息を凝らして絵の方を視つめる。

「面白いかい？」

と云えば、

「面白いわ」

と云うだけで、手を叩いて愉快がったり、跳び上って喜んだりするようなことはないの

　シンプル・ライフ　simple life　俗事の煩瑣を超越した生活。

ですが、賢い犬が遠い物音を聞き澄ましているように、黙って、悧巧そうな眼をパッチリ開いて見物している顔つきは、余程写真が好きなのだと頷かれました。

「ナオミちゃん、お前お腹が減ってやしないか?」

そう云っても、

「いいえ、なんにも喰べたくない」

と云うこともありますが、減っている時は遠慮なく「ええ」と云うのが常でした。そして洋食なら洋食、お蕎麦ならお蕎麦と、尋ねられればハッキリと喰べたい物を答えました。

二

「ナオミちゃん、お前の顔はメリー・ピクフォードに似ているね」

と、いつのことでしたか、ちょうどその女優の映画を見てから、帰りにとある洋食屋へ寄った晩に、それが話題に上ったことがありました。

「そう」

と云って、彼女は別にうれしそうな表情もしないで、突然そんなことを云い出した私の顔を不思議そうに見ただけでしたが、

「お前はそうは思わないかね」

と、重ねて聞くと、

「似ているかどうか分らないけれど、でもみんなが私のことを混血児みたいだってそう云うわよ」

と、彼女は済まして答えるのです。

「そりゃそうだろう、第一お前の名前からして変っているもの、ナオミなんてハイカラな名前を、誰がつけたんだね」

「誰がつけたか知らないわ」

「お父つぁんかねおッ母さんかね、――」

「誰だか、――」

「じゃあ、ナオミちゃんのお父つぁんは何の商売をしてるんだい」

「お父つぁんはもういないの」

「おッ母さんは？」

「おッ母さんはいるけれど、――」

「じゃ、兄弟は？」

「兄弟は大勢あるわ、兄さんだの、姉さんだの、妹だの、――」

それから後もこんな話はたびたび出たことがありますけれど、いつも彼女は、自分の家庭の事情を聞かれると、ちょっと不愉快な顔つきをして、言葉を濁してしまうのでした。で、一緒に遊びに行くときは大概前の日に約束をして、きめた時間に公園のベンチとか、観音様のお堂の前とかで待ち合わせることにしたものですが、彼女は決して時間を違えたり、約束をすっぽかしたりしたことはありませんでした。何かの都合で私の方が遅れたりして、「あんまり待たせ過ぎたから、もう帰ってしまったかな」と、案じながら行ってみると、やはりキチンとそこに待っています。そして私の姿に気が付くと、ふいと立ち上ってつかつかこっちへ歩いて来るのです。

「御免よ、ナオミちゃん、大分長いこと待っただろう」

私がそう云うと、

「ええ、待ったわ」

と云うだけで、別に不平そうな様子もなく、怒っているらしくもないのでした。或る時などはベンチに待っている約束だったのが、急に雨が降り出したので、どうしているかと思いながら出かけて行くと、あの、池の側にある何様だかの小さい祠の軒下にしゃがんで、それでもちゃんと待っていたのには、ひどくいじらしい気がしたことがありました。

そう云う折の彼女の服装は、多分姉さんのお譲りらしい古ぼけた銘仙の衣類を着て、めりんす友禅の帯をしめて、髪も日本風の桃割れに結い、うすくお白粉を塗っていました。そしていつでも、継ぎはあたっていましたけれど、小さな足にピッチリと嵌まった、恰好のいい白足袋を穿いていました。どういう訳で休みの日だけ日本髪にするのかと聞いてみても「内でそうしろと云うもんだから」と、彼女は相変らず委しい説明はしませんでした。

「今夜はおそくなったから、家の前まで送って上げよう」

私は再々、そう云ったこともありましたが、

「いいわ、じき近所だから独りで帰れるわ」

と云って、花屋敷の角まで来ると、きっとナオミは「さよなら」と云い捨てながら、千束町の横丁の方へバタバタ駆け込んでしまうのでした。


そうです、――あの頃のことを余りくどくど記す必要はありませんが、一度私は、やや打ち解けて、彼女とゆっくり話をした折がありましたっけ。


それは何でもしとしとと春雨の降る、生暖い四月の末の宵だったでしょう。ちょうどその晩はカフェエが暇で、大そう静かだったので、私は長いことテーブルに構えて、ちびちび酒を飲んでいました。――こう云うとひどく酒飲みのようですけれど、実は私は甚だ下戸の方なので、時間つぶしに、女の飲むような甘いコクテルを拵えて貰って、それをホンの一と口ずつ、舐めるように啜っていたのに過ぎないのですが、そこへ彼女が料理を運んで来てくれたので、

「ナオミちゃん、まあちょっとここへおかけ」

と、いくらか酔った勢いでそう云いました。

「なあに」

と云って、ナオミはおとなしく私の側へ腰をおろし、私がポケットから敷島を出すと、すぐにマッチを擦ってくれました。

「まあ、いいだろう、ここで少うししゃべって行っても。――今夜はあまり忙しくもなさそうだから」

千束町　浅草区千束町（現在の台東区）。売春も行う銘酒屋街があった。

「ええ、こんなことはめったにありはしないのよ」

「いつもそんなに忙しいかい？」

「忙しいわ、朝から晩まで、――本を読む暇もありゃしないわ」

「じゃあナオミちゃんは、本を読むのが好きなんだね」

「ええ、好きだわ」

「一体どんな物を読むのさ」

「いろいろな雑誌を見るわ、読む物なら何でもいいの」

「そりゃ感心だ、そんなに本が読みたかったら、女学校へでも行けばいいのに」

私はわざとそう云って、ナオミの顔を覗き込むと、彼女は癪に触ったのか、つんと済まして、あらぬ方角をじっと視つめているようでしたが、その眼の中には、明らかに悲しいような、遣る瀬ないような色が浮かんでいるのでした。

「どうだね、ナオミちゃん、ほんとうにお前、学問をしたい気があるかね。あるなら僕が習わせて上げてもいいけれど」

それでも彼女が黙っていますから、私は今度は慰めるような口調で云いました。

「え？　ナオミちゃん、黙っていないで何とかお云いよ。お前は何をやりたいんだい。何が習ってみたいんだい？」

「あたし、英語が習いたいわ」

「ふん、英語と、――それだけ？」

「それから音楽もやってみたいの」

「じゃ、僕が月謝を出してやるから、習いに行ったらいいじゃないか」

「だって女学校へ上るのには遅過ぎるわ。もう十五なんですもの」

「なあに、男と違って女は十五でも遅くはないさ。それとも英語と音楽だけなら、女学校へ行かないだって、別に教師を頼んだらいいさ。どうだい、お前真面目にやる気があるかい？」

「あるにはあるけれど、――じゃ、ほんとうにやらしてくれる？」

そう云ってナオミは、私の眼の中を俄かにハッキリ見据えました。

「ああ、ほんとうとも。だがナオミちゃん、もしそうなればここに奉公している訳には行かなくなるが、お前の方はそれで差支えないのかね。お前が奉公を止めていいなら、僕はお前を引取って世話をしてみてもいいんだけれど。……そうしてどこまでも責任をもって、立派な女に仕立ててやりたいと思うんだけれど」

「ええ、いいわ、そうしてくれれば」

何の躊躇するところもなく、言下に答えたキッパリとした彼女の返辞に、私は多少の驚きを感じないではいられませんでした。

「じゃ、奉公を止めると云うのかい？」

「ええ、止めるわ」

「だけどナオミちゃん、お前はそれでいいにしたって、おッ母さんや兄さんが何と云うか、家の都合を聞いてみなけりゃならないだろうが」

「家の都合なんか、聞いてみないでも大丈夫だわ。誰も何とも云う者はありゃしないの」

と、口ではそう云っていたものの、その実彼女がそれを案外気にしていたことは確かでした。つまり彼女のいつもの癖で、自分の家庭の内幕を私に知られるのが嫌さに、わざと何でもないような素振りを見せていたのです。私もそんなに嫌がるものを無理に知りたくはないのでしたが、しかし彼女の希望を実現させるためには、やはりどうしても家庭を訪れて彼女の母なり兄なりに篤と相談をしなければならない。で、二人の間にその後だんだん話が進行するに従い、「一遍お前の身内の人に会わしてくれろ」と、何度もそう云ったのですけれど、彼女は不思議に喜ばないで、

「いいのよ、会ってくれないでも。あたし自分で話をするわ」

と、そう云うのが極まり文句でした。

私はここで、今では私の妻となっている彼女のために、「河合夫人」の名誉のために、強いて彼女の不機嫌を買ってまで、当時のナオミの身許や素性を洗い立てる必要はありませんから、なるべくそれには触れないことにして置きましょう。後で自然と分って来る時もありましょうし、そうでないまでも彼女の家が千束町にあったこと、十五の歳にカフェエの女給に出されていたこと、そして決して自分の住居を人に知らせようとしなかったことなどを考えれば、大凡そどんな家庭であったかは誰にも想像がつく筈ですから。いや、そればかりではありません、私は結局彼女を説き落して母だの兄だのに会ったのですが、彼等は殆ど自分の娘や妹の貞操と云うことに就いては、問題にしていないのでした。私が彼等に持ちかけた相談と云うのは、折角当人も学問が好きだと云うし、あんな所に長く奉公させて置くのも惜しい児のように思うから、そちらでお差支えがな

いのなら、どうか私に身柄を預けては下さるまいか。どうせ私も十分なことは出来まいけれど、女中が一人欲しいと思っていた際でもあるし、まあ台所や拭き掃除の用事ぐらいはして貰って、そのあい間に一と通りの教育はさせて上げますが、と、勿論私の境遇だのまだ独身であることなどをすっかり打ち明けて頼んでみると、「そうして戴ければ誠に当人も仕合わせでして、……」と云うような、何だか張合いがなさ過ぎるくらいな挨拶でした。全くこれではナオミの云う通り、会うほどのことはなかったのです。

世の中には随分無責任な親や兄弟もあるものだと、私は、その時つくづくと感じましたが、それだけ一層ナオミがいじらしく、哀れに思えてなりませんでした。何でも母親の言葉に依ると、彼等はナオミを持て扱っていたらしいので、「実はこの児は芸者にする筈でございましたのを、当人の気が進みませんものですから、そういつまでも遊ばせて置く訳にも参らず、よんどころなくカフェエへやって置きましたので」と、そんな口上でしたから、誰かが彼女を引き取って成人させてくれさえすれば、まあ兎も角も一と安心だと云うような次第だったのです。ああ成る程、それで彼女は家にいるのが嫌だものだから、公休日にはいつも戸外へ遊びに出て、活動写真を見に行ったりしたんだなと、事情を聞いてやっと私もその謎が解けたのでした。

が、ナオミの家庭がそう云う風であったことは、ナオミに取っても私に取っても非常に幸いだった訳で、話が極まるとじきに彼女はカフェエから暇を貰い、毎日々々私と二人で適当な借家を捜しに歩きました。私の勤め先が大井町でしたから、なるべくそれに便利な所を選ぼうと云うので、日曜日には朝早くから新橋の駅に落ち合い、そうでない日はちょうど会社の退けた時刻に大井町で待ち合わせて、蒲田、大森、品川、目黒、主としてあの辺の郊外から、市中では高輪や田町や三田あたりを廻って見て、さて帰りにはどこかで一緒に晩飯をたべ、時間があれば例の如く活動写真を覗いたり、銀座通りをぶらついたりして、彼女は千束町の家へ、私は芝口の下宿へ戻る。たしかその頃は借家が払底な時でしたから、手頃な家がなかなかオイソレと見つからないで、私たちは半月あまりこうして暮らしたものでした。

もしもあの時分、麗かな五月の日曜日の朝などに、大森あたりの青葉の多い郊外の路を、肩を並べて歩いている会社員らしい一人の男と、桃割れに結った見すぼらしい小娘の様子を、誰かが注意していたとしたら、まあどんな風に思えたでしょうか？ 男の方は小娘を「ナオミちゃん」と呼び、小娘の方は男を「河合さん」と呼びながら、主従ともつかず、兄妹ともつかず、さればと云って夫婦とも友達ともつかぬ恰好で、互いに少し遠慮しいしい語り合ったり、番地を尋ねたり、附近の景色を眺めたり、ところどころの生垣や、邸の庭や、路端などに咲いている花の色香を振り返ったりして、晩春の長い一日をあちらこちらと幸福そうに歩いていたこの二人は、定めし不思議な取り合わせだったに違いありません。花の話で想い出すのは、彼女が大変西洋花を愛していて、私などにはよく分らないいろいろな花の名前——それも面倒な英語の名前を沢山知っていたことでした。カフェエに奉公していた時分に、花瓶の花を始終扱いつけていたので自然に覚えたのだそうですが、通りすがりの門の中なぞに、たまたま温室があったりすると、彼女は眼敏くもすぐ立ち止まって、

「まあ、綺麗な花！」

と、さも嬉しそうに叫んだものです。

「じゃ、ナオミちゃんは何の花が一番好きだね」

と、尋ねてみたとき、

「あたし、チューリップが一番好きよ」

と、彼女はそう云ったことがあります。

浅草の千束町のような、あんなゴミゴミした路次の中に育ったので、却ってナオミは反動的にひろびろとした田園を慕い、花を愛する習慣になったのでありましょうか。菫、たんぽぽ、げんげ、桜草、――そんな物でも畑の畔や田舎道などに生えていると、たちまちチョコチョコと駆けて行って摘もうとする。そして終日歩いているうちに彼女の手には摘まれた花が一杯になり、幾つとも知れない花束が出来、それを大事に帰り途まで持って来ます。

「もうその花はみんな萎んでしまったじゃないか、いい加減に捨てておしまい」

そう云っても彼女はなかなか承知しないで、

「大丈夫よ、水をやったら又すぐ生きッ返るから、河合さんの机の上へ置いたらいいわ」

と、別れるときにその花束をいつも私にくれるのでした。

こうして方々捜し廻っても容易にいい家が見つからないで、さんざん迷い抜いた揚句、結局私たちが借りることになったのは、大森の駅から十二三町行ったところの省線電車*

省線電車　鉄道省が管理していたころの電車。

の線路に近い、とある一軒の甚だお粗末な洋館でした。所謂「文化住宅」と云う奴、――まだあの時分はそれがそんなに流行ってはいませんでしたが、近頃の言葉で云えばさしずめそう云ったものだったでしょう。勾配の急な、全体の高さの半分以上もあるかと思われる、赤いスレートで葺いた屋根。マッチの箱のように白い壁で包んだ外側、ところどころに切ってある長方形のガラス窓。そして正面のポーチの前に、庭と云うよりはむしろちょっとした空地がある。と、まずそんな風な恰好で、中に住むよりは絵に画いた方が面白そうな見つきでした。尤もそれはその筈なので、もとこの家は何とか云う絵かきが建てて、モデル女を細君にして二人で住んでいたのだそうです。従って部屋の取り方などは随分不便に出来ていました。いやにだだッ広いアトリエと、ほんのささやかな玄関と、台所と、階下にはたったそれだけしかなく、あとは二階に三畳と四畳半とがありましたけれど、それとて屋根裏の物置小屋のようなもので、使える部屋ではありませんでした。その屋根裏へ通うのにはアトリエの室内に梯子段がついていて、そこを上ると手すりを繞らした廊下があり、あたかも芝居の桟敷のように、その手すりからアトリエを見おろせるようになっていました。

　ナオミは最初この家の「風景」を見ると、

「まあ、ハイカラだこと！　あたしこう云う家がいいわ」

と、大そう気に入った様子でした。そして私も、彼女がそんなに喜んだのですぐ借りることに賛成したのです。

　多分ナオミは、その子供らしい考えで、間取りの工合など実用的でなくっても、お伽噺の挿絵のような、一風変った様式に好奇心を感じたのでしょう。たしかにそれは呑気な青年と少女とが、なるたけ世帯じみないように、遊びの心持で住まおうと云うにはいい家でした。前の絵かきとモデル女もそう云うつもりでここに暮らしていたのでしょうが、実際たった二人でいるなら、あのアトリエの一と間だけでも、寝たり起きたり食ったりするには十分用が足りたのです。

三

私がいよいよナオミを引き取って、その「お伽噺の家」へ移ったのは、五月下旬のことでしたろう。はいってみると思ったほどに不便でもなく、日あたりのいい屋根裏の部屋からは海が眺められ、南を向いた前の空地は花壇を造るのに都合がよく、家の近所をときどき省線の電車の通るのが瑕でしたけれど、間にちょっとした田圃があるのでそれもそんなにやかましくはなく、まずこれならば申し分のない住居でした。のみならず、何分そう云う普通の人には不適当な家でしたから、思いの外に家賃が安く、一般に物価の安いあの頃のことではありましたが、敷金なしの月々二十円というので、それも私には気に入りました。

「ナオミちゃん、これからお前は私のことを『河合さん』と呼ばないで『譲治さん』とお呼び。そしてほんとに友達のように暮らそうじゃないか」

と、引越した日に私は彼女に云い聞かせました。勿論私の郷里の方へも、今度下宿を引払って一軒家を持ったこと、女中代りに十五になる少女を雇い入れたこと、などを知らせてやりましたけれど、彼女と「友達のように」暮らすとは云ってやりませんでした。国の方から身内の者が訪ねて来ることはめったにないのだし、いずれそのうち、知らせる必要が起った場合には知らせてやろうと、そう考えていたのです。

私たちは暫くの間、この珍らしい新居にふさわしいいろいろの家具を買い求め、それらをそれぞれ配置したり飾りつけたりするために、忙しい、しかし楽しい月日を送りました。私はなるべく彼女の趣味を啓発するように、ちょっとした買物をするのにも自分一人では極めないで、彼女の意見を云わせるようにし、彼女の頭から出る考えを出来るだけ採用したものですが、もともと箪笥だの長火鉢だのと云うような、在り来たりの世帯道具は置き所のない家であるだけ、従って選択も自由であり、どうでも自分等の好きなように意匠を施せるのでした。私たちは*印度更紗の安物を見つけて来て、それをナオミが危ッかしい手つきで縫って窓かけに作り、芝口の西洋家具屋から古い籐椅子だのソオファだの、安楽椅子だの、テーブルだのを捜して来てアトリエに並べ、壁にはメリー・ピクフォードを始め、亜米利加の活動女優の写真を二つ三つ吊るしました。そして私は寝道具なども、出来ることなら西洋流にしたいと思ったのですけれど、ベッドを二つも買うとなると入費がかかるばかりでなく、夜具布団なら田舎の家から送って貰える便宜があるので、とうとうそれはあきらめなければなりませんでした。

が、ナオミのために田舎から送ってよこしたのは、女中を寝かす夜具でしたから、お約束の唐草模様の、ゴワゴワした木綿の煎餅布団でした。私は何だか可哀そうな気がし

たので、

「これではちょっとひど過ぎるね、僕の布団と一枚取換えて上げようか」

と、そう云いましたが、

「ううん、いいの、あたしこれで沢山」

と云って、彼女はそれを引っ被って、独り淋しく屋根裏の三畳の部屋に寝ました。

私は彼女の隣りの部屋――同じ屋根裏の、四畳半の方へ寝るのでしたが、毎朝々々、眼をさますと私たちは、向うの部屋とこちらの部屋とで、布団の中にもぐりながら声を掛け合ったものでした。

「ナオミちゃん、もう起きたかい」

と、私が云います。

「ええ、起きてるわ、今もう何時？」

と、彼女が応じます。

「六時半だよ、――今朝は僕がおまんまを炊いてあげようか」

「そう？　昨日あたしが炊いたんだから、今日は譲治さんが炊いてもいいわ」

「じゃ仕方がない、炊いてやろうか。面倒だからそれともパンで済ましとこうか」

「ええ、いいわ、だけど譲治さんは随分ずるいわ」

そして私たちは、御飯がたべたければ小さな土鍋で米を炊ぎ、別にお櫃へ移すまでもなくテーブルの上へ持って来て、罐詰か何かを突ッつきながら食事をします。それもう

印度更紗　インドを中心に産する更紗。鳥や花の模様を捺した織物。

るさくて厭だと思えば、パンに牛乳にジャムでごまかしたり、西洋菓子を摘まんで置いたり、晩飯などはそばやうどんで間に合わせたり、少し御馳走が欲しい時には二人で近所の洋食屋まで出かけて行きます。

「譲治さん、今日はビフテキをたべさせてよ」

などと彼女は、よくそんなことを云ったものです。

朝飯を済ませると、私はナオミを独り残して会社へ出かけます。彼女は午前中は花壇の草花をいじくったりして、午後になるとからッぽの家に錠をおろして、英語と音楽の稽古に行きました。英語はむしろ始めから西洋人に就いた方がよかろうと云うので、目黒に住んでいる亜米利加人の老嬢のミス・ハリソンと云う人の所へ、一日置きに会話とリーダーを習いに行って、足りないところは私が家でときどき浚ってやることにしました。音楽の方は、これは全く私にはどうしたらいいか分りませんでしたが、二三年前に上野の音楽学校を卒業した或る婦人が、自分の家でピアノと声楽を教えると云う話を聞き、この方は毎日芝の伊皿子まで一時間ずつ授業を受けに行くのでした。ナオミは銘仙の着物の上に紺のカシミヤの袴をつけ、黒い靴下に可愛い小さな半靴を穿き、すっかり女学生になりすまして、自分の理想がようようかなった嬉しさに胸をときめかせながら、せっせと通いました。おりおり帰り途などに彼女と往来で遇ったりすると、もうどうしても千束町に育った娘で、カフェエの女給をしていた者とは思えませんでした。髪もその後は桃割れに結ったことは一度もなく、リボンで結んで、その先を編んで、お下げにして垂らしていました。

私は前に「小鳥を飼うような心持」と云いましたっけが、彼女はこっちへ引き取られてから顔色などもだんだん健康そうになり、性質も次第に変って来て、ほんとうに快活な、晴れやかな小鳥になったのでした。そしてそのだだッ広いアトリエの一と間は、彼女のためには大きな鳥籠だったのです。五月も暮れて明るい初夏の気候が来る。花壇の花は日増しに伸びて色彩を増して来る。私は会社から、彼女は稽古から、夕方家へ帰って来ると、印度更紗の窓かけを洩れる太陽は、真っ白な壁で塗られた部屋の四方を、いまだにカッキリと昼間のように照らしている。彼女はフランネルの単衣を着て、素足にスリッパを突ッかけて、とんとん床を踏みながら習って来た唄を歌ったり、私を相手に眼隠しだの鬼ごッこをして遊んだり、そんな時にはアトリエ中をぐるぐると走り廻ってテーブルの上を飛び越えたり、ソオファの下にもぐり込んだり、椅子を引っ繰り覆したり、まだ足らないで梯子段を駆け上っては、例の桟敷のような屋根裏の廊下を、鼠の如くチョコチョコと往ったり来たりするのでした。一度は私が馬になって彼女を背中に乗せたまま、部屋の中を這って歩いたことがありました。

「ハイ、ハイ、ドウ、ドウ！」

と云いながら、ナオミは手拭を手綱にして、私にそれを咬えさせたりしたものです。

やはりそう云う遊びの日の出来事でしたろう、――ナオミがきゃっきゃっと笑いながら、あまり元気に梯子段を上ったり下りたりし過ぎたので、とうとう足を踏み外して頂辺から転げ落ち、急にしくしく泣き出したことがありましたのは。

「おい、どうしたの、――どこを打ったんだか見せて御覧」

と、私がそう云って抱き起すと、彼女はそれでもまだしくしくと鼻を鳴らしつつ、袂をまくって見せましたが、落ちる拍子に釘か何かに触ったのでしょう、ちょうど右腕の肱のところの皮が破れて、血がにじみ出ているのでした。

「何だい、これッぽちのことで泣くなんて！　さ、絆瘡膏を貼ってやるからこっちへおいで」

　そして膏薬を貼ってやり、手拭を裂いて繃帯をしてやる間も、ナオミは一杯涙をためて、ぽたぽた洟を滴らしながらしゃくり上げる顔つきが、まるで頑是ない子供のようでした。傷はそれから運悪く膿を持って、五六日直りませんでしたが、毎日繃帯を取り替えてやる度毎に、彼女はきっと泣かないことはなかったのです。

　しかし、私は既にその頃ナオミを恋していたかどうか、それは自分にはよく分りません。そう、たしかに恋してはいたのでしょうが、自分自身のつもりではむしろ彼女を育ててやり、立派な婦人に仕込んでやるのが楽しみなので、ただそれだけでも満足出来るように思っていたのです。が、その年の夏、会社の方から二週間の休暇が出たので、毎年の例で私は帰省することになり、ナオミを浅草の実家へ預け、大森の家に戸締りをして、さて田舎へ行ってみると、その二週間と云うものが、溜らなく私には単調で、淋しく感ぜられたものです。あの児がいないとこんなにも詰まらないものかしらん、これが恋愛の初まりなのではないかしらん、と、その時始めて考えました。そして母親の前をいい加減に云い繕って、予定を早めて東京へ着くと、もう夜の十時過ぎでしたけれど、いきなり上野の停車場からナオミの家までタクシーを走らせました。

「ナオミちゃん、帰って来たよ。角に自動車が待たしてあるから、これからすぐに大森へ行こう」

「そう、じゃ今すぐ行くわ」

と云って、彼女は私を格子の外へ待たして置いて、やがて小さな風呂敷包を提げながら出て来ました。それは大そう蒸し暑い晩のことでしたが、ナオミは白っぽい、ふわふわした、薄紫の葡萄の模様のあるモスリンの単衣を纏って、幅のひろい、派手な鴇色のリボンで髪を結んでいました。そのモスリンは先達のお盆に買ってやったので、彼女はそれを留守の間に、自分の家で仕立てて貰って着ていたのです。

「ナオミちゃん、毎日何をしていたんだい？」

車が賑やかな広小路の方へ走り出すと、私は彼女と並んで腰かけ、こころもち彼女の方へ顔をすり寄せるようにしながら云いました。

「あたし毎日活動写真を見に行ってたわ」

「じゃ、別に淋しくはなかったろうね」

「ええ、別に淋しいことなんかなかったけれど、……」

そう云って彼女はちょっと考えて、

「でも譲治さんは、思ったより早く帰って来たのね」

「田舎にいたって詰まらないから、予定を切り上げて来ちまったんだよ。やっぱり東京が一番だなア」

私はそう云ってほッと溜息をつきながら、窓の外にちらちらしている都会の夜の花やかな灯影を、云いようのない懐かしい気持で眺めたものです。

「だけどあたし、夏は田舎もいいと思うわ」

「そりゃ田舎にもよりけりだよ、僕の家なんか草深い百姓家で、近所の景色は平凡だし、名所古蹟がある訳じゃなし、真っ昼間から蚊だの蝿だのがぶんぶん呻って、とても暑くってやり切れやしない」

「まあ、そんな所？」

「そんな所さ」

「あたし、どこか、海水浴へ行きたいなあ」

突然そう云ったナオミの口調には、だだッ児のような可愛らしさがありました。

「じゃ、近いうちに涼しい処へ連れて行こうか、鎌倉がいいかね、それとも箱根かね」

「温泉よりは海がいいわ、――行きたいなア、ほんとうに」

その無邪気そうな声だけを聞いていると、やはり以前のナオミに違いないのでしたが、何だかほんの十日ばかり見なかった間に、急に身体が伸び伸びと育って来たようで、モスリンの単衣の下に息づいている円みを持った肩の形や乳房のあたりを、私はそっと偸み視ないではいられませんでした。

「この着物はよく似合うね、誰に縫って貰ったの？」

と、暫くたってから私は云いました。

「おッ母さんが縫ってくれたの」

「内の評判はどうだったい、見立てが上手だと云わなかったかい」

「ええ、云ったわ、――悪くはないけれど、あんまり柄がハイカラ過ぎるッて、――」

「おッ母さんがそう云うのかい」

「ええ、そう、――内の人たちにゃなんにも分りゃしないのよ」

そう云って彼女は、遠い所を視つめるような眼つきをしながら、

「みんながあたしを、すっかり変ったって云ってたわ」

「どんな風に変ったって？」

「恐ろしくハイカラになっちゃったって」

「そりゃそうだろう、僕が見たってそうだからなあ」

「そうかしら。――一遍頭を日本髪に結って御覧て云われたけれど、あたしイヤだから結わなかったわ」

「じゃあそのリボンは？」

「これ？　これはあたしが仲店へ行って自分で買ったの。どう？」

と云って、頸をひねって、さらさらとした油気のない髪の毛を風に吹かせながら、そこにひらひら舞っている鴇色の布を私の方へ示しました。

「ああ、よく映るね、こうした方が日本髪よりいくらいいか知れやしない」

「ふん」

と、彼女は、その獅子ッ鼻の先を、ちょいとしゃくって意を得たように笑いました。悪く云えば小生意気なこの鼻先の笑い方が彼女の癖ではありましたけれど、それが却って

私の眼には大へん悧巧そうに見えたものです。

四

ナオミがしきりに「鎌倉へ連れてッてよう！」とねだるので、ほんの二三日の滞在のつもりで出かけたのは八月の初め頃でした。

「なぜ二三日でなけりゃいけないの？　行くなら十日か一週間ぐらい行っていなけりゃ詰まらないわ」

彼女はそう云って、出がけにちょっと不平そうな顔をしましたが、何分私は会社の方が忙がしいという口実の下に郷里を引き揚げて来たのですから、それがバレると母親の手前、少し工合が悪いのでした。が、そんなことをいうと却って彼女が肩身の狭い思いをするであろうと察して、

「ま、今年は二三日で我慢をしてお置き、来年はどこか変ったところへゆっくり連れて行って上げるから。――ね、いいじゃないか」

「だって、たった二三日じゃあ」

「そりゃそうだけれども、泳ぎたけりゃ帰って来てから、大森の海岸で泳げばいいじゃないか」

「あんな汚い海で泳げはしないわ」

「そんな分らないことを云うもんじゃないよ、ね、いい児だからそうおし、その代り何

か着物を買ってやるから。――そう、そう、お前は洋服が欲しいと云っていたじゃないか、だから洋服を拵えて上げよう」

その「洋服」というえさに釣られて、彼女はやっと納得が行ったのでした。

鎌倉では長谷の金波楼と云う、あまり立派でない海水旅館へ泊りました。それに就いて今から思うとおかしな話があるのです。と云うのは、私のふところにはこの半期に貰ったボーナスが大部分残っていましたから、本来ならば何も二三日滞在するのに倹約する必要はなかったのです。それに私は、彼女と始めて泊りがけの旅に出ると云うことが愉快でなりませんでしたから、なるべくならばその印象を美しいものにするために、あまりケチケチした真似はしないで、宿屋なども一流の所へ行きたいと、最初はそんな考えでいました。ところがいよいよと云う日になって、横須賀行の二等室へ乗り込んだ時から、私たちは一種の気後れに襲われたのです。なぜかと云って、その汽車の中には逗子や鎌倉へ出かける夫人や令嬢が沢山乗り合わしていて、ずらりときらびやかな列を作っていましたので、さてその中に割り込んでみると、私は兎に角、ナオミの身なりがいかにも見すぼらしく思えたものでした。

勿論夏のことですから、その夫人たちや令嬢たちもそうゴテゴテと着飾っていた筈はありません、が、こうして彼等とナオミとを比べて見ると、社会の上層に生れた者とそうでない者との間には、争われない品格の相違があるような気がしたのです。ナオミもカフェエにいた頃とは別人のようになりはしたものの、氏や育ちの悪いものはやはりどうしても駄目なのじゃないかと、私もそう思い、彼女自身も一層強くそれを感じたに違いありません。そしていつもは彼女をハイカラに見せたところの、あのモスリンの葡萄の模様の単衣物が、まあその時はどんなに情なく見えたことでしょう。並居る婦人たちの中にはあっさりとした浴衣がけの人もいましたけれど、指に宝石を光らしているとか、持ち物に贅を凝らしているとか、何かしら彼等の富貴を物語るものが示されているのに、ナオミの手にはその滑かな皮膚より外に、何一つとして誇るに足るものは輝いていなかったのです。私は今でもナオミが極まり悪そうに自分のパラソルを袂の蔭へ隠したことを覚えています。それもその筈で、そのパラソルは新調のものではありましたが、誰の目にも七八円の安物としか思われないような品でしたから。

で、私たちは三橋にしようか、思い切って海浜ホテルへ泊ろうかなどと、そんな空想を描いていたに拘わらず、その家の前まで行って見ると、まず門構えの厳めしいのに圧迫されて、長谷の通りを二度も三度も往ったり来たりした末に、とうとう土地では二流か三流の金波楼へ行くことになったのです。

宿には若い学生たちが大勢がやがや泊っていて、とても落ち着いてはいられないので、私たちは毎日浜でばかり暮らしました。お転婆のナオミは海さえ見れば機嫌がよく、もう汽車の中でしょげたことは忘れてしまって、

「あたしどうしてもこの夏中に泳ぎを覚えてしまわなくっちゃ」

と、私の腕にしがみ着いて、盛んにぼちゃぼちゃ浅い所で暴れ廻る。私は彼女の胴体を両手で抱えて、腹這いにさせて浮かしてやったり、シッカリ棒杭を摑ませて置いて、その脚を持って足掻き方を教えてやったり、わざと突然手をつッ放して苦い潮水を飲まし

てやったり、それに飽きると波乗の稽古をしたり、浜辺にごろごろ寝ころびながら砂いたずらをしてみたり、夕方からは舟を借りて沖の方まで漕いで行ったり、――そして、そんな折には彼女はいつも海水着の上に大きなタオルを纏ったまま、或る時は艫に腰かけ、或る時は舷を枕に青空を仰いで誰に憚ることもなく、その得意のナポリの船唄、「サンタ・ルチア」を甲高い声でうたいました。

O dolce Napoli,
O soul beato,

と、伊太利語でうたう彼女のソプラノが、夕なぎの海に響き渡るのを聴き惚れながら、私はしずかに櫓を漕いで行く。「もっと彼方へ、もっと彼方へ」と彼女は無限に浪の上を走りたがる。いつの間にやら日は暮れてしまって、星がチラチラと私等の船を空から瞰おろし、あたりがぼんやり暗くなって、彼女の姿はただほの白いタオルに包まれ、その輪廓がぼやけてしまう。が、晴れやかな唄ごえはなかなか止まずに、「サンタ・ルチア」は幾度となく繰り返され、それから「ローレライ」になり、「流浪の民」になり、ミニヨンの一節になりして、ゆるやかな船の歩みと共にいろいろ唄をつづけて行きます。……

こういう経験は、若い時代には誰でも一度あることでしょうが、私に取っては実にその時が始めてでした。私は電気の技師であって、文学だとか芸術だとか云うものには縁の薄い方でしたから、小説などを手にすることはめったになかったのですけれども、その時思い出したのは嘗て読んだことのある夏目漱石の「草枕」です。そうです、たしかあの中に、「ヴェニスは沈みつつ、ヴェニスは沈みつつ」と云うところがあったと思いますが、ナオミと二人で船に揺られつつ、沖の方から夕靄の帳を透して陸の灯影を眺めると、不思議にあの文句が胸に浮んで来て、何だかこう、このまま彼女と果てしも知らぬ遠い世界へ押し流されて行きたいような、涙ぐましい、うッとりと酔った心地になるのでした。私のような武骨な男がそんな気分を味わうことが出来ただけでも、あの鎌倉の三日間は決して無駄でなかったのです。

いや、そればかりではありません、実を云うとその三日間は更にもう一つ大切な発見を、私に与えてくれたのでした。私は今までナオミと一緒に住んでいながら、彼女がどんな体つきをしているか、露骨に云えばその素裸な肉体の姿を知り得る機会がなかったのに、それが今度はほんとうによく分ったのです。彼女が始めて由比ケ浜の海水浴場へ出かけて行って、前の晩にわざわざ銀座で買って来た、濃い緑色の海水帽と海水服とを肌身に着けて現れたとき、正直なところ、私はどんなに彼女の四肢の整っていることを喜んだでしょう。そうです、私は全く喜んだのです。なぜかと云うに、私は先から着物の着こなし工合や何かで、きっとナオミの体の曲線はこうであろうと思っていたのが、想像通り中ったからです。

「ナオミよ、ナオミよ、私のメリー・ピクフォードよ、お前は何と云う釣合のとれた、いい体つきをしているのだ。お前のそのしなやかな腕はどうだ。そのまっすぐな、まるで男の子のようにすっきりとした脚はどうだ」

と、私は思わず心の中で叫びました。そして映画でお馴染の、あの活潑な*マックセンネットの*ベージング・ガールたちを想い出さずにはいられませんでした。

誰しも自分の女房の体のことなどを余り委しく書き立てるのは厭でしょうが、私にしたって、後年私の妻となった彼女に就いて、そう云うことをれいれいしくしゃべったり、多くの人に知らしたりするのは決して愉快ではありません。けれどもそれを云わないとどうも話の都合が悪いし、そのくらいのことを遠慮しては、結局この記録を書き留める意義がなくなってしまう訳ですから、ナオミが十五の歳の八月、鎌倉の海辺に立った時に、どう云う風な体格だったか、一と通りはここに記して置かねばなりません。当時のナオミは、並んで立つと背の高さが私よりは一寸ぐらい低かったでしょう。――断って置きますが、私は頑健岩の如き恰幅ではありましたけれども、身の丈は五尺二寸ばかりで、まず小男の部だったのです。――が、彼女の骨組の著しい特長として、胴が短く、脚の方が長かったので、少し離れて眺めると、実際よりは大へん高く思えました。そして、その短い胴体はSの字のように非常に深くくびれていて、くびれた最底部のところに、もう十分に女らしい円みを帯びた臀の隆起がありました。その時分私たちは、あの有名な水泳の達人ケラーマン嬢*を主役にした、「水神の娘」とか云う人魚の映画を見たことがありましたので、

「ナオミちゃん、ちょいとケラーマンの真似をして御覧」

マックセンネット　Mack Sennet (1880―1960)。カナダ生まれのアメリカの俳優、映画監督、映画製作者。水着美人や警官隊が登場するドタバタ喜劇で一世を風靡した。　**ベージング・ガール**　bathing girl　水浴している少女。　**ケラーマン嬢**　Annette Kellermann (1887―1975)。オーストラリアの水泳選手で、女優に転身した。

と、私が云うと、彼女は砂浜に突っ立って、両手を空にかざしながら、「飛び込み」の形をして見せたものですが、そんな場合に両腿をぴったり合わせると、脚と脚との間には寸分の隙もなく、腰から下が足頸を頂天にした一つの細長い三角形を描くのでした。彼女もそれには得意の様子で、「どう？　譲治さん、あたしの脚は曲っていない？」と云いながら、歩いてみたり、立ち止ってみたり、砂の上へぐっと伸ばしてみたりして、自分でもその恰好を嬉しそうに眺めました。

それからもう一つナオミの体の特長は、頸から肩へかけての線でした。肩、……私はしばしば彼女の肩へ触れる機会があったのです。と云うのは、ナオミはいつも海水服を着るときに、「譲治さん、ちょいとこれを嵌めて頂戴」と、私の傍にやって来て、肩についているボタンを嵌めさせるのでしたから。で、ナオミのように撫で肩で、頸が長いものは、着物を脱ぐと痩せているのが普通ですけれど、彼女はそれと反対で、思いの外に厚みのある、たっぷりとした立派な肩と、いかにも呼吸の強そうな胸を持っていました。ボタンを嵌めてやる折に、彼女が深く息を吸ったり、腕を動かして背中の肉にもくもく波を打たせたりすると、それでなくてもハチ切れそうな海水服は、丘のように盛り上った肩のところに一杯に伸びて、ぴんと弾けてしまいそうになるのです。一と口に云えばそれは実に力の籠った、「若さ」と「美しさ」の感じの溢れた肩でした。私は内々そのあたりにいる多くの少女と比較してみましたが、彼女のように健康な肩と優雅な頸とを兼ね備えているものは外にないような気がしました。

「ナオミちゃん、少うしじッとしておいでよ、そう動いちゃボタンが固くって嵌まりやしない」

と云いながら、私は海水服の端を摘まんで大きな物を袋の中へ詰めるように、無理にその肩を押し込んでやるのが常でした。

こう云う体格を持っていた彼女が、運動好きで、お転婆だったのは当り前だと云わなければなりません。実際ナオミは手足を使ってやることなら何事に依らず器用でした。水泳などは鎌倉の三日を皮切りにして、あとは大森の海岸で毎日一生懸命に習って、その夏中にとうとう物にしてしまい、ボートを漕いだり、ヨットを操ったり、いろんなことが出来るようになりました。そして一日遊び抜いて、日が暮れるとガッカリ疲れて

「ああ、くたびれた」と云いながら、ビッショリ濡れた海水着を持って帰って来る。

「あーあ、お腹が減っちゃった」

と、ぐったり椅子に体を投げ出す。どうかすると、晩飯を炊くのが面倒なので、帰り路に洋食屋へ寄って、まるで二人が競争のようにたらふく物をたべっくらする。ビフテキのあとで又ビフテキと、ビフテキの好きな彼女は訳なくペロリと三皿ぐらいお代りをするのでした。

あの歳の夏の、楽しかった思い出を書き記したら際限がありませんからこのくらいにして置きますが、最後に一つ書き洩らしてならないのは、その時分から私が彼女をお湯へ入れて、手だの足だの背中だのをゴムのスポンジで洗ってやる習慣がついたことです。これはナオミが睡がったりして銭湯へ行くのを大儀がったものですから、海の潮水を洗い落すのに台所で水を浴びたり、行水を使ったりしたのが始まりでした。

「さあ、ナオミちゃん、そのまんま寝ちまっちゃ身体がべたべたしてしょうがないよ。洗ってやるからこの盥の中へおはいり」

と、そう云うと、彼女は云われるままになっておとなしく私に洗わせていました。それがだんだん癖になって、すずしい秋の季節が来ても行水は止まず、もうしまいにはアトリエの隅に西洋風呂や、バス・マットを据えて、その周りを衝立で囲って、ずっと冬中洗ってやるようになったのです。

五

察しのいい読者のうちには、既に前回の話の間に、私とナオミが友達以上の関係を結んだかのように想像する人があるでしょう。が、事実そうではなかったのです。それはなるほど月日のたつに随って、お互いの胸の中に一種の「了解」と云うようなものが出来ていたことはありましょう。けれども一方はまだ十五歳の少女であり、私は前にも云うように女にかけて経験のない謹直な「君子」であったばかりでなく、彼女の貞操に関しては責任を感じていたのですから、めったに一時の衝動に駆られてその「了解」の範囲を越えるようなことはしなかったのです。勿論私の心の中には、ナオミを措いて自分の妻にするような女はいない、あったところで今更情として彼女を捨てる訳には行かないという考えが、次第にしっかりと根を張って来ていました。で、それだけになお、彼女を汚すような仕方で、或は弄ぶような態度で、最初にそのことに触れたくないと思っていました。

さよう、私とナオミが始めてそう云う関係になったのはその明くる年、ナオミが取って十六歳の年の春、四月の二十六日でした。――と、そうハッキリと覚えているのは、実はその時分、いやずっとその以前、あの行水を使い出した頃から、私は毎日ナオミに就いていろいろ興味を感じたことを日記に附けて置いたからです。全くあの頃のナオミは、その体つきが一日々々と女らしく、際立って育って行きましたから、ちょうど赤子を産んだ親が「始めて笑う」とか「始めて口をきく」とか云う風に、その子供の生い立ちのさまを書き留めて置くのと同じような心持で、私は一々自分の注意を惹いた事柄を日記に誌したのでした。私は今でもときどきそれを繰って見ることがありますが、大正某年九月二十一日――即ちナオミが十五歳の秋、――の条にはこう書いてあります。

「夜の八時に行水を使わせる。海水浴で日に焼けたのがまだ直らない。ちょうど海水着を着ていたところだけが白くて、あとが真っ黒で、私もそうだがナオミは生地が白いから、余計カッキリと眼について、裸でいても海水着を着ているようだ。お前の体は縞馬のようだといったら、ナオミはおかしがって笑った。……」

それから一と月ばかりたって、十月十七日の条には、

「日に焼けたり皮が剝げたりしていたのがだんだん直ったと思ったら、却って前よりつやつやしい非常に美しい肌になった。私が腕を洗ってやったら、ナオミは黙って、肌の上を溶けて流れて行くシャボンの泡を見つめていた。『綺麗だね』と私が云ったら、『ほんとに綺麗ね』と彼女は云って、『シャボンの泡がよ』と附け加えた。……」

次に十一月の五日——

「今夜始めて西洋風呂を使ってみる。馴れないのでナオミはつるつる湯の中で滑ってきゃっきゃっと笑った。『大きなベビーさん』と私が云ったら、私のことを『パパさん』と彼女が云った。………」

そうです、この「ベビーさん」と「パパさん」とはそれから後も屢〻出ました。ナオミが何かをねだったり、だだを捏ねたりする時は、いつもふざけて私を「パパさん」と呼んだものです。

「ナオミの成長」——と、その日記にはそう云う標題が附いていました。ですからそれは云うまでもなく、ナオミに関した事柄ばかりを記したもので、やがて私は写真機を買い、いよいよメリー・ピクフォードに似て来る彼女の顔をさまざまな光線や角度から映し撮っては、記事の間のところどころへ貼りつけたりしました。

日記のことで話が横道へ外れましたが、兎に角それに依って見ると、私と彼女とが切っても切れない関係になったのは、大森へ来てから第二年目の四月の二十六日なのです。尤も二人の間には云わず語らず「了解」が出来ていたのですから、極めて自然にどちらがどちらを誘惑するのでもなく、殆どこれと云う言葉一つも交さないで、暗黙の裡にそう云う結果になったのです。それから彼女は私の耳に口をつけて、

「譲治さん、きっとあたしを捨てないでね」

と云いました。

「捨てるなんて、——そんなことは決してしてないから安心おしよ。ナオミちゃんには僕

の心がよく分っているだろうが、………」

「ええ、そりゃ分っているけれど、………」

「じゃ、いつから分っていた？」

「さあ、いつからだか、………」

「僕がお前を引き取って世話すると云った時に、ナオミちゃんは僕をどう云う風に思った？――お前を立派な者にして、行く行くお前と結婚するつもりじゃないかと、そう云う風には思わなかった？」

「そりゃ、そう云うつもりなのかしらと思ったけれど、………」

「じゃナオミちゃんも僕の奥さんになってもいい気で来てくれたんだね」

そして私は彼女の返辞を待つまでもなく、力一杯彼女を強く抱きしめながらつづけました。

「ありがとよ、ナオミちゃん、ほんとにありがと、よく分っていてくれた。………僕は今こそ正直なことを云うけれど、お前がこんなに、………こんなにまで僕の理想にかなった女になってくれようとは思わなかった。僕は運がよかったんだ。僕は一生お前を可愛がって上げるよ。………お前ばかりを。………世間によくある夫婦のようにお前を決して粗末にはしないよ。ほんとに僕はお前のために生きているんだと思っておくれ。お前の望みは何でもきっと聴いて上げるから、お前ももっと学問をして立派な人になっておくれ。………」

「ええ、あたし一生懸命勉強しますわ、そしてほんとに譲治さんの気に入るような女になるわ、きっと……」

ナオミの眼には涙が流れていましたが、いつか私も泣いていました。そして二人はその晩じゅう、行くすえのことを飽かずに語り明かしました。

それから間もなく、土曜の午後から日曜へかけて郷里へ帰り、母に始めてナオミのことを打ち明けました。これは一つには、ナオミが国の方の思わくを心配している様子でしたから、彼女に安心を与えるためと、私としても公明正大に事件を運びたかったので、出来るだけ母への報告を急いだ訳でした。私は私の「結婚」に就いての考えを正直に述べ、どう云う訳でナオミを妻に持ちたいのか、年寄にもよく納得が行くように理由を説いて聞かせました。母は前から私の性格を理解しており、信用していてくれたので、

「お前がそう云うつもりならその児を嫁に貰うもいいが、その児の里がそう云う家だと面倒が起り易いから、あとあとの迷惑がないように気を付けて」

と、ただそう云っただけでした。で、おおびらの結婚は二三年先のことにしても、籍だけは早くこっちへ入れて置きたいと思ったので、千束町の方にもすぐ掛け合いましたが、これはもともと呑気な母や兄たちですから、訳なく済んでしまいました。呑気ではあるが、そう腹の黒い人たちではなかったと見えて、慾にからんだようなことは何一つ云いませんでした。

そうなってから、私とナオミとの親密さが急速度に展開したのは云うまでもありません。まだ世間で知る者もなく、うわべはやはり友達のようにしていましたが、もう私たちは誰に憚るところもない法律上の夫婦だったのです。

「ねえ、ナオミちゃん」

と、私は或る時彼女に云いました。

「僕とお前はこれから先も友達みたいに暮らそうじゃないか、いつまでたっても。――」

「じゃ、いつまでたってもあたしのことを『ナオミちゃん』と呼んでくれる?」

「そりゃそうさ、それとも『奥さん』と呼んであげようか?」

「いやだわ、あたし、――」

「そうでなけりゃ『ナオミさん』にしようか?」

「さんはいやだわ、やっぱりちゃんの方がいいわ、あたしがさんにして頂戴って云うまでは」

「そうすると僕も永久に『譲治さん』だね」

「そりゃそうだわ、外に呼び方はありやしないもの」

ナオミはソオファへ仰向けにねころんで、薔薇の花を持ちながら、それを頻りに唇へあてていじくっていたかと思うと、そのとき不意に、

「ねえ、譲治さん?」と、そう云って、両手をひろげて、その花の代りに私の首を抱きしめました。

「僕の可愛いナオミちゃん」と私は息が塞がるくらいシッカリと抱かれたまま、袂の蔭の暗い中から声を出しながら、

「僕の可愛いナオミちゃん、僕はお前を愛しているばかりじゃない、ほんとうを云えば

お前を崇拝しているのだよ。お前は僕の宝物だ、僕が自分で見つけ出して研きをかけたダイヤモンドだ。だからお前を美しい女にするためなら、どんなものでも買ってやるよ。僕の月給をみんなお前に上げてもいいが」

「いいわ、そんなにしてくれないでも。そんなことよりか、あたし英語と音楽をもっとほんとに勉強するわ」

「ああ、勉強おし、勉強おし、もうすぐピアノも買って上げるから。そうして西洋人の前へ出ても恥かしくないようなレディーにおなり、お前ならきっとなれるから」

――この「西洋人の前へ出ても」とか、「西洋人のように」とか云う言葉を、私はたびたび使ったものです。彼女もそれを喜んだことは勿論で、

「どう？　こうやるとあたしの顔は西洋人のように見えない？」

などと云いながら鏡の前でいろいろ表情をやって見せる。活動写真を見る時に彼女は余程女優の動作に注意を配っているらしく、ピクフォードはこう云う笑い方をするとか、*ピナ・メニケリはこんな工合に眼を使うとか、*ジェラルディン・ファーラーはいつも頭をこう云う風に束ねているとか、もうしまいには夢中になって、髪の毛までもバラバラに解かしてしまって、それをさまざまの形にしながら真似るのですが、瞬間的にそう云う女優の癖や感じを捉えることは、彼女は実に上手でした。

「巧いもんだね、とてもその真似は役者にだって出来やしないね、顔が西洋人に似ているんだから」

「そうかしら、どこが全体似ているのかしら？」

「その鼻つきと歯ならびのせいだよ」

「ああ、この歯？」

そして彼女は「いー」と云うように唇をひろげて、その歯並びを鏡へ映して眺めるのでした。それはほんとに粒の揃った非常につやのある綺麗な歯列だったのです。

「何しろお前は日本人離れがしているんだから、普通の日本の着物を着たんじゃ面白くないね。いっそ洋服にしてしまうか、和服にしても一風変ったスタイルにしたらどうだい」

「じゃ、どんなスタイル？」

「これからの女はだんだん活潑になるのだから、今までのような、あんな重っ苦しい窮屈な物はいけないと思うよ」

「あたし筒ッぽの着物を着て兵児帯をしめちゃいけないかしら？」

「筒ッぽも悪くはないよ、何でもいいから出来るだけ新奇な風をしてみるんだよ、日本ともつかず、支那ともつかず、西洋ともつかないような、何かそう云うなりはないかな――」

「あったらあたしに拵えてくれる？」

「ああ拵えて上げるとも。僕はナオミちゃんにいろんな形の服を拵えて、毎日々々取り

ピナ・メニケリ　Pina Menichelli (1890―1984)。無声映画時代のイタリア人大女優。ジェラルディン・ファーラー　Geraldine Farrar (1882―1967)。アメリカのオペラ歌手、映画女優。

換え引換え着せてみるようにしたいんだよ。お召だの縮緬だのって、そんな高い物でなくってもいい。めりんすや銘仙で沢山だから、意匠を奇抜にすることだね」

　こんな話の末に、私たちはよく連れ立って方々の呉服屋や、デパートメント・ストーアへ裂地を捜しに行ったものでした。殊にその頃は、殆ど日曜日の度毎に三越や白木屋へ行かないことはなかったでしょう。兎に角普通の女物ではナオミも私も満足しないので、これはと思う柄を見つけるのは容易でなく、在り来たりの呉服屋では駄目だと思って、更紗屋だの、敷物屋だの、ワイシャツや洋服の裂を売る店だの、わざわざ横浜まで出かけて行って、支那人街や居留地にある外国人向きの裂屋だのを、一日がかりで尋ね廻ったことがありましたっけが、二人ともくたびれ切って足を擂粉木のようにしながら、それからそれへとどこまでも品物を漁りに行きます。路を通るにも油断をしないで、西洋人の姿や服装に目をつけたり、到る処のショウ・ウィンドウに注意します。たまたま珍しいものが見つかると、

「あ、あの裂はどう？」

と叫びながら、すぐその店へはいって行ってその反物をウィンドウから出して来させ、彼女の身体へあてがってみて頤の下からだらりと下へ垂らしたり、胴の周りへぐるぐると巻きつけたりする。――それは全く、ただそうやって冷かして歩くだけでも、二人に取っては優に面白い遊びでした。

　近頃でこそ一般の日本の婦人が、*オルガンディーや、*ジョウゼットや、*コットン・ボイルや、ああ云うものを単衣に仕立てることがポツポツ流行って来ましたけれども、あ

れに始めて目をつけたのは私たちではなかったでしょうか。ナオミは奇妙にあんな地質が似合いました。それも真面目な着物ではいけないので、筒ッぽにしたり、パジャマのような形にしたり、ナイト・ガウンのようにしたり、反物のまま身体に巻きつけてところどころをブローチで止めたり、そうしてそんななりをしてはただ家の中を往ったり来たりして、鏡の前に立ってみるとか、いろいろなポーズを写真に撮るとかしてみるのです。白や、薔薇色や、薄紫の、紗のように透き徹るそれらの衣に包まれた彼女の姿は、一箇の生きた大輪の花のように美しく、「こうして御覧、ああして御覧」と云いながら、私は彼女を抱き起したり、倒したり、腰かけさせたり、歩かせたりして、何時間でも眺めていました。

こんな風でしたから、彼女の衣裳は一年間に幾通りとなく殖えたものです。彼女はそれらを自分の部屋へはとてもしまいきれないので、手あたり次第にどこへでも吊り下げたり、丸めて置いたりしていました。箪笥を買えばよかったのですが、そう云うお金があるくらいなら少しでも余計衣裳を買いたいし、それに私たちの趣味として、何もそんなに大切に保存する必要はない。数は多いがみんな安物であるし、どうせ傍から着殺してしまうのだから、見える所へ散らかして置いて、気が向いた時に何遍でも取り換えた方が便利でもあり、第一部屋の装飾にもなる。で、アトリエの中はあたかも芝居の衣裳

オルガンディー organdi　きわめて薄手のモスリン。　**ジョウゼット** georgette　ちりめん様の仕上げをした絹布または綿布。夏の婦人服地に用いる。　**コットン・ボイル** cotton voile　綿のボイル。ボイルは、平織の薄地の織物。夏の婦人、子供服地に用いる。

部屋のように、椅子の上でもソオファの上でも、床の隅っこでも、甚だしきは梯子段の中途や、屋根裏の桟敷の手すりにまでも、それがだらしなく放ッたらかしてない所はなかったのです。そしてめったに洗濯をしたことがなく、おまけに彼女はそれを素肌へ纏うのが癖でしたから、どれも大概は垢じみていました。

　これらの沢山な衣裳の多くは突飛な裁ち方になっていましたから、外出の際に着られるようなのは、半分ぐらいしかなかったでしょう。中でもナオミが非常に好きで、おりおり戸外へ着て歩いたのに、繻子の袷と対の羽織がありました。繻子と云っても綿入りの繻子でしたが、羽織も着物も全体が無地の蝦色で、草履の鼻緒や、羽織の紐にまで蝦色を使い、その他はすべて、半襟でも、帯でも、帯留でも、襦袢の裡でも、袖口でも、袘でも、一様に淡い水色を配しました。帯もやっぱり綿繻子で作って、心をうすく、幅を狭く拵えて思い切り固く胸高に締め、半襟の布には繻子に似たものが欲しいと云うので、リボンを買って来てつけたりしました。ナオミがそれを着て出るのは大概夜の芝居見物の時なので、そのぎらぎらした眩しい地質の衣裳をきらめかしながら、有楽座や帝劇の廊下を歩くと、誰でも彼女を振返って見ないものはありません。

「何だろうあの女は？」

「女優かしら？」

「混血児かしら？」

などと云う囁きを耳にしながら、私も彼女も得意そうにわざとそこいらをうろついたものでした。

が、その着物でさえそんなに人が不思議がったくらいですから、ましてそれ以上に奇抜なものは、いくらナオミが風変りを好んでも到底外へ着て行く訳には行きません。それらは実際ただ部屋の中で、彼女をいろいろな器に入れて眺めるための、容れ物だったに過ぎないのです。たとえば一輪の美しい花を、さまざまな花瓶へ挿し換えてみるのと同じ心持だったでしょう。私にとってナオミは妻であると同時に、世にも珍しき人形であり、装飾品でもあったのですから、敢て驚くには足りないのです。従って彼女は、殆ど家で真面目ななりをしていることはありませんでした。これも何とか云う亜米利加の活動劇の男装からヒントを得て、黒いビロードで拵えさせた三ツ組の背広服などは、恐らく一番金のかかった、贅沢な室内着だったでしょう。それを着込んで、髪の毛をくるくると巻いて、鳥打帽子を被った姿は猫のようになまめかしい感じでしたが、夏は勿論、冬もストーヴで部屋を暖めて、ゆるやかなガウンや海水着一つで遊んでいることも屢〻ありました。彼女の穿いたスリッパの数だけでも、刺繡した支那の靴を始めとして何足くらいあったでしょうか。そして彼女は多くの場合足袋や靴下を着けることはなく、いつもそれらの穿物をじかに素足に穿いていました。

六

当時私は、それほど彼女の機嫌を買い、ありとあらゆる好きなことをさせながら、一方では又、彼女を十分に教育してやり、偉い女、立派な女に仕立てようと云う最初の希望を捨てたことはありませんでした。この「立派」とか「偉い」とか云う言葉の意味を吟味すると、自分でもハッキリしないのですが、要するに私らしい極く単純な考えで、「どこへ出しても恥かしくない、近代的な、ハイカラ婦人」と云うような、甚だ漠然としたものを頭に置いていたのでしょう。ナオミを「偉くすること」と、「人形のように珍重すること」と、この二つが果して両立するものかどうか？――今から思うと馬鹿げた話ですけれど、彼女の愛に惑溺して眼が眩んでいた私には、そんな見易い道理さえが全く分らなかったのです。

「ナオミちゃん、遊びは遊び、勉強は勉強だよ。お前が偉くなってくれればまだまだ僕はいろいろな物を買って上げるよ」

と、私は口癖のように云いました。

「ええ、勉強するわ、そうしてきっと偉くなるわ」

と、ナオミは私に云われればいつも必ずそう答えます。そして毎日晩飯の後で、三十分くらい、私は彼女に会話やリーダーを浚ってやります。が、そんな場合に彼女は例のビロードの服だのガウンだのを着て、足の突先でスリッパをおもちゃにしながら椅子に靠れる始末ですから、いくら口やかましく云っても、結局「遊び」と「勉強」とはごっちゃになってしまうのでした。

「ナオミちゃん、何だねそんな真似をして！　勉強する時はもっと行儀よくしなけりゃいけないよ」

私がそう云うと、ナオミはぴくッと肩をちぢめて、小学校の生徒のような甘っ垂れた

声を出して、

「先生、御免なさい」

と云ったり、

「河合チェンチェイ、堪忍して頂戴な」

と云って、私の顔をコッソリ覗き込むかと思うと、時にはちょいと頬っぺたを突ッついたりする。「河合先生」もこの可愛らしい生徒に対しては厳格にする勇気がなく、叱言の果てがたわいのない悪ふざけになってしまいます。


一体ナオミは、音楽の方はよく知りませんが、英語の方は十五の歳からもう二年ばかり、ハリソン嬢の教えを受けていたのですから、本来ならば十分出来ていい筈なので、リーダーも一から始めて今では二の半分以上まで進み、会話の教科書としては"English Echo"を習い、文典の本は*神田乃武の"Intermediate Grammar"を使っていて、まず中学の三年ぐらいな実力に相当する訳でした。けれどもいくら贔屓目に見ても、ナオミは恐らく二年生にも劣っているように思えました。どうも不思議だ、こんな筈はないのだがと思って、一度私はハリソン嬢を訪ねたことがありましたが、

「いいえ、そんなことはありません、あの児はなかなか賢い児です。よく出来ます」

と、そういって、太った、人の好さそうなその老嬢は、ニコニコ笑っているだけでした。

「そうです、あの児は賢い児です、しかしその割りに余り英語がよく出来ないと思いま

神田乃武　明治の英学者。わが国における英語教育の功労者。安政四年―大正十二年（1857—1923）。

す。読むことだけは読みますけれど、日本語に翻訳することや、文法を解釈することなどが、……」

「いや、それはあなたがいけません、あなたの考えが違っています」

と、やはり老嬢はニコニコ顔で、私の言葉を遮って云うのでした。

「日本の人、みな文法やトランスレーションを考えます。けれどもそれは一番悪い。あなた英語を習います時、決して決して頭の中で文法を考えてはいけません、トランスレートしてはいけません。英語のままで何度も何度も読んでみること、それが一等よろしいです。ナオミさんは大変発音が美しい。そしてリーディングが上手ですから、今にきっと巧くなります」

成るほど老嬢の云うところにも理屈はあります。が、私の意味は文典の法則を組織的に覚えろと云うのではありません。二年間も英語を習い、リーダーの三が読めるのですから、せめて過去分詞の使い方や、パッシヴ・ヴォイスの組み立てや、サブジャンクティヴ・ムードの応用法ぐらいは、実際的に心得ていい筈だのに、和文英訳をやらせてみると、それがまるきり成っていないのです。殆ど中学の劣等生にも及ばないくらいなのです。いくらリーディングが達者だからと云って、これでは到底実力が養成される道理がない。一体二年間も何を教え、何を習っていたのだか訳が分らない。しかし老嬢は不平そうな私の顔つきに頓着せず、ひどく安心しきったような鷹揚な態度で頷きながら、「あの児は大へん賢いです」を相変らず繰り返すばかりでした。

これは私の想像ではありますが、どうも西洋人の教師は日本人の生徒に対して一種のえこひいきがあるようです。えこひいき——そう云って悪ければ先入主とでも云いましょうか? つまり彼等は西洋人臭い、ハイカラな、可愛らしい顔だちの少年や少女を見ると、一も二もなくその児を悧巧だと云う風に感ずる。殊にオールドミスであるとその傾向が一層甚しい。ハリソン嬢がナオミを頻りに褒めちぎるのはそのせいなので、もう頭から「賢い児だ」ときめてしまっているのでした。おまけにナオミは、ハリソン嬢の云う通り発音だけは非常に流暢を極めていました。何しろ歯並びがいいところへ声楽の素養があったのですから、その声だけを聞いていると実に綺麗で、素晴らしく英語が出来そうで、私などはまるで足元へも寄りつけないように思いました。それで恐らくハリソン嬢はその声に欺かされて、コロリと参ってしまったに違いないのです。嬢がどれほどナオミを愛していたかと云うことは、驚いたことに、嬢の部屋へ通ってみると、その化粧台の鏡の周りにナオミの写真が沢山飾ってあったのでも分るのでした。

私は内心嬢の意見や教授法に対しては甚だ不満でしたけれども、同時に又、西洋人がナオミをそんなにひいきにしてくれる、賢い児だと云ってくれるのが、自分の思う壺なので、あたかも自分が褒められたような嬉しさを禁じ得ませんでした。のみならず、元来私は、——いや、私ばかりではありません、日本人は誰でも大概そうですが、——西洋人の前へ出ると頗る意気地がなくなって、ハッキリ自分の考えを述べる勇気がない方でしたから、嬢の奇妙なアクセントのある日本語で、しかも堂々とまくし立てられると、結局こっちの云うべきことも云わないでしまいました。なに、向うがそう云う意見なら、こっちはこっちで、足りないところを家庭で補ってやればいいのだと、腹

の中でそう極めながら、

「ええ、ほんとうにそれはそうです、あなたの仰っしゃる通りです。それで私も分りましたから安心しました」

とか何とか云って、曖昧な、ニヤニヤしたお世辞笑いを浮かべながら、そのまま不得要領でスゴスゴ帰って来たのでした。

「譲治さん、ハリソンさんは何と云った？――――」

と、ナオミはその晩尋ねましたが、彼女の口調はいかにも老嬢の寵を恃んで、すっかりたかを括っているように聞えました。

「よく出来るって云っていたけれど、西洋人には日本人の生徒の心理が分らないんだよ。発音が器用で、ただすらすら読めさえすりゃあいいと云うのは大間違いだ。お前はたしかに記憶力はいい、だから空で覚えることは上手だけれど、翻訳させると何一つとして意味が分っていないじゃないか。それじゃ鸚鵡と同じことだ。いくら習っても何の足しにもなりゃしないんだ」

　私がナオミに叱言らしい叱言を云ったのはその時が始めてでした。私は彼女がハリソン嬢を味方にして、「それ見たことか」と云うように、得意の鼻を蠢めかしているのが癪に触ったばかりでなく、第一こんなで「偉い女」になれるかどうか、それを非常に心もとなく感じたのです。英語と云うものを別問題にして考えても、文典の規則を理解することが出来ないような頭では、全くこの先が案じられる。男の児が中学で幾何や代数を習うのは何のためか、必ずしも実用に供するのが主眼でなく、頭脳の働きを緻密にし、練磨するのが目的ではないか。女の児だって、成るほど今までは解剖的の頭がなくても済んでいた。が、これからの婦人はそうは行かない。まして「西洋人にも劣らないような」「立派な」女になろうとするものが、組織の才がなく、分析の能力がないと云うのでは心細い。

私は多少依怙地にもなって、前にはほんの三十分ほど浚ってやるだけだったのですが、それから後は一時間か一時間半以上、毎日必ず和文英訳と文典とを授けることにしたのでした。そしてその間は断じて遊び半分の気分を許さず、ぴしぴし叱り飛ばしました。ナオミの最も欠けているところは理解力でしたから、私はわざと意地悪く、細かいことを教えないでちょっとしたヒントを与えてやり、あとは自分で発明するように導きました。たとえば文法のパッシヴ・ヴォイスを習ったとすると、早速それの応用問題を彼女に示して、

「さ、これを英語に訳して御覧」

と、そう云います。

「今読んだところが分ってさえいりゃ、これがお前に出来ない筈はないんだよ」

と、そう云ったきり、彼女が答案を作るまでは黙って気長に構えています。その答案が違っていても決してどこが悪いとも云わないで、

「何だいお前、これじゃ分っていないんじゃないか、もう一度文法を読み直して御覧」

と、何遍でも突っ返します。そしてそれでも出来ないとなると、

「ナオミちゃん、こんな易しいものが出来ないでどうするんだい。お前は一体幾つにな

るんだ。……幾度も幾度も同じ所を直されて、まだこんなことが分らないなんて、どこに頭を持っているんだ。ハリソンさんが悧巧だなんて云ったたって、僕はちっともそうは思わないよ。これが出来ないじゃ学校に行けば劣等生だよ」

と、私もついつい熱中し過ぎて大きな声を出すようになります。するとナオミはむッと面を膨らせて、しまいにはしくしく泣きだすことがよくありました。

ふだんはほんとうに仲のいい二人、彼女が笑えば私も笑って、嘗て一度もいさかいをしたことがなく、こんな睦まじい男女はないと思われる二人、——それが英語の時間になるときまってお互いに重々しい、息の詰まるような気持にさせられる。日に一度ずつ私が怒らないことはなく、彼女が膨れないことはなく、ついさっきまであんなに機嫌のよかったものが、急に双方ともシャチコ張って、殆ど敵意をさえ含んだ眼つきで睨めッくらをする。——実際私はその時になると、彼女を偉くするためと云う最初の動機は忘れてしまって、あまりの腑がいなさにジリジリして、心から彼女が憎らしくなって来るのでした。相手が男の児だったら、私はきっと腹立ち紛れにポカリと一つ喰わせたかも知れません。それでなくとも夢中になって「馬鹿ッ」と怒鳴りつけることは始終でした。一度は彼女の額のあたりをこつんと拳骨で小突いたことさえありました。が、そうされるとナオミの方も妙にひねくれて、たとい知っていることでも決して答えようとはせず、頰を流れる涙を呑みながらいつまでも石のような沈黙を押し通します。ナオミは一旦そう云う風に曲り出したら驚くほど強情で、始末に負えないたちでしたから、最後は私が根負けをして、うやむやになってしまうのでした。

あるときこんなことがありました。"doing" とか "going" とか云う現在分詞には必ずその前に「ある」と云う動詞、――― "to be" を附けなければいけないのに、それが彼女には何度教えても理解出来ない。そして未だに "I going" "He making" と云うような誤りをするので、私はさんざん腹を立てて例の「馬鹿」を連発しながら口が酸っぱくなるほど細かく説明してやった揚句、過去、未来、未来完了、過去完了といろいろなテンスに亙って "going" の変化をやらせてみると、呆れたことにはそれがやっぱり分っていない。依然として "He will going" とやったり、"I had going" と書いたりする。私は覚えずかッとなって、

「馬鹿！　お前は何という馬鹿なんだ！　"will going" だの "have going" だのッてことは決して云えないッて人があれほど云ったのがまだお前には分らないか。分らなけりゃ分るまでやってみろ。今夜一と晩中かかっても出来るまでは許さないから」

そして激しく鉛筆を叩きつけて、その帳面をナオミの前へ突き返すと、ナオミは固く唇を結んで、真っ青になって、上眼づかいに、じーッと鋭く私の眉間を睨めつけました。と、何と思ったか彼女はいきなり帳面を鷲摑みにして、ビリビリに引き裂いて、ぽんと床の上へ投げ出したきり、再び物凄い瞳を据えて私の顔を穴のあくほど睨めるのです。

「何するんだ?」

一瞬間、その、猛獣のような気勢に圧されてアッケに取られていた私は、暫くたってからそう云いました。

「お前は僕に反抗する気か。学問なんかどうでもいいと思っているのか。一生懸命に勉強するの、偉い女になると云ったのは、ありゃ一体どうしたんだ。どう云うつもりで帳面を破ったんだ。さ、詫まれ、詫まらなけりゃ承知しないぞ！　もう今日限りこの家を出て行ってくれ！」

しかしナオミは、まだ強情に押し黙ったまま、その真っ青な顔の口もとに、一種泣くような薄笑いを浮べているだけでした。

「よし！　詫まらなけりゃそれでいいから、今すぐここを出て行ってくれ！　さ、出て行けと云ったら！」

そのくらいにして見せないととても彼女を威嚇かすことは出来まいと思ったので、ついと私は立ち上って脱ぎ捨ててある彼女の着換えを二三枚、手早く円めて風呂敷に包み、二階の部屋から紙入れを持って来て十円札を二枚取り出し、それを彼女に突きつけながら云いました。

「さあ、ナオミちゃん、この風呂敷に身の周りの物は入れてあるから、これを持って今夜浅草へ帰っておくれ。就いてはここに二十円ある。少ないけれど当座の小遣いに取ってお置き。いずれ後からキッパリと話はつけるし、荷物は明日にでも送り届けて上げるから。――――え？　ナオミちゃん、どうしたんだよ、なぜ黙っているんだよ。……」

そう云われると、きかぬ気のようでもそこは流石に子供でした。容易ならない私の剣幕にナオミはいささか怯んだ形で、今更後悔したように殊勝らしく項を垂れ、小さくなってしまうのでした。

「お前もなかなか強情だけど、僕にしたって一旦こうと云い出したら、決してそのままにゃ済まさないよ。悪いと思ったら詫まるがよし、それが厭なら帰っておくれ。……さ、どっちにするんだよ、早く極めたらいいじゃないか。詫まるのかい？　それとも浅草へ帰るのかい？」

すると彼女は首を振って「いやいや」をします。

「じゃ、帰りたくないのかい？」

「うん」と云うように、今度は頤で頷いてみせます。

「じゃ、詫まると云うのかい？」

「うん」

と、又同じように頷きます。

「それなら堪忍して上げるから、ちゃんと手を衝いて詫まるがいい」

で、仕方がなしにナオミは机へ両手を衝いて、――それでもまだどこか人を馬鹿にしたような風つきをしながら、不精ッたらしく、横ッちょを向いてお辞儀をします。

こういう傲慢な、我が儘な根性は、前から彼女にあったのであるか、或は私が甘やかし過ぎた結果なのか、いずれにしても日を経るに従ってそれがだんだん昂じて来つつあることは明らかでした。いや、実は昂じて来たのではなく、十五六の時分にはそれを子供らしい愛嬌として見逃していたのが、大きくなっても止まないので次第に私の手に余るようになったのかも知れません。以前はどんなにだだを捏ねても叱言を云えば素直に聴いたものですが、もうこの頃では少し気に喰わないことがあると、すぐにむうッと膨れ返る。それでもしくしく泣いたりされればまだ可愛げがありますけれど、時には私がいかに厳しく叱りつけても涙一滴こぼさないで、小憎らしいほど空惚けたり、例の鋭い上眼を使ってまるで狙いをつけるように一直線に私を見据える。――もし実際に動物電気と云うものがあるなら、ナオミの眼にはきっと多量にそれが含まれているのだろうと、私はいつもそう感じました。なぜならその眼は女のものとは思われないほど、炯々として強く凄じく、おまけに一種底の知れない深い魅力を湛えているので、グッと一息に睨められると、折々ぞっとするようなことがあったからです。

七

その時分、私の胸には失望と愛慕と、互いに矛盾した二つのものが交る交る鬩ぎ合っていました。自分が選択を誤ったこと、ナオミは自分の期待したほど賢い女ではなかったこと、――もうこの事実はいくら私のひいき眼でも否むに由なく、彼女が他日立派な婦人になるであろうと云うような望みは、今となっては全く夢であったことを悟るようになったのです。やっぱり育ちの悪い者は争われない、千束町の娘にはカフェエの女給が相当なのだ、柄にない教育を授けたところで何にもならない。――私はしみじみそう云うあきらめを抱くようになりました。が、同時に私は、一方に於いてあきらめながら、他の一方ではますます強く彼女の肉体に惹きつけられて行ったのでした。そうです、私は特に『肉体』と云います、なぜならそれは彼女の皮膚や、歯や、唇や、髪や、瞳や、その他あらゆる姿態の美しさであって、決してそこには精神的の何物もなかったのですから。つまり彼女は頭脳の方では私の期待を裏切りながら、肉体の方ではいよいよますます理想通りに、いやそれ以上に、美しさを増して行ったのです。「馬鹿な女」「しようのない奴だ」と、思えば思うほどなお意地悪くその美しさに誘惑される。これは実に私に取って不幸なことでした。私は次第に彼女を「仕立ててやろう」と云う純な心持を忘れてしまって、むしろあべこべにずるずる引き摺られるようになり、これではいけないと気が付いた時には、既に自分でもどうすることも出来なくなっていたのでした。

「世の中の事は総べて自分の思い通りに行くものではない。自分はナオミを、精神と肉体と、両方面から美しくしようとした。そして精神の方面では失敗したけれど、肉体の方面では立派に成功したじゃないか。自分は彼女がこの方面でこれほど美しくなろうとは思い設けていなかったのだ。そうして見ればその成功は他の失敗を補って余りあるではないか」

――私は無理にそう云う風に考えて、それで満足するように自分の気持を仕向けて行きました。

「譲治さんはこの頃英語の時間にも、あんまりあたしを馬鹿馬鹿ッて云わないようになったわね」

と、ナオミは早くも私の心の変化を看て取ってそう云いました。学問の方には疎くっても、私の顔色を読むことにかけては彼女は実に敏かったのです。

「ああ、あんまり云うと却ってお前が意地を突ッ張るようになって、結果がよくないと思ったから、方針を変えることにしたのさ」

「ふん」

と、彼女は鼻先で笑って、

「そりゃあそうよ、あんなに無闇に馬鹿々々ッて云われりゃ、あたし決して云うことなんか聴きやしないわ。あたし、ほんとうはね、大概な問題はちゃんと考えられたんだけれど、わざと譲治さんを困らしてやろうと思って、出来ないふりをしてやったの、それが譲治さんには分らなかった？」

「へえ、ほんとうかね？」

私はナオミの云うことが空威張りの負け惜しみであるのを知っていながら、故意にそう云って驚いて見せました。

「当り前さ、あんな問題が出来ない奴はありやしないわ。それを本気で出来ないと思っているんだから、譲治さんの方がよっぽど馬鹿だわ。あたし譲治さんが怒るたんびに、おかしくッておかしくッてしょうがなかったわ」

「呆れたもんだね、すっかり僕を一杯喰わせていたんだね」

「どう？　あたしの方が少し悧巧でしょ」

「うん、悧巧だ、ナオミちゃんには敵わないよ」

するとと彼女は得意になって、腹を抱えて笑うのでした。

読者諸君よ、ここで私が突然妙な話をしだすのを、どうか笑わないで聞いて下さい。

と云うのは、嘗て私は中学校にいた時分、歴史の時間にアントニーとクレオパトラの条を教わったことがあります。諸君も御承知のことでしょうが、あのアントニーがオクタヴィアヌスの軍勢を迎えてナイルの河上で船戦をする、と、アントニーに附いて来たクレオパトラは、味方の形勢が非なりとみるや、忽ち中途から船を返して逃げ出してしまう。然るにアントニーはこの薄情な女王の船が自分を捨てて去るのを見ると、危急存亡の際であるにも拘わらず、戦争などはそっち除けにして、自分もすぐに女のあとを追い駆けて行きます。――

「諸君」と、歴史の教師はその時私たちに云いました。

「このアントニーと云う男は女の尻を追っ駆け廻して、命をおとしてしまったので、歴史の上にこのくらい馬鹿を曝した人間はなく、実にどうも、古今無類の物笑いの種であります。英雄豪傑もいやはやこうなってしまっては、……」

その云い方がおかしかったので、学生たちは教師の顔を眺めながら一度にどっと笑ったものです。そして私も、笑った仲間の一人であったことは云うまでもありません。が、大切なのはここの処です。私は当時、アントニーともあろう者がどうしてそんな薄情な女に迷ったのか、不思議でなりませんでした。いや、アントニーばかりではない、すぐその前にもジュリアス・シーザーの如き英傑が、クレオパトラに引っかかって器量を下げている。そう云う例はまだその外にいくらでもある。徳川時代のお家騒動や、一国の治乱興廃の跡を尋ねると、必ず蔭に物凄い妖婦の手管がないことはない。ではその手管と云うものは、一旦それに引っかかれば誰でもコロリと欺されるほど、非常に陰険に、巧妙に仕組まれているかと云うのに、どうもそうではないような気がする。クレオパトラがどんなに悧巧な女だったとしたところでまさかシーザーやアントニーより智慧があったとは考えられない。たとい英雄でなくっても、その女に真心があるか、彼女の言葉が譃かほんとかぐらいなことは、用心すれば洞察出来る筈である。にも拘わらず、現に自分の身を亡ぼすのが分っていながら欺されてしまうと云うのは、余りと云えば腑甲斐ないことだ、事実その通りだったとすると、英雄なんて何もそれほど偉い者ではないかも知れない、私はひそかにそう思って、マーク・アントニーが「古今無類の物笑いの種」であり、「このくらい歴史の上に馬鹿を曝した人間はない」と云う教師の批評を、そのまま肯定したものでした。

私は今でもあの時の教師の言葉を胸に浮かべ、みんなと一緒にゲラゲラ笑った自分の姿を想い出すことがあるのです。そして想い出す度毎に、もう今日では笑う資格がないことをつくづくと感じます。なぜなら私は、どういう訳で羅馬の英雄が馬鹿になったか、アントニーとも云われる者が何故たわいなく妖婦の手管に巻き込まれてしまったか、その心持が現在となってはハッキリ頷けるばかりでなく、それに対して同情をさえ禁じ得ないくらいですから。

よく世間では「女が男を欺す」と云います。しかし私の経験によると、これは決して最初から「欺す」のではありません。最初は男が自ら進んで「欺される」のを喜ぶのです、惚れた女が出来てみると、彼女の云うことが譃であろうと真実であろうと、男の耳にはすべて可愛い。たまたま彼女が空涙を流しながら靠れかかって来たりすると、

「ははあ、此奴、この手で己を欺そうとしているな。でもお前はおかしな奴だ、可愛い奴だ、己にはちゃんとお前の腹は分ってるんだが、折角だから欺されてやるよ。まあまあたんと己をお欺し……」

と、そんな風に男は*大腹中に構えて、云わば子供を嬉しがらせるような気持で、わざとその手に乗ってやります。ですから男は女に欺されるつもりはない。却って女を欺してやっているのだと、そう考えて心の中で笑っています。

その証拠には私とナオミがやはりそうでした。

「あたしの方が譲治さんより悧巧だわね」

と、そう云って、ナオミは私を欺し終せた気になっている。私は自分を間抜け者にして、欺された体を装ってやる。私に取っては浅はかな彼女の譃を発くよりか、むしろ彼女を得意がらせ、そうして彼女のよろこぶ顔を見てやった方が、自分もどんなにうれしいか知れない。のみならず私は、そこに自分の良心を満足させる言訳さえも持っていました。と云うのは、たといナオミが悧巧な女でないとしても、悧巧だという自信を持たせるのは悪くないことだ。日本の女の第一の短所は確乎たる自信のない点にある。だから彼等は西洋の女に比べていじけて見える。近代的の美人の資格は、顔だちよりも才気煥発な表情と態度とにあるのだ。よしや自信と云うほどでなく、単なる己惚れであってもいいから、「自分は賢い」「自分は美人だ」と思い込むことが、結局その女を美人にさせる。——私はそう云う考えでしたから、ナオミの悧巧がる癖を戒しめなかったばかりでな

大腹中　ふとっぱら。

く、却って大いに焚きつけてやりました。常に快く彼女に欺され、彼女の自信をいよいよ強くするように仕向けてやりました。

一例を挙げると、私とナオミとはその頃しばしば兵隊将棋やトランプをして遊びましたが、本気でやれば私の方が勝てる訳だのに、なるべく彼女を勝たせるようにしてやったので、次第に彼女は「勝負事では自分の方がずっと強者だ」と思い上って、

「さあ、譲治さん、一つ捻ってあげるからいらッしゃいよ」

などと、すっかり私を見縊った態度で挑んで来ます。

「ふん、それじゃ一番復讐戦してやるかな。――なあに、真面目でかかりゃお前なんかに負けやしないんだが、相手が子供だと思うもんだから、ついつい油断しちまって、――」

「まあいいわよ、勝ってから立派な口をおききなさいよ」

「よし来た！　今度こそほんとに勝ってやるから！」

そう云いながら、私は殊更下手な手を打って相変らず負けてやります。

「どう？　譲治さん、子供に負けて口惜しかないこと？――もう駄目だわよ、何と云ったってあたしに抗やしないわよ。まあ、どうだろう、三十一にもなりながら、大の男がこんな事で十八の子供に負けるなんて、まるで譲治さんはやり方を知らないのよ」

そして彼女は「やっぱり歳よりは頭だわね」とか、「自分の方が馬鹿なんだから、口惜しがったって仕方がないわよ」とか、いよいよ図に乗って、

「ふん」

と、例の鼻の先で生意気そうにせせら笑います。

が、恐ろしいのはこれから来る結果なのです。始めのうちは私がナオミの機嫌を取ってやっている、少なくとも私自身はそのつもりでいる。ところがだんだんそれが習慣になるに従って、ナオミは真に強い自信を持つようになり、今度はいくら私が本気で蹈ん張っても、事実彼女に勝てないようになるのです。

人と人との勝ち負けは理智に依ってのみ極るのではなく、そこには「気合い」と云うものがあります。云い換えれば動物電気です。まして賭け事の場合には尚更そうで、ナオミは私と決戦すると、始めから気を呑んでかかり、素晴らしい勢いで打ち込んで来るので、こっちはジリジリと圧し倒されるようになり、立ち怯れがしてしまうのです。

「ただでやったってつまらないから、幾らか賭けてやりましょうよ」

と、もうしまいにはナオミはすっかり味をしめて、金を賭けなければ勝負をしないようになりました。すると賭ければ賭けるほど、私の負けは嵩んで来ます。ナオミは一文なしの癖に、十銭とか二十銭とか、自分で勝手に単位をきめて、思う存分小遣い銭をせしめます。

「ああ、三十円あるとあの着物が買えるんだけれど。……又トランプで取ってやろうかな」

などと云いながら挑戦して来る。たまには彼女が負けることがありましたけれど、そう云う時には又別の手を知っていて、是非その金が欲しいとなると、どんな真似をしても、勝たずには置きませんでした。

ナオミはいつでもその「手」を用いられるように、勝負の時は大概ゆるやかなガウンのようなものを、わざとぐずぐずにだらしなく纏っていました。そして形勢が悪くなると淫りがわしく居ずまいを崩して、襟をはだけたり、足を突き出したり、それでも駄目だと私の膝へ靠れかかって頬ッぺたを撫でたり、口の端を摘まんでぶるぶると振ったり、ありとあらゆる誘惑を試みました。私は実にこの「手」にかかっては弱りました。就中最後の手段――これはちょっと書く訳に行きませんが、――をとられると、頭の中が何だかもやもやと曇って来て、急に眼の前が暗くなって、勝負のことなぞ何が何やら分らなくなってしまうのです。

「ずるいよ、ナオミちゃん、そんなことをしちゃ、……」

「ずるかないわよ、これだって一つの手だわよ」

ずーんと気が遠くなって、すべての物が霞んで行くような私の眼には、その声と共に満面に媚びを含んだナオミの顔だけがぼんやり見えます。にやにやした、奇妙な笑いを浮べつつあるその顔だけが……

「ずるいよ、ずるいよ、トランプにそんな手があるもんじゃない、……」

「ふん、ないことがあるもんか、女と男と勝負事をすりゃ、いろんなおまじないをするもんだわ。あたし余所で見たことがあるわ。子供の時分に、内で姉さんが男の人とお花*をする時、傍で見ていたらいろんなおまじないをやってたわ。トランプだってお花とおんなじことじゃないの。……」

私は思います、アントニーがクレオパトラに征服されたのも、つまりはこう云う風にして、次第に抵抗力を奪われ、円め込まれてしまったのだろうと。愛する女に自信を持たせるのはいいが、その結果として今度はこちらが自信を失うようになる。もうそうなっては容易に女の優越感に打ち勝つことは出来なくなります。そして思わぬ禍がそこから生じるようになります。

八

ちょうどナオミが十八の歳の秋、残暑のきびしい九月初旬の或る夕方のことでした。私はその日、会社の方が暇だったので一時間ほど早く切り上げて、大森の家へ帰って来ると、思いがけなく門をはいった庭の所に、ついぞ見馴れない一人の少年が、ナオミと何か話しているのを見かけました。

少年の歳はやはりナオミと同じくらい、上だとしてもせいぜい十九を超えてはいまいと思えました。白地絣の単衣を着て、ヤンキー好みの、派手なリボンの附いている麦藁帽子を被って、ステッキで自分の下駄の先を叩きながらしゃべっている、赭ら顔の、眉毛の濃い、目鼻立ちは悪くないが満面ににきびのある男。ナオミはその男の足下にしゃがんで花壇の蔭に隠れているので、どんな様子をしているのだかはっきり見えませんでした。百日草や、おいらん草や、カンナの花の咲いている間から、その横顔と髪の毛だけが僅かにチラチラするだけでした。

お花　花札。

男は私に気がつくと、帽子を取って会釈をして、

「じゃあ、又」

と、ナオミの方を振り向いて云いながら、すぐすたすたと門の方へ歩いて来ました。

「じゃあ、さよなら」

と、ナオミもつづいて立ち上りましたが、「さよなら」と男は、後向きのままそう云い捨てて、私の前を通る時帽子の縁へちょっと手をかけて、顔を隠すようにしながら出て行きました。

「誰だね、あの男は？」

と、私は嫉妬と云うよりは、「今のは不思議な場面だったね」と云うような、軽い好奇心で聞いたのでした。

「あれ？　あれはあたしのお友達よ、浜田さんて云う、……」

「いつ友達になったんだい？」

「もう先からよ、――あの人も伊皿子へ声楽を習いに行っているの。顔はあんなにに、きびだらけで汚いけれど、歌を唄わせるとほんとに素敵よ。いいバリトンよ。この間の音楽会にも私と一緒にクヮルテットをやったの」

云わないでもいい顔の悪口を云ったので、私はふいと疑いを起して彼女の眼の中を見ましたけれど、ナオミの素振りは落ち着いたもので、少しも平素と異なったところはなかったのです。

「ちょいちょい遊びにやって来るのかい」

「いいえ、今日が始めてよ、近所へ来たから寄ったんだって。――今度ソシアル・ダンスの倶楽部を拵えるから、是非あたしにもはいってくれッて云いに来たのよ」

私は多少不愉快だったのは事実ですが、しかしだんだん聞いてみると、その少年が全くそれだけの話をしに来たのであることは、譃でないように考えられました。第一彼とナオミとが、私の帰って来そうな時刻に、庭先でしゃべっていたと云うこと、それは私の疑いを晴らすのに十分でした。

「それでお前は、ダンスをやるって云ったのかい」

「考えて置くって云っといたんだけど、……」

と、彼女は急に甘ったれた猫撫で声を出しながら、

「ねえ、やっちゃいけない？　よう！　やらしてよう！　譲治さんも倶楽部へはいって、一緒に習えばいいじゃないの」

「僕も倶楽部へはいれるのかい？」

「ええ、誰だってはいれるわ。伊皿子の杉崎先生の知っている露西亜人が教えるのよ。何でも西比利亜から逃げて来たんで、お金がなくって困ってるもんだから、それを助けてやりたいと云うんで倶楽部を拵えたんですって。だから一人でもお弟子の多い方がいいのよ。――ねえ、やらせてよう！」

「お前はいいが、僕が覚えられるかなア」

「大丈夫よ、じきに覚えられるわよ」

「だけど、僕には音楽の素養がないからなア」

「音楽なんか、やってるうちに自然と分るようになるわよ。……ねえ、譲治さんもやらなきゃ駄目。あたし一人でやったって踊りに行けやしないもの。よう、そうして時々二人でダンスに行こうじゃないの。毎日々々内で遊んでばかりいたって詰まりゃしないわ」

――ナオミがこの頃、少し今までの生活に退屈を感じているらしいことは、うすうす私にも分っていました。考えてみれば私たちが大森へ巣を構えてから、既に足かけ四年になります。そしてその間私たちは、夏の休みを除く外はこの「お伽噺の家」の中に立て籠ってひろい世の中との交際を断ち、いつもいつもただ二人きりで顔を突き合わせていたのですから、いくらいろいろな「遊び」をやってみたところで、結局退屈を感じて来るのは無理もありません。ましてナオミは非常に飽きっぽいたちで、どんな遊びでも初めは馬鹿に夢中になりますが、決して長つづきはしないのでした。そのくせ何かしていなければ、一時間でもじっとしてはいられないので、トランプもいや、兵隊将棋もいや、活動俳優の真似事もいや、となると、仕方がなしに暫く捨てて顧みなかった花壇の花をいじくって、せっせと土を掘り返したり、種を蒔いたり、水をやったりしましたけれど、それも一時の気紛れに過ぎませんでした。

「あーあ、つまらないなア、何か面白いことはないかなア」

と、ソオファの上に反り返って読みかけの小説本をおッぽり出して、彼女が大きく欠伸をするのを見るにつけても、この単調な二人の生活に一転化を与える方法はないものかと、私も内々それを気にしていたのでした。で、あたかもそう云う際でしたから、これは成る程、ダンスを習うのも悪くはなかろう。もはやナオミも三年前のナオミではない。あの鎌倉へ行った時分とは訳が違うから、彼女を立派に盛装させて社交界へ打って出たら、恐らく多くの婦人の前でもひけを取るようなことはなかろう。——と、その想像は私に云い知れぬ誇りを感じさせました。

前にも云うように、私には学校時代から格別親密な友達もなく、これまで出来るだけ無駄な附合いを避けて暮してはいましたけれど、しかし決して社交界へ出るのが嫌ではなかったのです。田舎者で、お世辞が下手で、人との応対が我ながら無細工なので、そのために引っ込み思案になっていたものの、それだけに又、却って一層華やかな社会を慕う心がありました。もともとナオミを妻にしたのも彼女をうんと美しい夫人にして、毎日方々へ連れ歩いて、世間の奴等に何とか彼とか云われてみたい。「君の奥さんは素敵なハイカラだね」と、交際場裡で褒められてみたい。と、そんな野心が大いに働いていたのですから、そういつまでも彼女を「小鳥の籠」の中へしまって置く気はなかったのです。

ナオミの話では、その露西亜人の舞踊の教師はアレキサンドラ・シュレムスカヤと云う名前の、或る伯爵の夫人だと云うことでした。夫の伯爵は革命騒ぎで行くえ不明になってしまい、子供も二人あったのだそうですが、それも今では居所が分らず、やっと自分の身一つを日本へ落ちのびて、ひどく生活に窮していたので、今度いよいよダンスの教授を始めることになったのだそうです。で、ナオミの音楽の先生である杉崎春枝女史が夫人のために倶楽部を組織し、そして幹事になったのがあの浜田と云う、慶応義塾の学生でした。

稽古場にあてられたのは三田の聖坂にある、吉村と云う西洋楽器店の二階で、夫人はそこへ毎週二回、月曜日と金曜日に出張する。会員は午後の四時から七時までの間に、都合のいい時を定めて行って、一回に一時間ずつ教えて貰い、月謝は一人前二十円、それを前月前金で払うと云う規定でした。私とナオミと二人で行けば、月々四十円もかかる訳で、いくら相手が西洋人でも馬鹿げているとは思いましたが、ナオミの云うにはダンスと云えば日本の踊りも同じことで、どうせ贅沢なものだからそのくらい取るのは当り前だ。それにそんなに稽古しないでも、器用な人なら一と月ぐらい、不器用な者でも三月もやれば覚えられるから、高いと云っても知れたことだ。

「第一何だわ、そのシュレムスカヤって云う人を助けてやらないじゃ気の毒だわ。昔は伯爵の夫人だったのがそんなに落ちぶれてしまうなんて、ほんとに可哀そうじゃないの。浜田さんに聞いたんだけれど、ダンスは非常に巧くって、ソシアル・ダンスばかりじゃなく、希望者があればステージ・ダンスも教えるんだって。ダンスばかりは芸人のダンスは下品で、駄目だわ、ああ云う人に教わるのが一番いいのよ」

と、まだ見たこともないその夫人に、彼女は頻りと肩を持って、一ぱしダンス通らしいことを云うのでした。

そう云う訳で私とナオミとは、兎に角入会することになり、毎月曜日と金曜日に、ナオミは音楽の稽古を済ませ、私は会社の方が退けると、すぐその足で午後六時までに聖坂の楽器店へ行くことにしました。始めの日は午後五時に田町の駅でナオミが私を待ち合わせ、そこから連れだって出かけましたが、その楽器店は坂の中途にある、間口の狭いささやかな店でした。中へはいるとピアノだの、オルガンだの、蓄音器だの、いろいろな楽器が窮屈な場所に列んでいて、もう二階ではダンスが始まっているらしく、騒々しい足取りと蓄音器の音が聞えました。ちょうど梯子段の上り口のところに、慶応の学生らしいのが五六人うじゃうじゃしていて、それがジロジロ私とナオミの様子を見るのが、あまりいい気持はしませんでしたが、

「ナオミさん」

と、その時馴れ馴れしい大きな声で、彼女を呼んだ者がありました。見ると今の学生の一人で、フラット・マンドリン――と云うものでしょうか、平べったい、ちょっと日本の月琴のような形の楽器を小脇にかかえて、それの調子を合わせながら針金の絃をチリチリ鳴らしているのです。

「今日はァ」

と、ナオミも女らしくない、書生ッぽのような口調で応じて、

「どうしたのまアちゃん、あんたダンスをやらないの？」

「やあだア、己あ」

と、そのまアちゃんと呼ばれた男は、ニヤニヤ笑ってマンドリンを棚の上に置きながら、

「あんなもなぁ己あ真っ平御免だ。第一お前、月謝を二十円も取るなんて、まるでたけえや」

「だって始めて習うんなら仕方がないわよ」

「なあに、いずれそのうちみんなが覚えるだろうから、そうしたら奴等を取っ掴まえて習ってやるのよ、ダンスなんざあそれで沢山よ。どうでえ、要領がいいだろう」

「ずるいわまアちゃんは！　あんまり要領がよ過ぎるわよ。――ところで『浜さん』は二階にいる？」

「うん、いる、行って御覧」

　この楽器屋はこの近辺の学生たちの「溜り」になっているらしく、ナオミもちょいちょい来るものと見えて、店員などもみんな彼女と顔馴染なのでした。

「ナオミちゃん、今下にいた学生たちは、ありゃ何だね？」

と、私は彼女に導かれて梯子段を上りながら尋ねました。

「あれは慶応のマンドリン倶楽部の人たちなの、口はぞんざいだけれど、そんなに悪い人たちじゃないのよ」

「みんなお前の友達なのかい」

「友達って云うほどじゃないけれど、時々ここへ買い物に来るとあの人たちに会うもんだから、それで知り合いになっちゃったの」

「ダンスをやるのは、ああ云う連中が重なのかなあ」

「さあ、どうだか、――そうじゃないでしょ、学生よりはもっと年を取った人が多いんじゃない？――今行って見れば分るわよ」

　二階へ上ると、廊下の取っ突きに稽古場があって、「ワン、トゥウ、スリー」と云いながら足拍子を踏んでいる五六人の人影が、すぐと私の眼に入りました。日本座敷を二た間打ち抜いて、靴穿きのままはいれるような板敷にして、多分滑りをよくするためか何かでしょう、例の浜田と云う男があっちこっちへチョコチョコ駆けて歩いては、細かい粉を床の上へまいています。まだ日の長い暑い時分のことだったので、すっかり障子を明け放してある西側の窓から、夕日がぎらぎらとさし込んでいる、そのほの紅い光を背に浴びせながら、白いジョオゼットの上衣を着て、紺のサージのスカアトを穿いて、部屋と部屋との間仕切りの所に立っているのが、云うまでもなくシュレムスカヤ夫人でした。二人の子供があるというのから察すれば、実際の歳は三十五六にもなるのでしょうか？　見たところでは漸く三十前後ぐらいで、成る程貴族の生れらしい威厳を含んだ、きりりと引き緊まった顔だちの婦人、――その威厳は、多少の凄みを覚えさせるほど蒼白を帯びた、澄んだ血色のせいであろうと思われましたが、しかし凜乎たる表情や、瀟洒な服装や、胸だの指だのに輝いている宝石を見ると、これが生活に困っている人とはどうしても受け取れませんでした。

　夫人は片手に鞭を持って、こころもち気むずかしそうに眉根を寄せながら、練習している人々の足元を睨んで、「ワン、トゥウ、トゥリー」――露西亜人の英語ですから"three"を"tree"と発音するのです。――と静かな、しかし命令的な態度をもって繰り返しています。それに従って、練習生が列を作って、覚束ないステップを踏みつつ、往ったり来たりしているところは、女の士官が兵隊を訓練しているようで、いつか*浅草の金龍館で見たことのある「*女軍出征」を想い出しました。練習生のうちの三人は、兎

浅草の金龍館　大正時代のいわゆる浅草オペラ華やかなりしころの、オペラ常設館。

に角学生ではないらしい背広服を着た若い男で、あとの二人は女学校を出たばかりの、どこかの令嬢でありましょう、質素ななりをして、袴を穿いて男と一緒に一生懸命に稽古しているのが、いかにも真面目なお嬢さんらしくて悪い感じはしませんでした。夫人は一人でも足を間違えた者があると、忽ち

「No!」

と、鋭く叱して、傍へやって来て歩いて見せる。覚えが悪くて余りたびたび間違えると、

「No good!」

と叫びながら、鞭でぴしりッと床を叩いたり、男女の容赦なくその人の足を打ったりします。

「教え方が実に熱心でいらっしゃいますのね、あれでなければいけませんわ」

「ほんとうにね、シュレムスカヤ先生はそりゃ熱心でいらっしゃいますの。日本人の先生だとどうしてもああは参りませんけれど、西洋の方はたとい御婦人でも、そこはキチンとしていらしって、全く気持がようございますのよ。そしてあの通り授業の間は一時間でも二時間でも、ちっともお休みにならないで稽古をおつづけになるのですから、この暑いのにお大抵ではあるまいと思って、アイスクリームでも差上げようかと申すのですけれど、時間の間は何も要らないと仰っしゃって、決して召し上らないんですの」

「まあ、よくそれでもおくたびれになりませんのね」

「西洋の方は体が出来ていらっしゃるから、わたくし共とは違いますのね。――でも考えるとお気の毒な方でございますわ、もとは伯爵の奥様で、何不自由なくお暮らしに

なっていらしったのが、革命のためにこう云うことまでなさるようになったのですから。──」

待合室になっている次の間のソオファに腰かけて、稽古場の有様を見物しながら、二人の婦人がさも感心したようにこんなことをしゃべっています。一人の方は二十五六の、唇の薄く大きい、支那金魚の感じがする円顔の出眼の婦人で、髪の毛を割らずに、額の生え際から頭の頂辺へはりねずみの臀部の如く次第に高く膨らがして、髱の所へ非常に大きな白鼈甲の簪を挿して、埃及模様の塩瀬の丸帯に翡翠の帯留めをしているのですが、シュレムスカヤ夫人の境遇に同情を寄せ、しきりに彼女を褒めちぎっているのはこの婦人の方なのでした。それに合槌を打っているもう一人の婦人は、汗のため厚化粧のお白粉がぶちになって、ところどころに小皺のある、荒れた地肌が出ているのから察すると、恐らく四十近いのでしょう。わざとか生れつきか束髪に結った赭い髪の毛がぼうぼうと縮れた、痩せたひょろ長い体つきの、身なりは派手にしていますけれど、ちょっと看護婦上りのような顔だちの女でした。

この婦人連を取り巻いて、つつましやかに自分の番を待ち受けている人々もあり、中には既に一と通りの練習を積んだらしく、てんでに腕を組み合わせて、稽古場の隅を踊り廻っているのもあります。幹事の浜田は夫人の代理と云う格なのか、自分でそれを気取っているのか、そんな連中の相手になって踊ってやったり、蓄音器のレコードを取り換えたりして、独りで目まぐるしく活躍しています。一体女は別として、男でダンスを

「女軍出征」　浅草で上演された人気オペラ。

習いに来ようと云う者は、どう云う社会の人間なのかと思って見ると、不思議なことにしゃれた服を着ているのは浜田ぐらいで、あとは大概安月給取りのような、野暮くさい紺の三つ組みを着た、気の利かなそうなのが多いのでした。尤も歳は皆私より若そうで、三十台と思われる紳士はたった一人しかありません。その男はモーニングを纏って、金縁の分の厚い眼鏡をかけて、時勢おくれの奇妙に長い八字髭を生やしていて、一番呑み込みが悪いらしく、幾度となく夫人に"No good"とどやしつけられ、鞭でピシリと喰わされます。と、その度毎にニヤニヤ間の抜けた薄笑いをしながら、又始めから「ワン、トゥウ、スリー」をやり直します。

ああ云う男が、いい歳をしてどう云うつもりでダンスをやる気になったものか? いや、考えると自分もやはりあの男と同じ仲間じゃないのだろうか? それでなくても晴れがましい場所へ出たことのない私は、この婦人たちの眼の前で、あの西洋人にどやしつけられる刹那を思うと、いかにナオミのお附き合いとは云いながら、何だかこう、見ているうちに冷汗が湧いて来るようで、自分の番の廻って来るのが恐ろしいようになるのでした。

「やあ、いらっしゃい」

と、浜田は二三番踊りつづけて、ハンケチでにきびだらけの額の汗を拭きながら、その時傍へやって来ました。

「や、この間は失礼しました」

と今日はいささか得意そうに、改めて私に挨拶をして、ナオミの方を向きながら、

「この暑いのによく来てくれたね、――君、済まないが扇子を持ってたら貸してくれないか、何しろどうも、アッシスタントもなかなか楽な仕事じゃないよ」

ナオミは帯の間から扇子を出して渡してやって、

「でも浜さんはなかなか上手ね、アッシスタントの資格があるわ。いつから稽古し出したのよ」

「僕かい？　僕はもう半歳もやっているのさ。けれど君なんか器用だから、すぐ覚えるよ、ダンスは男がリードするんで、女はそれに喰っ着いて行けりゃあいいんだからね」

「あの、ここにいる男の連中はどう云う人たちが多いんでしょうか？」

私がそう云うと、

「はあ、これですか」

と、浜田は丁寧な言葉になって、

「この人たちは大概あの、東洋石油株式会社の社員の方が多いんです。杉崎先生の御親戚が会社の重役をしておられるので、その方からの御紹介だそうですがね」

東洋石油の会社員とソシアル・ダンス！――随分妙な取り合わせだと思いながら、私は重ねて尋ねました。

「じゃあ何ですか、あのあすこにいる髭の生えた紳士も、やっぱり社員なんですか」

「いや、あれは違います、あの方はドクトルなんです」

「ドクトル？」

「ええ、やはりその会社の衛生顧問をしておられるドクトルなんです。ダンスぐらい体の運動になるものはないと云うんで、あの方はむしろそのためにやっておられるんです」

「そう？　浜さん」

と、ナオミが口を挟みました。

「そんなに運動になるのかしら？」

「ああ、なるとも。ダンスをやってたら冬でも一杯汗を掻いて、シャツがぐちゃぐちゃになるくらいだから、運動としては確かにいいね。おまけにシュレムスカヤ夫人のは、あの通り練習が猛烈だからね」

「あの夫人は日本語が分るのでしょうか？」

私がそう云って尋ねたのは、実はさっきからそれが気になっていたからでした。

「いや、日本語は殆ど分りません、大概英語でやっていますよ」

「英語はどうも、………スピーキングの方になると、僕は不得手だもんだから、………」

「なあに、みんな御同様でさあ。シュレムスカヤ夫人だって、非常なブロークン・イングリッシュで、僕等よりひどいくらいですから、ちっとも心配はありませんよ。それにダンスの稽古なんか、言葉はなんにも要りゃしません。ワン、トゥウ、スリー、で、あとは身振りで分るんですから。………」

「おや、ナオミさん、いつお見えになりまして？」

と、その時彼女に声をかけたのは、あの白鼈甲の簪を挿した、支那金魚の婦人でした。

「ああ、先生、――ちょいと、杉崎先生よ」

ナオミはそう云って、私の手を執って、その婦人のいるソオファの方へ引っ張って行きました。

「あの、先生、御紹介いたします、――河合譲治――」

「ああ、そう、――」

と、杉崎女史はナオミが赧い顔をしたので、皆まで聞かずにそれと意味を悟ったらしく、立ち上って会釈しながら、

「――お初にお目にかかります、わたくし、杉崎でございます。ようこそお越し下さいました。――ナオミさん、その椅子を此方へ持っていらっしゃい」

そして再び私の方を振り返って、

「さあ、どうぞおかけ遊ばして。もうじきでございますけれど、そうして立ってお待ちになっていらしっちゃおくたびれになりますわ」

「………」

私は何と挨拶したかハッキリ覚えていませんが、多分口の中でもぐもぐやらせただけだったでしょう。この、「わたくし」と云うような切口上でやって来られる婦人連が、私には最も苦手でした。そればかりでなく、私とナオミとの関係をどう云う風に女史が解釈しているのか、ナオミがそれをどの点までほのめかしてあるのか、ついうっかりして質して置くのを忘れたので、尚更どぎまぎしたのでした。

「あの御紹介いたしますが」

と、女史は私のもじもじするのに頓着なく、例の縮れ毛の婦人の方を指しながら、

「この方は横浜のジェームス・ブラウンさんの奥さんでいらっしゃいます。――この

方は大井町の電気会社に出ていらっしゃる河合譲治さん、――」

成る程、するとこの女は外国人の細君だったのか、そう云われれば看護婦より洋妾タイプだと思いながら、私はいよいよ固くなってお辞儀をするばかりでした。

「あなた、失礼でございますけれど、ダンスのお稽古をなさいますのは、フォイスト・タイムでいらっしゃいますの？」

その縮れ毛はすぐに私を摑まえて、こんな風にしゃべり出しましたが、「フォイスト・タイム」と云うところがいやに気取った発音で、ひどく早口に云われたので、

「は？」

と云いながら私がへどもどしていると、

「ええ、お始めてなのでございますの」

と、杉崎女史が傍から引き取ってくれました。

「まあ、そうでいらっしゃいますか、でもねえ、何でございますわ、そりゃジェンルマンはレディーよりもモー・モー・ディフィカルトでございますけれど、お始めになればじきに何でございますわ。……」

この「モー・モー」と云う奴が、又私には分りませんでしたが、よく聞いて見ると“more more”と云う意味なのです。「ジェントルマン」を「ジェンルマン」、「リットル」を「リルル」、すべてそう云う発音の仕方で話の中へ英語を挟みます。そして日本語にも一種奇妙なアクセントがあって、三度に一度は「何でございますわ」を連発しながら、油紙へ火がついたように際限もなくしゃべるのです。

それから再びシュレムスカヤ夫人の話、ダンスの話、語学の話、音楽の話……ベトオヴェンのソナタが何だとか、第三シンフォニーがどうしたとか、何々会社のレコードは何々会社のレコードより良いとか悪いとか、私がすっかりしょげて黙ってしまったので、今度は女史を相手にしてぺらぺらやり出すその口ぶりから推察すると、このブラウン氏の夫人と云うのは杉崎女史のピアノの弟子ででもありましょうか。そして私はこんな場合に、「ちょっと失礼いたします」と、いい潮時を見計って席を外すと云うような、器用な真似が出来ないので、この饒舌家の婦人の間に挟まった不運を嘆息しながら、否でも応でもそれを拝聴していなければなりませんでした。

やがて、髭のドクトルを始めとして石油会社の一団の稽古が終ると、女史は私とナオミとをシュレムスカヤ夫人の前へ連れて行って、最初にナオミ、次に私を、――これは多分レディーを先にすると云う西洋流の作法に従ったのでしょう、――極めて流暢な英語でもって引き合わせました。その時女史はナオミのことを「ミス・カワイ」と呼んだようでした。私は内々、ナオミがどんな態度を取って西洋人と応対するか、興味を持って待ち受けていましたが、ふだんは己惚れの強い彼女も、夫人の前へ出てはさすがにちょっと狼狽の気味で、夫人が何か一と言二た言云いながら、威厳のある眼元に微笑を含んで手をさし出すと、ナオミは真っ赤な顔をして何も云わずにコソコソと握手をしました。私と来ては尚更のことで、正直のところ、その青白い彫刻のような輪廓を、仰ぎ見ることは出来ませんでした。そして黙って俯向いたまま、ダイヤモンドの細かい粒が無数に光っている夫人の手を、そうッと握り返しただけです。

九

私が、自分は野暮な人間であるにも拘わらず、趣味としてハイカラを好み、万事につけて西洋流を真似したことは、既に読者も御承知の筈です。もしも私に十分な金があって、気随気儘なことが出来たら、私は或は西洋に行って生活をし、西洋の女を妻にしたかも知れませんが、それは境遇が許さなかったので、日本人のうちでは兎に角西洋人くさいナオミを妻としたような訳です。それにもう一つは、たとい私に金があったとしたところで、男振りに就いての自信がない。何しろ背が五尺二寸という小男で、色が黒くて、歯並びが悪くて、あの堂々たる体格の西洋人を女房に持とうなどとは、身の程を知らな過ぎる。やはり日本人には日本人同士がよく、ナオミのようなのが一番自分の注文に嵌まっているのだと、そう考えて結局私は満足していたのです。

が、そうは云うものの、白皙人種の婦人に接近し得ることは、私に取って一つの喜び、――いや、喜び以上の光栄でした。有体に云うと、私は私の交際下手と語学の才の乏しいのに愛憎を尽かして、そんな機会は一生廻って来ないものとあきらめを附け、たまに外人団のオペラを見るとか、活動写真の女優の顔に馴染むとかして、わずかに彼等の美しさを夢のように慕っていました。然るに図らずもダンスの稽古は、西洋の女――おまけにそれも伯爵の夫人――と接近する機会を作ったのです。ハリソン嬢のようなお婆さんは別として、私が西洋の婦人と握手する「光栄」に浴したのは、その時が生れて始めてでした。私はシュレムスカヤ夫人がその「白い手」を私の方へさし出したとき、覚えず胸をどきッとさせてそれを握っていいものかどうか、ちょっと躊躇したくらいでした。

ナオミの手だって、しなやかで艶があって、指が長々とほっそりしていて、勿論優雅でないことはない。が、その「白い手」はナオミのそれのようにきゃしゃ過ぎないで、掌が厚くたっぷりと肉を持ち、指もなよなよと伸びていながら、弱々しい薄ッぺらな感じがなく、「太い」と同時に「美しい」手だ。――と、私はそんな印象をうけました。そこに嵌めている眼玉のようにギラギラした大きな指環も、日本人ならきっと厭味になるでしょうに、却って指を繊麗に見せ、気品の高い、豪奢な趣を添えています。そして何よりもナオミと違っていたところは、その皮膚の色の異常な白さです。白い下にうすい紫の血管が、大理石の斑紋を想わせるように、ほんのり透いて見える凄艶さです。私は今までナオミの手をおもちゃにしながら、

「お前の手は実にきれいだ、まるで西洋人の手のように白いね」

と、よくそう云って褒めたものですが、こうして見ると、残念ながらやっぱり違います。白いようでもナオミの白さは冴えていない、いや、一旦この手を見たあとではどす黒くさえ思われます。それからもう一つ私の注意を惹いたのは、その爪でした。十本の指頭の悉くが、同じ貝殻を集めたように、どれも鮮かに小爪が揃って、桜色に光っていたばかりでなく、大方これが西洋の流行なのでもありましょうか、爪の先が三角形に、ぴんと尖らせて切ってあったのです。

ナオミは私と並んで立つと一寸ぐらい低かったことは、前に記した通りですが、夫人は西洋人としては小柄のように見えながら、それでも私よりは上背があり、踵の高い靴を穿いているせいか、一緒に踊るとちょうど私の頭とすれすれに、彼女の露わな胸がありました。夫人が始めて、

"Walk with me!"

と云いつつ、私の背中へ腕を廻してワン・ステップの歩み方を教えたとき、私はどんなにこの真っ黒な私の顔が彼女の肌に触れないように、遠慮したことでしょう。その滑かな清楚な皮膚は、私に取ってはただ遠くから眺めるだけで十分でした。握手してさえ済まないように思われたのに、その柔かな羅衣を隔てて彼女の胸に抱きかかえられてしまっては、私は全くしてはならないことをしたようで、自分の息が臭くはなかろうか、このにちゃにちゃ、にちゃした脂ッ手が不快を与えはしなかろうかと、そんなことばかり気にかかって、たまたま彼女の髪の毛一と筋が落ちて来ても、ヒヤリとしないではいられませんでした。

それのみならず夫人の体には一種の甘い匂いがありました。

「あの女ァひでえ腋臭だ、とてもくせえや!」

と、例のマンドリン倶楽部の学生たちがそんな悪口を云っているのを、私は後で聞いたことがありますし、西洋人には腋臭が多いそうですから、夫人も多分そうだったに違いなく、それを消すために始終注意して香水をつけていたのでしょうが、しかし私にはその香水と腋臭との交った、甘酸ッぱいようなほのかな匂いが、決して厭でなかったばか

りか、常に云い知れぬ蠱惑でした。それは私に、まだ見たこともない海の彼方の国々や、世にも妙なる異国の花園を想い出させました。

「ああ、これが夫人の白い体から放たれる香気か」

と、私は恍惚となりながら、いつもその匂いを貪るように嗅いだものです。

私のようなぶきッちょな、ダンスなどと云う花やかな空気には最も不適当であるべき男が、ナオミのためとは云いながら、どうしてその後飽きもしないで、一と月も二た月も稽古に通う気になったのか。――私は敢て白状しますが、それは確かにシュレムスカヤ夫人と云うものがあったからです。毎月曜日と金曜日の午後、夫人の胸に抱かれて踊ること。そのほんの一時間が、いつの間にか私の何よりの楽しみとなっていたのです。私は夫人の前に出ると、全くナオミの存在を忘れました。その一時間はたとえば芳烈な酒のように、私を酔わせずには置きませんでした。

「譲治さんは思いの外熱心ね、じきイヤになるかと思ったら。――」

「どうして？」

「だって、僕にダンスが出来るかななんて云ったアじゃないの」

ですから私は、そんな話が出るたびに、何だかナオミに済まないような気がしました。

「やれそうもないと思ったけれど、やってみると愉快なもんだね。それにドクトルの云い草じゃないが、非常に体の運動になる」

「それ御覧なさいな、だから何でも考えていないで、やってみるもんだわ」

と、ナオミは私の心の秘密には気がつかないで、そう云って笑うのでした。

さて、大分稽古を積んだからもうそろそろよかろうと云うので、始めて私たちが銀座のカフェエ・エルドラドオへ出かけたのは、その年の冬のことでした。まだその時分、東京にはダンス・ホールがそう沢山なかったので、帝国ホテルや*花月園を除いたら、そのカフェエがその頃漸くやり出したくらいのものだったでしょう。で、ホテルや花月園は外国人が主であって、服装や礼儀がやかましいそうだから、まず手初めにはエルドラドオがよかろう、と、そう云うことになったのでした。尤もそれはナオミがどこからか噂を聞いて来て「是非行ってみよう」と発議したので、まだ私にはおおびらな場所で踊るだけの度胸はなかったのですが、

「駄目よ、譲治さんは！」

と、ナオミは私を睨みつけて、

「そんな気の弱いことを云っているから駄目なのよ。ダンスなんて云うものは、稽古ばかりじゃいくらやったって上手になりッこありゃしないわよ。人中へ出てずうずうしく踊っているうちに巧くなるものよ」

「そりゃあたしかにそうだろうけれども、僕にはその、ずうずうしさがないもんだから、………」

「じゃいいわよ、あたし独りでも出かけるから。………浜さんでもまアちゃんでも誘って行って、踊ってやるから」

「まアちゃんて云うのはこの間のマンドリン倶楽部の男だろう？」

「ええ、そうよ、あの人なんか一度も稽古しないくせにどこへでも出かけて行って相手

構わず踊るもんだから、もうこの頃じゃすっかり巧くなっちゃったわ。譲治さんよりずっと上手だわ。だからずうずうしくしなけりゃ損よ。……ね、いらっしゃいよ、あたし譲治さんと踊って上げるわ。……ね、後生だから一緒に来て！……いい児、いい児、譲治さんはほんとにいい児！」

それで結局出かけることに話が極まると、今度は「何を着て行こう」でまた長いこと相談が始まりました。

「ちょっと譲治さん、どれがいいこと？」

と、彼女は出かける四五日も前から大騒ぎをして、有るだけのものを引っ張り出して、それに一々手を通してみるのです。

「ああ、それがいいだろう」

と、私もしまいには面倒になっていい加減な返辞をすると、

「そうかしら？　これでおかしかないかしら？」

と鏡の前をぐるぐる廻って、

「変だわ、何だか。あたしこんなのじゃ気に入らないわ」

とすぐ脱ぎ捨てて、紙屑のように足で皺くちゃに蹴飛ばして、又次の奴を引っかけてみます。が、あの着物もいや、この着物もいやで、

「ねえ、譲治さん、新しいのを拵えてよ！」

となるのでした。

花月園　今の横浜市鶴見区にあった遊園地。

「ダンスに行くにはもっと思い切り派手なのでなけりゃ、こんな着物じゃ引き立ちはしないわ。よう！　拵えてよう！　どうせこれからちょいちょい出かけるんだから、衣裳がなけりゃ駄目じゃないの」

その時分、私の月々の収入はもはや到底彼女の贅沢には追いつかなくなっていました。元来私は金銭上の事にかけてはなかなか几帳面な方で、独身時代にはちゃんと毎月の小遣いを定め、残りはたとい僅かでも貯金するようにしていましたから、ナオミと家を持った当座はかなりの余裕があったものです。そして私はナオミの愛に溺れてはいましたけれど、会社の仕事は決して疎かにしたことはなく、依然として精励恪勤な模範的社員だったので、重役の信用も次第に厚くなり、月給の額も上って来て、半期々々のボーナスを加えれば、平均月に四百円になりました。だから普通に暮らすのなら二人で楽な訳であるのに、それがどうしても足りませんでした。細かいことを云うようですが、まず月々の生活費が、いくら内輪に見積っても二百五十円以上、場合によっては三百円もかかります。このうち家賃が三十五円、――これは二十円だったのが四年間に十五円上がりました。――それから瓦斯代、電燈代、水道代、薪炭代、西洋洗濯代等の諸雑費を差し引き、残りの二百円内外から二百三四十円と云うものを、何に使ってしまうかと云うと、その大部分は喰い物でした。

それもその筈で、子供の頃には一品料理のビフテキで満足していたナオミでしたが、いつの間にやらだんだん口が奢って来て、三度の食事の度毎に「何がたべたい」「彼がたべたい」と、歳に似合わぬ贅沢を云います。おまけにそれも材料を仕入れて、自分で料理するなどと云う面倒臭いことは嫌いなので、大概近所の料理屋へ注文します。

「あーあ、何か旨い物がたべたいなア」

と、退屈するとナオミの云い草はきっとそれでした。そして以前は洋食ばかり好きでしたけれど、この頃ではそうでもなく、三度に一度は「何屋のお椀がたべてみたい」とか、「どこそこの刺身を取ってみよう」とか、生意気なことを云います。

午は私は会社にいますから、ナオミ一人でたべるのですが、却ってそう云う折の方がその贅沢は激しいのでした。夕方、会社から帰って来ると、台所の隅に仕出し屋のおかもちや、洋食屋の容物などが置いてあるのを、私はしばしば見ることがありました。

「ナオミちゃん、お前又何か取ったんだね！　お前のようにてんや物ばかり喰べていた日にゃお金がかかってしょうがないよ。第一女一人でもってそんな真似をするなんて、少しは勿体ないと云うことを考えて御覧」

そう云われてもナオミは一向平気なもので、

「だって、一人だからあたし取ったんだわ、おかず拵えるのが面倒なんだもの」

と、わざとふてくされて、ソオファの上にふん反り返っているのです。

この調子だから溜ったものではありません。おかずだけならまだしもですが、時には御飯を炊くのさえ億劫がって、飯まで仕出し屋から運ばせると云う始末でした。で、月末になると、鳥屋、牛肉屋、日本料理屋、西洋料理屋、鮨屋、鰻屋、菓子屋、果物屋と、方々から持って来る請求書の締め高が、よくもこんなに喰べられたものだと、驚くほど多額に上ったのです。

　喰い物の次に嵩んだのは西洋洗濯の代でした。これはナオミが足袋一足でも決して自分で洗おうとせず、汚れ物は総べてクリーニングに出したからです。そしてたまたま叱言を云えば、二た言目には、

「あたし女中じゃないことよ」

と云います。

「そんな、洗濯なんかすりゃあ、指が太くなっちゃって、ピアノが弾けなくなるじゃないの、譲治さんはあたしのことを何と云って？　自分の宝物だって云ったじゃないの？　だのにこの手が太くなったらどうするのよ」

と、そう云います。

　最初のうちこそナオミは家事向きの用をしてくれ、勝手元の方を働きもしましたが、それが続いたのはほんの一年か半年ぐらいだったでしょう。ですから洗濯物などはまだいいとして、何より困ったのは家の中が日増しに乱雑に、不潔になって行くことでした。脱いだものは脱ぎッ放し、喰べた物は喰べッ放しと云う有様で、喰い荒した皿小鉢だの、飲みかけの茶碗や湯呑みだの、垢じみた肌着や*湯文字だのが、いつ行って見てもそこらに放り出してある。床は勿論椅子でもテーブルでも埃が溜っていないことはなく、あの折角の印度更紗の窓かけも最早や昔日の俤を止めず煤けてしまい、あんなに晴れやかな「小鳥の籠」であった筈のお伽噺の家の気分は、すっかり趣を変えてしまって、部屋へはいるとそう云う場所に特有な、むうッと鼻を衝くような臭いがする。私もこれには閉口して、

「さあさあ、僕が掃除をしてやるから、お前は庭へ出ておいで」

と、掃いたりハタいたりしてみたこともありますけれど、ハタけばハタくほどごみが出て来るばかりでなく、余り散らかり過ぎているので、片附けたくとも手の附けようがないのでした。

これでは仕方がないと云うので、二三度女中を雇ったこともありましたが、来る女中も来る女中もみんな呆れて帰ってしまって、五日と辛抱しているものはありませんでした。第一初めからそう云うつもりはなかったので、女中が来ても寝るところがありません。そこへ持って来て私たちの方でも不遠慮ないちゃつきが出来なくなって、ちょっと二人でふざけるのにも何だか窮屈な思いをする。ナオミは人手が殖えたとなると、いよいよ横着を発揮して、横のものを縦にもしないで、一々女中をコキ使います。そして相変らず「何屋へ行って何を注文して来い」と、却って前より便利になっただけ、余計贅沢を並べます。結局女中というものは非常に不経済でもあり、われわれの「遊び」の生活に取って邪魔でもあるので、向うも恐れをなしたでしょうが、こちらもたって貰いたくはなかったのです。

そう云う訳で、月々の暮らしがそれだけはかかるとして、あとの百円か百五十円のうちから、月に十円か二十円ずつでも貯金をしたいと思ったのですが、ナオミの銭遣いが激しいので、そんな余裕はありませんでした。

彼女は必ず一と月に一枚は着物を作ります。いくらめりんすや銘仙でも裏と表とを買

湯文字　婦人が着物の下につける腰巻。

って、しかも自分で縫うことはせず、仕立て賃をかけますから、五十円や六十円は消えてなくなる。そうして出来上った品物は、気に入らなければ押入れの奥へ突っ込んだまままるで着ないし、気に入ったとなると膝が抜けるまで着殺してしまう。ですから彼女の戸棚の中には、ぼろぼろになった古着が一杯詰まっていました。それから下駄の贅沢を云います。草履、駒下駄、足駄、日和下駄、両ぐり、余所行きの下駄、不断の下駄――これ等が一足七八円から二三円どまりで、十日間に一遍ぐらいは買うのですから、積って見ると安いものではありません。

「こう下駄を穿いちゃ溜らないから、靴にしたらいいじゃないか」

と云ってみても、昔は女学生らしく袴をつけて靴で歩くのを喜んだ癖に、もうこの頃では稽古に行くにも着流しのまましゃなりしゃなりと出かけると云う風で、

「あたしこう見えても江戸ッ児よ、なりはどうでも穿きものだけはチャンとしないじゃ気が済まないわ」

と、こちらを田舎者扱いにします。

小遣いなども、音楽会だ、電車賃だ、教科書だ、雑誌だ、小説だと、三円五円ぐらいずつ三日に上げず持って行きます。この外に又英語と音楽の授業料が二十五円、これは毎月規則的に払わなければなりません、と、四百円の収入で以上の負担に堪えるのは容易でなく、貯金どころかあべこべに貯金を引き出すようになり、独身時代にいくらか用意して置いたものもチビチビ成し崩しに崩れて行きます。そして、金と云うものは手を付け出したら誠に早いものですから、この三四年間にすっかり蓄えを使い果して、今で

は一文もないのでした。

因果なことには私のような男の常として、借金の断りを云うのは不得手、従って勘定はキチンキチンと払わなければどうも落ち着いていられないので、晦日が来ると云うに云われない苦労をしました。「そう使っちゃ晦日が越せなくなるじゃないか」とたしなめても、

「越せなければ、待って貰えばいいわよ」

と、云います。

「――三年も四年も一つ所に住んでいながら、晦日の勘定が延ばせないなんて法はないわよ、半期々々にはきっと払うからって云えば、どこでも待つにきまっているわ。譲治さんは気が小さくって融通が利かないからいけないのよ」

そう云った調子で、彼女は自分の買いたいものは総べて現金、月々の払いはボーナスがはいるまで後廻しと云うやり方。そのくせやはり借金の言訳をするのは嫌いで、

「あたしそんなこと云うのは厭だわ、それは男の役目じゃないの」

と、月末になればフイとどこかへ飛び出して行きます。

ですから私は、ナオミのために自分の収入を全部捧げていたと云ってもいいのでした。彼女を少しでもよりよく身綺麗にさせて置くこと、不自由な思いや、ケチ臭いことはさせないで、のんびりと成長させてやること、――それは素より私の本懐でしたから、困る困ると愚痴りながらも彼女の贅沢を許してしまいます。するとそれだけ他の方面を切り詰めなければならない訳で、幸い私は自分自身の交際費はちっともかかりませんで

したが、それでもたまに会社関係の会合などがあった場合、義理を欠いても逃げられるだけ逃げるようにする。その外自分の小遣い、被服費、弁当代などを、思い切って節約する。毎日通う省線電車もナオミは二等の定期を買うのに、私は三等で我慢をする。飯を炊くのが面倒なので、てんや物を取られては大変だから、私が御飯を炊いてやり、おかずを拵えてやることもある。が、そう云う風になって来るとそれが又ナオミには気に入りません。

「男のくせに台所なんぞ働かなくってもいいことよ、見ッともないわよ」

と、そう云うのです。

「譲治さんはまあ、年が年中同じ服ばかり着ていないで、もう少し気の利いたなりをしたらどうなの？　あたし、自分ばかり良くったって譲治さんがそんな風じゃあやっぱり厭だわ。それじゃ一緒に歩けやしないわ」

彼女と一緒に歩けなければ何の楽しみもありませんから、私にしても所謂「気の利いた」服の一つも拵えなければならなくなる。そして彼女と出かける時は電車も二等へ乗らなければならない。つまり彼女の虚栄心を傷けないようにするためには、彼女一人の贅沢では済まない結果になるのでした。

そんな事情で遣り繰りに困っていたところへ、この頃又シュレムスカヤ夫人の方へ四十円ずつ取られますから、この上ダンスの衣裳を買ってやったりしたらにっちもさっちも行かなくなります。けれどもそれを聴き分けるようなナオミではなく、ちょうど月末のことなので、私のふところに現金があったものですから、尚更それを出せといって承知しません。

「だってお前、今この金を出しちまったら、すぐに晦日に差支えるのが分っていそうなもんじゃないか」

「差支えたってどうにかなるわよ」

「どうにかなるって、どうなるのさ。どうにもなりようはありゃしないよ」

「じゃあ何のためにダンスなんか習ったのよ。――いいわ、そんなら、もう明日からどこにも行かないから」

そう云って彼女は、その大きな眼に露を湛えて、恨めしそうに私を睨んで、つんと黙ってしまうのでした。

「ナオミちゃん、お前怒っているのかい、………え、ナオミちゃん、ちょっと、………こっちを向いておくれ」

その晩、私は床の中にはいってから、背中を向けて寝たふりをしている彼女の肩を揺す振りながらそう云いました。

「よう、ナオミちゃん、ちょっとこっちをお向きッてば。………」

そして優しく手をかけて、魚の骨つきを裏返すように、ぐるりとこっちへ引っくり覆すと、抵抗のないしなやかな体は、うっすらと半眼を閉じたまま、素直に私の方を向きました。

「どうしたの？　まだ怒ってるの？」

「………」

「え、おい、……怒らないでもいいじゃないか、どうにかするから、……」

「……」

「おい、眼をお開きよ、眼を……」

云いながら、睫毛がぶるぶる顫えている眼瞼の肉を吊りあげると、貝の実のように中からそっと覗いているむっくりとした眼の玉は、寝ているどころか真正面に私の顔を視ているのです。

「あの金で買って上げるよ、ね、いいだろう、……」

「だって、そうしたら困りやしない？……」

「困ってもいいよ、どうにかするから」

「じゃあ、どうする？」

「国へそう云って、金を送って貰うからいいよ」

「送ってくれる？」

「ああ、それあ送ってくれるとも。僕は今まで一度も国へ迷惑をかけたことはないんだし、二人で一軒持っていればいろいろ物がかかるだろうぐらいなことは、おふくろだって分っているに違いないから。……」

「そう？ でもおかあさんに悪くはない？」

ナオミは気にしているような口ぶりでしたが、その実彼女の腹の中には、「田舎へ云ってやればいいのに」と、とうからそんな考えがあったことは、うすうす私にも読めていました。私がそれを云い出したのは彼女の思う壺だったのです。

「なあに、悪い事なんかなんにもないよ。けれども僕の主義として、そう云う事は厭だったからしなかったんだよ」

「じゃ、どう云う訳で主義を変えたの？」

「お前がさっき泣いたのを見たら可哀そうになっちゃったからさ」

「そう？」

と云って、波が寄せて来るような工合に胸をうねらせて、羞かしそうなほほ笑みを浮べながら、

「あたし、ほんとに泣いたかしら？」

「もうどッこへも行かないッて、眼に一杯涙をためていたじゃないか。いつまでたってもお前はまるでだだッ児だね、大きなベビちゃん……」

「私のパパちゃん！　可愛いパパちゃん！」

ナオミはいきなり私の頸にしがみつき、その唇の朱の捺印を繁忙な郵便局のスタンプ掛りが捺すように、額や、鼻や、眼瞼の上や、耳朶の裏や、私の顔のあらゆる部分へ、寸分の隙間もなくぺたぺたと捺しました。それは私に、何か、椿の花のような、どっしりと重い、そして露けく軟かい無数の花びらが降って来るような快さを感じさせ、その花びらの薫りの中に、自分の首がすっかり埋まってしまったような夢見心地を覚えさせました。

「どうしたの、ナオミちゃん、お前はまるで気違いのようだね」

「ああ、気違いよ。……あたし今夜は気違いになるほど譲治さんが可愛いんだもの。

……それともうるさい？」

「うるさいことなんかあるものか、僕も嬉しいよ、気違いになるほど嬉しいよ、お前のためならどんな犠牲を払ったって構やしないよ。……おや、どうしたの？　又泣いてるの？」

「ありがとよ、パパさん、あたしパパさんに感謝してるのよ、だからひとりでに涙が出るの。……ね、分った？　泣いちゃいけない？　いけなけりゃ拭いて頂戴」

ナオミは懐から紙を出して、自分では拭かずに、それを私の手の中へ握らせましたが、瞳はじーッと私の方へ注がれたまま、今拭いて貰うその前に、一層涙を滾々と睫毛の縁まで溢れさせているのでした。ああ何と云う潤いを持った、綺麗な眼だろう。この美しい涙の玉をそうッとこのまま結晶させて、取って置く訳には行かないものかと思いながら、私は最初に彼女の頬を拭いてやり、その円々と盛り上った涙の玉に触れないように眼窩の周りを拭うてやると、皮がたるんだり引っ張れたりする度毎に、玉はいろいろな形に揉まれて、凸面レンズのようになったり、凹面レンズのようになったり、しまいにははらはらと崩れて折角拭いた頬の上に再び光の糸を曳きながら流れて行きます。すると私はもう一度その頬を拭いてやり、まだいくらか濡れている眼玉の上を撫でてやり、それからその紙で、かすかな嗚咽をつづけている彼女の鼻の孔をおさえ、

「さ、鼻をおかみ」

と、そう云うと、彼女は「チーン」と鼻を鳴らして、幾度も私に洟をかませました。

その明くる日、ナオミは私から二百円貰って、一人で三越へ行き、私は会社で午の休

みに、母親へ宛てて始めて無心状を書いたものです。

「……何分この頃は物価高く、二三年前とは驚くほどの相違にて、さしたる贅沢を致さざるにも不拘、月々の経費に追はれ、都会生活もなかなか容易に無之、……」

と、そう書いたのを覚えていますが、親に向ってこんな上手な譃を云うほど、それほど自分が大胆になってしまったかと思うと、私は我ながら恐ろしい気がしました。が、母は私を信じている上に、忰の大事な嫁としてナオミに対しても慈愛を持っていたことは、二三日してから手許に届いた返辞を見ても分りました。手紙の中には「なをみに着物でも買っておやり」と私が云ってやったよりも百円余計為替が封入してあったのです。

十

エルドラドオのダンスの当夜は土曜日の晩でした。午後の七時半からと云うので、五時頃会社から帰って来ると、ナオミは既に湯上りの肌を脱ぎながら、せっせと顔を作っていました。

「あ、譲治さん、出来て来たわよ」

と、鏡の中から私の姿を見るなり云って、片手をうしろの方へ伸ばして、彼女が指し示すソオファの上には、三越へ頼んで大急ぎで作らせた着物と丸帯とが、包みを解かれて長々と並べてあります。着物は口綿のはいっている比翼の袷で、金紗ちりめんと云うのでしょうか、黒みがかった朱のような地色には、花を黄色く葉を緑に、点々と散らした絵模様があり、帯には銀糸で縫いを施した二たすじ三すじの波がゆらめき、ところどころに、御座船のような古風な船が浮かんでいます。

「どう？　あたしの見立ては巧いでしょう？」

ナオミは両手にお白粉を溶き、まだ湯煙の立っている肉づきのいい肩から項を、その手のひらで右左からヤケにぴたぴた叩きながら云いました。

が、正直のところ、肩の厚い、臀の大きい、胸のつき出た彼女の体には、その水のように柔かい地質が、あまり似合いませんでした。めりんすや銘仙を着ていると、混血児の娘のような、エキゾティックな美しさがあるのですけれど、不思議なことにこう云う真面目な衣裳を纏うと、却って彼女は下品に見え、模様が派手であればあるだけ、横浜あたりの*チャブ屋か何かの女のような、粗野な感じがするばかりでした。私は彼女が一人で得意になっているので、強いて反対はしませんでしたが、この毒々しい装いの女と一緒に、電車へ乗ったりダンス・ホールへ現われたりするのは、身が竦むような気がしました。

ナオミは衣裳をつけてしまうと、

「さ、譲治さん、あなたは紺の背広を着るのよ」

と、珍しくも私の服を出して来てくれ、埃を払ったり火熨斗をかけたりしてくれました。

「僕は紺より茶の方がいいがな」

「馬鹿ねえ！　譲治さんは！」

と、彼女は例の、叱るような口調で一と睨み睨んで、

「夜の宴会は紺の背広かタキシードに極まっているもんよ。そうしてカラーもソフトをしないでスティッフのを着けるもんよ。それがエティケットなんだから、これから覚えてお置きなさい」

「へえ、そう云うもんかね」

「そう云うもんよ、ハイカラがっている癖にそれを知らないでどうするのよ。この紺背広は随分汚れているけれど、でも洋服はぴんと皺が伸びていて、型が崩れていなけりゃいいのよ。さ、あたしがちゃんとして上げたから、今夜はこれを着ていらっしゃい。そして近いうちにタキシードを拵えなけりゃいけないわ。でなけりゃあたし踊って上げないわ」

それからネクタイは紺か黒無地で、蝶結びにするのがいいこと、靴はエナメルにすべきだけれど、それがなければ普通の黒の短靴にすること、赤皮は正式に外れていること、靴下もほんとうは絹がいいのだが、そうでなくても色は黒無地を選ぶべきこと。――どこから聞いて来たものか、ナオミはそんな講釈をして、自分の服装ばかりでなく、私のことにも一つ一つ嘴を入れ、いよいよ家を出かけるまでにはなかなか手間がかかりました。

向うへ着いたのは七時半を過ぎていたので、ダンスは既に始まっていました。騒々しいジャズ・バンドの音を聞きながら梯子段を上って行くと、食堂の椅子を取り払ったダ

チャブ屋　船員相手の手軽な料理店。娼婦をおいて営業している場合が多い。横浜本牧にあったのが有名。

ンス・ホールの入口に、"Special Dance Admission. Ladies Free, Gentlemen ¥3.00" と記した貼紙があり、ボーイが一人番をしていて、会費を取ります。勿論カフェエのことですから、ホールと云ってもそんなに立派なものではなく、見わたしたところ、踊っているのは十組ぐらいもあったでしょうが、もうそれだけの人数でもかなりガヤガヤ賑っていました。部屋の一方にテーブルと椅子と二列にならべた席があって、切符を買って入場した者は各〻その席を占領し、ときどきそこで休みながら、他人の踊るのを見物するような仕組になっているのでしょう。そこには見知らない男や女が彼方に一団、此方に一団とかたまりながらしゃべっています。そしてナオミがはいって来ると、彼等は互いに何かコソコソ囁き合って、こう云う所でなければ見られない、一種異様な、半ば敵意を含んだような、半ば軽蔑したような胡散な眼つきで、ケバケバしい彼女の姿を捜るように眺めるのでした。

「おい、おい、あすこにあんな女が来たぞ」

「あの連れの男は何者だろう!」

と、私は彼等に云われているような気がしました。彼等の視線が、ナオミばかりか、彼女のうしろに小さくなって立っている私の上にも注がれていることを、はっきりと感じました。私の耳にはオーケストラの音楽がガンガン鳴り響き、私の眼の前には踊りの群衆が、……みんな私より遥に巧そうな群衆が、大きな一つの環を作ってぐるぐると廻っています。同時に私は、自分がたった五尺二寸の小男であること、色が土人のように黒くて乱杭歯であること、二年も前に拵えた甚だ振わない紺の背広を着ていることなどを考えたので、顔がカッ、カッ、と火照って来て、体中に胴ぶるいが来て、「もうこんなところへ来るもんじゃない」と思わないではいられませんでした。

「こんな所に立っていたってしょうがないわ。……どこか彼方の……テーブルの方へ行こうじゃないの」

ナオミもさすがに気怯れがしたのか、私の耳へ口をつけて、小さな声でそう云うのでした。

「でも何かしら、この踊っている連中の間を突ッ切ってもいいのかしら？」

「いいのよ、きっと、……」

「だってお前、衝きあたったら悪いじゃないか」

「衝きあたらないように行けばいいのよ、……ほら、御覧なさい、あの人だってあすこを突ッ切って行ったじゃないの。だからいいのよ、行ってみましょうよ」

私はナオミのあとに附いて広場の群衆を横切って行きましたが、足が顫えている上に床がつるつる滑りそうなので、無事に向うへ渡り着くまでが一と苦労でした。そして一遍ガタンと転びそうになり、

「チョッ」

と、ナオミに睨みつけられ、しかめッ面をされたことを覚えています。

「あ、あすこが一つ空いているようだわ、あのテーブルにしようじゃないの」

と、ナオミはそれでも私よりは臆面がなく、ジロジロ見られている中をすうッと済まし

Special Dance Admission…… 特別ダンス入場料。御婦人方無料。殿方三円。

て通り越して、とあるテーブルへ就きました。が、あれほどダンスを楽しみにしていたくせに、すぐ踊ろうとは云い出さないで、何だかこう、ちょっとの間落ち着かないよう
に、手提げ袋から鏡を出してこっそり顔を直したりして、

「ネクタイが左へ曲っているわよ」

と、内証で私に注意しながら、広場の方を見守っているのでした。

「ナオミちゃん、浜田君が来ているじゃないか」

「ナオミちゃんなんて云うもんじゃないわよ、さんておっしゃいよ」

そう云ってナオミは、又むずかしいしかめッ面をして、

「浜さんも来てるし、まアちゃんも来ているのよ」

「どれ、どこに？」

「ほら、あすこに……」

そして慌てて声を落して、「指さしをしちゃ失礼だわよ」と、そっと私をたしなめて
から、

「ほら、あすこにあの、ピンク色の洋服を着たお嬢さんと一緒に踊っているでしょう、
あれがまアちゃんよ」

「やあ」

と、云いながら、その時まアちゃんはわれわれの方へ寄って来て、相手の女の肩越しに
にやにや笑って見せました。ピンク色の洋服は、せいの高い、肉感的な長い両腕をムキ
出しにした太った女で、豊かなと云うよりは鬱陶しいほど沢山ある、真っ黒な髪を肩の

辺りでザクリと切って、そいつをぼやぼやと縮らせた上に、リボンの鉢巻をしているのですが、顔はと云うと、頬っぺたが赤く、眼が大きく、唇が厚く、そしてどこまでも純日本式の、浮世絵にでもありそうな細長い鼻つきをした瓜実顔の輪廓でした。私も随分女の顔には気をつけている方ですけれど、こんな不思議な、不調和な顔はまだ見たことがありません。思うにこの女は、自分の顔があまり日本人過ぎるのをこの上もなく不幸に感じて、なるたけ西洋臭くしようと苦心惨憺しているらしく、よくよく見ると、凡そ外部へ露出している肌と云う肌には粉が吹いたようにお白粉が塗ってあり、眼の周りにはペンキのようにぎらぎら光る緑青色の絵の具がぼかしてあるのです。あの頬ッぺたの真っ赤なのも、疑いもなく頬紅をつけているので、おまけにそんなリボンの鉢巻をした恰好は、気の毒ながらどう考えても化け物としか思われません。

「おいナオミちゃん、……」

うっかり私はそう云ってしまって、急いでさんと云い直してから、

「あの女はあれでもお嬢さんなのかね？」

「ええ、そうよ、まるで淫売みたいだけれど、……」

「お前あの女を知ってるのかい？」

「知っているんじゃないけれど、よくまアちゃんから話を聞いたわ、ほら、頭へリボンを巻いてるでしょう。あのお嬢さんは眉毛が額のうんと上の方にあるので、それを隠すために鉢巻をして、別に眉毛を下の方へ画いてるんだって。ね、見て御覧なさいよ、あの眉毛は贋物なのよ」

「だけど顔だちはそんなに悪かないじゃないか。赤いものだの青いものだの、あんなにゴチャゴチャ塗り立ててるからおかしいんだよ」

「つまり馬鹿よ」

ナオミはだんだん自信を恢復して来たらしく、己惚れの強い平素の口調で、云ってのけて、

「顔だちだって、いいことなんかありゃしないわ。あんな女を譲治さんは美人だと思うの？」

「美人と云うほどじゃないけれども、鼻も高いし、体つきも悪くはないし、普通に作ったら見られるだろうが」

「まあ厭だ！　何が見られるもんじゃない！　あんな顔ならいくらだってざらにあるわよ。おまけにどうでしょう、西洋人臭く見せようと思って、いろんな細工をしているところはいいけれど、それがちっとも西洋人に見えないんだから、お慰みじゃないの。まるで猿だわ」

「ところで浜田君と踊っているのは、どこかで見たような女じゃないか」

「そりゃ見た筈だわ、あれは帝劇の春野綺羅子よ」

「へえ、浜田君は綺羅子を知っているのかい？」

「ええ知っているのよ、あの人はダンスが巧いもんだから、方々で女優と友達になるの」

浜田は茶っぽい背広を着て、チョコレート色のボックスの靴にスパットを穿いて、群集の中でも一と際目立つ巧者な足取で踊っています。そして甚だ怪しからんことには、

或はこう云う踊り方があるのかも知れませんが、相手の女とぺったり顔を着け合っています。きゃしゃな、象牙のような指を持った、ぎゅっと抱きしめたら撓って折れてしまいそうな小柄な綺羅子は、舞台で見るよりは遥に美人で、その名の如く綺羅を極めたあでやかな衣裳に、緞子と云うのか朱珍と云うのか、黒地に金糸と濃い緑とで龍を描いた丸帯を締めているのでした。女の方がせいが低いので、浜田はあたかも髪の毛の匂いを嗅ぎでもするように、頭をぐっと斜めにかしげて、耳のあたりを綺羅子の横鬢に喰っ着けている。綺羅子は綺羅子で、眼尻に皺が寄るほど強く男の頬ッぺたへ額をあてている。二つの顔は四つの眼玉をパチクリさせながら、体は離れることがあっても、首と首とはいっかな離れずに踊って行きます。

「譲治さん、あの踊り方を知っている？」

「何だか知らないが、あんまり見っともいいもんじゃないね」

「ほんとうよ、実際下品よ」

ナオミはペッペッと唾を吐くような口つきをして、

「あれはチーク・ダンスって云って、真面目な場所でやれるものじゃないんだって。アメリカあたりであれをやったら、退場して下さいって云われるんだって。浜さんもいいけれど、全く気障よ」

「だが女の方も女の方だね」

「そりゃそうよ、どうせ女優なんて者はあんな者よ、全体ここへ女優を入れるのが悪いんだわ、そんなことをしたらほんとうのレディーは来なくなるわ」

「男にしたって、お前はひどくやかましいことを云ったけれど、紺の背広を着ている者は少ないじゃないか。浜田君だってあんななりをしているし、……」

　これは私が最初から気がついていたことでした。知ったか振りをしたがるナオミは、所謂エティケットなるものを聞きかじって来て、無理に私に紺の背広を着せましたけれど、さて来て見ると、そんな服装をしている者は二三人ぐらいで、タキシードなどは一人もなく、あとは大概変り色の、凝ったスーツを着ているのです。

「そりゃそうだけれど、あれは浜さんが間違ってるのよ、紺を着るのが正式なのよ」

「そう云ったって……ほら、あの西洋人を御覧、あれもホームスパンじゃないか。だから何だっていいんだろう」

「そうじゃないわよ、人はどうでも自分だけは正式ななりをして来るもんよ。西洋人がああ云うなりをして来るのは、日本人が悪いからなのよ。それに何だわ、浜さんのように場数を踏んでいて、踊りが巧い人なら格別、譲治さんなんかなりでもキチンとしていなけりゃ見ッともないわよ」

　広場の方のダンスの流れが一時に停まって、盛んな拍手が起りました。オーケストラが止んだので、彼等はみんな少しでも長く踊りたそうに、熱心なのは口笛を吹き、地団太を踏んで、アンコールをしているのです。すると音楽が又始まる、停まっていた流れが再びぐるぐると動き出す。一としきりたつと又止んでしまう、又アンコール、……二度も三度も繰り返して、とうとういくら手を叩いても聴かれなくなると、踊った男は相手の女の後に従ってお供のように護衛しながら、一同ぞろぞろとテーブルの方へ帰って来ます。浜田とまアちゃんは綺羅子とピンク色の洋服をめいめいのテーブルへ送り届けて、椅子にかけさせて、女の前で丁寧にお辞儀をしてから、やがて揃って私たちの方へやって来ました。

「やあ、今晩は。大分御ゆっくりでしたね」

そう云ったのは浜田でした。

「どうしたんだい、踊らねえのかい？」

まアちゃんは例のぞんざいな口調で、ナオミのうしろに突っ立ったまま、眩い彼女の盛装を上からしげしげと見おろして、

「約束がなけりゃあ、この次に己と踊ろうか？」

「いやだよ、まアちゃんは、下手くそだもの」

「馬鹿云いねえ、月謝は出さねえが、これでもちゃんと踊れるから不思議だ」

と、大きな団子ッ鼻の孔をひろげて、唇を「へ」の字なりに、えへらえへら笑って見せて、

「根が御器用でいらっしゃるからね」

「ふん、威張るなよ！　あのピンク色の洋服と踊ってる恰好なんざぁ、あんまりいい図じゃなかったよ」

驚いたことには、ナオミはこの男に向うと、忽ちこんな乱暴な言葉を使うのでした。

「や、こいつアいけねえ」

と、まアちゃんは首をちぢめて頭を掻いて、ちらりと遠くのテーブルにいるピンク色の

方を振り返りながら、

「己もずうずうしい方じゃ退けを取らねえつもりだけれど、あの女には敵わねえや、あの洋服でここへ押し出して来ようてんだから」

「何だいありゃあ、まるで猿だよ」

「あははは、猿か、猿たあうめえことを云ったな、全く猿にちげえねえや」

「巧く云ってらぁ、自分が連れて来たんじゃないか。――ほんとうにまアちゃん、見っともないから注意しておやりよ。西洋人臭く見せようとしたって、あの御面相じゃ無理だわよ。どだい顔の造作が、ニッポンもニッポンも、純ニッポンと来てるんだから」

「要するに悲しき努力だね」

「あははは、そうよほんとに、要するに猿の悲しき努力よ。和服を着たって、西洋人臭く見える人は見えるんだからね」

「つまりお前のようにかね」

ナオミは「ふん」と鼻を高くして、得意のせせら笑いをしながら、

「そうさ、まだあたしの方が混血児のように見えるわよ」

「熊谷君」

と、浜田は私に気がねするらしく、もじもじしている様子でしたが、その名でまアちゃんを呼びかけました。

「そう云えば君は、河合さんとは始めてなんじゃなかったかしら？」

「ああ、お顔はたびたび見たことがあるがね、――」

「熊谷」と呼ばれたまアちゃんはやはりナオミの背中越しに、椅子のうしろに衝っ立ったまま、私の方へジロリと厭味な視線を投げました。

「僕は熊谷政太郎と云うもんです。――自己紹介をして置きます、どうか何分――」

「本名を熊谷政太郎、一名をまアちゃんと申します。――」

ナオミは下から熊谷の顔を見上げて、

「ねえ、まアちゃん、ついでにも少し自己紹介をしたらどうなの?」

「いいや、いけねえ、あんまり云うとボロが出るから。――委しいことはナオミさんから御聞きを願います」

「アラ、いやだ、委しいことなんかあたしが何を知っているのよ」

「あははは」

この連中に取り巻かれるのは不愉快だとは思いながら、ナオミが機嫌よくはしゃぎ出したので、私も仕方なく笑って云いました。

「さ、いかがです。浜田君も熊谷君も、これへお掛けになりませんか」

「譲治さん、あたし喉が渇いたから、何か飲む物を云って頂戴。浜さん、あんた何がいい? レモン・スクォッシュ?」

「え、僕は何でも結構だけれど、……」

「まアちゃん、あんたは?」

「どうせ御馳走になるのなら、ウィスキー・タンサンに願いたいね」

「まあ、呆れた、あたし酒飲みは大嫌いさ、口が臭くって!」

「臭くってもいいよ、臭いところが捨てられないッて云うんだから」

「あの猿がかい？」

「あ、いけねえ、そいつを云われると詫まるよ」

「あははは」

と、ナオミは辺り憚らず、体を前後に揺す振りながら、

「じゃ、譲治さん、ボーイを呼んで頂戴、――ウィスキー・タンサンが一つ、それからレモン・スクォッシュが三つ。……あ、待って、待って！ レモン・スクォッシュは止めにするわ、フルーツ・カクテルの方がいいわ」

「フルーツ・カクテル？」

私は聞いたこともないそんな飲み物を、どうしてナオミが知っているのか不思議でした。

「カクテルならばお酒じゃないか」

「うそよ、譲治さんは知らないのよ、――まあ、浜ちゃんもまアちゃんも聞いて頂戴、この人はこの通り野暮なんだから」

ナオミは「この人」と云う時に人差指で私の肩を軽く叩いて、

「だからほんとに、ダンスに来たってこの人と二人じゃ間が抜けていてしょうがないわ。ぼんやりしているもんだから、さっきも滑って転びそうになったのよ」

と、浜田は私を弁護するように、

「床がつるつるしてますからね」

「初めのうちは誰でも間が抜けるもんですよ、馴れると追い追い板につくようになりますけれど、……」

「じゃ、あたしはどう？　あたしもやっぱり板につかない？」

「いや、君は別さ、ナオミ君は度胸がいいから、……まあ社交術の天才だね」

「浜さんだって天才でない方でもないわ」

「へえ、僕が？」

「そうさ、春野綺羅子といつの間にかお友達になったりして！　ねえ、まアちゃん、そう思わない？」

「うん、うん」

と、熊谷は下唇を突き出して、頤をしゃくって頷いて見せます。

「浜田、お前綺羅子にモーションをかけたのかい？」

「ふざけちゃいかんよ、僕あそんなことをするもんかよ」

「でも浜さんは真っ赤になって云い訳するだけ可愛いわ。どこか正直なところがあるわ。――ねえ、浜さん、綺羅子さんをここへ呼んで来ない？　よう！　呼んでらッしゃいよ！　あたしに紹介して頂戴」

「なんかんて、又冷やかそうッて云うんだろう？　君の毒舌にかかった日にゃ敵わんからなア」

「大丈夫よ、冷やかさないから呼んでらッしゃいよ、賑やかな方がいいじゃないの」

「じゃあ、己もあの猿を呼んで来るかな」

「あ、それがいい、それがいい」

と、ナオミは熊谷を振り返って、

「まアちゃんも猿を呼んどいでよ、みんな一緒になろうじゃないの」

「うん、よかろう、だがもうダンスが始まったぜ、一つお前と踊ってからにしようじゃないか」

「あたしまアちゃんじゃ厭(いや)だけれど、仕方がない、踊ってやろうか」

「云うな云うな、習いたての癖にしやがって」

「じゃ譲治さん、あたし一遍踊って来るから見てらッしゃい。後(あと)であなたと踊って上げるから」

私は定めし悲しそうな、変な表情をしていたろうと思いますが、ナオミはフイと立ち上って、熊谷と腕を組みながら、再び盛んに動き出した群集の流れの中へはいって行ってしまいました。

「や、今度は七番のフォックス・トロットか、――」

と、浜田も私と二人になると何となく話題に困るらしく、ポケットからプログラムを出して見て、こそこそ臀(しり)を持ち上げました。

「あの、僕ちょっと失礼します、今度の番は綺羅子さんと約束がありますから。――」

「さあ、どうぞ、お構いなく、――」

私は独(ひと)り、三人が消えてなくなった跡へボーイが持って来たウィスキー・タンサンと、所謂(いわゆる)「フルーツ・カクテル」なるものと、四つのコップを前にして、茫然(ぼうぜん)と広場の景気を眺めていなければなりませんでした。が、もともと私は自分が踊りたいのではなく、こう云う場所でナオミがどれほど引き立つか、どう云う踊りッ振りをするか、それを見たいのが主でしたから、結局この方が気楽でした。で、ほっと解放されたような心地で、人波の間に見え隠れするナオミの姿を、熱心な眼で追っかけていました。

「ウム、なかなかよく踊る！………あれなら見っともないことはない………ああ云うことをやらせるとやっぱりあの児は器用なものだ。………」

可愛いダンスの草履を穿いた白足袋の足を爪立てて、くるりくるりと身を翻すと、華やかな長い袂がひらひらと舞います。一歩を踏み出す度毎に、着物の上ん前の裾が、蝶々のようにハタハタと跳ね上ります。芸者が撥を持つ時のような手つきで熊谷の肩を摘まんでいる真っ白な指、重くどっしり胴体を締めつけた絢爛な帯地、一茎の花のように、この群集の中に目立っている項、横顔、正面、後の襟足、――こうして見ると、成る程和服も捨てたものではありません、のみならず、あのピンク色の洋服を始め突飛な意匠の婦人たちがいるせいか、私が密かに心配していた彼女のケバケバしい好みも、決してそんなに卑しくはありません。

「ああ、暑、暑！　どうだった、譲治さん、あたしの踊るのを見ていた？」

踊りが済むと彼女はテーブルへ戻って来て、急いでフルーツ・カクテルのコップを前へ引き寄せました。

「ああ、見ていたよ、あれならどうして、とても始めてとは思えないよ」

「そう！　じゃ今度、ワン・ステップの時に譲治さんと踊って上げるわね、いいでしょう？……ワン・ステップなら易しいから」

「あの連中はどうしたんだい、浜田君と熊谷君は？」

「え、今来るわよ、綺羅子と猿を引っ張って。――フルーツ・カクテルをもう二つ云ったらいいわ」

「そう云えば何だね、今ピンク色は西洋人と踊っていたようだね」

「ええ、そうなのよ、それが滑稽じゃあないの、――」

と、ナオミはコップの底を視つめ、ゴクゴクと喉を鳴らして、渇いた口を湿おしながら、

「あの西洋人は友達でも何でもないのよ、それがいきなり猿の所へやって来て、踊って下さいッて云ったんだって。つまりこっちを馬鹿にしているのよ、紹介もなしにそんなことを云うなんて、きっと淫売か何かと間違えたのよ」

「じゃ、断ればよかったじゃないか」

「だからさ、それが滑稽じゃないの。あの猿が又、相手が西洋人だもんだから、断り切れないで踊ったところが！　ほんとうにいい馬鹿だわ、恥ッ晒しな！」

「だけどお前、そうツケツケと悪口を云うもんじゃないよ。傍で聞いていてハラハラするから」

「大丈夫よ、あたしにはあたしで考えがあるわよ。――なあに、あんな女にはそのくらいのことを云ってやった方がいいのよ、でないとこっちまで迷惑するから。まアちゃんだって、あれじゃ困るから注意してやるって云っていたわ」

「そりゃ、男が云うのはいいだろうけれど、……」

「ちょいと！　浜ちゃんが綺羅子を連れて来たわよ、レディーが来たらすぐに椅子から立つもんよ。――」

「あの、御紹介します、――」

と、浜田は私たち二人の前に、兵士の「気をつけ」のような姿勢で立ち止まりました。

「これが春野綺羅子嬢です。――」

こう云う場合、「この女はナオミに比べて優っているか、劣っているか」と、私は自然、ナオミの美しさを標準にしてしまうのですが、今浜田の後から、しとやかなしなを作って、その口もとに悠然と自信のあるほほ笑みを浮かべながら、一と足そこへ歩み出た綺羅子は、ナオミより一つか二つ歳かさでもありましょうか。が、生き生きとした、娘々した点に於いては、小柄なせいもあるでしょうが、少しもナオミと変りなく、そして衣裳の豪華なことはむしろナオミを圧倒するものがありました。

「初めまして、……」

と、慎ましやかな態度で云って、悧巧そうな、小さく円く、パッチリした眸を伏せて、こころもち胸を引くようにして挨拶する、その身のこなしには、さすがは女優だけあってナオミのようなガサツなところがありません。

ナオミは為ること成すことが活潑の域を通り越して、乱暴過ぎます。口の利き方もつんけんしていて女としての優しみに欠け、ややともすると下品になります。要するに彼女は野生の獣で、これに比べると綺羅子の方は、物の言いよう、眼の使いよう、頸のひねりよう、手の挙げよう、すべてが洗煉されていて、注意深く、神経質に、人工の極致を尽して研きをかけられた貴重品の感がありました。たとえば彼女が、テーブルに就いてカクテルのコップを握った時の、掌から手頸を見ると、実に細い。そのしっとりと垂れている袂の重みにも得堪えぬほどに、しなしなと細い。きめのこまやかさと色つやのなまめかしさは、ナオミといずれ劣らずで、私は幾度卓上に置かれた四枚の掌を、代る代る打ち眺めたか知れませんけれど、しかし二人の顔の趣は大変に違う。ナオミがメリー・ピクフォードで、ヤンキー・ガールであるとするなら、こちらはどうしても伊太利か仏蘭西あたりの、しとやかなうちに仄かなる媚びを湛えた幽艶な美人です。同じ花でもナオミは野に咲き、綺羅子は室に咲いたものです。その引き締まった円顔の中にある小さな鼻は、まあ何と云う肉の薄い、透き徹るような鼻でしょう！　余程の名工が拵えた人形か何かでない限り、赤ん坊の鼻だってよもやこんなに繊細ではありますまい。そして最後に気がついたことは、ナオミが日頃自慢している見事な歯並び、それと全く同じ物の真珠の粒が、真赤な瓜を割いたような綺羅子の可愛い口腔の中に、その種子のように生え揃っていたことです。

私が引け目を感ずると同時に、ナオミも引け目を感じたに違いありません。綺羅子が席へ交ってから、ナオミはさっきの傲慢にも似ず、冷やかすどころか俄かにしいんと黙ってしまって、一座はしらけ渡りました。が、それでなくても負け惜しみの強い彼女は、自分が「綺羅子を呼んで来い」と云った言葉の手前、やがていつもの腕白気分を盛り返したらしく、

「浜さん、黙っていないで何かおっしゃいよ。――あの、綺羅子さんは何ですか、い

つから浜さんとお友達(ともだち)におなりになって？」

と、そんな風にぼつぼつ始めました。

「わたくし？」

と綺羅子は云って、冴えた瞳(ひとみ)をぱっと明るくして、

「ついこの間からですの」

「あたくし」

と、ナオミも相手の「わたくし」口調に釣(つ)り込まれながら、

「今拝見しておりましたけれど、随分お上手(じょうず)でいらっしゃいますのね、よっぽどお習いになりましたの？」

「いいえ、わたくし、やることはあの、前からやっておりますけれど、ちっとも上手になりませんのよ、不器用だものですから、……」

「あら、そんなことはありませんわ。ねえ浜さん、あんたどう思う？」

「そりゃ巧(うま)い筈(はず)ですよ、綺羅子さんのは女優養成所で、本式に稽古(けいこ)したんだから」

「まあ、あんなことをおっしゃって」

と、綺羅子はぽうッとはにかんだような素振(そぶ)りを見せて、俯向(うつむ)いてしまいます。

「でもほんとうにお上手よ、見わたしたところ、男で一番巧いのは浜さん、女では綺羅子さん……」

「まあ」

「何だい、ダンスの品評会かい？　男で一番うめえのは何と云っても己(おれ)じゃねえか。

と、そこへ熊谷がピンク色の洋服を連れて割り込んで来ました。

このピンク色は、熊谷の紹介に依ると青山の方に住んでいる実業家のお嬢さんで、井上菊子と云うのでした。もはや婚期を過ぎかけている二十五六の歳頃で、――これは後で聞いたのですが、二三年前或る所へ嫁いだのに、あまりダンスが好きなので近頃離縁になったのだそうです。――わざとそう云う夜会服の下に肩から腕を露わにした装いは、大方豊艶なる肉体美を売り物にしているのでしょうが、さてこうやって向い合った様子では、豊艶と云わんより脂ぎった大年増と云う形でした。尤も貧弱な体格よりはこのくらいな肉づきの方が、洋服には似合う訳ですけれど、何を云うにも困ったのはその顔だちです。西洋人形へ京人形の首をつけたような、洋服とは甚だ縁の遠い目鼻立ち、――それもそのままにして置けばいいのに、なるべく縁を近くしようと骨を折って、あっちこっちへ余計な手入れをして、折角の器量をダイナシにしてしまっている。見ると成る程、本物の眉毛は鉢巻の下に隠されているに違いなく、その眼の上に引いてあるのは明らかに作り物なのです。それから眼の縁の青い隈取り、頬紅、入れぼくろ、唇の線、鼻筋の線、と、殆ど顔のあらゆる部分が不自然に作ってあります。

「まアちゃん、あんた猿は嫌い？」

と、突然ナオミがそんなことを云いました。

「猿？――」

そう云って熊谷は、ぷっと吹き出したくなるのを我慢しながら、

「何でえ、妙なことを聞くじゃねえか」

「あたしの家に猿が二匹飼ってあるのよ、だからまアちゃんが好きだったら、一匹分けて上げようと思うの。どう！　まアちゃんは猿が好きじゃない？」

「あら、猿を飼っていらっしゃいますの？」

と真顔になって、菊子がそれを尋ねたので、ナオミはいよいよ図に乗りながらいたずら好きの眼を光らして、

「ええ、飼っておりますの、菊子さんは猿がお好き？」

「わたくし、動物は何でも好きでございますわ、犬でも猫でも――」

「そうして猿でも？」

「ええ、猿でも」

その問答があまりおかしいので、熊谷は側方を向いて腹を抱える、浜田はハンケチを口へあててクスクス笑う、綺羅子もそれと感づいたらしくニヤニヤしている。が、菊子は案外人の好い女だと見えて、自分が嘲弄されているとは気がつきません。

「ふん、あの女はよっぽど馬鹿だよ、少し血の循りが悪いんじゃないかね」

やがて八番目のワン・ステップが始まって、熊谷と菊子が踊り場の方へ行ってしまうと、ナオミは綺羅子のいる前をも憚らず、口汚い調子で云うのでした。

「ねえ、綺羅子さん、あなたそうお思いにならなかった？」

「まあ、何でございますか、……」

「いいえ、あの方が猿みたいな感じがするでしょ、だからあたし、わざと猿々ッて云っ

てやったんですよ」

「まあ」

「みんながあんなに笑っているのに、気が付かないなんてよっぽど馬鹿だわ」

綺羅子は半ば呆れたように、半ば蔑むような眼つきでナオミの顔を偸み視ながら、どこまでも「まあ」の一点張りでした。

十一

「さあ、譲治さん、ワン・ステップよ。踊って上げるからいらっしゃい」

と、それから私はナオミに云われて、やっと彼女とダンスをする光栄を有しました。

　私にしたって、きまりが悪いとは云うものの、日頃の稽古を実地に試すのはこの際でもあり、殊に相手が可愛いナオミであってみれば、決して嬉しくないことはありません。よしんば物笑いの種になるほど下手糞だったとしたところで、その下手糞は却ってナオミを引き立てることになるのですから、むしろ私は本望なのです。それから又、私には妙な虚栄心もありました。と云うのは、「あれがあの女の亭主だと見える」と、評判されてみたいことです。云いかえれば「この女は己の物だぞ。どうだ、ちょっと己の宝物を見てくれ」と大いに自慢してやりたいことです。それを思うと私は晴れがましいと同時に、ひどく痛快な気がしました。彼女のために今日まで払った犠牲と苦労とが、一度に報いられたような心地がしました。

どうもさっきからの彼女の様子では、今夜は己と踊りたくないのだろう。己がもう少し巧くなるまでは厭なのだろう。厭なら厭で、己もそれまではたって踊ろうとは云わない。と、もういい加減あきらめていたところへ、「踊って上げよう」と来たのですから、その一と声はどんなに私を喜ばせたか知れません。

で、熱病やみのように興奮しながら、ナオミの手を執って最初のワン・ステップを蹈み出したまでは覚えていますが、それから先は夢中でした。そして夢中になればなるほど、音楽も何も聞えなくなって、足取りは滅茶苦茶になる、眼はちらちらする、動悸は激しくなる、吉村楽器店の二階で、蓄音器のレコードでやるのとはガラリと勝手が違ってしまって、この人波の大海の中へ漕ぎ出してみると、退こうにも進もうにも、さっぱり見当がつきません。

「譲治さん、何をブルブル顫えているのよ、シッカリしないじゃ駄目じゃないの！」

と、そこへ持って来てナオミは始終耳元で叱言を云います。

「ほら、ほら又すべった！　そんなに急いで廻るからよ！　もっと静かに！　静かにッたら！」

が、そう云われると私は一層のぼせ上ります。おまけにその床は特に今夜のダンスのために、うんと滑りをよくしてあるので、あの稽古場のつもりでうっかりしていると、忽ちつるりと来るのです。

「それそれ！　肩を上げちゃいけないてば！　もっとこの肩を下げて！　下げて！」

そう云ってナオミは、私が一生懸命に握っている手を握りもぎって、ときどきグイと、邪慳に肩を抑えつけます。

「チョッ、そんなにぎゅッと手を握っててどうするのよ！　まるであたしにしがみ着いていちゃ、こっちが窮屈でしようがないわよ！……そら、そら又肩が！」

これでは何のことはない、全く彼女に怒鳴られるために踊っているようなものでしたが、そのガミガミ云う言葉さえが私の耳にははいらないくらいでした。

「譲治さん、あたしもう止めるわ」

と、そのうちにナオミは腹を立てて、まだ人々は盛んにアンコールを浴びせているのに、どんどん私を置き去りにして席へ戻ってしまいました。

「ああ、驚いた。まだまだとても譲治さんとは踊れやしないわ、少し内で稽古なさいよ」

浜田と綺羅子がやって来る、熊谷が来る、菊子が来る、テーブルの周囲は再び賑やかになりましたが、私はすっかり幻滅の悲哀に浸って、黙ってナオミの嘲弄の的になるばかりでした。

「あははは、お前のように云った日にゃあ、気の弱え者は尚更踊れやしねえじゃねえか。まあそう云わずに踊ってやんなよ」

私はこの、熊谷の言葉が又癪に触りました。「踊ってやんな」とは何と云う云い草だ。己を何だと思っているのだ？　この青二才が！

「なあに、ナオミ君が云うほど拙かありませんよ、もっと下手なのがいくらもいるじゃありませんか」

と浜田は云って、

「どうです、綺羅子さん、今度のフォックス・トロットに河合さんと踊って上げたら？」

「はあ、どうぞ……」

綺羅子はやはり女優らしい愛嬌をもってうなずきました。が、私は慌てて手を振りながら、

「やあ、駄目ですよ駄目ですよ」

と、滑稽なほど面喰ってそう云いました。

「駄目なことがあるもんですか。あなたのように遠慮なさるからいけないんですよ。ねえ、綺羅子さん」

「ええ、……どうぞほんとに」

「いやぁいけません、とてもいけません、巧くなってから願いますよ」

「踊って下さるって云うんだから、踊って戴いたらいいじゃないの」

と、ナオミはそれが、私に取っての身に余る面目でもあるかのように、おッ被せて云って、

「譲治さんはあたしとばかり踊りたがるからいけないんだわ。――さあ、フォックス・トロットが始まったから行ってらっしゃい、ダンスは他流試合がいいのよ」

"Will you dance with me?"

その時そう云う声が聞えて、つかつかとナオミの傍へやって来たのは、さっき菊子と踊っていた、すらりとした体つきの、女のようなにやけた顔へお白粉を塗っている、歳の若い外人でした。背中を円く、ナオミの前へ身をかがめて、ニコニコ笑いながら、大

方お世辞でも云うのでしょうか、何か早口にぺらぺらとしゃべります。そして厚かましい調子で「プリーズプリーズ」と云うところだけが私に分ります。と、ナオミも困った顔つきをして火の出るように真っ赤になって、その癖怒ることも出来ずに、ニヤニヤしています。断りたいには断りたいのだが、何と云ったら最も婉曲に表わされるか、彼女の英語では咄嗟の際に一と言も出て来ないのです。外人の方はナオミが笑い出したので、好意があると看て取ったらしく、「さあ」と云って促すような素振りをしながら、押しつけがましく彼女の返辞を要求します。

"Yes,………"

そう云って彼女が不承々々に立ち上ったとき、その頬ッぺたは一層激しく、燃え上るように赧くなりました。

「あははは、とうとう奴さん、あんなに威張っていたけれど、西洋人にかかっちゃあ意気地がねえね」

と、熊谷がゲラゲラ笑いました。

「西洋人はずうずうしくって困りますのよ。さっきもわたくし、ほんとに弱ってしまいましたわ」

そう云ったのは菊子でした。

「では一つ願いますかな」

私は綺羅子が待っているので、否でも応でもそう云わなければならないハメになりました。

一体今日に限ったことではありませんけれども、厳格に云うと私の眼にはナオミより外に女と云うものは一人もありません。それは勿論、美人を見ればきれいだとは感じます。が、きれいであればきれいであるだけ、ただ遠くから手にも触れずに、そうッと眺めていたいと思うばかりでした。シュレムスカヤ夫人の場合は例外でしたが、あれにしたって、私があの時経験した恍惚とした心持は、恐らく普通の情慾ではなかったでしょう。「情慾」と云うには余りに神韻漂渺とした、捕捉し難い夢見心地だったでしょう。それに相手は全然われわれとかけ離れた外人であり、ダンスの教師なのですから、日本人で、帝劇の女優で、おまけに眼もあやな衣裳を纏った綺羅子に比べれば気が楽でした。

然るに綺羅子は、意外なことに、踊ってみると実に軽いものでした。体全体がふわりとして、綿のようで、手の柔かさは、まるで木の葉の新芽のような肌触りです。そして非常にこちらの呼吸をよく呑み込んで、私のような下手糞を相手にしながら、感のいい馬のようにピタリと息を合わせます。こうなって来ると軽いと云うことそれ自身に得も云われない快感があります。私の心は俄かに浮き浮きと勇み立ち、私の足は自然と活潑なステップを踏み、あたかもメリー・ゴー・ラウンドへ乗っているように、どこまでもするすると、滑かに廻って行きます。

「愉快々々！　これは不思議だ、面白いもんだ！」

私は思わずそんな気になりました。

「まあ、お上手ですわ、ちっとも踊りにくいことはございませんわ」

……グルグルグル！　水車のように廻っている最中、綺羅子の声が私の耳を掠めました。……やさしい、かすかな、いかにも綺羅子らしい甘い声でした。………

「いや、そんなことはないでしょう。あなたがお上手だからですよ」

「いいえ、ほんとに、………」

暫くたってから、又彼女は云いました。

「今夜のバンドは、大へん結構でございますのね」

「はあ」

「音楽がよくないと、折角踊っても何だか張合いがございませんわ」

気がついて見ると、綺羅子の唇はちょうど私のこめかみの下にあるのでした。これがこの女の癖だと見えて、さっき浜田としたように、その横鬢は私の頬へ触れていました。やんわりとした髪の毛の撫で心地、………そしておりおり洩れて来るほのかな囁き、………長い間悍馬のようなナオミの蹄にかけられていた私には、それは想像したこともない「女らしさ」の極みでした。何だかこう、茨に刺された傷の痕を、親切な手でさすって貰ってでもいるような、………

「あたし、よっぽど断ってやろうと思ったんだけれど、西洋人は友達がないんだから、同情してやらないじゃ可哀そうよ」

やがてテーブルへ戻って来ると、ナオミがいささかしょげた形で弁解しているのでした。

十六番のワルツが終ったのはかれこれ十一時半でしたろうか。まだこのあとにエキストラが数番ある。おそくなったら自動車で帰ろうとナオミが云うのを、ようようなだめて最後の電車に間に合うように新橋へ歩いて行きました。熊谷も浜田も女連と一緒に、銀座通りをぞろぞろと繋がりながらその辺まで私たちを送って来ました。みんなの耳にジャズ・バンドが未だに響いているらしく、誰か一人が或るメロディーを唄い出すと、男も女もすぐその節に和して行きましたが、歌を知らない私には、彼等の器用さと、物覚えのよさと、その若々しい晴れやかな声とが、ただ妬ましく感ぜられるばかりでした。

「ラ、ラ、ラララ」

と、ナオミは一と際高い調子で、拍子を取って歩いていました。

「浜さん、あんた何がいい？　あたしキャラバンが一番すきだわ」

「おお、キャラバン！」

と、菊子が頓狂な声で云いました。

「素敵ね！　あれは」

「でもわたくし、――――」

と、今度は綺羅子が引き取って、

「ホイスパリングも悪くはないと存じますわ。大へんあれは踊りよくって、――――」

「蝶々さんがいいじゃないか、僕はあれが一番好きだよ」

そして浜田は「蝶々さん」を早速口笛で吹くのでした。

改札口で彼等に別れて、冬の夜風が吹き通すプラットホームに立ちながら、電車を待っている間、私とナオミとはあんまり口を利きませんでした。歓楽のあとの物淋しさ、とでも云うような心持が私の胸を支配していました。尤もナオミはそんなものを感じな

かったに違いなく、

「今夜は面白かったわね、又近いうちに行きましょうよ」

と、話しかけたりしましたけれど、私は興ざめた顔つきで「うん」と口のうちで答えただけでした。

何だ？　これがダンスと云うものなのか？　親を欺き、夫婦喧嘩をし、さんざ泣いたり笑ったりした揚句の果てに、己が味わった舞踏会と云うものは、こんな馬鹿げたものだったのか？　奴等はみんな虚栄心とおべっかと己惚れと、気障の集団じゃないか？


――


が、そんなら己は何のために出かけたのだ？　ナオミを奴等へ見せびらかすため？

――そうだとすれば己もやっぱり虚栄心のかたまりなのだ。ところで己がそれほどまでに自慢していた宝物はどうだったろう！

「どうだね、君、君がこの女を連れて歩いたら、果して君の注文通り、世間はあッと驚いたかね」

と、私は自ら嘲るような心持で、自分の心にそう云わないではいられませんでした。


――

「君、君、盲人蛇に怖じずとは君のことだよ。そりゃあ成る程、君に取ってはこの女は世界一の宝だろう。だがその宝を晴れの舞台へ出したところはどんなだったい！　虚栄心と己惚れの集団！　君は巧いことを云ったが、その集団の代表者はこの女じゃあなかったかね？　自分独りで偉がって、無闇に他人の悪口を云って、ハタで見ていて一番鼻ッ摘まみだったのは、一体君は誰だったと思う？　西洋人に淫売と間違えられて、しかも簡単な英語一つしゃべれないで、ヘドモドしながら相手になったのは、菊子嬢だけではなかったようだぜ。それにこの女の、あの乱暴な口の利き方は何と云うざまだ。仮りにもレディーを気取っていながら、あの云い草は殆ど聞くに堪えないじゃないか、菊子嬢や綺羅子の方が遥にたしなみがあるじゃないか」

――この不愉快な、悔恨と云おうか失望と云おうか、ちょっと何とも形容の出来ない厭な気持は、その晩家へ帰るまで私の胸にこびりついていました。

電車の中でも、私はわざと反対の側に腰かけて、自分の前にいるナオミと云うものを、も一度つくづくと眺める気になりました。全体己はこの女のどこがよくって、こうまで惚れているのだろう？　あの鼻かしら？　あの眼かしら？　と、そう云う風に数え立てると、不思議なことに、いつもあんなに私に対して魅力のある顔が、今夜は実に詰まらなく、下らないものに思えるのでした。すると私の記憶の底には、自分が始めてこの女に会った時分、――あのダイヤモンド・カフェエの頃のナオミの姿がぼんやり浮かんで来るのでした。が、今に比べるとあの時分はずっとよかった。無邪気で、あどけなくて、内気な、陰鬱なところがあって、こんなガサツな、生意気な女とは似ても似つかないものだった。己はあの頃のナオミに惚れたので、それの惰勢が今日まで続いて来たのだけれど、考えてみれば知らない間に、この女は随分たまらないイヤな奴になっているのだ。あの「悧巧な女は私でござい」と云わんばかりに、チンと済まして腰かけている恰好はどうだ、「天下の美人は私です」というような、「私ほどハイカラな、西洋人臭い女はいなかろう」と云いたげな、あの傲然とした面つきはどうだ。あれで英語の「え」の字もしゃべれず、パッシヴ・ヴォイスとアクティヴ・ヴォイスの区別さえも分らないとは、誰も知るまいが己だけはちゃんと知っているのだ。……

私はこっそり頭の中で、こんな悪罵を浴びせてみました。彼女は少し反り身になって、顔を仰向けにしているので、ちょうど私の座席からは、彼女が最も西洋人臭さを誇っているところの獅子ッ鼻の孔が、黒々と覗けました。そして、その洞穴の左右には分厚い小鼻の肉がありました。思えば私は、この鼻の孔とは朝夕深い馴染なのです。毎晩々々、私がこの女を抱いてやるとき、常にこう云う角度からこの洞穴を覗き込み、ついこの間もしたようにその洟をかんでやり、小鼻の周りを愛撫してやり、又或る時は自分の鼻とこの鼻とを、楔のように喰い違わせたりするのですから、つまりこの鼻は、――この、女の顔のまん中に附着している小さな肉の塊は、まるで私の体の一部も同じことで、決して他人の物のようには思えません。が、そう云う感じをもって見ると、一層それが憎らしく汚らしくなって来るのでした。よく、腹が減った時なぞにまずい物を夢中でムシャムシャ喰うことがある、だんだん腹が膨れて来るに随って、急に今まで詰め込んだ物のまずさ加減に気がつくや否や、一度に胸がムカムカし出して吐きそうになる、――まあ云ってみれば、それに似通った心地でしょうが、今夜も相変らずこの鼻を相手に、顔を突き合わせて寝ることを想像すると、「もうこの御馳走は沢山だ」と云いたいような、何だかモタレて来てゲンナリしたようになるのでした。

「これもやっぱり親の罰だ。親を欺して面白い目を見ようとしたって、ロクなことはありゃしないんだ」

と、私はそんな風に考えました。

しかし読者よ、これで私がすっかりナオミに飽きが来たのだと、推測されては困るのです。いや、私自身も今までこんな覚えはないので、一時はそうかと思ったくらいでしたけれど、さて大森の家へ帰って、二人きりになってみると、電車の中のあの「満腹」の心は次第にどこかへすッ飛んでしまって、再びナオミのあらゆる部分が、眼でも鼻でも手でも足でも、蠱惑に充ちて来るようになり、そしてそれらの一つ一つが、私に取って味わい尽せぬ無上の物になるのでした。

私はその後、始終ナオミとダンスに行くようになりましたが、その度毎に彼女の欠点が鼻につくので、帰り途にはきっと厭な気持になる。が、いつでもそれが長続きしたことなく、彼女に対する愛憎の念は一と晩のうちに幾回でも、猫の眼のように変りました。

十二

閑散であった大森の家には、浜田や、熊谷や、彼等の友達や、主として舞踏会で近づきになった男たちが、追い追い頻繁に出入りするようになりました。

やって来るのは大概夕方、私が会社から戻る時分で、それからみんなで蓄音機をかけてダンスをやります。ナオミが客好きであるところへ、気兼ねをするような奉公人や年寄はいず、おまけにここのアトリエはダンスに持って来いでしたから、彼等は時の移る

のを忘れて遊んで行きます。始めのうちはいくらか遠慮して、飯時になれば帰ると云ったものですが、

「ちょいと！　どうして帰るのよ！　御飯をたべていらっしゃいよ」

と、ナオミが無理に引き止めるので、しまいにはもう、来れば必ず「大森亭」の洋食を取って、晩飯を馳走するのが例のようになりました。

じめじめとした入梅の季節の、或る晩のことでした。浜田と熊谷が遊びに来て、十一時過ぎまでしゃべっていましたが、外は非常な吹き降りになり、雨がざあざあガラス窓へ打ちつけて来るので、二人とも「帰ろう帰ろう」と云いながら、暫く躊躇していると、

「まあ、大変なお天気だ、これじゃあとても帰れないから、今夜は泊っていらっしゃいよ」

と、ナオミがふいとそう云いました。

「ねえ、いいじゃないの、泊ったって。――まアちゃんは無論いいんだろう？」

「うん、己アどうでもいいんだけれど、……浜田が帰るなら己も帰ろう」

「浜さんだって構やしないわよ、ねえ、浜さん」

そう云ってナオミは私の顔色を窺って、

「いいのよ、浜さん、ちっとも遠慮することはないのよ、冬だと布団が足りないけれど、今なら四人ぐらいどうにかなるわ。それに明日は日曜だから、譲治さんも内にいるし、いくら寝坊してもいいことよ」

「どうです、泊って行きませんか、全くこの雨じゃ大変だから」

と、私も仕方なしに勧めました。

「ね、そうなさいよ、そして明日は又何かして遊ぼうじゃないの、そう、そう、夕方から花月園へ行ってもいいわ」

結局二人は泊ることになりましたが、

「ところで蚊帳(かや)はどうしようね」

と、私が云うと、

「蚊帳は一つしかないんだから、みんな一緒に寝ればいいわよ。その方が面白いじゃないの」

と、そんなことがひどくナオミには珍しいのか、修学旅行にでもいったように、きゃっきゃっと喜びながら云うのでした。

これは私には意外でした。蚊帳は二人に提供して、私とナオミとは蚊やり線香でも焚(た)きながら、アトリエのソオファで夜を明かしても済むことだと考えていたので、四人が一つ部屋(へや)の中へごろごろかたまって寝ようなどとは、思い設けてもいませんでした。が、ナオミがその気になっているし、二人に対してイヤな顔をするでもないし、……と、例の通り私がぐずぐずしているうちに、彼女はさっさと極(き)めてしまって、

「さあ、布団を敷くから三人とも手伝って頂戴」

と、先に立って号令しながら、屋根裏の四畳半へ上って行きました。

布団の順序はどう云う風にするのかと思うと、何分蚊帳が小さいので、四人が一列に枕(まくら)を並べる訳には行かない。それで三人が並行になり、一人(ひとり)がそれと直角になる。

「ね、こうしたらいいじゃないの。男の人が三人そこへお並びなさいよ、あたしこっちへ独りで寝るわ」

と、ナオミが云います。

「やあ、えれえことになっちゃったな」

　蚊帳が吊れると、熊谷は中を透かして見ながらそう云いました。

「これじゃあどうしても豚小屋だぜ、みんなごちゃごちゃになっちまうぜ」

「ごちゃごちゃだっていいじゃないか、贅沢なことを云うもんじゃないわ」

「ふん！　人様の家に御厄介になりながらか」

「当り前さ、どうせ今夜はほんとに寝られやしないんだから」

「己あ寝るよ、グウグウ鼾をかいて寝るよ」

　どしんと熊谷は地響を立てて、着物のまんま真っ先にもぐり込みました。

「寝ようッたって寝かしゃしないわよ。――浜さん、まアちゃんを寝かしちゃ駄目よ、寝そうになったら擽ぐってやるのよ。――」

「ああ蒸し暑い、とてもこれじゃ寝られやしないよ。――」

　まん中の布団にふん反り返って膝を立てている熊谷の右側に、洋服の浜田はズボンと下着のシャツ一枚で、痩せた体を仰向けに、ぺこんと腹を凹ましていました。そして静かに戸外の雨を聞き澄ましてでもいるように、片手を額の上に載せて、片手でばたばたと団扇を使っている音が、一層暑苦しそうでした。

「それに何だよ、僕ア女の人がいると、どうもおちおち寝られないような気がするよ」

「あたしは男よ、女じゃないわよ、浜さんだって女のような気がしないって云ったじゃないか」

蚊帳の外の、うす暗い所で、ぱっと寝間着に着換える時ナオミの白い背中が見えました。

「そりゃ、云ったことは云ったけれど、………」

「………やっぱり傍へ寝られると、女のような気がするのかい？」

「ああ、まあそうだな」

「じゃ、まアちゃんは？」

「己ア平気さ、お前なんか女の数に入れちゃあいねえさ」

「女でなけりゃ何なのよ？」

「うむ、まあお前は海豹だな」

「あはははは、海豹と猿とどっちがいい？」

「どっちも己あ御免だよ」

と、熊谷はわざと眠そうな声を出しました。私は熊谷の左側に寝ころびながら、三人がしきりにべちゃくちゃ云うのを黙って聞いていましたが、ナオミがここへはいって来ると、浜田の方か、私の方か、いずれどっちかへ頭を向けなければならないのだが、と、内々それを気にしていました。と云うのは、ナオミの枕がどっちつかずに、曖昧な位置に放り出してあったからです。何でもさっき布団を敷く時に、彼女はわざとそう云う風に、あとでどうでもなるように置いたのじゃないかと思われました。と、ナオミは桃色

の縮みのガウンに着換えてしまうと、やがてはいって来て衝っ立ちながら、

「電気を消す？」

と、そう云いました。

「ああ、消して貰いてえ、………」

そう云う熊谷の声がしました。

「じゃあ消すわよ。………」

「あ、痛え！」

と、熊谷が云ったとたんに、いきなりナオミはその胸に飛び上って、男の体を踏み台にして、蚊帳の中からパチリとスウィッチを切りました。

暗くはなったが、表の電信柱にある街燈の灯先が窓ガラスに映っているので、部屋の中はお互いの顔や着物が見分けられるほども、やもやと明るく、ナオミが熊谷の首を跨いで、自分の布団へ飛び降りた刹那の、寝間着の裾のさっとはだけた風の勢いが私の鼻を嬲りました。

「まアちゃん、一服煙草を吸わない？」

ナオミはすぐに寝ようとはしないで、男のように股を開いて枕の上にどっかと腰かけ、上から熊谷を見おろしながら云うのでした。

「よう！　こっちをお向きよ！」

「畜生、どうしても己を寝かさねえ算段だな」

「うふふふ、よう！　こっちをお向きよ！　向かなけりゃいじめてやるよ」

「あ、いてえ！　よせ、止せ、止せッたら！　生き物だから少し鄭重にしてくんねえ、蹈み台にされたり蹴られたりしちゃ、いくら頑丈でも溜らねえや」

「うふふふ」

　私は蚊帳の天井を見ているのでハッキリ分りませんでしたが、ナオミは足の爪先で男の頭をグイグイ押したものらしく、

「仕方がねえな」

と云いながら、やがて熊谷は寝返りを打ちました。

「まアちゃん、起きたのかい？」

　そう云う浜田の声がしました。

「ああ、起きちゃったよ、盛んに迫害されるんでね」

「浜さん、あんたもこっちをお向きよ、でなけりゃ迫害してやるわよ」

　浜田はつづいて寝返りを打って、腹這いになったようでした。

　同時に熊谷がガチャガチャと袂の中からマッチを捜り出す音がしました。そしてマッチを擦ったので、ぼうッと私の眼瞼の上に明りが来ました。

「譲治さん、あなたもこっちを向いたらどう？　独りで何をしているのよ」

「う、うん、………」

「どうしたの、眠いの？」

「う、うん……少しとろとろしかけたところだ、………」

「うふふふ、巧く云ってらア、わざと寝たふりをしてるんじゃないの、ねえ、そうじ

やない？　気が揉めやしない？」

　私は図星を指されたので、眼をつぶってはいましたけれど、顔が真っ赤になったような気がしました。

「あたし大丈夫よ、ただこうやって騒いでるだけよ、だから安心して寝てもいいわ。……それともほんとに気が揉めるなら、ちょっとこっちを見てみない？　何も痩せ我慢しないだって、――」

「やっぱり迫害されたいんじゃないかね」

　そう云ったのは熊谷で、煙草に火をつけて、すぱッと口を鳴らしながら吸い出しました。

「いやよ！　こんな人を迫害したってしようがないわよ、毎日してやっているんだもの」

「御馳走様だなア」

と浜田の云ったのが、心からそう云ったのでなく、私に対する一種のお世辞のようにしか取れませんでした。

「ねえ、譲治さん、――だけれど、迫害されたいんならして上げようか」

「いや、沢山だよ」

「沢山ならあたしの方をお向きなさいよ、そんな、一人だけ仲間外れをしているなんて妙じゃないの」

　私はぐるりと向き直って、枕の上へ頤を載せました。と、立て膝をして両脛を八の字に踏ん張っているナオミの足の、一方は浜田の鼻先に、一方は私の鼻先にあるのです。

そして熊谷はと云うと、その八の字の間へ首を突っ込んで、悠々と敷島を吹かしています。

「どう？　譲治さん、この光景は？」

「うん、………」

「うんとは何よ」

「呆れたもんだね、まさに海豹に違いないね」

「ええ、海豹よ、今海豹が氷の上で休んでいるところよ。前に三匹寝ているのも、これも男の海豹よ」

　低く密雲の閉ざすように、頭の上に垂れ下がっている萌黄の蚊帳………夜目にも黒く、長々と解いた髪の毛の中の白い顔、………しどけないガウンの、ところどころに露われている胸や、腕や、膨らッ脛や、………この恰好は、ナオミがいつもこれで私を誘惑するポーズの一つで、こう云う姿を見せられると私はあたかも餌を投げられた獣のようにさせられるのです。私は明らかに、ナオミが例のそそのかすような表情をして、意地の悪い眼で微笑しながら、じっとこちらを見おろしているのを、うす暗い中で感じました。

「呆れたなんて譃なのよ。あたしにガウンを着られるとたまらないッて云う癖に、今夜はみんながいるもんだから我慢してるのよ。ねえ、譲治さん、中ったでしょう」

「馬鹿を云うなよ」

「うふふふ、そんなに威張るなら、降参させてやろうか」

「おい、おい、ちと穏やかでねえね、そう云う話は明日の晩に願いてえね」

「賛成！」

と、浜田も熊谷の尾に附いて云って、

「今夜はみんな公平にして貰いたいなア」

「だから公平にしてるじゃないの。恨みッこがないように、浜さんの方へはこっちの足を出しているし、譲治さんの方へはこっちを出してるし、――」

「そうして己はどうなんだい？」

「まアちゃんは一番得をしてるわよ、一番あたしの傍にいて、こんな所へ首を突ン出してるじゃないの」

「大いに光栄の至りだね」

「そうよ、あんたが一番優待よ」

「だがお前、まさかそうして一と晩じゅう起きてる訳じゃねえだろう。一体寝る時はどうなるんだい」

「さあ、どうしようか、どっちへ頭を向けようか。浜さんにしようか、譲治さんにしようか」

「そんな頭はどっちへ向けたって、格別問題になりやしねえよ」

「いや、そうでないよ、まアちゃんはまん中だからいいが、僕に取っちゃ問題だよ」

「そう？　浜さん、じゃ、浜さんの方を頭にしようか」

「だからそいつが問題なんだよ、こっちへ頭を向けられても心配だし、そうかと云って河合さんの方へ向けられても、やっぱり何だか気が揉めるし、……」

「それに、この女は寝像が悪いぜ」

と、熊谷が又口を挟んで、

「用心しないと、足を向けられた方の奴は夜中に蹴ッ飛ばされるかも知れんぜ」

「どうですか河合さん、ほんとに寝像が悪いですか」

「ええ、悪いですよ、それも一と通りじゃありませんよ」

「おい、浜田」

「ええ？」

「寝惚けて足の裏を舐めたってね」

そう云って熊谷がゲラゲラ笑いました。

「足を舐めたっていいじゃないの。譲治さんなんか始終だわよ、顔より足の方が可愛いくらいだって云うんだもの」

「そいつあ一種の拝物教だね」

「だってそうなのよ、ねえ、譲治さん、そうじゃなかった？　あなたは実は足の方が好きなんだわね？」

それからナオミは、「公平にしなけりゃ悪い」と云って、私の方へ足を向けたり、浜田の方へ向け変えたり、五分おきぐらいに、何度も何度も、布団の上をあっちこっちへ寝そべりました。

「さあ、今度は浜さんが足の番！」

と云って、寝ながら体をぶん廻しのようにぐるぐる廻したり、廻す拍子に両脚を上げて蚊帳の天井を蹴っ飛ばしたり、向うの端からこちらの端へぽんと枕を投げつけたりする。その海豹の活躍ぶりが激しいので、それでなくても布団の半分はみ出している蚊帳の裾がぱっぱっとめくれて、蚊が幾匹も舞い込んで来る。「こいつあいけねえ、大変な蚊だ」と、熊谷がムックリ起き上って、蚊退治を始める。誰かが蚊帳を蹈んづけて、釣り手を切って落してしまう。その落ちた中でナオミが一層ばたばたと暴れる。釣り手を繕って、蚊帳を吊り直すのに又長いこと時間がかかる。そんな騒ぎで、やっといくらか落ち着いたような気がしたのは、東の方が明るみかけた時分でした。

雨の音、風の響き、隣りに寝ている熊谷の鼾、……私はそれが耳について、ついとろとろとしたかと思うと、ややともすれば眼がさめました。一体この部屋は二人で寝てさえ狭苦しい上に、ナオミの肌や着物にこびりついている甘い香と汗の匂いとが、醗酵したように籠っている。そこへ今夜は大の男が二人も余計殖えたのですから、尚更たまらない人いきれがして、密閉された壁の中は、何だか地震でもありそうな、息の詰まるような蒸し暑さでした。ときどき熊谷が寝返りを打つと、べっとり汗ばんだ手だの膝だのが互いにぬるぬると触りました。ナオミはと見ると、枕は私の方にありながら、その枕へ片足を載せ、一方の膝を立てて、その足の甲を私の布団の下へ突っ込み、首を浜田の方へかしげて、両手は一杯にひらいたまま、さすがのお転婆もくたびれたものか、いい心持そうに眠っています。

「ナオミちゃん……」

と、私はみんなの静かな寝息をうかがいながら、口のうちでそう云って、私の布団の下にある彼女の足を撫でてみました。ああこの足、このすやすやと眠っている真っ白な美しい足、これはたしかに己の物だ、己はこの足を、彼女が小娘の時分から、毎晩々々お湯へ入れてシャボンで洗ってやったのだ、そしてまあこの皮膚の柔かさは、——十五の歳から彼女の体は、ずんずん伸びて行ったけれど、この足だけはまるで発達しないかのように依然として小さく可愛い。そうだ、この拇趾もあの時の通りだ。小趾の形も、踵の円味も、ふくれた甲の肉の盛り上りも、総べてあの時の通りじゃないか。……私は覚えず、その足の甲へそうッと自分の唇をつけずにはいられませんでした。

夜が明けてから、私は再びうとうとしたようでしたが、やがてどっと云う笑い声に眼がさめて見ると、ナオミが私の鼻の孔へ*かんじよりを突っ込んでいました。

「どうした？ 譲治さん、眼がさめた？」

「ああ、もう何時だね」

「もう十時半よ、だけど起きたってしょうがないから*どんが鳴るまで寝ていようじゃないの」

雨が止んで、日曜の空は青々と晴れていましたが、部屋の中にはまだ人いきれが残っていました。

かんじより　細長く切った紙を縒ったもの。

どん　このころ、正午を知らせるために皇居で鳴らされた空砲。

十三

当時、私のこんなふしだらな有様は、会社の者は誰も知らない筈でした。家にいる時と会社にいる時と、私の生活は劃然と二分されていました。勿論事務を執っている際でも、頭の中にはナオミの姿が始終チラついていましたけれど、別段それが仕事の邪魔になるほどではなく、まして他人は気がつく訳もありません。で、同僚の眼には私はやはり君子に見えているのだろうと、そう思い込んでいたことでした。

ところが或る日――まだ梅雨が明けきれない頃で、鬱陶しい晩のことでしたが、同僚の一人の波川と云う技師が、今度会社から洋行を命ぜられ、その送別会が築地の*精養軒で催されたことがありました。私は例に依って義理一遍に出席したに過ぎませんから、会食が済み、デザート・コースの挨拶が終り、みんながぞろぞろ食堂から喫煙室へ流れ込んで、食後のリキウルを飲みながらガヤガヤ雑談をし始めた時分、もう帰ってもよかろうと思って立ち上ると、

「おい、河合君、まあかけ給え」

と、ニヤニヤ笑いながら呼び止めたのは、Sと云う男でした。Sはほんのり微醺を帯びて、TやKやHなどと一つソオファを占領して、そのまん中へ私を無理に取り込めようとするのでした。

「まあ、そう逃げんでもいいじゃないか、これからどこかへお出かけかね、この雨の降

るのに。――」

と、Sはそう云って、どっちつかずに衝っ立ったままの私の顔を見上げながら、もう一度ニヤニヤ笑いました。

「いや、そう云う訳じゃないけれど、………」

「じゃ、まっすぐにお帰りかね」

そう云ったのはHでした。

「ああ、済まないけれど、失敬させてくれ給え。僕の所は大森だから、こんな天気には路が悪くって、早く帰らないと俥がなくなっちまうんだよ」

「あははは、巧く云ってるぜ」

と、今度はTが云いました。

「おい、河合君、種はすっかり上ってるんだぜ」

「何が？………」

「種」とはどう云う意味なのか、Tの言葉を判じかねて、私は少し狼狽しながら聞き返しました。

「驚いたなアどうも、君子とばかり思っていたのになア………」

と、次にはKが無闇と感心したように首をひねって、

「河合君がダンスをすると云うに至っちゃあ、何しろ時勢は進歩したもんだよ」

精養軒　明治五年（1872）、築地に開業した西洋料理店。今の上野の精養軒は支店として明治九年（1876）にできた。

「おい、河合君」

と、Sはあたりに遠慮しながら、私の耳に口をつけるようにしました。

「その、君が連れて歩いている素晴らしい美人と云うのは何者かね？　一遍僕等にも紹介し給え」

「いや紹介するような女じゃないよ」

「だって、帝劇の女優だって云う話じゃないか。……え、そうじゃないのか、活動の女優だと云う噂もあるし、混血児だと云う説もあるんだが、その女の巣を云い給え、云わなけりゃ帰さんよ」

　私が明らかに不愉快な顔をして、口を吃らしているのも気が付かず、Sは夢中で膝を乗り出して、ムキになって尋ねるのでした。

「え、君、その女はダンスでなけりゃあ呼べないのか？」

　私はもう少しで「馬鹿ッ」と云ったかも知れませんでした。まだ会社では恐らく誰も気がつくまいと思っていたのに、豈図らんや嗅ぎつけていたばかりでなく、道楽者の名を博しているSの口吻から察すると、奴等は私たちを夫婦であるとは信じないで、ナオミをどこへでも呼べる種類の女のように考えているのです。

「馬鹿ッ、人の細君を掴まえて『呼べるか』とは何だ！　失敬なことを云い給うな」

　この堪え難い侮辱に対して、私は当然、血相を変えてこう怒鳴りつけるところでした。いや、たしかにほんの一瞬間、私はさッと顔色を変えました。

「おい、河合々々、教えろよ、ほんとに！」

と、奴等は私の人の好いのを見込んでいるので、どこまでもずうずうしく、Hがそう云ってKの方を振り向きながら、

「なあ、K、君はどこから聞いたんだって云ったけな。――」

「僕ア慶応の学生から聞いたよ」

「ふん、何だって?」

「僕の親戚の奴なんでね、ダンス気違いなもんだから始終ダンス場へ出入りするんで、その美人を知ってるんだ」

「おい、名前は何て云うんだ?」

と、Tが横合から首を出しました。

「名前は……ええと、……妙な名だったよ、……ナオミ、……ナオミと云うんじゃなかったかな」

「ナオミ?……じゃあやっぱり混血児かな」

そう云ってSは、冷やかすように私の顔を覗いて、

「混血児だとすると、女優じゃないな」

「何でも偉い発展家だそうだぜ、その女は。盛んに慶応の学生なんかを荒らし廻るんだそうだから」

私は変な、痙攣のような薄笑いを浮かべたまま、口もとをぴくぴく顫わせているだけでしたが、Kの話がここまで来ると、その薄笑いは俄かに凍りついたように、頬ッぺたの上で動かなくなり、眼玉がグッと眼窩の奥へ凹んだような気がしました。

「ふん、ふん、そいつあ頼もしいや!」

と、Sはすっかり恐悦しながら云うのでした。

「君の親戚の学生と云うのも、その女と何かあったのかい?」

「いや、そりゃどうだか知らないが、友達のうちに二三人はあるそうだよ」

「止せ、止せ、河合が心配するから。――ほら、ほら、あんな顔してるぜ」

Tがそう云うと、みんな一度に私を見上げて笑いました。

「なあに、ちっとぐらい心配させたって構わんさ。われわれに内証でそんな美人を専有しようとするなんて心がけが怪しからんよ」

「あははは、どうだ河合君、君子もたまにはイキな心配をするのもよかろう?」

「あはははは」

もはや私は、怒るどころではありませんでした。誰が何と云ったのかまるで聞えませんでした。ただどっと云う笑い声が、両方の耳にがんがん響いただけでした。咄嗟の私の当惑は、どうしてこの場を切り抜けたらいいか、泣いたらいいのか、笑ったらいいのか、――が、うっかり何か云ったりすると、尚更嘲弄されやしないかと云うことでした。

兎に角私は、何が何やら上の空で喫煙室を飛び出しました。そしてぬかるみの往来へ立って冷めたい雨に打たれるまでは、足が大地に着きませんでした。未だに後から何かが追い駆けて来るような心地で、私はどんどん銀座の方へ逃げ伸びました。

尾張町のもう一つ左の四つ角へ出て、そこを私は新橋の方へ歩いて行きました。……

と云うよりも、私の足がただ無意識に、私の頭とは関係なく、その方角へ動いて行きました。私の眼には雨に濡れた舗道の上に街の燈火のきらきら光るのが映りました。このお天気にも拘わらず、通りはなかなか人が出ているようでした。あ、芸者が傘をさして通る、若い娘がフランネルを着て通る、電車が走る、自動車が駆ける、……

……ナオミが非常な発展家だ。学生たちを荒らし廻る？……そんなことが有り得るだろうか？　有り得る、たしかに有り得る、近頃のナオミの様子を見れば、そう思わないのが不思議なくらいだ。実は己だって内々気にしてはいたのだけれど、彼女を取り巻く男の友達が余り多いので、却って安心していたのだ。ナオミは子供だ、そして活潑だ。「あたし男よ」と彼女自身が云っている通りだ。だから男を大勢集めて、無邪気に、賑やかに、馬鹿ッ騒ぎをするのが好きなだけなんだ。仮に彼女に下心があったとしたって、これだけ多くの人目があれば、それを忍べるものではなし、まさか彼女が、……と、そう考えたこの「まさか」が悪かったんだ。

けれどもまさか、……まさか事実じゃないのじゃなかろうか？　ナオミは生意気にはなったが、でも品性は気高い女だ。己はそのことをよく知っている。うわべは己を軽蔑したりするけれども、十五の歳から養ってやった己の恩義には感謝している。決してそれを裏切るようなことはしないと、寝物語に彼女が屢々涙をもって云う言葉を、己は疑うことは出来ない。あのKの話――事に依ったら、あれは会社の人の悪い奴等が、己をからかうのじゃなかろうか？　ほんとうに、そうであってくれればいいが。……あの、Kの親戚の学生と云うのは誰だろうか？　その学生の知っているのでも二三人は関係がある？　二三人？………浜田？　熊谷？………怪しいとすればこの二人が一番怪しい、が、それならどうして二人は喧嘩しないのだろう。別々に来ないで、一緒にやって来て、仲よくナオミと遊んでいるのはどう云う気だろう？　己の眼を晦ます手段だろうか？　ナオミが巧く操っているので、二人は互いに知らないのだろうか？　いや、それよりも何よりも、ナオミがそんなに堕落してしまっただろうか？　二人に関係があったとしたら、この間の晩の雑魚寝のような、あんなに無恥な、しゃあしゃあとした真似が出来るだろうか？　もしそうだったら彼女のしぐさは売笑婦以上じゃないか。………

　私はいつの間にか新橋を渡り、芝口の通りをまっすぐにぴちゃぴちゃ泥を撥ね上げながら金杉橋の方まで歩いてしまいました。雨は寸分の隙間もなく天地を閉じ込め、私の体を前後左右から包囲して、傘から落ちる雨だれがレインコートの肩を濡らします。ああ、あの雑魚寝をした晩もこんな雨だった。あのダイヤモンド・カフェエのテーブルでナオミに始めて自分の心を打ち明けた晩も、春ではあったがやっぱりこんな雨だった。と、私はそんなことを思いました。すると今夜も、自分がこうしてびしょ濡れになってここを歩いている最中、大森の家には誰かが来ていやしないだろうか？　又雑魚寝じゃないのだろうか？――と、そう云う疑惧が突然浮かんで来るのでした。ナオミをまん中に、浜田や熊谷が行儀の悪いずまいで、べちゃくちゃ冗談を云い合っている淫らなアトリエの光景が、まざまざと見えて来るのでした。

「そうだ。己はぐずぐずしている場合じゃないんだ」

　そう思うと私は、急いで田町の停車場へ駆けつけました。一分、二分、三分………と、やっと三分目に電車が来ましたが、私は嘗てこんなに長い三分間を経験したことがありませんでした。

　ナオミ、ナオミ！　己はどうして今夜彼女を置き去りにして来たのだろう。ナオミが傍にいないからいけないんだ、それが一番悪いことなんだ。――私はナオミの顔さえ見れば、このイライラした心持が幾らか救われる気がしました。彼女の闊達な話声を聞き、罪のなさそうな瞳を見れば疑念が晴れるであろうことを祈りました。

　が、それにしても、もしも彼女が再び雑魚寝をしようなどと云い出したら、自分は何と云うべきだろうか？　この後自分は、彼女に対し、彼女に寄りつく浜田や熊谷や、その他の有象無象に対し、どんな態度を執るべきだろうか？　自分は彼女の怒りを犯しても、敢然として監督を厳にすべきであろうか？　それで彼女がおとなしく自分に承服すればいいが、反抗したらどうなるだろう？　いや、そんなことはない。「自分は今夜会社の奴等に甚だしい侮辱を受けた。だからお前も世間から誤解されないように、少し行動を慎しんでおくれ」と云えば、外の場合とは違うから、彼女自身の名誉のためにでも、恐らく云うことを聴くであろう。もしその名誉も誤解も顧みないようなら、正しく彼女は怪しいのだ。Kの話は事実なのだ。もし、……ああ、そんなことがあったら……

　私は努めて冷静に、出来るだけ心を落ち着けて、この最後の場合を想像しました。彼女が私を欺いていたことが明らかになったとしたら、私は彼女を許せるだろうか？
――正直のところ、既に私は彼女なしには一日も生きて行かれません。彼女が堕落した罪の一半は勿論私にもあるのですから、ナオミが素直に前非を悔いて詫まってさえくれるなら、私はそれ以上彼女を責めたくはありませんし、責める資格もないのです。けれども私の心配なのは、あの強情な、殊に私に対しては一と入強硬になりたがる彼女が、仮に証拠を突きつけたとしても、そう易々と私に頭を下げるだろうかと云うことでした。たとい一旦は下げたとしても、実は少しも改心しないで、こちらを甘く見くびって、二度も三度も同じ過ちを繰り返すようになりはしないか？　そして結局、お互いの意地ッ張りから別れるようになってしまったら？——それが私には何より恐ろしいことでした。露骨に云えば彼女の貞操そのものよりも、ずっとこの方が頭痛の種でした。彼女を糺明し、或は監督するにしても、その際に処する自分の腹をあらかじめ決めて置かなけりゃならない。「そんならあたし出て行くわよ」と云われたとき、「勝手に出て行け」と云えるだけの、覚悟が出来ているならいいが。………

　しかし私は、この点になるとナオミの方にも同じ弱点があることを知っていました。なぜなら彼女は、私と一緒に暮らしてこそ思う存分の贅沢が出来ますけれども、一と度ここを追い出されたら、あのむさくろしい千束町の家より外、どこに身を置く場所があるでしょう。もうそうなれば、それこそほんとうに売笑婦にでもならない以上、誰も彼女にチヤホヤ云う者はなくなるでしょう。昔は兎に角、我が儘一杯に育ってしまった今の彼女の虚栄心では、それは到底忍び得ないに極まっています。或は浜田や熊谷などが引き取ると云うかも知れませんが、学生の身で、私がさせて置いたような栄耀栄華がさせられないのは、彼女にも分っている筈です。そう考えると、私が彼女に贅沢の味を覚えさせたのはいいことでした。

そうだ、そう云えばいつか英語の時間にナオミがノートを引き裂いた時、己が怒って「出て行け」と云ったら、彼女は降参したじゃないか。あの時彼女に出て行かれたらどんなに困ったか知れないのだが、己が困るより彼女の方がもっと困るのだ。己があっての彼女であって、己の傍を離れたが最後、再び社会のどん底へ落ちてこの世の下積になってしまう。それが彼女には余程恐ろしいに違いないのだ。その恐ろしさは今もあの時と変りはあるまい。もはや彼女も今歳は十九だ。歳を取って、多少でも分別がついて来ただけ、一層彼女はそれをハッキリと感じる筈だ。そうだとすれば万一おどかしに「出て行く」と云うことはあっても、よもや本気で実行することは出来なかろう。そんな見え透いた威嚇でもって、己が驚くか驚かないか、そのくらいなことは分っているだろう。

………

私は大森の駅へ着くまでに、いくらか勇気を取り返しました。どんなことがあってもナオミと私は別れるような運命にはならない、もうそれだけはきっと確かだと思えました。

家の前までやって来ると、私の忌まわしい想像はすっかり外れて、アトリエの中は真っ暗になっており、一人の客もないらしく、しーんと静かで、ただ屋根裏の四畳半に明りが燈っているだけでした。

「ああ、一人で留守番をしているんだな、――」

私はほっと胸を撫でました。「これでよかった、ほんとうに仕合わせだった」と、そんな気がしないではいられませんでした。

締まりのしてある玄関の扉を合鍵で開け、中へはいると私はすぐにアトリエの電気をつけました。見ると、部屋は相変らず取り散らかしてありますけれど、やはり客の来たような形跡はありません。

「ナオミちゃん、只今、………帰って来たよ、………」

そう云っても返辞がないので、梯子段を上って行くと、ナオミは一人四畳半に床を取って、安らかに眠っているのでした。これは彼女に珍しいことではないので、退屈すれば昼でも夜でも、時間を構わず布団の中へもぐり込んで小説を読み、そのまますやすやと寝入ってしまうのが常でしたから、その罪のない寝顔に接しては、私はいよいよ安心するばかりでした。

「この女が己を欺いている？　そんなことがあるだろうか？………この、現在己の眼の前で平和な呼吸をつづけている女が？………」

私は密かに、彼女の眠りを覚まさないように枕もとへ据わったまま、暫くじっと息を殺してその寝姿を見守りました。昔、狐が美しいお姫様に化けて男を欺したが、寝ている間に正体を顕わして、化けの皮を剝がされてしまった。――私は何か、子供の時分に聞いたことのあるそんな噺を想い出しました。寝像の悪いナオミは、搔い巻きをすっかり剝いでしまって、両股の間にその襟を挟み、乳の方まで露わになった胸の上へ、片肘を立ててその手の先を、あたかも撓んだ枝のように載せています。そして片一方の手は、ちょうど私が据わっている膝のあたりまで、しなやかに伸びています。首は、その伸ばした手の方角へ横向きになって、今にも枕からずり落ちそうに傾いている。そのつい鼻の先の所に、一冊の本がページを開いたまま落ちていました。それは彼女の批評に依れば「今の文壇で一番偉い作家だ」と云う有島武郎の、「カインの末裔」と云う小説でした。私の眼は、その仮綴じの本の純白な西洋紙と、彼女の胸の白さとの上に、交る交る注がれました。

ナオミは一体、その肌の色が日によって黄色く見えたり白く見えたりするのでしたが、ぐっすり寝込んでいる時や起きたばかりの時などは、いつも非常に冴えていました。眠っている間に、すっかり体中の脂が脱けてしまうかのように、きれいになりました。普通の場合「夜」と「暗黒」とは附き物ですけれど、私は常に「夜」を思うと、ナオミの肌の「白さ」を連想しないではいられませんでした。それは真っ昼間の、隈なく明るい「白さ」とは違って、汚れた、きたない、垢だらけな布団の中の、云わば襤褸に包まれた「白さ」であるだけ、余計私を惹きつけました。で、こうしてつくづく眺めていると、ランプの笠の蔭になっている彼女の胸は、まるで真っ青な水の底にでもあるもののように、鮮かに浮き上って来るのでした。起きている時はあんなに晴れやかな、変幻極りないその顔つきも、今は憂鬱に眉根を寄せて苦い薬を飲まされたような、頸を縊められた人のような、神秘な表情をしているのですが、私は彼女のこの寝顔が大へん好きでした。

「お前は寝ると別人のような表情になるね、恐ろしい夢でも見ているように」――と、よくそんなことを云い云いしました。「これでは彼女の死顔もきっと美しいに違いない」と、そう思ったことも屢〻ありました。私はよしやこの女が狐であっても、その正体がこんな妖艶なものであるなら、むしろ喜んで魅せられることを望んだでしょう。

私は大凡そ三十分ぐらいそうして黙ってすわっていました。笠の蔭から明るい方へはみ出している彼女の手は、甲を下に、掌を上に、綻びかけた花びらのように柔かに握られて、その手頸には静かな脈の打っているのがハッキリと分りました。

「いつ帰ったの？………」

すう、すう、すう、と、安らかに繰り返されていた寝息が少し乱れたかと思うと、やがて彼女は眼を開きました。その憂鬱な表情をまだどこやらに残しながら、………

「今、………もう少し前」

「なぜあたしを起さなかった？」

「呼んだんだけれど起きなかったから、そうッとして置いたんだよ」

「そこにすわって、何をしてたの？——寝顔を見ていた？」

「ああ」

「ふッ、おかしな人！」

そう云って彼女は、子供のようにあどけなく笑って、伸ばしていた手を私の膝に載せました。

「あたし今夜は独りぼっちで詰まらなかったわ。誰か来るかと思ったら、誰も遊びに来ないんだもの。………ねえ、パパさん、もう寝ない？」

「寝てもいいけれど、………」

「よう、寝てよう！………ごろ寝しちゃったもんだから、方々蚊に喰われちゃったわ。ほら、こんなよ！　ここん所を少うし掻いて！——」

云われるままに、私は彼女の腕だの背中だのを暫く掻いてやりました。

「ああ、ありがと、痒くって痒くってしょうがないわ。——済まないけれど、そこにある寝間着を取ってくれない？　そうしてあたしに着せてくれない？」

私はガウンを持って来て、大の字なりに倒れている彼女の体を抱き掬いました。そして私が帯を解き、着物を着換えさせてやる間、ナオミはわざとぐったりとして、屍骸のように手足をぐにゃぐにゃさせていました。

「蚊帳を吊って、それからパパさんも早く寝てよう。——」

十四

その夜の二人の寝物語は、別にくだくだしく書くまでもありません。ナオミは私から精養軒での話を聞くと、「まあ、失敬な！　何て云うものを知らない奴等だろう！」と口汚く罵って一笑に附してしまいました。要するにまだ世間ではソシアル・ダンスと云うものの意義を諒解していない。男と女が手を組み合って踊りさえすれば、何かその間に良くない関係があるもののように臆測して、すぐそう云う評判を立てる。新時代の流行に反感を持つ新聞などが、又いい加減な記事を書いては中傷するので、一般の人はダンスと云えば不健全なものだと極めてしまっている。だから私たちは、どうせそのくらいなことは云われる覚悟でいなければならない。——

「それにあたしは、譲治さんより外の男と二人ッきりでいたことなんか一度もないのよ。

――ねえ、そうじゃなくって？」

ダンスに行く時も私と一緒、内で遊ぶ時も私と一緒、万一私が留守であっても、客は一人と云うことはない。一人で来ても「今日はこっちも一人だから」と云えば、大概遠慮して帰ってしまう。彼女の友達にはそんな不作法な男はいない。――ナオミはそう云って、

「あたしがいくら我が儘だって、いいことと悪いことぐらいは分っているわよ。そりゃ譲治さんを欺そうと思えば欺せるけど、あたし決してそんなことはしやしないわ。ほんとに公明正大よ、何一つとして譲治さんに隠したことなんかありやしないのよ」

と云うのでした。

「それは僕だって分っているんだよ、ただあんなことを云われたのが、気持が悪かったと云うだけなんだよ」

「悪かったら、どうするって云うの？　もうダンスなんか止めるって云うの？」

「止めなくってもいいけれど、なるべく誤解されないように、用心した方がいいと云うのさ」

「あたし、今も云うように用心して附きあっているじゃないの」

「だから、僕は誤解していやぁしないよ」

「譲治さんさえ誤解していなけりゃ、世間の奴等が何て云おうと、恐くはないわ。どうせあたしは、乱暴で口が悪くって、みんなに憎まれるんだから。――」

そして彼女は、ただ私が信じてくれ、愛してくれれば沢山だとか、自分は女のようで

ないから自然男の友達が出来、男の方がサッパリしていて自分も好きだものだから、彼等とばかり遊ぶのだけれど、色の恋のと云うようなイヤらしい気持は少しもないとか、センチメンタルな、甘ったるい口調で繰り返して、最後には例の「十五の歳から育てて貰った恩を忘れたことはない」とか「譲治さんを親とも思い夫とも思っています」とか、極まり文句を云いながら、さめざめと涙を流したり、又その涙を私に拭かせたり、矢継ぎ早に接吻の雨を降らせたりするのでした。が、そんなに長く話をしながら浜田と熊谷の名前だけは、故意にか、偶然にか、不思議に彼女は云いませんでした。私も実はこの二つの名を云って、彼女の顔に現われる反応を見たいと思っていたのに、とうとう云いそびれてしまいました。勿論私は彼女の言葉を一から十まで信じた訳ではありませんが、しかし疑えばどんなことでも疑えますし、強いて過ぎ去ったことまでも詮議立てする必要はない、これから先を注意して監督すればいいのだと、……いや、始めはもっと強硬に出るつもりでいたにも拘わらず、次第にそう云う曖昧な態度にさせられました。そして涙と接吻の中から、すすり泣きの音に交って囁かれる声を聞いていると、譃ではないかと二の足を踏みながら、やっぱりそれが本当のように思われて来るのでした。

　こんなことがあってから後、私はそれとなくナオミの様子に気をつけましたが、彼女は少しずつ、あまり不自然でない程度に、在来の態度を改めつつあるようでした。ダンスにも行くことは行きますけれど、今までのように頻繁ではなく、行っても余り沢山は踊らずに、程よい処で切り上げて来る。客もうるさくはやって来ない。私が会社から帰って来ると、独りでおとなしく留守番して、小説を読むとか、編物をするとか、静かに蓄音器を聴いているとか、花壇に花を植えるとかしている。

「今日も独りで留守番かね？」

「ええ、独りよ、誰も遊びに来なかったわ」

「じゃ、淋しくはなかったかね？」

「始めから独りときまっていれば、淋しいことなんかありやしないわ、あたし平気よ」

　そう云って、

「あたし、賑やかなのも好きだけれど、淋しいのも嫌いじゃないわ。子供の時分にはお友達なんかちっともなくって、いつも独りで遊んでいたのよ」

「ああ、そう云えばそんな風だったね。ダイヤモンド・カフェエにいた時分なんか、仲間の者ともあんまり口を利かないで、少し陰鬱なくらいだったね」

「ええ、そう、あたしはお転婆なようだけれど、ほんとうの性質は陰鬱なのよ。――陰鬱じゃいけない？」

「おとなしいのは結構だけれど、陰鬱になられても困るなア」

「でもこの間じゅうのように、暴れるよりはよくはなくって？」

「そりゃいくらいいか知れやしないよ」

「あたし、いい児になったでしょ」

　そしていきなり私に飛び着いて、両手で首ッ玉を抱きしめながら、眼が晦むほど切なく激しく、接吻したりするのでした。

「どうだね、暫くダンスに行かないから、今夜あたり行ってみようか」

と、私の方から誘いをかけても、

「どうでも――譲治さんが行きたいなら、――」

と、浮かぬ顔つきで生返辞をしたり、

「それより活動へ行きましょうよ、今夜はダンスは気が進まないわ」

と云うようなこともよくありました。

又あの、四五年前の、純な楽しい生活が、二人の間に戻って来ました。私とナオミとは水入らずの二人きりで、毎晩のように浅草へ出かけ、活動小屋を覗いたり帰りにはどこかの料理屋で晩飯をたべながら、「あの時分はこうだった」とか「ああだった」とか、互いになつかしい昔のことを語り合って、思い出に耽る。「お前はなりが小さかったものだから、帝国館*の横木の上へ腰をかけて、私の肩に摑まりながら絵を見たんだよ」と私が云えば、「譲治さんが始めてカフェエへ来た時分には、イヤにむッつりと黙り込んで、遠くの方からジロジロ私の顔ばかり見て、気味が悪かった」とナオミが云う。

「そう云えばパパさんは、この頃あたしをお湯に入れてくれないのね、あの時分にはあたしの体を始終洗ってくれたじゃないの」

「ああそうそう、そんなこともあったっけね」

「あったっけじゃないわ、もう洗ってくれないの？　こんなにあたしが大きくなっちゃ、洗うのは厭？」

帝国館　浅草にあった映画館。

「厭なことがあるもんか、今でも洗ってやりたいんだけれど、実は遠慮していたんだよ」

「そう？　じゃ、洗って頂戴よ、あたし又ベビーさんになるわ」

こんな会話があってから、ちょうど幸い行水の季節になって来たので、私は再び、物置きの隅に捨ててあった西洋風呂をアトリエに運び、彼女の体を洗ってやるようになりました。「大きなベビさん」――と、嘗てはそう云ったものですけれど、あれから四年の月日が過ぎた今のナオミは、そのたっぷりした身長を湯船の中へ横たえてみると、もはや立派に成人し切って完全な「大人」になっていました。ほどけば夕立雲のように、一杯にひろがる豊満な髪、ところどころの関節に、えくぼの出来ているまろやかな肉づき。そしてその肩は更に一層の厚みを増し、胸と臀とはいやが上にも弾力を帯びて、堆く波うち、優雅な脚はいよいよ長くなったように思われました。

「譲治さん、あたしいくらかせいが伸びた？」

「ああ、伸びたとも。もうこの頃じゃ僕とあんまり違わないようだね」

「今にあたし、譲治さんより高くなるわよ。この間目方を計ったら十四貫二百あったわ」

「驚いたね、僕だってやっと十六貫足らずだよ」

「でも譲治さんはあたしより重いの？　ちびの癖に」

「そりゃ重いさ、いくらちびでも男は骨組が頑丈だからな」

「じゃ、今でも譲治さんは馬になって、あたしを乗せる勇気がある？――来たての時分にはよくそんなことをやったじゃないの。ほら、あたしが背中へ跨って、手拭いを手綱にして、ハイハイドウドウって云いながら、部屋の中を廻ったりして、――」

「うん、あの時分には軽かったね、十二貫ぐらいなもんだったろうよ」

「今だったらば譲治さんは潰れちまうわよ」

「潰れるもんかよ。譃だと思うなら乗って御覧」

二人は冗談を云った末に、昔のように又馬ごっこをやったことがありました。

「さ、馬になったよ」

と、そう云って、私が四つん這いになると、ナオミはどしんと背中の上へ、その十四貫二百の重みでのしかかって、手拭いの手綱を私の口に咬えさせ、

「まあ、何て云う小さなよたよた馬だろう！　もっとしッかり！　ハイハイ、ドウドウ！」

と叫びながら、面白そうに脚で私の腹を締めつけ、手綱をグイグイとしごきます。私は彼女に潰されまいと一生懸命に力み返って、汗を掻き掻き部屋を廻ります。そして彼女は、私がへたばってしまうまではそのいたずらを止めないのでした。

「譲治さん、今年の夏は久振りで鎌倉へ行かない？」

八月になると、彼女は云いました。

「あたし、あれッきり行かないんだから行ってみたいわ」

「成る程、そう云えばあれッきりだったかね」

「そうよ、だから今年は鎌倉にしましょうよ、あたしたちの記念の土地じゃないの」

ナオミのこの言葉は、どんなに私を喜ばしたことでしょう。ナオミの云う通り、私たちが新婚旅行？――まあ云ってみれば新婚旅行に出かけたのは鎌倉でした。鎌倉ぐら

いわれわれに取って記念になる土地はない筈でした。あれから後も毎年どこかへ避暑に行きながら、すっかり鎌倉を忘れていたのに、ナオミがそれを云い出してくれたのは、全く素晴らしい思いつきでした。

「行こう、是非行こう！」

私はそう云って、一も二もなく賛成しました。

相談が極まるとそこそこに、会社の方は十日間の休暇を貰い、大森の家に戸じまりをして、月の初めに二人は鎌倉へ出かけました。宿は長谷の通りから御用邸の方へ行く道の、植惣と云う植木屋の離れ座敷を借りました。

私は最初、今度はまさか金波楼でもあるまいから、少し気の利いた旅館へ泊るつもりでしたが、それが図らずも間借りをするようになったのは、「大変都合のいいことを杉崎女史から聞いた」と云って、この植木屋の離れの話をナオミが持って来たからでした。ナオミの云うには、旅館は不経済でもあり、あたり近所に気がねもあるから、間借りが出来れば一番いい。で、仕合わせなことに、女史の親戚の東洋石油の重役の人が、借りたままで使わずにいる貸間があって、それをこちらへ譲って貰えるそうだから、いっそその方がいいじゃないか。その重役は、六、七、八と三ケ月間五百円の約束で借り、七月一杯はいたのだけれど、もう鎌倉も飽きて来たから誰でも借りたい人があるなら喜んで貸す。杉崎女史の周旋とあれば家賃などはどうでもいいと云っているから、……と云うのでした。

「ねえ、こんな旨い話はないからそうしましょうよ。それならお金もかからないから、今月一杯行っていられるわ」

と、ナオミは云いました。

「だってお前、会社があるからそんなに長くは遊べないよ」

「だけど鎌倉なら、毎日汽車で通えるじゃないの、ね、そうしない？」

「しかし、そこがお前の気に入るかどうか見て来ないじゃあ、……………」

「ええ、あたし明日でも行って見て来るわ、そしてあたしの気に入ったら極めてもいい？」

「極めてもいいけれど、ただと云うのも気持が悪いから、そこを何とか話をつけて置かなけりゃあ、……………」

「そりゃ分ってるわ。譲治さんは忙しいだろうから、いいとなったら杉崎先生の所へ行って、お金を取ってくれるように頼んで来るわ。まあ百円か百五十円は払わなくっちゃ。……………」

こんな調子で、ナオミは独りでばたばたと進行させて、家賃は百円と云うことに折れ合い、金の取引も彼女がすっかり済ませて来ました。

私はどうかと案じていましたが、行ってみると思ったより好い家でした。貸間とは云うものの、母屋から独立した平家建ての一棟で、八畳と四畳半の座敷の外に、玄関と湯殿と台所があり、出入口も別になっていて、庭からすぐと往来へ出ることが出来、植木屋の家族とも顔を合わせる必要はなく、これなら成る程、二人がここで新世帯を構えたようなものでした。私は久振りで、純日本式の新しい畳の上に腰をおろし、長火鉢の前にあぐらを掻いて、伸び伸びとしました。

「や、これはいい、非常に気分がゆったりするね」

「いい家でしょう？　大森とどっちがよくって？」

「ずっとこの方が落ち着くね、これなら幾らでもいられそうだよ」

「それ御覧なさい、だからあたしここにしようって云ったんだわ」

そう云ってナオミは得意でした。

或る日――ここへ来てから三日ぐらいたった時だったでしょうか、午から水を浴びに行って、一時間ばかり泳いだ後、二人が砂浜にころがっていると、

「ナオミさん？」

と、不意に私たちの顔の上で、そう呼んだ者がありました。

見ると、それは熊谷でした。たった今海から上ったらしく、濡れた海水着がべったりと胸に吸い着き、その毛むくじゃらな脛を伝わって、ぼたぼた潮水が滴れていました。

「おや、まアちゃん、いつ来たの？」

「今日来たんだよ、――てっきりお前にちげえねえと思ったら、やっぱりそうだった」

そして熊谷は海に向って手を挙げながら、

「おーい」

と呼ぶと、沖の方でも、

「おーい」

と誰かが返辞をしました。

「誰？　あそこに泳いでいるのは？」

「浜田だよ、――浜田と関と中村と、四人で今日やって来たんだ」

「まあ、そりゃ大分賑やかだわね、どこの宿屋に泊っているの？」

「ヘッ、そんな景気のいいんじゃねえんだ。あんまり暑くってしょうがねえから、ちょっと日帰りでやって来たのよ」

　ナオミと彼とがしゃべっているところへ、やがて浜田が上って来ました。

「やあ、暫く！　大へん御無沙汰しちまって、――どうです河合さん、近頃さっぱりダンスにお見えになりませんね」

「そう云う訳でもないんですが、ナオミが飽きたと云うもんだから」

「そうですか、そりゃ怪しからんな。――あなた方はいつからこっちへ？」

「つい二三日前からですよ、長谷の植木屋の離れ座敷を借りているんです」

「そりゃほんとにいい所よ、杉崎先生のお世話でもって今月一杯の約束で借りたの」

「乙う洒落てるね」

と、熊谷が云いました。

「じゃ、当分ここにいるんですか」

と浜田は云って、

「だけど鎌倉にもダンスはありますよ。今夜も実は海浜ホテルにあるんだけれど、相手があれば行きたいところなんだがなア」

「いやだわ、あたし」

と、ナオミはにべもなく云いました。

「この暑いのにダンスなんか禁物だわ、又そのうちに涼しくなったら出かけるわよ」

「それもそうだね、ダンスは夏のものじゃないね」

そう云って浜田は、つかぬ様子でモジモジしながら、

「おい、どうするいまアちゃん――もう一遍泳いで来ようか？」

「やあだア、己あ、くたびれたからもう帰ろうや。これから行って一と休みして、東京へ帰ると日が暮れるぜ」

「これから行くって、どこへ行くのよ？」

と、ナオミは浜田に尋ねました。

「なあに、扇が谷に関の叔父さんの別荘があるんだよ。今日はみんなでそこへ引っ張って来られたんで、御馳走するって云うんだけれど、窮屈だから飯を喰わずに逃げ出そうと思っているのさ」

「そう？　そんなに窮屈なの？」

「窮屈も窮屈も、女中が出て来て三つ指を衝きやがるんで、ガッカリよ。あれじゃ御馳走になったって飯が喉へ通りゃしねえや。――なあ、浜田、もう帰ろうや、帰って東京で何か喰おうや」

　そう云いながら、熊谷はすぐに立とうとはしないで、脚を伸ばしてどっかり浜へ腰を据えたまま、砂を摑んで膝の上へ打っかけていました。

「ではどうです、僕等と一緒に晩飯をたべませんか。折角来たもんだから、――――」

ナオミも浜田も熊谷も、一としきり黙り込んでしまったので、私はどうもそう云わなければ、バツが悪いような気がしました。

十五

その晩は久しぶりで賑やかな晩飯をたべました。浜田に熊谷、あとから関や中村も加わって、離れ座敷の八畳の間に六人の主客がチャブ台を囲み、十時頃までしゃべっていました。私も始めは、この連中に今度の宿を荒らされるのは厭でしたが、こうしてたまに会って見れば、彼等の元気な、サッパリとしたこだわりのない、青年らしい肌合が、愉快でないことはありませんでした。ナオミの態度も、人をそらさぬ愛嬌はあって、蓮ッ葉でなく、座興の添え方やもてなし振りは、すっかり理想的でした。

「今夜は非常に面白かったね、あの連中にときどき会うのも悪くはないよ」

私とナオミとは、終列車で帰る彼等を停車場まで送って行って、夏の夜道を手を携えて歩きながら話しました。星のきれいな、海から吹いて来る風の涼しい晩でした。

「そう、そんなに面白かった？」

ナオミも私の機嫌のいいのを喜んでいるような口調でした。そして、ちょっと考えてから云いました。

「あの連中も、よく附き合えばそんなに悪い人たちじゃないのよ」

「ああ、ほんとうに悪い人たちじゃないね」

「だけど、又そのうちに押しかけて来やしないかしら？　関さんは叔父さんの別荘があるから、これからはちょいちょいみんなを連れてやって来るって、云ってたじゃないの」

「だが何だろう、僕等の所へそう押しかけちゃ来ないだろう、……」

「たまにはいいけれど、たびたび来られると迷惑だわ。もし今度来たら、あんまり優待しない方がいいことよ。御飯なんか御馳走しないで、大概にして帰って貰うのよ」

「けれどまさか、追い立てる訳には行かんからなあ。……」

「行かないことはありゃしないわ、邪魔だから帰って頂戴って、あたしとっとと追い立ててやるわ。――そんなことを云っちゃいけない？」

「ふん、又熊谷に冷やかされるぜ」

「冷やかされたっていいじゃないの、人が折角鎌倉へ来たのに、邪魔に来る方が悪いんだもの。――」

二人は暗い松の木蔭へ来ていましたが、そう云いながらナオミはそっと立ち止まりました。

「譲治さん」

　甘い、かすかな、訴えるようなその声の意味が私に分ると、私は無言で彼女の体を両手の中へ包みました。がぶりと一滴、潮水を呑んだ時のような、激しい強い唇を味わいながら、……

　それから後、十日の休暇はまたたくうちに過ぎ去りましたが、私たちは依然として幸福でした。そして最初の計画通り、私は毎日鎌倉から会社へ通いました。「ちょいちょい来る」と云っていた関の連中も、ほんの一遍、一週間ほどたってから立ち寄ったきり、殆(ほとん)ど影を見せませんでした。

すると、その月の末になってから、或(あ)る緊急な調べものをする用事が出来て、私の帰りがおそくなることがありました。いつもは大抵(たいてい)七時までには帰って来て、ナオミと一緒に夕飯をたべられるのが、九時まで会社に居残(いのこ)って、それから帰るとかれこれ十一時過ぎになる、――そんな晩が、五六日はつづく予定になっていた、そのちょうど四日目のことでした。

その晩私は、九時までかかる筈(はず)だったのが、仕事が早く片附(かたづ)いたので、八時頃に会社を出ました。いつものように大井町から省線電車で横浜へ行き、それから汽車に乗り換えて、鎌倉へ降りたのは、まだ十時には間のある時分でしたろうか。毎晩々々、――と云っても僅(わず)か三日か四日でしたけれど、――このところ引きつづいて、帰りのおそい日が多かったものですから、私は早く宿へ戻(もど)ってナオミの顔を見、ゆっくりくつろいで夕飯を喰(た)べたいと、いつもよりは気がせいていたので、停車場前から御用邸の傍(そば)の路(みち)を俥(くるま)で行きました。

夏の日盛りの暑いさなかを一日会社で働いて、それから再び汽車に揺られて帰って来る身には、この海岸の夜の空気は何とも云えず柔かな、すがすがしい肌触(はだざわ)りを覚えさせます。それは今夜に限ったことではありませんが、その晩はまた、日の暮れ方にさっと一遍、夕立があった後だったので、濡(ぬ)れた草葉や、露のしたたる松の枝から、しずかに上る水蒸気にも、こっそり忍び寄るようなしめやかな香が感ぜられました。ところどころに、夜目にもしるく水たまりが光っていましたけれど、沙地の路はもはや埃を揚げぬ程度にきれいに乾いて、走っている車夫の足音が、びろうどの上をでも踏むように、軽く、しとしとと地面に落ちて行きました。どこかの別荘らしい家の、生垣の奥から蓄音器が聞えたり、たまに一人か二人ずつ、白地の浴衣の人影がそこらを徘徊していたり、いかにも避暑地へ来たらしい心持がするのでした。

木戸口のところで俥を帰して、私は庭から離れ座敷の縁側の方へ行きました。私の靴の音を聞いてナオミがすぐにその縁側の障子を明けて出るであろうと予期していたのに、障子の中は明りがかんかん燈っていながら、彼女のいそうなけはいはなく、ひっそりとしているのでした。

「ナオミちゃん、……」

私は二三度呼びましたが、返辞がないので、縁側へ上って障子を明けると、部屋はからッぽになっていました。海水着だの、タオルだの、浴衣だのが、壁や、襖や、床の間や、そこらじゅうに引っかけてあり、茶器や、灰皿や、座布団などが出しッ放しになっている座敷の様子は、いつもの通り乱雑で、取り散らかしてはありましたけれど、何か、しーんとした人気のなさ、――それは決して、つい今しがた留守になったのではない静かさがそこにあるのを、私は恋人に特有な感覚をもって感じました。

「どこかへ行ったのだ、……恐らく二三時間も前から、……」

それでも私は、便所を覗いたり、湯殿を調べたり、なお念のために勝手口へ降りて、流しもとの電燈をつけてみました。すると私の眼に触れたのは、誰かが盛んに喰い荒らし、飲み荒らして行ったらしい正宗の一升壜と、西洋料理の残骸でした。そうだ、そう云えばあの灰皿にも煙草の吸殻が沢山あった。あの同勢が押しかけて来たのに違いないのだ。………

「おかみさん、ナオミがいないようですが、どこかへ出て行きましたか？」

私は母屋へ駆けて行って、植惣のかみさんに尋ねました。

「ああ、お嬢さんでいらっしゃいますか。――」

かみさんはナオミのことを「お嬢さん」と云うのでした。夫婦ではあっても、世間に対しては単なる同棲者、もしくは許婚と云う風に取って貰いたいので、そう呼ばれなければナオミは機嫌が悪かったのです。

「お嬢さんはあの、夕方一遍お帰りになって、御飯をお上りになってから、又皆さんとお出かけになりましてございます」

「皆さんと云うのは？」

「あの、………」

と云って、かみさんはちょっと云い澱んでから、

「あの熊谷さんの若様や何か、皆さん御一緒でございましたが、………」

私は宿のかみさんが、熊谷の名を知っているのみか、「熊谷さんの若様」などと彼を呼ぶのを不思議に思いましたけれど、今そんなことを聞いている暇はなかったのです。

「夕方一遍帰ったと云うと、昼間もみんなと一緒でしたか？」

「お午過(ひるす)ぎに、お一人で泳ぎにいらっしゃいまして、それからあの、熊谷さんの若様と御一緒にお帰りになりまして、………」

「熊谷君と二人ぎりで？」

「はあ、………」

私は実は、まだその時はそんなに慌(あわ)ててはいませんでしたが、かみさんの言葉が何となく云いにくそうで、その顔つきに当惑の色がますます強く表(あらわ)れて来るのが次第に私を不安にさせました。このかみさんに腹を見られるのはイヤだと思いながら、私の口調は性急にならずにはいませんでした。

「じゃあ何ですか、大勢一緒じゃないんですか！」

「はあ、その時はお二人きりで、今日(きょう)はホテルに昼間のダンスがあるからとおっしゃって、お出かけになったんでございますが、………」

「それから？」

「それから夕方、大勢さんで戻(もど)っていらっしゃいました」

「晩の御膳(ごぜん)は、みんなで内でたべたんですかね？」

「はあ、何ですか大そうお賑(にぎ)やかに、………」

そう云ってかみさんは、私の眼つきを判じながら、苦笑(にがわら)いするのでした。

「晩飯を食ってから又出かけたのは、何時頃(ごろ)でしたろうか？」

「さあ、あれは、八時時分でございましたでしょうか、………」

「じゃ、もう二時間にもなるんだ」

と、私は覚えず口に出して云いました。

「するとホテルにでもいるのかしら？　何かおかみさんは、お聞きになっちゃいませんかしら？」

「よくは存じませんけれど、御別荘の方じゃございますまいか、………」

成る程、そう云われれば関の叔父さんの別荘と云うのが、扇が谷にあったことを私は思い出しました。

「ああ別荘へ行ったんですか。それじゃこれから僕は迎いに行って来ますが、どの辺にあるか、おかみさんは御存知ありますまいか？」

「あの、じきそこの、長谷の海岸でございますが、………」

「へえ、長谷ですか？　僕はたしか扇が谷だと聞いてたんですが、………あの、何ですよ、僕の云うのは、今夜もここへ来たかどうだか知らないけれど、ナオミのお友達の、関と云う男の叔父さんの別荘なんだが、………」

私がそう云うと、かみさんの顔にはっとかすかな驚きが走ったようでした。

「その別荘と違うんでしょうか？………」

「はあ、………あの、………」

「長谷の海岸にあると云うのは、一体誰の別荘なんです？」

「あの、――熊谷さんの御親戚の、………」

「熊谷君の？………」

私は急に真っ青になりました。

停車場の方から長谷の通りを左へ切れて、海浜ホテルの前の路をまっすぐに行って御覧なさい。路は自然と海岸へつきあたります。その出はずれの角にある大久保さんの御別荘が、熊谷さんの御親戚なのでございます。——そうかみさんは云うのでしたが、全く私には初耳でした。ナオミも熊谷も、今まで嘗てそんな話をおくびにも出しはしませんでした。

「その別荘へはナオミはたびたび行くんでしょうか？」

「はあ、いかがでございますかしら、……」

そうは云っても、そのかみさんのオドオドした素振りを、私は見逃しませんでした。

「しかし勿論、今夜が始めてじゃないんでしょうな？」

私はひとりでに呼吸が迫り、声がふるえるのをどうすることも出来ませんでした。私の剣幕に恐れをなしたのか、かみさんの顔も青くなりました。

「いや、御迷惑はかけませんから、構わずにおっしゃって下さい。昨夜はどうでした？昨夜も出かけたんですか？」

「はあ、……ゆうべもお出かけになったようでございましたが、……」

「じゃ、一昨日の晩は？」

「はあ」

「やっぱり出かけたんですね？」

「はあ」

「その前の晩は？」

「はあ、その前の晩も、……」

「僕の帰りがおそくなってから、ずっと毎晩そうなんですね？」

「はあ、……ハッキリ覚えてはおりませんけれど、……」

「で、いつも大概何時頃に戻って来るんです？」

「大概何でございます、……十一時ちょっと前ごろには、……」

　では始めから二人で己を担いでいたのだ！　それでナオミは鎌倉へ来たがったのだ！

——私の頭は暴風のように廻転し始め、私の記憶は非常な速さで、この間じゅうのナオミの言葉と行動とを、一つ残らず心の底に映しました。一瞬間、私を取り巻くからくりの糸が驚くほどの明瞭さで露われました。そこには殆ど、私のような単純な人間には到底想像も出来なかった、二重にも三重にもの譃があり、念には念を入れた諜し合わせがあり、しかもどれほど大勢の奴等がその陰謀に加担しているか分らないくらい、それは複雑に思われました。私は突然、平らな、安全な地面から、どしんと深い陥穽へ叩き落され、穴の底から、高い所をガヤガヤ笑いながら通って行くナオミや、熊谷や、浜田や、関や、その他無数の影を羨ましそうに見送っているのでした。

「おかみさん、僕はこれから出かけて来ますが、もし行き違いに戻って来ても、僕が帰って来たことはどうぞ黙っていて下さい、少し考えがあるんですから」

　そう云い捨てて、私は表へ飛び出しました。

　海浜ホテルの前へ出て、教えられた路を、なるべく暗い蔭に寄りながら辿って行きました。そこは両側に大きな別荘の並んでいる、森閑とした、夜は人通りの少ない街で、いい塩梅にそう明るくはありませんでした。とある門燈の光の下で、私は時計を出して見ました。十時がやっと廻ったばかりのところでした。その大久保の別荘というのに、熊谷と二人きりでいるのか、それとも例の御定連と騒いでいるのか、兎に角現場を突き止めてやりたい。もし出来るなら彼等に感づかれないようにコッソリ証拠を摑んで来て、あとで彼等がどんなしらじらしい出まかせを云うか試してやりたい。そして動きが取れないようにして置いて、トッチメてやりたいと思ったので、私は歩調を早めて行きました。

目的の家はすぐ分りました。私は暫くその前通りを往ったり来たりして、構えの様子を窺いましたが、立派な石の門の内にはこんもりとした植込みがあり、その植込みの間を縫うて、ずっと奥まった玄関の方へ砂利を敷き詰めた道があり、「大久保別邸」と記された標札の文字の古さと云い、ひろい庭を囲んでいる苔のついた石垣と云い、別荘と云うよりは年数を経た屋敷の感じで、こんな所にこんな宏壮な邸宅を持った熊谷の親戚があろうなどとは、思えば思うほど意外でした。

私はなるべく、砂利に足音を響かせないように、門の中へ忍んで行きました。何分樹木が繁っているので、往来からは母屋の模様はよくは分りませんでしたが、近寄って見ると、奇妙なことに、表玄関も裏玄関も、二階も下も、そこから望まれる部屋と云う部屋は悉くひっそりとして、戸が締まって、暗くなっているのです。

「ハテナ、裏の方にでも熊谷の部屋があるのじゃないか」

私はそう思って、又足音を殺しながら、母屋に添って後側へ廻りました。すると果して、二階の一と間と、その下にある勝手口に、明りがついているのでした。

　その二階が熊谷の居間であることを知るには、たった一と目で十分でした。なぜかと云うのに、縁側を見ると例のフラット・マンドリンが手すりに寄せかけてあるばかりか、座敷の中には、たしかに私の見覚えのあるタスカンの中折帽子が柱にかかっていたからです。が、障子が明け放されているのに、話声一つ洩れて来ないので、今その部屋に誰もいないことは明らかでした。

　――そう云えば勝手口の方の障子も、今しがた誰かがそこから出て行ったらしく、やはり明け放しになっていました。と、私の注意は、勝手口から地面へさしている仄かな明りを伝わって、つい二三間先のところに裏門のあるのを発見しました。門は扉がついていない古い二本の木の柱で、柱と柱の間から、由比が浜に砕ける波が闇にカッキリと白い線になって見え、強い海の香が襲って来ました。

「きっとここから出て行ったんだな」

　そして私が裏門から海岸へ出ると殆ど同時に、疑うべくもないナオミの声がすぐと近所で聞えました。それが今まで聞えなかったのは、大方風の加減か何かだったのでしょう。――

「ちょっと！　靴ン中へ砂がはいっちゃって、歩けやしないよ。誰かこの砂を取ってくんない？……まアちゃん、あんた靴を脱がしてよ！」

「いやだよ、己あ。己あお前の奴隷じゃあねえよ」

「そんなことを云うと、もう可愛がってやらないわよ。……じゃあ浜さんは親切だわね、………ありがと、ありがと、浜さんに限るわ、あたし浜さんが一番好きさ」

「畜生！　人が好いと思って馬鹿にするない」

「あ、あッははは！　いやよ浜さん、そんなに足の裏を擽っちゃ！」

「擽っているんじゃないんだよ、こんなに砂が附いているから、払ってやっているんじゃないか」

「ついでにそれを舐めちゃったら、パパさんになるぜ」

そう云ったのは関でした。つづいてどっと四五人の男の笑い声がしました。

ちょうど私の立っている場所から沙丘がだらだらと降り坂になったあたりに、葭簀張りの茶店があって、声はその小屋から聞えて来るのです。私と小屋との間隔は五間と離れていませんでした。まだ会社から帰ったままの茶のアルパカの背広服を着ていた私は、上衣の襟を立て、前のボタンをすっかり嵌めて、カラーとワイシャツが目立たぬようにし、麦藁帽子を脇の下に隠しました。そして身を屈めて這うようにしながら、小屋のうしろの井戸側の蔭へついと走って行きましたが、とたんに彼等は、

「さあ、もういいわよ、今度は彼方へ行ってみようよ」

と、ナオミが音頭を取りながら、ぞろぞろ繋がって出て来ました。

彼等は私には気が付かないで、小屋の前から波打ち際へ降りて行きました。浜田に熊谷に関に中村、――――四人の男は浴衣の着流しで、そのまん中に挟まったナオミは、黒いマントを引っかけて、踵の高い靴を穿いているのだけが分りました。彼女は鎌倉の宿の方へ、マントや靴を持って来てはいないのですから、それは誰かの借り物に違いあり

ません。風が吹くのでマントの裾がぱたぱためくれそうになる、それを内側から両手でしっかり体へ巻きつけているらしく、歩く度毎にマントの中で大きな臀が円くむっくりと動きます。そして彼女は酔っ払いのような歩調で、両方の肩を左右の男に打ッつけながら、わざとよろけて行くのでした。

　それまでじっと小さくなって息をこらしていた私は、彼等との距離が半町ぐらい隔たって、白い浴衣が遠くの方にほんのちらちら見える時分、始めて立ち上ってそっとその跡を追いました。最初彼等は、海岸をまっすぐに、材木座の方へ行くのだろうかと思われましたが、中途でだんだん左へ曲って、街の方へ出る沙山を越えたようでした。彼等の姿が、その沙山の向うへ隠れきってしまうと、私は急に全速力で山へ駈け上り始めました。なぜなら私は、ちょうど彼等の出る路が、松林の多い、身を隠すのに究竟な物蔭のある、暗い別荘街であるのを知っていたので、そこならもっと傍へ寄っても、多分彼等に発見される恐れはないと思ったからです。

　降りると忽ち、彼等の陽気な唄声が私の耳朶を打ちました。それもその筈、彼等は僅か五六歩に足らぬところを、合唱しながら拍子を取って進んで行くのです。

　*Just before the battle, mother,

　I am thinking most of you, ………

　それはナオミが口癖にうたう唄でした。熊谷は先に立って、指揮棒を振るような手つ

Just before……　お母さん、戦闘に入るどたんばまで、私はあなたのことをいちばん考えているのです、の意。

きをしています。ナオミはやはりあっちへよろよろ、こっちへよろよろと、肩を打ッつけて歩いて行きます。すると打ッつけられた男も、ボートでも漕（こ）いでいるように、一緒になって端から端へよろけて行きます。

「ヨイショ！　ヨイショ！……ヨイショ！　ヨイショ！」

「アラ、何よ！　そんなに押しちゃ塀（へい）へ打ッつかるじゃないの」

ばらばらばらッ、と、誰かが塀をステッキで殴ったようでした。ナオミがきゃッきゃッと笑いました。

「さ、今度はホニカ、ウワ、ウイキ、ウイキだ！」

「よし来た！　こいつあ布哇（ハワイ）の臀振（しりふ）りダンスだ、みんな唄いながらけつを振るんだ！」

ホニカ、ウワ、ウイキ、ウイキ！　スウィート、ブラウン、メイドゥン、セッド、トゥー、ミー、……そして彼等は一度に臀を振り出しました。

「あッははは、おけつの振り方は関さんが一番うまいよ」

「そりゃそうさ、己（おれ）あこれでも大いに研究したんだからな」

「どこで？」

「上野の平和博覧会でさ、ほら、万国館で土人が踊ってるだろう？　己あすこへ十日も通ったんだ」

「馬鹿（ばか）だな貴様は」

「お前もいっそ万国館へ出るんだったな、お前の面（つら）ならたしかに土人とまちげえられたよ」

「おい、まアちゃん、もう何時だろう？」

そう云ったのは浜田でした。浜田は酒を飲まないので一番真面目のようでした。

「さあ、何時だろう！　誰か時計を持っていねえか？」

「うん、持っている、――」

と、中村が云って、マッチを擦りました。

「や、もう十時二十分だぜ」

「大丈夫よ、十一時半にならなけりゃパパは帰って来ないんだよ。これからぐるりと長谷の通りを一と廻りして帰ろうじゃないの。あたしこのなりで賑やかな所を歩いてみたいわ」

「賛成々々！」

と、関が大声で怒鳴りました。

「だけどこの風で歩いたら一体何に見えるだろう？」

「どう見ても女団長だね」

「あたしが女団長なら、みんなあたしの部下なんだよ」

「白浪四人男じゃねえか」

「それじゃあたしは弁天小僧よ」

「エエ、女団長河合ナオミは、………」

と、熊谷が活弁の口調で云いました。

「………夜陰に乗じ、黒きマントに身を包み、………」

「うふふ、お止しよそんな下司張った声を出すのは！」

「……四名の悪漢を引率いたして、由比が浜の海岸から……」

「お止しよまアちゃん！　止さないかったら！」

ぴしゃッとナオミが、平手で熊谷の頰ッぺたを打ちました。

「あ痛え、……下司張った声は己の地声さ、己あ浪花節語りにならなかったのが、天下の恨事だ」

「だけれどメリー・ピクフォードは女団長にゃならないぜ」

「それじゃ誰だい？　プ*リシラ・ディーンかい？」

「うんそうだ、プリシラ・ディーンだ」

「ラ、ラ、ラ、ラ」

と浜田が再びダンス・ミュージックを唄いながら、踊り出した時でした。私は彼がステップを踏んで、ふいと後向きになりそうにしたので、素早く木蔭へ隠れましたが、同時に浜田の「おや」と云う声がしました。

「誰？——河合さんじゃありませんか？」

みんな俄かに、しーんと黙って、立ち止まったまま、闇を透かして私の方を振り返りました。

「しまった」と思ったが、もう駄目でした。

「パパさん？　パパさんじゃないの？　何しているのよそんな所で？　みんなの仲間へおはいんなさいよ」

ナオミはいきなりツカツカと私の前へやって来て、ぱっとマントを開くや否や、腕を伸ばして私の肩へ載せました。見ると彼女は、マントの下に一糸をも纏っていませんでした。

「何だお前は！　己に恥を掻かせたな！　ばいた！　淫売！　じごく！」*

「おほほほほ」

その笑い声には、酒の匂いがぷんぷんしました。私は今まで、彼女が酒を飲んだところを一度も見たことはなかったのです。

十六

ナオミが私を欺いていたからくりの一端は、その晩とその明くる日と二日がかりで、やっと強情な彼女の口から聞き出すことが出来ました。

私が推察した通り、彼女が鎌倉へ来たがったのは、やはり熊谷と遊びたかったからなのだそうです。扇が谷に関の親類がいると云うのは真っ赤な譃で、長谷の大久保の別荘こそ、熊谷の叔父の家だったのです。いや、それればかりか、私が現に借りているこの離れ座敷も、実は熊谷の世話なのでした。この植木屋は大久保の邸のお出入りなので、熊谷の方から談じ込んで、どう話をつけたものか、前にいた人に立ち退いて貰い、そこへ

プリシラ・ディーン　Priscilla Dean (1896—1987)。アメリカのサイレント映画時代のスター女優。
じごく　ひそかに淫売する女。私娼。

私たちを入れるようにしたのでした。云うまでもなく、それはナオミと熊谷との相談の上でやったことで、杉崎女史の周旋だとか、東洋石油の重役云々は、全くナオミの出鱈目に過ぎなかったのです。さてこそ彼女は、自分でどんどん事を運んだ訳でした。植惣のかみさんの話に依ると、彼女が始めて下検分に来た折には、熊谷の「若様」と一緒にやって来て、あたかも「若様」の一家の人であるかのように振舞っていたばかりでなく、前からそう云う触れ込みだったものだから、よんどころなく先のお客を断って、部屋をこちらへ明け渡したのだと云うことでした。

「おかみさん、まことに飛んだ係り合いで御迷惑をかけて済みませんが、どうかおかみさんの知っていらっしゃるだけのことを私に話してくれませんか。どんな場合でもあなたの名前を出すようなことはしませんから。私は決してこのことに就いて、熊谷の方へ談じ込む気はないんです。事実を知りたいだけなんです」

私は明くる日、今まで休んだことのない会社を休んでしまいました。そして厳重にナオミを監視して、「一歩も部屋から出てはならない」と堅く云いつけ、彼女の衣類、穿き物、財布を悉く纏めて母屋に運び、そこの一室でかみさんを訊問しました。

「じゃ何ですか、もうずっと前から、私の留守中二人は往き来していたんですか？」

「はあ、それは始終でございました。若様の方からお越しになりましたり、お嬢様の方からお出かけになりましたり、……」

「大久保さんの別荘には全体誰がいるんですね？」

「今年は皆さんが御本宅の方へお引き揚げになりまして、時々お見えになりますけれど、いつも大概熊谷さんの若様お一人でございますの」

「ではあの、熊谷君の友達はどうしたろう？　あの連中も折々やって来たでしょうか？」

「はあ、ちょくちょくおいでになりましてございます」

「それは何ですか、熊谷君が連れて来るんですか、めいめい勝手に来るんですか？」

「さあ」

と云って、――これは私が後で気がついたことなのですが、その時かみさんは非常に困ったらしい様子をしました。

「……………御めいめいでおいでになったり、若様と御一緒だったり、いろいろのようでございましたが、………」

「誰か、熊谷君の外にも、一人で来た者があるでしょうか？」

「あの浜田さんとおっしゃるお方や、それから外のお方たちも、お一人でお越しになったことがございましたかと存じますが、………」

「じゃあそんな時はどこかへ誘って出るのですかね？」

「いいえ、大抵内でお話しになっていらっしゃいました」

私に一番不可解なのはこの一事でした。ナオミと熊谷とが怪しいとすれば、なぜ邪魔になる連中を引っ張って来たりするのだろう？　彼等の一人が訪ねて来たり、ナオミがそれと話しているとはどう云う訳だろう？　彼等がみんなナオミを狙っているとしたら、なぜ喧嘩が起らないのだろう？　昨夜もあんなに四人の男は仲好くふざけていたじゃないか。そう考えると再び私は分らなくなって、果してナオミと熊谷とが怪しいかどうかさえ、疑問になってしまうのでした。

ナオミはしかし、この点になると容易に口を開きませんでした。自分は別に深い企らみがあったのではない。ただ大勢の友達と騒ぎたかっただけなのだと、どこまでもそう云い張るのです。では何のためにああまで陰険に、私を欺したのかと云うと、

「だって、パパさんがあの人たちを疑ぐっていて、余計な心配をするんだもの」

と云うのでした。

「それじゃ、関の親類の別荘があると云ったのはどう云う訳だい？　関と熊谷とどう違うんだい？」

　そう云われると、ナオミははたと返辞に窮したようでした。彼女は急に下を向いて、黙って、唇を嚙みながら、上眼づかいに穴のあくほど私の顔を睨んでいました。

「でもまアちゃんが一番疑ぐられているんだもの、――まだ関さんにして置いた方がいくらかいいと思ったのよ」

「まアちゃんなんて云うのはお止し！　熊谷と云う名があるんだから！」

　我慢に我慢をしていた私は、そこでとうとう爆発しました。私は彼女が「まアちゃん」と呼ぶのを聞くと、むしずが走るほどイヤだったのです。

「おい！　お前は熊谷と関係があったんだろう？　正直のことを云っておしまい！」

「関係なんかありゃしないわよ、そんなにあたしを疑ぐるなら、証拠でもあるの？」

「証拠がなくっても己にはちゃんと分ってるんだ」

「どうして？――どうして分るの？」

ナオミの態度は凄いほど落ち着いたものでした。その口辺には小憎らしい薄笑いさえ浮かんでいました。

「昨夜のあのざまは、あれは何だ？　お前はあんなざまをしながらそれでも潔白だと云えるつもりか？」

「あれはみんながあたしを無理に酔っ払わして、あんななりをさせたんだもの。——ただああやって表を歩いただけじゃないの」

「よし！　それじゃ飽くまで潔白だと云うんだな？」

「ええ、潔白だわ」

「お前はそれを誓うんだな！」

「ええ、誓うわ」

「よし！　その一と言を忘れずにいろよ！　己はお前の云うことなんか、もう一と言も信用しちゃいないんだから」

それきり私は、彼女と口をききませんでした。

私は彼女が熊谷に通牒したりすることを恐れて、書簡箋、封筒、インキ、鉛筆、万年筆、郵便切手、一切のものを取り上げてしまい、それを彼女の荷物と一緒に植惣のかみさんに預けました。そして私が留守の間にも決して外出することが出来ないように、赤いちぢみのガウン一枚を着せて置きました。それから私は、三日目の朝、会社へ行くような風を装って鎌倉を出ましたが、どうしたら証拠を得られるか、さんざん汽車の中で考えた末、兎に角最初に、もう一と月も空家になっている大森の家へ行ってみようと決心しました。もし熊谷と関係があるなら、無論夏から始まったことではない。大森へ行ってナオミの持ち物を捜索したなら、手紙か何か出て来はしないかと思ったからです。

　その日はいつもより一汽車おくれて出て来たので、大森の家の前まで来たのはかれこれ十時頃でした。私は正面のポーチを上り、合鍵で扉をあけ、アトリエを横ぎり、彼女の部屋のドーアを開いて、一歩中へ踏み込んだ瞬間、私は思わず「あっ」と云ったなり、二の句がつげずに立ち竦んでしまいました。見るとそこには、浜田が独りぽつ然として臥ころんでいるではありませんか！

　浜田は私がはいってくると、突然顔を真っ赤にして、

「やあ」

と云って起き上りました。

「やあ」

　そう云ったきり二人は暫く、相手の腹を読むような眼つきで、睨めッくらをしていました。

「浜田君……君はどうしてこんな所に？……」

　浜田は口をもぐもぐやらせて、何か云いそうにしましたけれど、やはり黙って、私の前に憐れみを乞うかの如く、項を垂れてしまいました。

「え？　浜田君……君はいつからここにいるんです？」

「僕は今しがた、……今しがた来たところなんです」

　もうどうしても逃れられない、覚悟をきめたと云う風に、今度はハッキリとそう云い

ました。

「しかしこの家は、戸締まりがしてあったでしょう、どこからはいって来たんですね？」

「裏口の方から、――」

「裏口だって、錠がおりていた筈だけれど、……」

「ええ、僕は鍵を持っているんです。――」

そう云った浜田の声は聞えないくらい微かでした。

「鍵を？――どうして君が？」

「ナオミさんから貰ったんです。――もうそう云えば、僕がどうしてここに来ているか、大凡そあなたはお察しになったと思いますが、……」

浜田は静かに面を上げて、唖然としている私の顔を、まともに、そして眩しそうに、じっと見ました。その表情にはいざとなると正直な、お坊っちゃんらしい気品があって、いつもの不良少年の彼ではありませんでした。

「河合さん、僕はあなたが今日出し抜けにここへおいでになった理由も、想像がつかなくはありません。僕はあなたを欺していたんです。それに就いてはたといどんな制裁でも、甘んじて受けるつもりなんです。今更こんなことを云うのは変ですけれど、僕はとうから、……一度あなたにこう云うところを発見されるまでもなく、自分の罪を打ち明けようと思っていました。……」

そう云っているうちに、浜田の眼には涙が一杯浮かんで来て、それがぽたぽた頬を伝って流れ出しました。総べてが全く、私の予想の外でした。私は黙って、眼瞼をパチパチやらせながら、その光景を眺めていましたが、彼の自白を一往信用するとしても、まだ私には腑に落ちないことだらけでした。

「河合さん、どうか僕を赦すと云ってくれませんか、………」

「しかし、浜田君、僕にはまだよく分っていないんだ。君はナオミから鍵を貰って、ここへ何しに来ていたと云うんです？」

「ここで、………ここで今日………ナオミさんと逢う約束になっていたんです」

「え？　ナオミとここで逢う約束に？」

「ええ、そうです、………それも今日だけじゃないんです。今まで何度もそうしてたんです。………」

だんだん聞くと、私たちが鎌倉へ引き移ってから、彼とナオミとはここで三度も密会していると云うのでした。つまりナオミは、私が会社へ出て行ったあとで、一と汽車か二た汽車おくらせて、大森へやって来るのだそうです。いつも大概朝の十時前後に来て、十一時半には帰って行く、それで鎌倉へ戻るのはおそくも午後一時頃なので、彼女がまさかその間に大森まで行って来たろうとは、宿の者にも気がつかれないようにしてある。そして浜田は、今朝も十時に落ち合う手筈になっていたので、さっき私が上って来たのを、てっきりナオミが来たのだとばかり思っていた、と、そう彼は云うのでした。

この驚くべき自白に対して、最後に私の胸を一杯に充たしたものは、ただ茫然たる感じより外ありませんでした。開いた口が塞がらない、――何とも話にならない、――事実その通りの気持でした。断って置きますが私はその時三十二歳で、ナオミの歳は十九でした。十九の娘が、かくも大胆に、かくも奸黠に、私を欺いていようとは！ナオミがそんな恐ろしい少女であるとは、今の今まで、いや、今になっても、まだ私には考えられないくらいでした。

「君とナオミとは、一体いつからそう云う関係になっていました？」

浜田を赦す赦さないは二の次の問題として、私は根掘り葉掘り、事実の真相を知りたいと思う願いに燃えました。

「それはよほど前からなんです。多分あなたが僕を御存じにならない時分、……」

「じゃ、いつだったか君に始めて会ったことがありましたっけね、――あれは去年の秋だったでしょう、僕が会社から帰って来ると、花壇のところで君がナオミと立ち話をしていたのは？」

「ええ、そうでした、かれこれちょうど一年になります。……」

「すると、もうあの時分から？――」

「いや、あれよりもっと前からでした。僕は去年の三月からピアノを習いに、杉崎女史の所へ通い出したんですが、あすこで始めてナオミさんを知ったんです。それから間もなく、何でも三月ぐらいたってから、――」

「その時分はどこで逢ってたんです？」

「やっぱりここの、大森のお宅でした。午前中はナオミさんはどこへも稽古に行かないし、独りで淋しくってしょうがないから遊びに来てくれと云われたんで、最初はそのつもりで訪ねて来たんです」

「ふん、じゃ、ナオミの方から遊びに来いと云ったんですね？」

「ええ、そうでした。それは僕はあなたと云うものがあることを、全く知りませんでした。自分の国は田舎の方だものだから、大森の親類へ来ているので、あなたと従兄妹同士の間柄だと、ナオミさんは云っていました。それがそうでないと知ったのは、あなたが始めてエルドラドオのダンスに来られた時分でした。けれども僕は、……もうその時はどうすることも出来なくなっていたのです」

「ナオミがこの夏、鎌倉へ行きたがったのは、君と相談の結果なのじゃないでしょうか？」

「いいえ、あれは僕じゃないんです、ナオミさんに鎌倉行きをすすめたのは熊谷なんです」

浜田はそう云って、急に一段と語気を強めて、

「河合さん、欺されたのはあなたばかりじゃありません！　僕もやっぱり欺されていたんです！」

「……それじゃナオミは熊谷君とも？……」

「そうです、今ナオミさんを一番自由にしている男は熊谷なんです。僕はナオミさんが熊谷を好いているのを、とうからうすうすは感づいていました。けれども一方僕と関係していながら、まさか熊谷ともそうなっていようとは、夢にも思っていなかったんです。それにナオミさんは、自分はただ男の友達と無邪気に騒ぐのが好きなんだ、それ以上のことは何もないんだって云うもんだから、成る程それもそうかと思って、……」

「ああ」

と、私はため息をつきながら云いました。

「それがナオミの手なんですよ、僕もそう云われたものだから、それを信じていたんですよ。……そうして君は、熊谷とそうなっているのをいつ発見したんです？」

「それはあの、雨の降った晩にここで雑魚寝をしたことがあったでしょう。あの晩僕は気がついたんです。……あの晩、僕はあなたにほんとうに同情しました。あの時の二人のずうずうしい態度は、どうしたってただの間柄ではないと思えましたからね。僕は自分が嫉妬を感じれば感じるほど、あなたの気持をお察しすることが出来たんです」

「じゃ、あの晩君が気がついたと云うのは、二人の態度から推し測って、想像したと云うだけの……」

「いいえ、そうじゃありません、その想像を確かめる事実があったんです。明け方、あなたは寝ていらしって御存じなかったようでしたが、僕は眠られなかったので、二人が接吻するところを、うとうとしながら見ていたのです」

「ナオミは君に見られたことを、知っているのでしょうか？」

「ええ、知っています。僕はその後ナオミさんに話したんです。そして是非とも熊谷と切れてくれろと云ったんです。僕はおもちゃにされるのは厭だ、こうなった以上ナオミさんを貰わなければ……」

「貰わなければ？……」

「ああ、そうでした、僕はあなたに二人の恋を打ち明けて、ナオミさんを自分の妻に貰い受けるつもりでした。あなたは訳の分った方だから、僕等の苦しい心持をお話しすれば、きっと承知して下さるだろうって、ナオミさんは云っていました。事実はどうか知りませんが、ナオミさんの話だと、あなたはナオミさんに学問を仕込むつもりで養育なすっただけなので、同棲はしているけれど、夫婦にならなけりゃいけないと云う約束がある訳でもない。それにあなたとナオミさんとは歳も大変違っているから、結婚しても幸福に暮せるかどうか分らないと云うような、……」

「そんなことを、……そんなことをナオミが云ったんですね？」

「ええ、云いました。近いうちにあなたに話して、僕と夫婦になれるようにするから、もう少し時期を待ってくれろと、何度も何度も僕に堅い約束をしました。そして熊谷とも手を切ると云いました。けれどもみんな出鱈目だったんです。ナオミさんは初めッから、僕と夫婦になるつもりなんかまるッきりなかったんです」

「ナオミはそれじゃ、熊谷君ともそんな約束をしているんでしょうか？」

「さあ、それはどうだか分りませんが、恐らくそうじゃなかろうと思います。ナオミさんは飽きッぽいたちですし、熊谷の方だってどうせ真面目じゃないんです。あの男は僕なんかよりずっと狡猾なんですから、……」

不思議なもので、私は最初から浜田を憎む心はなかったのですが、こんな話をきかされてみると、むしろ同病相憐れむ――と、云うような気持にさせられました。そしてそれだけ、一層熊谷が憎くなりました。熊谷こそは二人の共同の敵であると云う感じを強く抱きました。

「浜田君、まあ何にしてもこんな所でしゃべってもいられないから、どこかで飯でも喰いながら、ゆっくり話そうじゃありませんか。まだまだ沢山聞きたいことがあるんですから」

で、私は彼を誘い出して、洋食屋では工合が悪いので、大森の海岸の「松浅」へ連れて行きました。

「それじゃ河合さんも、今日は会社をお休みになったんですか」

と、浜田も前の興奮した調子ではなく、いくらか重荷をおろしたような、打ち解けた口ぶりで、途々そんな風に話しかけました。

「ええ、昨日も休んじまったんです。会社の方もこの頃は又意地悪く忙しいんで、出なけりゃ悪いんですけれど、一昨日以来頭がむしゃくしゃしちまって、とてもそれどころじゃないもんだから。……」

「ナオミさんは、あなたが今日大森へいらっしゃるのを、知っていますかしら？」

「僕は昨日は一日内にいましたけれど、今日は会社へ出ると云って来たんです。あの女のことだから、或は内々気がついたかも知れないが、まさか大森へ来るとは思っていないでしょう。僕は彼奴の部屋を捜したら、ラブ・レターでもありやしないかと思ったもんだから、それで突然寄ってみる気になったんです」

「ああそうですか、僕はそうじゃない、あなたが僕を摑まえに来たと思ったんです。しかしそれだと、後からナオミさんもやって来やしないでしょうか」

「いや、大丈夫、……僕は留守中、着物も財布も取り上げちまって、一歩も外へ出られないようにして来たんです。あのなりじゃ門口へだって出られやしませんよ」

「へえ、どんななりをしているんです？」

「ほら、君も知っている、あの桃色のちぢみのガウンがあったでしょう？」

「ああ、あれですか」

「あれ一枚で、細帯一つ締めていないんだから、大丈夫ですよ。まあ猛獣が檻へ入れられたようなもんです」

「しかし、さっきあそこへナオミさんがはいって来たらどうなったでしょう。それこそほんとに、どんな騒ぎが持ち上ったかも知れませんね」

「ですが一体、ナオミが君と今日逢うと云う約束をしたのはいつなんです？」

「それは一昨日、――あなたに見つかったあの晩でした。ナオミさんは、僕があの晩すねていたもんですから、御機嫌を取るつもりか何かで、明後日大森へ来てくれろって云ったんですが、勿論僕も悪いんですよ。僕はナオミさんと絶交するか、でなけりゃ熊谷と喧嘩をするのが当り前なのに、それが僕には出来ないんです。自分も卑屈だと思いながら、気が弱くって、ついぐずぐずに奴等と附き合っていたんです。ですからナオミさんに欺されたとは云うものの、つまり自分が馬鹿だったんですよ」

　私は何だか、自分のことを云われているような気がしました。そして「松浅」の座敷へ通って、さし向いに坐ってみると、どうやらこの男が可愛くさえなって来るのでした。

十七

「さあ、浜田君、君が正直に云ってくれたので、僕は非常に気持がいい。兎に角一杯やりませんか」

そう云って私は、杯をさしました。

「じゃあ河合さんは、僕を赦して下さるんですか」

「赦すも赦さないもありませんよ。君はナオミに欺されていたので、僕とナオミとの間柄を知らなかったと云うのだから、ちっとも罪はない訳です。もう何とも思ってやしません」

「いや、有難う、そう云って下されば僕も安心するんです」

浜田はしかし、やっぱり極まりが悪いと見えて、酒を進めても飲もうとはしないで、伏しめがちに、遠慮しながらぽつぽつ口を利くのでした。

「じゃ何ですか、失礼ですが河合さんとナオミさんとは、御親戚と云うような訳じゃないんですか？」

暫くたってから、浜田は何か思いつめていたらしく、そう云って微かな溜息をつきました。

「ええ、親戚でも何でもありません。僕は宇都宮の生れですが、あれは生粋の江戸ッ児で、実家は今でも東京にあるんです。当人は学校へ行きたがっていたのに、家庭の事情で行かれなかったもんですから、それを可哀そうだと思って、十五の歳に僕が引き取ってやったんですよ」

「そうして今じゃ、結婚なすっていらっしゃるんですね？」

「ええ、そうなんです、両方の親の許しを得て、立派に手続きを踏んであるんです。尤もそれは、あれが十六の時だったので、あんまり歳が若過ぎるのに『奥さん』扱いにするのも変だし、当人にしてもイヤだろうと思ったもんだから、暫くの間は友達のようにして暮らそうと、そんな約束ではあったんですがね」

「ああ、そうですか、それが誤解の原だったんですね。ナオミさんの様子を見ると、奥さんのようには思えなかったし、自分でもそう云っていなかったから、それで僕等もつい欺されてしまったんです」

「ナオミも悪いが、僕にも責任があるんですよ。僕は世間の所謂『夫婦』と云うものが面白くないんで、なるべく夫婦らしくなく暮らそうと云う主義だったんです。そいつがどうも飛んだ間違いになったんだから、もうこれからは改良しますよ。いや、ほんとうに懲りごりしましたよ」

「そうなすった方がよござんすね。それから河合さん、自分のことを棚に上げてこんなことを云うのもおかしいですが、熊谷は悪い奴ですから、注意なさらないといけませんよ。僕は決して恨みがあると云うんじゃないんです。熊谷でも関でも中村でも、あの連中はみんな良くない奴等なんです。ナオミさんはそんなに悪い人じゃありません。みんな彼奴等が悪くさせてしまったんです。………」

浜田は感動の籠った声で云うと同時に、その両眼には再び涙を光らせていました。さてはこの青年は、これほど真面目にナオミを恋していたのだったか、そう思うと私は感謝したいような、済まないような気がしました。もしも浜田は、私と彼女とが既に完全な夫婦であると云われなかったら、進んで彼女を譲ってくれと云い出すつもりだったのでしょう。いやそれどころか、たった今でも、私が彼女をあきらめさえしたら、彼は即座に彼女を引き取ると云うでしょう。この青年の眉宇の間に溢れているいじらしいほどの熱情から、その決心があることは疑うべくもないのでした。

「浜田君、僕は御忠告に従って、いずれ何とか二三日のうちに処置をつけます。そしてナオミが熊谷とほんとに手を切ってくれればよし、そうでなければもう一日も一緒にいるのは不愉快ですから、……………」

「けれど、けれどあなたは、どうかナオミさんを捨てないで上げて下さい」

と、浜田は急いで私の言葉を遮って云いました。

「もしもあなたに捨てられちまえば、きっとナオミさんは堕落します。ナオミさんに罪はないんですから。……………」

「有難う、ほんとに有難う！　僕はあなたの御好意をどんなに嬉しく思うか知れない。そりゃ僕だって十五の時から面倒を見ているんですもの、たとい世間から笑われたって、決してあれを捨てようなんて気はないんです。ただあの女は強情だから、何とか巧く悪い友達と切れるように、それを案じているだけなんです」

「ナオミさんはなかなか意地ッ張りですからね。詰まらないことでふいと喧嘩になっちまうと、もう取り返しがつきませんから、そこの処を上手におやりになって下さい、生意気なことを云うようですけれど。……」

私は浜田に何遍となく、「ありがとありがと」を繰り返しました。二人の間に年齢の相違、地位の相違と云うようなものがなかったら、そして私たちが前からもっと親密な仲であったなら、私は恐らく彼の手を執り、互いに抱き合って泣いたかも知れませんでした。私の気持は少なくともそのくらいまで行っていました。

「どうか浜田君、これから後も君だけは遊びに来て下さい。遠慮するには及びませんから」

と、私は別れ際にそう云いました。

「ええ、だけれど当分は伺えないかも知れませんよ」

と、浜田はちょっともじもじして、顔を見られるのを厭うように、下を向いて云いました。

「どうしてですか?」

「当分、……ナオミさんのことを忘れることが出来るまでは。……」

そう云って彼は、涙を隠しながら帽子を冠って、「さよなら」と云いさま、「松浅」の前を品川の方へ、電車にも乗らずにてくてく歩いて行きました。

私はそれから兎に角会社へ出かけましたが、勿論仕事など手につく筈はありません。ナオミの奴、今頃はどうしているだろう。寝間着一枚で放ったらかして来たのだから、よもやどこへも出られる筈はないだろう。と、そう思う傍からやっぱりそれが気にならずにはいませんでした。それと云うのが、何しろ実に意外なことが後から後からと起って来て、欺された上にも欺されていたことが分るに随い、私の神経は異常に鋭く、病的になり、いろいろな場合を想像したり臆測したりし始めるので、そうなって来るとナオミと云うものが、とても私の智慧では及ばない神変不可思議の通力を備え、又いつの間に何をしているか、ちっとも安心はならないように思われて来るのです。己はこうしてはいられない、どんな事件が留守の間に降って湧いているかも知れない。――私は会社をそこそこにして、大急ぎで鎌倉に帰って来ました。

「やあ、只今」

と、私は門口に立っている上さんの顔を見るなり云いました。

「いますかね、内に？」

「はあ、いらっしゃるようでございますよ」

それで私はほっとしながら、

「誰か訪ねて来た者はありませんかね？」

「いいえ、どなたも」

「どうです？　どんな様子ですかね？」

私は頤で離れの方をさしながら、上さんに眼くばせしました。そしてその時気が附いたのですが、ナオミのいるべきその座敷は、障子が締まって、ガラスの中は薄暗く、ひっそりとして、人気がないように見えるのでした。

「さあ、どんな御様子か、――今日は一日じっとあすこにはいっていらっしゃいますけれど、……」

ふん、とうとう一日引っ込んでいたか。だがそれにしてもイヤに様子が静かなのはどうしたんだろう、どんな顔つきをしているだろうと、まだ幾分胸騒ぎに駆られながら、私はそっと縁側へ上り、離れの障子を明けました。と、もう夕方の六時が少し廻った時分で、明りのとどかない部屋の奥の隅の方に、ナオミはだらしない恰好をして、ふん反り返ってぐうぐう眠っているのでした。蚊に喰われるので、あっちへ転がりこっちへ転がりしたものでしょう。私のクレバネット*を出して腰の周りを包んではいましたが、それで器用に隠されているのはほんの下っ腹のところだけで、紅いちぢみのガウンから真っ白い手足が、湯立ったキャベツの茎のように浮き出ているのが、そう云う時には又運悪く、変に蠱惑的に私の心を掻き毟りました。私は黙って電燈をつけ、独りでさっさと和服に着換え、押入れの戸をわざとガタピシ云わせましたけれど、それを知ってか知らないでか、ナオミの寝息はまだすやすやと聞えました。

「おい、起きないか、夜じゃないか。……」

三十分ばかり、用もないのに机に靠れて、手紙を書くような風を装っていた私は、とうとう根負けがしてしまって声をかけました。

「ふむ、……」

と云って、不承々々に、睡そうな返辞をしたのは、私が二三度怒鳴ってからでした。

「おい！　起きないかったら！」

「ふむ、……」

そう云ったきり、又暫くは起きそうにもしません。

「おい！ 何してるんだ！ おいッたら！」

私は立ち上って、足で彼女の腰のあたりを乱暴にぐんぐん揺す振りました。

「あーあ」

と云って、まずにょっきりとそのしなしなした二本の腕をまっすぐに伸ばし、小さな、紅い握り拳をぎゅッと固めて前へ突き出し、生あくびを嚙み殺しながらやおら体を擡げたナオミは、私の顔をチラと偸んで、すぐ側方を向いてしまって、足の甲だの、脛のあたりだの、背筋の方だの、蚊に喰われた痕を頻りにぼりぼり搔き始めました。寝過ぎたせいか、それともこっそり泣いたのであろうか、その眼は充血して、髪は化け物のように乱れて、両方の肩へ垂れていました。

「さ、着物を着換えろ、そんな風をしていないで」

母屋へ行って着物の包みを取って来てやり、彼女の前へ放り出すと、彼女は一言も云わないで、つんとしてそれを着換えました。それから晩飯の膳が運ばれ、食事を済ましてしまう間、二人はとうとうどっちからもものを云いかけませんでした。

この、長い、鬱陶しい睨み合いの間に、私はどうして彼女に泥を吐かせたらいいか、この強情な女を素直に詫まらせる道はないだろうかと、ただそればかりを考えました。浜田の云った忠告の言葉、——ナオミは意地ッ張りだから、ふいとしたことで喧嘩をすると、もう取り返しがつかなくなると云うことも、無論私の頭にありました。浜田が

クレバネット　防水コート。

あんな忠告をしたのは、恐らく彼の実験から来ているのでしょうが、私にしてもそう云う覚えはたびたびあります。何よりかより彼女を怒らせてしまっては一番いけない、彼女がつむじを曲げないように、決して喧嘩にならないように、そうかと云ってこちらが甘く見られないように、上手に切り出さなければならない。で、それにはこちらが裁判官のような態度で問い詰めて行くのは最も危険だ。「お前は熊谷とこれこれだろう？」「そして浜田ともこれこれだろう？」と、こう正面から肉迫すれば、「へえ、そうです」と恐れ入るような女ではない。きっと彼女は反抗する、飽くまで知らぬ存ぜぬと云い張る。するとこっちもジリジリして来て癇癪を起す。もしそうなったらおしまいだから、押し問答をすることは兎に角よくない。これは彼女に泥を吐かせると云うような考えは止めにして、いっそこちらから今日の出来事を話してしまった方がいい。そうすればいくら強情でもそれを知らないとは云えないだろう。よし、そうしようと思ったので、

「僕は今日、朝の十時頃に大森へ寄ったら浜田に遇ったよ」

と、まずそんな風に云ってみました。

「ふうん」

とナオミは、さすがにぎょッとしたらしく私の視線を避けるように、鼻の先でそう云いました。

「それからかれこれするうちに飯時になったもんだから、浜田を誘って『松浅』へ行って、一緒に飯を喰ったんだ。――――」

もうそれからはナオミは返辞をしませんでした。私は彼女の顔色に絶えず注意を配り

ながら、あまりに皮肉にならないように諄々と話して行きましたが、話し終ってしまうまで、ナオミはじっと下を向いて聴いていました。そして悪びれた様子はなく、ただ頰の色がこころもち青ざめただけでした。

「浜田がそう云ってくれたので、僕はお前に聞くまでもなくみんな分ってしまったんだ。だからお前は何も強情を張ることはない。悪かったら悪かったと、そう云ってくれさえすればいいんだ。……どうだい、お前、悪かったかね？　悪いと云うことを認めるかね？」

ナオミがなかなか答えないので、ここで私の心配していた押し問答の形勢が持ち上りそうになりましたが、「どうだね？　ナオミちゃん」と、私は出来るだけ優しい口調で、

「悪かったことさえ認めてくれれば、僕はなんにも過ぎ去ったことを咎めやしないよ。何もお前に両手をついて詫まれと云う訳じゃない。この後こう云う間違いがないように、それを誓ってくれたらいいんだ。え？　分ったろうね？　悪かったと云うんだろうね？」

するとナオミは、いい塩梅に、頤で「うん」と頷きました。

「じゃあ分ったね？　これから決して熊谷やなんかと遊びはしないね？」

「うん」

「きっとだろうね？　約束するね？」

「うん」

この「うん」でもって、お互いの顔が立つようにどうやら折り合いがつきました。

十八

その晩、私とナオミとは最早や何事もなかったように寝物語をしましたけれども、しかし正直の気持を云うと、私は決して心の底から綺麗サッパリとはしませんでした。この女は、既に清浄潔白ではない。――この考えは私の胸を晦く鎖したばかりでなく、自分の宝であったところのナオミの値打ちを、半分以下に引き下げてしまいました。なぜなら彼女の値打ちと云うものは、私が自分で育ててやり、自分でこれほどの女にしてやり、そうしてただ自分ばかりがその肉体のあらゆる部分を知っていると云うことに、その大半があったのですから、つまりナオミと云うものは、私に取っては自分が栽培したところの一つの果実と同じことです。私はその実が今日のように立派に成熟するまでに随分さまざまの丹精を凝らし、労力をかけた。だからそれを味わうのは栽培者たる私の当然の報酬であって、他の何人にもそんな権利はない筈であるのに、それがいつの間にかあかの他人に皮を捥られ、歯を立てられていたのです。そうしてそれは、一旦汚されてしまった以上、いかに彼女が罪を詫びてももう取り返しのつかないことです。「彼女の肌」と云う貴い聖地には、二人の賊の泥にまみれた足痕が永久に印せられてしまったのです。これを思えば思うほど口惜しいことの限りでした。ナオミが憎いと云うのでなしに、その出来事が憎くて溜りませんでした。

「譲治さん、堪忍してね、……………」

ナオミは私が黙って泣いているのを見ると、昼間の態度とは打って変って、そう云ってくれましたけれど、私はやはり泣いて頷くばかりでした。「ああ堪忍するよ」と口では云っても、取り返しのつかないと云う無念さは消すことが出来ませんでした。

鎌倉の一と夏はこんな始末でさんざんな終りを告げ、やがて私たちは大森の住居へ戻りましたが、今も云うように私の胸にわだかまりが出来たものですから、それが自然と何かの場合に現われると見え、それから後の二人の仲はどうもしっくりとは行きかねました。表面は和解したようであっても、私は決して、まだほんとうにはナオミに心を許していない。会社へ行っても依然として熊谷のことが心配になる。留守の間の彼女の行動が気になる余り、毎朝家を出かけると見せてこっそり裏口へ立ち廻ったり、彼女が英語や音楽の稽古に行くと云う日は、そっとその跡をつけて行ったり、時々彼女の眼を偸んでは、彼女宛てに来る手紙の内容を調べて見たり、そう云う風にまで私が秘密探偵のような気持になるのに随い、ナオミはナオミで、腹の中ではこのしつッこい私のやり方をせせら笑っているらしく、言葉に出して云い争いはしないまでも、変に意地悪い素振りを見せるようになりました。

「おいナオミ！」

と、私は或る晩、いやに冷たい顔つきをして寝た振りをしている彼女の体を揺す振りながら、そう云いました。（断って置きますがもうその時分、私は彼女を「ナオミ」と呼びつけにしていたのです）

「何だってそんな……寝たふりなんぞしているんだ？　そんなに己が嫌いなのかい？

……」

「寝たふりなんかしていやしないわ。寝ようと思って眼を潰っているだけなんだわ」

「じゃあ眼をお開き、人が話をしようとするのに眼を潰っている法はなかろう」

そう云うとナオミは、仕方なしにうッすりと眼瞼を開きましたが、睫毛の蔭から纔かにこちらを覗いている細い眼つきは、その表情を一層冷酷なものにしました。

「え？　お前は己が嫌いなのかよ？　そうならそうと云っておくれ。……」

「なぜそんなことを尋ねるの？……」

「己には大概、お前の素振りで分っているんだ。この頃の己たちは喧嘩こそしないが、心の底では互いに鎬を削っている。これでも己たちは夫婦だろうか？」

「あたしは鎬を削ってやしない、あなたこそ削っているんじゃないの」

「それはお互い様だと思う。お前の態度が己に安心を与えないから、己の方でもつい疑いの眼をもって……」

「ふん」

とナオミは、その鼻先の皮肉な笑いで私の言葉を打ッ切ってしまって、

「じゃあ聞きますが、あたしの態度に何か怪しいところがあるの？　あるなら証拠を見せて頂戴」

「そりゃ、証拠と云ってはありゃしないが、……」

「証拠がないのに疑ぐるなんて、それはあなたが無理じゃないの。あなたがあたしを信用しないで、妻としての自由も権利も与えないで置きながら、夫婦らしくしようとした

ってそりゃ駄目だわ。ねえ、譲治さん、あなたはあたしが何も知らずにいると思って？人の手紙を内証で読んだり、探偵みたいに跡をつけたり、……あたしちゃんと知っているのよ」

「それは己も悪かったよ、けれども己も以前のことがあるもんだから、神経過敏になっているんだ。それを察してくれないじゃ困るよ」

「じゃ、一体どうしたらいいのよ？　以前のことはもう云わないッて約束じゃないの」

「己の神経がほんとうに安まるように、お前が心から打ち解けてくれ、己を愛してくれたらいいんだ」

「でもそうするにはあなたの方で信じてくれなけりゃあ、……」

「ああ信じるよ、もうこれからきっと信じるよ」

私はここで、男と云うものの浅ましさを白状しなければなりませんが、昼間は兎に角、夜の場合になって来ると私はいつも彼女に負けました。私が負けたと云うよりは、私の中にある獣性が彼女に征服されました。事実を云えば私は彼女をまだまだ信じる気にはなれない、にも拘わらず私の獣性は盲目的に彼女に降伏することを強い、総べてを捨てて妥協するようにさせてしまいます。つまりナオミは私に取って、最早や貴い宝でもなく、有難い偶像でもなくなった代り、一箇の娼婦となった訳です。そこには恋人としての清さも、夫婦としての情愛もない。もうそんなものは昔の夢と消えてしまった！　それならどうしてこんな不貞な、汚れた女に未練を残しているのかと云うと、全く彼女の肉体の魅力、ただそれだけに引き摺られつつあったのです。これはナオミの堕落であって、同時に私の堕落でもありました。なぜなら私は、男子としての節操、潔癖、純情を捨て、過去の誇りを抛ってしまって、娼婦の前に身を屈しながら、それを恥とも思わないようになったのですから。いや時としてはその卑しむべき娼婦の姿を、さながら女神を打ち仰ぐように崇拝さえもしたのですから。

ナオミは私のこの弱点を面の憎いほど知り抜いていました。自分の肉体が男にとっては抵抗し難い蠱惑であること、夜にさえなれば男を打ち負かしてしまえること、――こう云う意識を持ち始めた彼女は、昼間は不思議なくらい不愛想な態度を示しました。自分はここにいる一人の男に自分の「女」を売っているのだ、それ以外には何もこの男に興味もなければ因縁もない、と、そんな様子をありありと見せて、あたかも路傍の人のようにむうッとそっけなく済まし込んで、たまに私が話しかけてもろくすッぽう返辞もしません。是非必要な場合にだけ「はい」とか「いいえ」とか答えるだけです。こういう彼女のやり方は、私に対して消極的に反抗している心を現わし、私を極度に侮蔑する意を示そうとするものであるとしか、私には思えませんでした。「譲治さん、あたしがいくら冷淡だって、あなたは怒る権利はないわよ。あなたはあたしから取れるものだけ取っているんじゃありませんか。それであなたは満足しているじゃありませんか」――私は彼女の前へ出ると、そう云う眼つきで睨まれているような気がしました。そしてその眼は動ともすると、

「ふん、何と云うイヤな奴だろう。まるで此奴は犬みたようにさもしい男だ。仕方がないから我慢してやっているんだけれど」

と、そんな表情をムキ出しにして見せるのでした。けれどもかかる状態が長持ちをする筈がありません。二人は互いに相手の心に捜りを入れ、陰険な暗闘をつづけながら、いつか一度はそれが爆発することを内々覚悟していましたが、或る晩私は、

「ねえ、ナオミや」

と、特にいつもより優しい口調で呼びかけました。

「ねえ、ナオミや、もうお互いにつまらない意地ッ張りは止そうじゃないか。お前はどうだか知らないが、僕は到底堪えられないよ、この頃のようなこんな冷やかな生活には。」

「……………」

「ではどうしようッて云うつもりなの？」

「もう一度何とかしてほんとうの夫婦になろうじゃないか。お前も僕も焼け半分になっているのがいけないんだよ。真面目になって昔の幸福を呼び戻そうと、努力しないのが悪いんだよ」

「努力したって、気持と云うものはなかなか直って来ないと思うわ」

「そりゃあそうかも知れないが、僕は二人が幸福になる方法があると思うよ。お前が承知してくれさえすりゃあいいことなんだが、……………」

「どんな方法？」

「お前、子供を生んでくれないか、母親になってくれないか？　一人でもいいから子供が出来れば、きっと僕等はほんとうの意味で夫婦になれるよ、幸福になれるよ。お願いだから僕の頼みを聴いてくれない？」

「いやだわ、あたし」

と、ナオミは即座にきっぱりと云いました。

「あなたはあたしに、子供を生まないようにしてくれ。いつまでも若々しく、娘のようにしていてくれ。夫婦の間に子供の出来るのが何よりも恐ろしいッて、云ったじゃないの？」

「そりゃ、そんな風に思った時代もあったけれども、……」

「それじゃあなたは、昔のようにあたしを愛そうとしないんじゃないの？　あたしがどんなに年を取って、汚く(きたな)なっても構わないと云う気なんじゃないの？　いいえ、そうだわ、あなたこそあたしを愛さないんだわ」

「お前は誤解してるんだ。僕はお前を友達(ともだち)のように愛していた、だがこれからは真実の妻として愛する。……」

「それであなたは、昔のような幸福が戻(もど)って来ると思うのかしら？」

「昔のようではないかも知れない、けれども真の幸福が、……」

「いや、いや、あたしはそれなら沢山だわ」

そう云って彼女は、私の言葉が終らないうちに激しく冠(かぶり)を振るのでした。

「あたし、昔のような幸福が欲(ほ)しいの。でなけりゃなんにも欲しくはないの。あたしそう云う約束であなたの所へ来たんだから」

十九

ナオミがどうしても子供を生むのが厭だというなら、私の方には又もう一つ手段がありました。それは大森の「お伽噺の家」を畳んで、もっと真面目な、常識的な家庭を持つと云う一事です。全体私はシンプル・ライフと云う美名に憧れて、こんな奇妙な、甚だ実用的でない絵かきのアトリエに住んだのですが、われわれの生活を自堕落にしたのはこの家のせいも確かにあるのです。こう云う家に若い夫婦が女中も置かずに住まっていれば、却ってお互いに我が儘が出て、シンプル・ライフがシンプルでなくなり、ふしだらになるのは已むを得ない。それで私は、私の留守中ナオミを監視するためにも、小間使いを一人と飯焚きを一人置くことにする。主人夫婦と女中が二人、これだけが住まえるような、所謂「文化住宅」でない純日本式の、中流の紳士向きの家へ引き移る。今まで使っていた西洋家具を売り払って、総べてを日本風の家具に取り換え、ナオミのために特にピアノを一台買ってやる。こうすれば彼女の音楽の稽古も杉崎女史の出教授を頼めばよいことになり、英語の方もハリソン嬢に出向いて貰って、自然彼女が外出する機会がなくなる。この計画を実行するには纏った金が必要でしたが、それは国もとへそう云ってやり、すっかりお膳立が整うまではナオミに知らせない決心をもって、私は独りで借家捜しや家財道具の見積りなどに苦心していました。

国の方からは取り敢えずこれだけ送ると云って、千五百円の為替が来ました。それから私は女中の世話も頼んでやったのでしたが、「小間使いには大へん都合のいいのがある、内で使っていた仙太郎の娘がお花と云って、今年十五になっているから、あれならお前も気心が分って安心して置けるだろう。飯焚きの方も心あたりを捜しているから、引っ越し先が極まるまでには上京させる」と、為替と同封の母の手でそう云って来ました。

ナオミは私が内々何か企らんでいるのをうすうす感づいていたのでしょうが、「まあ何をするか見ていてやれ」と云った調子で、初めのうちは凄いほど落ち着いていました。が、ちょうど母から手紙が届いて二三日過ぎた或る夜のこと、

「ねえ、譲治さん、あたし、洋服が欲しいんだけれど、拵えてくれない？」

と、彼女は突然、甘ったれるような、そのくせ変に冷やかすような、猫撫で声でそう云いました。

「洋服？」

私は暫くあっけに取られて、彼女の顔を穴の開くほど視つめながら、「ははあ、此奴、為替の来たのが分ったんだな、それで捜りを入れているんだな」と気がつきました。

「ねえ、いいじゃないの、洋服でなけりゃ和服でもいいわ。冬の余所行きを拵えて頂戴」

「僕は当分そんな物は買ってやらんよ」

「どうしてなの？」

「着物は腐るほどあるじゃないか」

「腐るほどあったって、飽きちゃったから又欲しいんだわ」

「そんな贅沢はもう絶対に許さないんだ」

「へえ、じゃ、あのお金は何に使うの？」

とうとう来たな！　私はそう思って空惚けながら、

「お金？　どこにそんなものがあるんだ？」

「譲治さん、あたし、あの本箱の下にあった書留の手紙見たのよ。譲治さんだって人の手紙勝手に見るから、そのくらいなことをあたしがしたっていいだろうと思って、――」

これは私には意外でした。ナオミが金のことを云うのは、書留が来たから為替がはいっていたのだろうと見当をつけているだけなので、まさか私があの本箱の下に隠した手紙の中味を見ていようとは、全く予期していなかったのです。が、ナオミはどうかして私の秘密を嗅ぎ出そうと、手紙のありかを捜し廻ったに違いなく、あれを読まれてしまったとすると、為替の金額は勿論のこと、移転のことも女中のことも総べてを知られてしまったのです。

「あんなにお金が沢山あるのに、あたしに着物の一枚ぐらい拵えてくれてもいいと思うわ。――ねえ、あなたはいつか何と云って？　お前のためならどんな狭苦しい家に住んでも、どんな不自由でも我慢をする。そうしてそのお金でお前に出来るだけ贅沢をさせるって、そう云ったのを忘れちまったの？　まるであなたはあの時分とは違っているのね」

「僕がお前を愛する心に変りはないんだ、ただ愛し方が変っただけなんだ」

「じゃ、引越しのことはなぜあたしに隠していたの？　人には何も相談しないで、命令的にやるつもりなの？」

「そりゃ、適当な家が見付かった上で、無論お前にも相談するつもりでいたんだ。……………」

そう云いかけて、私は調子を和げて、なだめるように説き聞かせました。

「ねえ、ナオミ、僕はほんとうの気持を云うと、今でもやっぱりお前に贅沢をさせたいんだよ。着物ばかりの贅沢でなく、家も相当の家に住まって、お前の生活全体を、もっと立派な奥さんらしく向上させてやりたいんだよ。だからなんにも不平を云うところはないじゃないか」

「そうお、そりゃどうも有りがと、……………」

「何なら明日、僕と一緒に借家を捜しに行ったらどうだね。ここよりもっと間数があって、お前の気に入った家でさえありゃどこでもいいんだ」

「それならあたし、西洋館にして頂戴、日本の家は真っ平御免よ。――――」

私が返辞に困っている間に、「それ見たことか」と云う顔つきで、ナオミは嚙んで吐き出すように云うのでした。

「女中もあたし、浅草の家へ頼みますから、そんな田舎の山出しなんか断って頂戴、あたしが使う女中なんだから」

こう云ういさかいが度重なるに従って、二人の間の低気圧はだんだん濃くなって行きました。そして一日口をきかないようなことも屢〻でしたが、それが最後に爆発したのは、ちょうど鎌倉を引き払ってから二箇月の後、十一月の初旬のことで、ナオミが未だに熊谷と関係を断っていないと云う動かぬ証拠を、私が発見した時でした。

　これを発見するまでのいきさつに就いては、別段ここにそう委しく書く必要がありません。私は疾うから、引っ越しの準備に頭を使っている一方、直覚的にナオミを怪しいと睨んでいたので、例の探偵的行動を少しも緩めずにいた結果、或る日彼女と熊谷とが、大胆にもつい大森の家の近所の曙楼で密会した帰りを、とうとう抑えてしまったのです。

　その日の朝、私はナオミの化粧の仕方がいつもより派手であるのに疑いを抱き、家を出るなりすぐ引っ返して裏口にある物置小屋の炭俵の蔭に隠れていたのです。（そう云う訳でその頃の私は、会社を休んでばかりいました）すると果して、九時頃になった時分、今日は稽古に行く日でもないのに彼女はひどくめかし込んで出て来ましたが、停車場の方へは行かないで、反対の方へ、足を早めてさッさと歩いて行くのでした。私は彼女を五六間やり過してから大急ぎで家へ飛び込み、学生時代に使っていたマントと帽子を引き摺り出して洋服の上へそれを被り、素足に下駄穿きで表へ駈け出すと、ナオミの跡を遠くの方から追って行きました。そして彼女が曙楼へはいって行き、それから十分ぐらい後れて熊谷がそこへやって来たのを確かに見届けて置いてから、やがて彼等の出て来るのを待ち構えていたのです。

　帰りもやはり別々で、今度は熊谷が居残ったらしく、一と足先きにナオミの姿が往来へ現われたのは、かれこれ十一時頃でした。――私は殆ど一時間半も曙楼の近所をうろうろしていた訳です。――彼女は来た時と同じように、そこから十丁余りある自分の家まで、傍目もふらずに歩いて行きました。そして私も次第に歩調を早めて行ったので、彼女が裏口のドーアを開けて中へはいる、すぐその跡から、五分とはたたずに私がはいって行ったのです。

はいった刹那に私の見たものは、瞳の据わった、一種凄惨な感じの籠ったナオミの眼でした。彼女はそこに、棒のように突っ立ったまま、私の方を鋭く睨んでいるのでしたが、その足もとには私がさっき脱ぎ換えて行った帽子や外套や、靴や、靴下があの時のまま散らばっていました。彼女はそれで一切を悟ってしまったのでしょう、麗かに晴れた秋の朝の、アトリエの明りを反射している彼女の顔は穏やかに青ざめ、総べてをあきらめてしまったような深い静けさがそこにありました。

「出て行け！」

たった一言、自分の耳ががんとするほど怒鳴ったきり、私も二の句が継げなければナオミも何とも返辞をしません。二人はあたかも白刃を抜いて立ち向った者がピタリと青眼に構えたように、相手の隙を狙っていました。その瞬間、私は実にナオミの顔を美しいと感じました。女の顔は男の憎しみがかかればかかるほど美しくなるのを知りました。カルメンを殺した*ドン・ホセは、憎めば憎むほど一層彼女が美しくなるので殺したのだと、その心境が私にハッキリ分りました。ナオミがじいッと視線を据えて、顔面の筋肉は微動だもさせずに、血の気の失せた唇をしっかり結んで立っている邪悪の化身のような姿。――ああ、それこそ淫婦の面魂を遺憾なく露わした形相でした。

「出て行け！」

と、私はもう一度叫ぶや否や、何とも知れない憎さと恐ろしさと美しさに駈り立てられつつ、夢中で彼女の肩を摑んで、出口の方へ突き飛ばしました。

「出て行け！　さあ！　出て行けったら！」

「堪忍して、……譲治さん！　もう今度ッから、……」

ナオミの表情は俄かに変り、その声の調子は哀訴にふるえ、その眼の縁には涙をさめざめと湛えながら、ぺったりそこへ跪いて歎願するように私の顔を仰ぎ視ました。

「譲治さん、悪かったから堪忍してッてば！……堪忍して、堪忍して、……」

こんなに脆く彼女が赦しを乞うだろうとは予期していなかったことなので、はっと不意打ちを喰った私は、そのためになお憤激しました。私は両手の拳を固めてつづけさまに彼女を殴りました。

「畜生！　犬！　人非人！　もう貴様には用はないんだ！　出て行けったら出て行かんか！」

と、ナオミは咄嗟に、「こりゃ失策ったな」と気がついたらしく、忽ち態度を改めてすうッと立ち上ったかと思うと、

「じゃあ出て行くわ」

ドン・ホセ　フランスの作家メリメ（1803―1870）の代表作「カルメン」の主人公。ジプシー女カルメンとの恋におぼれた龍騎兵ドン・ホセは、彼女のため軍隊を脱走し密輸団にまで加わるが、最後に闘牛士に心変わりしたカルメンを、嫉妬にかられて殺してしまう。ビゼー作曲の歌劇でも有名。

と、まるで不断の通りの口調でそう云いました。

「よし！　すぐに出て行け！」

「ええ、すぐ行くわ、――二階へ行って、着換えを持って行っちゃあいけない？」

「貴様はこれからすぐに帰って、使いを寄越せ！　荷物はみんな渡してやるから！」

「だってあたし、それじゃ困るわ、今すぐいろいろ入用なものがあるんだから。――」

「じゃ勝手にしろ、早くしないと承知しないぞ！」

私はナオミが今すぐ荷物を運ぶと云うのを一種の威嚇と見て取ったので負けない気でそう云ってやると、彼女は二階へ上って行って、そこらじゅうをガタピシと引っ掻き廻して、バスケットだの、風呂敷包みだの、背負い切れないほどの荷造りをして、自分でとッとと俥を呼んで積み込みました。

「では御機嫌よう、どうも長々御厄介になりました。――」

と、出て行くときにそう云った彼女の挨拶は、至極あっさりしたものでした。

二十

彼女の俥が行ってしまうと、私はどう云うつもりだったかすぐに懐中時計を出して、時間を見ました。ちょうど午後零時三十六分、……ああそうか、さっき彼女が曙楼を出て来たのが十一時、それからあんな大喧嘩をしてあッと云う間に形勢が変り、今までここに立っていた彼女がもういなくなってしまったんだ。その間が僅かに一時間と三十六分。………人は屡々、看護していた病人が最後の息を引き取る時とか、又は大地震に出っ会した時とかに、覚えず知らず時計を見る癖があるものですが、私がその時ふいと時計を出して見たのも大方それに似たような気持だったでしょう。大正某年十一月某日午後零時三十六分、――自分はこの日のこの時刻に、遂にナオミと別れてしまった。自分と彼女との関係は、この時をもって或は終焉を告げるかも知れない。………

「まずほッとした！　重荷が下りた！」

何しろ私はこの間じゅうの暗闘に疲れ切っていた際だったので、そう思うと同時にぐったり椅子に腰かけたままぼんやりしてしまいました。咄嗟の感じは、「ああ有難い、やっとのことで解放された」と云うような、せいせいとした気分でした。それと云うのが私は単に精神的に疲労していたばかりでなく、生理的にも疲労していたので、一度ゆっくり休養したいと云うことは、むしろ私の肉体の方が痛切に要求していたのです。たとえばナオミと云うものは非常に強い酒であって、あまりその酒を飲み過ぎると体に毒だと知りながら、毎日々々、その芳醇な香気を嗅がされ、なみなみと盛った杯を見せられては、やはり私は飲まずにはいられない。飲むに随って次第に酒毒が体の節々へ及ぼして来て、ひだるく、ものうく、後頭部が鉛のようにどんより重く、ふいと立ち上ると眩暈がしそうで、仰向けさまにうしろへ打っ倒れそうになる。そしていつでも二日酔いのような心地で、胃が悪く、記憶力が衰え、すべてのことに興味がなくなり、病人か何かのように元気がない。頭のなかには奇妙なナオミの幻ばかりが浮かんで来て、それが時々おくびのように胸をむかつかせ、彼女の臭いや、汗や、脂が、始終むうッと鼻についている。で、「見れば眼の毒」のナオミがいなくなったことは、入梅の空が一時にからッと晴れたような工合でした。

が、今も云うようにそれは全く咄嗟の感じで、正直のところ、そのせいせいした心持が続いたのは、一時間ぐらいなものだったでしょう。まさか私の肉体がいくら頑健だからと云って、ほんの一時間やそこらの間に疲労が恢復し切った訳でもありますまいが、椅子に腰かけてほっと一と息ついたかと思うと、間もなく胸に浮かんで来たのは、さっきのナオミの、あの喧嘩をした時の異常に凄い容貌でした。「男の憎しみがかかればかかるほど美しくなる」と云った、あの一刹那の彼女の顔でした。それは私が刺し殺しても飽き足りないほど憎い憎い淫婦の相で、頭の中へ永久に焼きつけられてしまったまま、消そうとしてもいっかな消えずにいたのでしたが、どう云う訳か時間がたつに随っていよいよハッキリと眼の前に現れ、未だにじーいッと瞳を据えて私の方を睨んでいるように感ぜられ、しかもだんだんその憎らしさが底の知れない美しさに変って行くのでした。考えて見ると彼女の顔にあんな妖艶な表情が溢れたところを、私は今日まで一度も見たことがありません。疑いもなくそれは「邪悪の化身」であって、そして同時に、彼女の体と魂とが持つ悉くの美が、最高潮の形に於いて発揚された姿なのです。私はさっきも、あの喧嘩の真っ最中に覚えずその美に撲たれたのみならず、「ああ美しい」と心の中で叫んだのでありながら、どうしてあの時彼女の足下に跪いてしまわなかったか。いつも優柔で意気地なしの私がいかに憤激していたとは云えあの恐ろしい女神に向って、どうしてあれほどの面罵を浴びせ、手を振り上げることが出来たか。自分のどこからそんな無鉄砲な勇気が出たか。――それが私には今更不思議なように思われ、その無鉄砲と勇気とを恨むような心持さえ、次第に湧き上がって来るのでした。

「お前は馬鹿だぞ、大変なことをしちまったんだぞ。ちっとやそっとの不都合があっても、それと『あの顔』と引き換えになると思っているのか。あれだけの美はこの後決して、二度と世間にありはしないぞ」

私は誰かにそう云われているような気がし始め、ああ、そうだった、自分は実に詰まらないことをしてしまった。彼女を怒らせないようにと、あんなに不断から用心していながら、こういう結末になったというのは魔がさしたのに違いないんだと、そんな考えがどこからともなく頭を擡げて来るのでした。

たった一時間前まではあれほど彼女を荷厄介にし、その存在を呪った私が、今は反対に自分を呪い、その軽率を悔いるようになったと云うのは？　あんな憎らしかった女が、こんなにも恋しくなって来るとは？　この急激な心の変化は私自身にも説明の出来ないことで、恐らく恋の神様ばかりが知っている謎でありましょう。私はいつの間にか立ち上って、部屋を往ったり来たりしながら、どうしたらこの恋慕の情を癒やすことが出来るだろうかと、長い間考えました。と、どう考えても癒やす方法は見付からないで、ただただ彼女の美しかったことばかりが想い出される。過去五年間の共同生活の場面々々が、ああ、あの時にはこう云った、あんな顔をした、あんな眼をしたと云う風に、後から後からと浮かんで来て、それが一々未練の種でないものはない。殊に私の忘れられないのは、彼女が十五六の娘の時分、毎晩私が西洋風呂へ入れてやって体を洗ってやったこと。それから私が馬になって彼女を背中へ乗せながら、「ハイハイ、ドウドウ」と部屋の中を這い廻って遊んだこと。――どうしてそんな下らないことがそんなにまでも懐かしいのか、実に馬鹿げていましたけれど、もしも彼女がこの後もう一度私の所へ帰って来てくれたら、私は何より真っ先にあの時の遊戯をやってみよう。再び彼女を背中の上へ跨がらせて、この部屋の中を這ってみよう。それが出来たら己はどんなに嬉しいか知れないと、まるでそのことをこの上もない幸福のように空想したりするのでした。いや、単に空想したばかりでなく、私は彼女が恋しさの余り、思わず床に四つ這いになって、今も彼女の体が背中へぐッとのしかかってでもいるかのように、部屋をグルグル廻ってみました。それから私は、――ここに書くのも恥かしいことの限りですが、――二階へ行って、彼女の古着を引っ張り出してそれを何枚も背中に載せ、彼女の足袋を両手に嵌めて、又その部屋を四つン這いになって歩きました。

この物語を最初から読んでおられる読者は、多分覚えておられるでしょうが、私は「ナオミの成長」と題する一冊の記念帖を持っていました。それは私が彼女を風呂へ入れてやって、体を洗ってやっていた頃、彼女の四肢が日増しに発達する様を委しく記して置いたもので、つまり少女としてのナオミがだんだん大人になるところを、――ただそればかりを専用のように書き止めて行った一種の日記帳でした。私はその日記のところどころに、当時のナオミのいろいろな表情、ありとあらゆる姿態の変化を写真に撮って貼って置いたのを思い出し、せめて彼女を偲ぶよすがに、長い間埃にまみれて突っ込んであったその帳面を、本箱の底から引き摺り出して順々にページをはぐって見ました。それらの写真は私以外の人間には絶対に見せるべきものではないので、自分で現像や焼き付けなどをしたのでしたが、大方水洗いが完全でなかったのでしょう。今ではポツポツそばかすのような斑点が出来、物によってはすっかり時代がついてしまって、まるで古めかしい画像のように朦朧としたものもありましたけれど、そのために却って懐かしさは増すばかりで、もう十年も二十年もの昔のこと、……幼い頃の遠い夢をでも辿るような気がするのでした。そしてそこには、彼女があの時分好んで装ったさまざまな衣裳やなりかたちが、奇抜なものも、軽快なものも、贅沢なものも、滑稽なものも、殆ど剰すところなく写されていました。或るページには天鵞絨の背広服を着て男装した写真がある。次をめくると薄いコットン・ボイルの布を身に纏って、彫像の如く*彳立している姿がある。又その次にはきらきら光る繻子の羽織に繻子の着物、幅の狭い帯を胸高に締め、リボンの半襟を着けた様子が現われて来る。それから種々雑多な表情動作や活動女優の真似事の数々、――メリー・ピクフォードの笑顔だの、*グロリア・スワンソンの眸だの、*ポーラ・ネグリの猛り立ったところだの、*ビーブ・ダニエルの乙に気取ったところだの、憤然たるもの、嫣然たるもの、悚然たるもの、恍惚たるもの、見るに随って彼女の顔や体のこなしは一々変化し、いかに彼女がそう云うことに敏感であり、

彳立　たたずみ立つこと。　グロリア・スワンソン　Gloria Swanson (1899―1983)。ハリウッドの大スター女優。「サンセット大通り」(1950) など。　ポーラ・ネグリ　Pola Negri (1897―1987)。ポーランド生まれの女優。ヨーロッパとアメリカで活躍した。　ビーブ・ダニエル　Bebe Daniels (1901―1971)。アメリカの女優。「リオ・リタ」(1929) など。

器用であり、怜悧であったかを語らないものとてはないのでした。

「ああ飛んでもない！　己はほんとに大変な女を逃がしてしまった」

私は心も狂おしくなり、口惜しまぎれに地団太を踏み、なおも日記を繰って行くと、まだまだ写真が幾色となく出て来ました。その撮り方はだんだん微に入り、細を穿って、部分々々を大映しにして、鼻の形、眼の形、唇の形、指の形、腕の曲線、肩の曲線、背筋の曲線、脚の曲線、手頸、足頸、肘、膝頭、足の蹠までも写してあり、さながら希臘の彫刻か奈良の仏像か何かを扱うようにしてあるのです。ここに至ってナオミの体は全く芸術品となり、私の眼には実際奈良の仏像以上に完璧なものであるかと思われ、それをしみじみ眺めていると、宗教的な感激さえが湧いて来るようになるのでした。ああ、私は一体どう云うつもりでこんな精密な写真を撮って置いたのでしょうか？　これがいつかは悲しい記念になると云うことを、予覚してでもいたのでしょうか？

私のナオミを恋うる心は加速度をもって進みました。もう日が暮れて窓の外には夕の星がまたたき始め、うすら寒くさえなって来ましたが、私は朝の十一時から御飯もたべず、火も起さず、電気をつける気力もなく、暗くなって来る家の中を二階へ行ったり、階下へ降りたり、「馬鹿！」と云いながら自分で自分の頭を打ったり、空家のように森閑としたアトリエの壁に向いながら「ナオミ、ナオミ」と叫んでみたり、果ては彼女の名前を呼び続けつつ床に額を擦りつけたりしました。もうどうしても、どうあろうとも彼女を引き戻さなければならない。己は絶対無条件で彼女の前に降伏する。彼女の云うところ、欲するところ、総べてに己は服従する。……が、それにしても今頃彼女は何しているだろう？　あんなに荷物を持っていたから、東京駅からきっと自動車で行っただろう。そうだとすると浅草の家へ着いてから五六時間はたっている筈だ。彼女は実家の人々に対し、追い出されて来た理由を正直に話したろうか？　それとも例の負けず嫌いで、一時遁れの出鱈目を云い、姉や兄貴を煙に巻いてでもいるだろうか！　千束町で卑しい稼業をしている実家、そこの娘だと云われることをひどく嫌って、親兄弟を無智な人種のように扱い、めったに里へ帰ったことのない彼女。――この不調和な一族の間に、今頃どんな善後策が講ぜられているだろう？　姉や兄貴は勿論詫りに行けと云う、「あたしは決して詫まりになんか行くもんか。誰か荷物を取って来てくれろ」と、ナオミはどこまでも強気に出る。そして殆ど心配などはしていないように、平気な顔で冗談を云ったり、気焔を吐いたり、英語交りにまくし立てたり、ハイカラな衣裳や持ち物などを見せびらかしたり、まるで貴族のお嬢様が貧民窟を訪れたように、威張り散らしていやしないか。……

しかしナオミが何と云っても兎に角事件であるから、早速誰かが飛んで来なければならない筈だが、……若し当人が「詫まりになんか行かない」と云うなら、姉か兄貴が代りにやって来るところだが、……それともナオミの親兄弟は誰も親身にナオミのことを案じてなんぞいないのだろうか？　ちょうどナオミが彼等に対して冷淡なように、彼等も昔からナオミに就いては何の責任も負わなかった。「あの児のことは一切お任せします」と、十五の娘をこちらへ預けッ放しにして、どうでも勝手にしてくれと云う態度だった。だから今度もナオミのしたい放題にさせて、打ッちゃらかして置くのだろうか？　それならそれで荷物だけでも受け取りに来そうなものではないか。「帰ったらすぐに使を寄越せ、荷物はみんな渡してやるから」とそう云ってやったのに、未だに誰も来ないと云うのはどうしたんだろう？　着換えの衣類や手周りの物は一と通り持って行ったけれど、彼女の「命から二番目」である晴れ着の衣裳はまだ幾通りも残っている。どうせ彼女はあのむさくろしい千束町に一日燻っている筈はないから、毎日々々、近所隣を驚かすような派手な風俗で出歩くだろう。そうだとすれば尚更衣裳が必要な訳だし、それがなくてはとても辛抱出来ないだろうに。………

けれどもその晩、待てど暮らせどナオミの使は来ませんでした。私はあたりが真っ暗になるまで電燈をつけずに置いたので、もしも空家と間違えられたら大変だと思って、慌てて家じゅうの部屋と云う部屋へ明りを燈し、門の標札が落ちていやしないかと改めて見、戸口のところへ椅子を持って来て何時間となく戸外の足音を聞いていましたが、八時が九時になり、十時になり、十一時になっても、………とうとう朝からまる一日たってしまっても、何の便りもありません。そして悲観のどん底に落ちた私の胸には、又いろいろな取り止めない臆測が生じて来るのでした。ナオミが使を寄越さないのは、ことに依ったら事件を軽く見ている証拠で、二三日したら解決がつくとたかを括っているんじゃないかな。「なに大丈夫だ、向うはあたしに惚れているんだ、あたしなしには一日もいられやしないんだから、迎いに来るに極まっている」と、懸引をしているんじゃないかな。彼女にしたって今まで贅沢に馴れて来たのが、あんな社会の人間の中で暮らせないことは分っているんだ。そうかと云って外の男の所へ行っても、己ほど彼女を大事にしてやり、気随気儘をさせて置く者はありゃしないんだ。ナオミの奴はそんなことは百も承知で、口では強がりを云いながら、迎いに来るのを心待ちにしているんじゃないかな。それとも明日の朝あたりでも、姉か兄貴がいよいよ仲裁にやって来るかな。夜が忙しい商売だから、朝でなければ出られない事情があるかも知れない。何しろ使が来ないと云うのは却って一縷の望みがあるんだ。明日になっても音沙汰がなければ、己は迎いに行ってやろう。もうこうなれば意地も外聞もあるもんじゃない、もともと己はその意地でもって失策ったんだ。実家の奴等に笑われようと、彼女に*内兜を見透かされようと、出かけて行って平謝りに詫まって、姉や兄貴にも口添えを頼んで、「後生一生のお願いだから帰っておくれ」と、百万遍も繰り返す。そうすれば彼女も顔が立って、大手を振って戻って来られよう。

　私は殆どまんじりともしないで一と夜を明かし、明くる日の午後六時頃まで待ちましたけれど、それでも何の沙汰もないので、もう溜りかねて家を飛び出し、急いで浅草へ駈け付けました。一刻も早く彼女に会いたい、顔さえ見れば安心する！――恋い焦がれるとはその時の私を云うのでしょう、私の胸には「会いたい見たい」の願いより外何物もありませんでした。

　花屋敷のうしろの方の、入り組んだ路次の中にある千束町の家へ着いたのは大方七時頃でしたろう。さすがに極まりが悪いので私はそっと格子をあけ、

「あの、大森から来たんですが、ナオミは参っておりましょうか？」

内兜を見透かす　相手の内情や弱点をよく知ること。

と、土間に立ったまま小声で云いました。

「おや、河合さん」

と、姉は私の言葉を聞きつけて次の間の方から首を出しましたが、怪訝そうな顔つきをして云うのでした。

「へえ、ナオミちゃんが?――いいえ、参ってはおりませんが」

「そりゃおかしいな、来ていない筈はないんですがな、昨夜こちらへ伺うと云って出たんですから。……」

二十一

最初私は、姉が彼女の意を含んで隠しているものと邪推したので、いろいろに云って頼んでみましたが、だんだん聞くと、事実ナオミはここへ来ていないらしいのです。

「おかしいな、どうも、……荷物も沢山持っていたんだし、あのままどこへも行かれる筈はないんだけれど。……」

「へえ、荷物を持って?」

「バスケットだの、鞄だの、風呂敷包みだの、大分持って行ったんですよ。実は昨日、つまらないことでちょっと喧嘩したもんですから、……」

「それで当人は、ここへ来ると云って出たんですか」

「当人じゃない、僕がそう云ってやったんですよ、これからすぐに浅草に帰って、人を寄越せッて。――誰かあなた方が来て下されば話が分ると思ったもんですから」

「へえ、成る程、……だけど兎に角手前共へは参りませんのよ、そう云うことなら追っ付け来るかも知れませんけれど」

「だけどお前、昨夜ッからなら分りゃしねえぜ」

と、そうこうするうちに兄貴も出て来て云うのでした。

「そりゃどこか、お心当りがおあんなすったら外を捜して御覧なさい。もう今まで来ねえようじゃあ、ここへ帰っちゃ来ますまいよ」

「それにナオちゃんはさっぱり家へ寄り付かないんで、あれはこうッと、いつだったかしら？――もう二た月も顔を見せたことはないんですよ」

「では済みませんが、もしもこちらへ参りましたら、たとい当人が何と云おうと、早速どうか僕の所へ知らして戴きたいんですが」

「ええ、そりゃあもう、あッしの方じゃ今更あの児をどうするッて気はねえんですから、来ればすぐにも知らせますがね」

　上り框へ腰をかけて、出された渋茶をすすりながら、私は暫く途方に暮れていましたけれど、妹が家出をしたと聞いても別に心配をするのでもない姉や兄貴が相手では、ここで衷情を訴えたところでどうにもしようがありません。で、私は重ねて、万一彼女が立ち廻ったら時を移さず、昼間だったら会社の方へ電話をかけてくれること。尤もこの頃は時々会社を休んでいるから、もしも会社にいなかった場合はすぐ大森へ電報を打って貰いたいこと。そうしたら私が迎いに来るから、それまで必ずどこへも出さずに置いてくれること。などをくどくど頼み込んで、それでも何だかこの連中のずべらなのがアテにならないような気がして、なお念のために会社の電話番号を教えたり、この様子では大森の家の番地なんぞも知らないのではないかと思って、それを委しく書き止めたりして出て来ました。

「さて、どうしたらいいんだろう？　どこへ行っちまったんだろう？」

――私は殆どべそを掻かないばかりの気持で、――いや、実際べそを掻いていたかも知れませんが、――千束町の路次を出ると、何と云う目的もなく、公園の中をぶらぶら歩きながら考えました。実家へ帰らないところを見ると、事態は明らかに予想したよりも重大なのです。

「これはきっと熊谷の所だ、彼奴の所へ逃げて行ったんだ」――そう気がつくと、ナオミが昨日出て行く時に、「だってあたし、それじゃ困るわ、今すぐいろいろ入用なものがあるんだから」とそう云ったのも、成る程思い中るのでした。そうだ、やっぱりそうだったんだ、熊谷の所へ行くつもりだから、あんなに荷物を持って行ったんだ。或は前から、こういう時にはこうしようと、二人で打ち合わせがしてあったかも知れん。そうだとするとこれは中々むずかしいかも分らんぞ。第一己は熊谷の家がどこにあるのかも知らない。それは調べれば分るとしても、まさか彼奴が両親の家へ彼女を匿まっては置けなかろう。彼奴は不良少年だけれど、親は相当な者らしいから、自分の息子にそんな不都合を働かしては置かないだろう。彼奴も家を飛び出して、二人でどこかに隠れていやしないか？　親の金でも引ッ浚って、遊び歩いていやしないか？　が、それならそれと、ハッキリ分ってくれればいい。そうすれば己は熊谷の親に談判して、厳しい干渉を加えて貰う。たとえ彼奴が親の意見を聴かないにしたって、金が尽きれば二人で暮らせる訳がないから、結局彼奴は自分の家へ戻るだろうし、ナオミはこっちへ帰って来る。トドの詰まりはそうなるだろうが、その間の己の苦労と云うものは？――それが一と月で済むものやら、二た月、三月、或は半年もかかるものやら？――いや、そうなったら大変だ。そんなことをしているうちにだんだん帰りそびれてしまって、又ひょっとすると第二第三の男が出来ないもんでもない。するとこいつはぐずぐずしているどころじゃないんだ。こうして離れていればいるだけ彼女との縁が薄くなるんだ。刻一刻と彼女は遠くへ去りつつあるんだ。己れやれ！　逃げようとしたって逃がすもんか！　己はどうしても引き戻してやるから！

苦しい時の神頼み、――私はついぞ神信心をしたことなぞはなかったのですが、その時ふいと思い出して、観音様へお参りをしました。そして「ナオミの居所が一時も早く知れますように、明日にも帰ってくれますように」と、真心籠めて祈りました。それからどこをどう歩いたか、二三軒のバアへ寄って、ぐでんぐでんに酔っ払って、大森の家へ帰ったのは夜の十二時過ぎでした。が、酔ってはいてもナオミのことが始終頭の中にあって、寝ようとしても容易に寝つかれず、そのうちに酒が醒めてしまうと、又しても一つ事をくよくよと考える。どうしたら居所が突き止められるか、事実熊谷と逃げたかどうか、彼奴の家へ談判するにもそいつを確かめた上でなければ軽率過ぎるし、そうかと云って秘密探偵でも頼まなければ、ちょっと確かめる方法はなし、……と、さんざん思案に余った揚句、ひょっこり考えついたのは例の浜田のことでした。そうそう、浜田と云う者がいたっけ、己はウッカリ忘れていたが、あの男なら己の味方になってくれよう。己は「松浅」で別れた時にあの男の住所を控えて置いた筈だから、明日にも早速手紙を出すかな。手紙なんかじゃ懊れッたいから電報を打つか？ そいつもちょっと大袈裟なようだが、多分電話があるだろうから、電話をかけて来て貰うか？ いやいや、来て貰うには及ばないんだ。その暇があったら熊谷の方を探って貰う方がいいんだ。この際何より肝要なのは熊谷の動静を知ることにある。浜田だったら手蔓があるからじきに報告を齎らしてくれよう。目下のところ、己の苦しみを察してくれ、己を救ってくれる者はあの男より外にないんだ。これもやっぱり「苦しい時の神頼み」かも知れないんだが、………

明くる日の朝、私は七時に飛び起きて近所の自動電話へ馳せ付け、電話帳を繰ると、いい塩梅に浜田の家が見つかりました。

「ああ、坊っちゃまでございますか、まだお休みでございますが、………」

女中が出て来てそう云うのを、

「誠に恐れ入りますが、急な用事でございますので、ちょっとどうぞお取次を、………」

と、押し返して頼むと、暫くたってから電話口へ出て来た浜田は、

「あなたは河合さんですか、あの大森の？」

と、寝惚けた声で云うのでした。

「ええ、そうですよ、僕は大森の河合ですよ、どうもいつぞやは大へん御迷惑をかけて

しまって、それに突然、こんな時刻に電話をかけて甚だ失礼なんですが、実はあの、ナオミが逃げてしまいましてね、――」

この、「逃げてしまいましてね」と云う時、私は覚えず泣き声になりました。非常に寒い、もう冬のような朝のことで、寝間着の上にどてらを一枚引っ懸けたまま慌てて出て来たものですから、私は受話器を握りながら、胴顫いが止まりませんでした。

「ああ、ナオミさんが、――やっぱりそうだったんですか」

すると浜田は、意外にも、いやに落ち着いてそう云うのでした。

「それじゃあ、君はもう知っているんですか？」

「僕は昨夜遇いましたよ」

「えッ、ナオミに？………ナオミに昨夜遇ったんですか？」

今度は、私は前とは違った胴顫いで、体中がガクガクしました。あまり激しく顫えたので前歯をカチリと送話器の口に打ッつけました。

「昨夜僕はエルドラドオのダンスに行ったら、ナオミさんが来ていましたよ。別に事情を聞いた訳ではないんですけれど、どうも様子が変でしたから、大方そんなことなんだろうと思ったんです」

「誰と一緒に来ていましたか？　熊谷と一緒じゃないんですか？」

「熊谷ばかりじゃありません、いろんな男が五六人も一緒で、中には西洋人もいました」

「西洋人が？………」

「ええ、そうですよ、そうして大そう立派な洋服を着ていましたよ」

が付かなくなってしまいました。

私は狐につままれたように、ポカンとしたきり、何を尋ねていいのやらかいくれ見当

「それが兎に角、洋服でしたよ。しかも非常に堂々たる夜会服を着ていましたよ」

「家を出る時、洋服なんぞ持っていなかったんですが、………」

二十二

「ああ、もし、もし、どうしたんですか、河合さん、………もし、………」

私があまり電話口で黙っているので、浜田はそう云って催促しました。

「ああ、もし、もし、………」

「河合さんですか、………」

「ああ、………」

「どうしたんですか、………」

「ああ、………どうしたらいいか分らないんです、………」

「しかし電話口で考えていたって、しようがないじゃありませんか」

「しようがないことは分ってるんだが、………しかし浜田君、僕は実に困ってるんですよ。どうしたものか途方に暮れているんですよ。彼奴がいなくなってから、夜もロクロク寝ないくらいに苦しんでいるんです。………」

　ここで私は浜田の同情を求めるために精一杯の哀れみを籠めてつづけました。

「……浜田君、僕はこの場合、君より外に頼りにする人がないもんだから、飛んだ御迷惑をかけるんですけれど、僕は、僕は、……どうかしてナオミの居所を知りたいんです。熊谷の所にいるんだか、それとも誰か外の男の所にいるんだか、それをハッキリと突き止めたいんです。就いては誠に、勝手なお願いなんですが、君の御尽力でそれを調べて戴く訳には行かないでしょうか。……僕は自分で調べるよりも、君が調べて下さる方がいろいろ手蔓がおありになりはしないかと、そう思うもんですから、……」

「ええ、そりゃ、僕が調べればじきに分るかも知れませんがね」

と、浜田は造作もなさそうに云って、

「ですが河合さん、あなたの方にも大凡そどこと云う心当りはないんですか？」

「僕はテッキリ熊谷の所だと思っていたんです。実は君だからお話しますが、ナオミは未だに僕に内証で、熊谷と関係していたんです。それがこの間バレたもんだから、とうとう僕と喧嘩になって、家を飛び出しちまったんです。……」

「ふむ、……」

「ところが君の話だと、西洋人だのいろんな男が一緒だと云うし、洋服なんか着ていると云うんで、僕には全く見当が付かなくなっちゃったんです。でも熊谷に会って下されば大概の様子は分るだろうと思うんですが、……」

「ああ、よござんす、よござんす」

と、浜田は私の愚痴ッぽい言葉を打ち切るように云うのでした。

「それじゃ兎に角調べてみますよ」

「それもどうか、なるべく至急にお願いしたいんですけれど、……もし出来るなら今日のうちにでも結果を知らして下さると、非常に助かるんですけれど、……」

「ああ、そうですか、多分今日じゅうには分るでしょうが、分ったらどこへお知らせしましょう？　あなたはこの頃、やっぱり大井町の会社ですか？」

「いや、この事件が起ってから、会社はずっと休んでいるんです。万一ナオミが帰って来ないもんでもないと、そんな気がするもんですから、なるたけ家を空けないようにしているんです。それで何とも勝手な話ですけれど、電話ではちょっと工合が悪いし、お目にかかれれば大変好都合なんですが、……どうでしょうか？　様子が知れたら大森の方へ来て戴くことは出来ないでしょうか？」

「ええ、構いません、どうせ遊んでいるんですから」

「ああ、有難う、そうして下さればほんとうに僕は有難いんです！」

さてそうなると、浜田の来るのが一刻千秋の思いなので、私はなおもセカセカしながら、

「じゃ、おいでになるのは大概何時頃になるでしょうか？　おそくも二時か三時には分るでしょうか？」

「さあ、分るだろうとは思いますが、しかしこいつは一往尋ねてみてからでなけりゃあハッキリしたことは云えませんねえ。最善の方法を取ってはみますが、場合に依ったら二三日かかるかも知れませんから、……」

「そ、そりゃ仕方がありません、明日になっても明後日になっても、僕は君が来て下さるまで、じっと内で待っていますよ」

「承知しました、委しいことはいずれお目にかかってからお話しましょう。――――じゃさようなら。――――」

「あ、もし、もし」

電話が切れそうになった時、私は慌ててもう一度浜田を呼び出しました。

「もし、もし、……あのう、それから、……これはその時の事情次第でどうでもいいことなんですが、君が直接ナオミにお会いになるようだったら、そして話をする機会があったら、そう云って戴きたいんですがね。――――僕は決して彼女の罪を責めようとはしない、彼女が堕落したに就いては自分の方にも罪のあることがよく分った。それで自分の悪かったことは幾重にも詫まるし、どんな条件でも聴き入れるから、一切の過去は水に流して、是非もう一度帰って来てくれるように。それも厭なら、せめて一遍だけ僕に会ってくれるように。――――」

どんな条件でも聴き入れると云う文句の次に、もっと正直な気持を云うと、「彼女が土下座しろと云うなら、僕は喜んで土下座します。大地に額を擦りつけろと云うなら、大地に額を擦りつけます。どうにでもして詫まります」と、むしろそう云いたいくらいでしたが、さすがにそこまでは云いかねました。

「――僕がそれほど彼女のことを思っていると云うことを、もし出来るなら伝えて戴きたいんですがね。……」

「ああ、そうですか、機会があったらそれも十分そう云ってみますよ」

「それから、あのう、……或はああ云う気象ですから、帰りたいには帰りたくっても、意地を突ッ張っているのじゃないかと思うんです。そんな風なら、僕が非常にショゲているからとそうおっしゃって、無理にも当人を連れて来て下さるとなおいいんですが、……」

「分りました、分りました、どうもそこまでは請け合いかねますが、出来るだけのことはやってみますよ」

余り私がしつッこいので、浜田も聊かウンザリしたような口調でしたが、私はそこの自動電話で、蟇口の中の五銭銅貨*がなくなるまで、三通話ほどもたて続けにしゃべりました。恐らく私が泣き声を出したり、顫え声を出したりして、こんなに雄弁に、こんなにずうずうしくしゃべったことは、生れて始めてだったでしょう。が、電話が済むと、私はほッとするどころでなく、今度は浜田の来てくれるのが、無上に待ち遠になりました。多分今日じゅうにとは云ったけれども、もし今日じゅうに来ないようなら、どうしたらいいだろう？――いや、どうしたらと云うよりも、自分はどうなってしまうだろう？　自分は今、一生懸命ナオミを恋い慕っているより外、何の仕事も持っていないのだ。どうすることも出来ずにいるのだ。寝ることも、食うことも、外へ出ることも出来ないで、家の中にじーッと籠って、あかの他人が自分のために奔走してくれ、或る報道を齎してくれるのを、手を束ねて待っていなければならないのだ。実際人は、何もしないでいるほどの苦痛はありませんが、私はその上に死ぬほどナオミが恋しいのです。その恋しさに身を懊らしながら、自分の運命を他人に委ねて、時計の針を視つめているということは、考えてみても溜らないことです。ほんの一分の間にしても、「時」の歩みと云うものが驚くほど遅々として、無限に長く感ぜられます。その一分が六十回でやっと一時間、百二十回でやっと二時間、仮りに三時間待つものとしても、このしょざいない、どうにもこうにもしようのない「一分」を、セコンドの針がチクタク、チクタクと、円を一周する間を、百八十回こらえねばならない！　それが三時間どころではなく、四時間になり、五時間になり、或は半日、一日になり、二日にも三日にもなったとしたら、待ち遠しさと恋しさの余り、私はきっと発狂するに違いないような気がしました。

が、いくら早くても浜田の来るのは夕方になるだろうと、覚悟をきめていたのでしたが、電話をかけてから四時間の後、十二時頃になって、表の呼鈴がけたたましく鳴り、続いて浜田の、

「今日は」

という意外な声が聞えた時には、私は覚えず、嬉し紛れに飛び上って、急いでドーアを開けに行きました。そしてソワソワした口調で、

「ああ、今日は。今すぐここを開けますよ、鍵が懸っているもんですから」

と、そう云いながらも、「こんなに早く来てくれようとは思わなかったが、ことに依ったら訳なくナオミに会えたんじゃないかな。会ったらじきに話が分って、一緒に彼女を連れて来てでもくれたんじゃないかな」と、ふとそんな風に考えると、尚更嬉しさが込み

五銭銅貨　五銭の白銅貨。今の五円よりやや小形。

上げて来て、胸がドキドキするのでした。

ドーアを開けると、私は浜田のうしろの方に彼女が寄り添っているかと思って、辺りをキョロキョロ見廻しましたが、誰もいません。浜田がひとりポーチに立っているだけでした。

「やあ、先刻は失礼しました。どうでしたかしら？ 分りましたか？」

私はいきなり噛み着くような調子で尋ねると、浜田はイヤに落ち着き払って、私の顔を憐れむが如く眺めながら、

「ええ、分ることは分りましたが、……しかし河合さん、もうあの人はとても駄目です、あきらめた方がよござんすよ」

と、キッパリ云い切って、首を振るのでした。

「そ、そ、そりゃあどう云う訳なんです？」

「どう云う訳ッて、全く話の外なんですから、――僕はあなたのためを思って云うんですが、もうナオミさんのことなんぞは、忘れておしまいになったらどうです」

「そうすると君は、ナオミに会ってくれたんですか？ 会って話はしてみたけれども、とても絶望だと云うんですか？」

「いや、ナオミさんには会やしません。僕は熊谷の所へ行って、すっかり様子を聞いて来たんです。そしてあんまりヒド過ぎるんで、実に驚いちまったんです」

「だけど浜田君、ナオミはどこにいるんです？ 僕は第一にそれを聞かして貰いたいんだ」

「それがどこと云って、極まった所がある訳じゃなく、あっちこっちを泊り歩いているんですよ」

「そんなに方々泊れる家はないでしょうがね」

「ナオミさんにはあなたの知らない男の友達が、幾人あるか知れやしません。尤も最初、あなたと喧嘩をした日には、熊谷の所へやって来たそうです。それも予め電話をかけて、コッソリ訪ねて来てくれるんならよかったんだが、荷物を積んで、自動車を飛ばして、いきなり玄関へ乗り着けたんで、家じゅうの者が一体あれは何者だと云う騒ぎになったもんだから、『まあお上り』とも云う訳に行かず、さすがの熊谷も弱っちゃったと云っていました」

「ふうん、それから？」

「それで仕方がないもんだから、荷物だけを熊谷の部屋に隠して、二人で兎も角も戸外へ出て、それから何でも怪しげな旅館へ行ったと云うんですが、しかもその旅館が、この大森のお宅の近所の何とか楼とか云う家で、その日の朝もそこで出会ってあなたに見付かった場所だと云うから、実に大胆じゃありませんか」

「それじゃ、あの日に又あすこへ行ったんですか」

「ええ、そうだって云うんですよ。それを熊谷が得意そうに、のろけ交りにしゃべり散らすんで、僕は聞いていて不愉快でした」

「するとその晩は、二人であすこへ泊ったんですね？」

「ところがそうじゃないんです。夕方まではそこにいたけれど、それから一緒に銀座を散歩して、尾張町の四つ角で別れたんだそうです」

「けれども、それはおかしいな。熊谷の奴、嘘をついているんじゃないかな、――」

「いや、まあお聞きなさい、別れる時に熊谷が少し気の毒になったんで、『今夜はどこへ泊るんだい』ッてそう云うと、『泊る所なんか幾らもあるわよ。あたしこれから横浜へ行くわ』ッて、ちっともショゲてなんかいないで、そのままスタスタ新橋の方へ行くんだそうです。――」

「横浜と云うのは、誰の所なんです？」

「そいつが奇妙なんですよ、いくらナオミさんが顔が広いッて、横浜なんかに泊る所はないだろうから、ああ云いながら多分大森へ帰ったんだろうと、そう熊谷が思っていると、明くる日の夕方電話がかかって、『エルドラドオで待っているからすぐ来ないか』と云う訳なんです。それで行って見ると、ナオミさんが目の覚めるような夜会服を着て、孔雀の羽根の扇を持って、頸飾りだの腕環だのをギラギラさせて、西洋人だのいろんな男に囲まれながら、盛んにはしゃいでいるんだそうです」

浜田の話を聞いているとあたかもビックリ箱のようで、「おやッ」と思うような事実がピョンピョン跳び出して来るのです。つまりナオミは、最初の晩は西洋人の所へ泊ったらしいのですが、その西洋人はウィリアム・マッカネルとか云う名前で、いつぞや私が始めてナオミとエルドラドオへダンスに行った時、紹介もなしに傍へ寄って来て、無理に彼女と一緒に踊った、あのずうずうしい、お白粉を塗った、にやけた男がそれだったのです。ところが更に驚くことには、――これは熊谷の観察ですが、――ナオミはあの晩泊りに行くまで、そのマッカネルと云う男とは何もそれほど懇意な仲ではなかったのだと云うのです。尤もナオミも、前から内々あの男に思し召しがあったらしい。何しろちょっと女好きのする顔だちで、すっきりとした、役者のようなところがあって、ダンス仲間で「色魔の西洋人」と云う噂があったばかりでなく、ナオミ自身も、「あの西洋人は横顔がいいわね、どこかジョン・バリに似てるじゃないの」――ジョン・バリと云うのは亜米利加の俳優で、活動写真でお馴染の*ジョン・バリモーアのことなのです。――と、そう云っていたくらいだから、確かにあれに眼を着けていたのだ。或はちょいちょい色眼ぐらいは使ったことがあるかも知れない。それでマッカネルの方でも、「此奴は俺に気がある」と見て、からかったことがあるんだろう。だから友達と云うのでもなく、ほんのそれだけの縁故でもって押しかけて行ったに違いないんだ。そして訪ねて行ってみると、マッカネルの方じゃ面白い鳥が飛び込んだと思って「あなた今晩私の家へ泊りませんか」「ええ、泊っても構わないわ」と云うようなことになったんだろう。――

「何ぼ何でも、そいつは少し信じかねるな、始めての男の所へ行って、その晩すぐに泊るなんて。――」

「だけど河合さん、ナオミさんはそう云うことは平気でやると思いますね、マッカネルもいくらか不思議に感じたとみえて、『このお嬢さんは一体どこの人ですか』ッて、昨

ジョン・バリモーア　John Barrymore (1882―1942)。アメリカの舞台俳優。のち映画界入りして「キック・イン」「我れ若し王者なりせば」などに主演。無声映画時代の名優。

夜熊谷に聞いたそうです」

「どこの人だか分らない女を、泊める方も泊める方だな」

「泊めるどころか洋服を着せてやったり、腕環や頸飾りを着けてやったりしているんだから、なお振ってるじゃありませんか。そうしてあなた、たった一と晩ですっかり馴れ馴れしくなっちまって、ナオミさんは其奴のことを『ウィリー・ウィリー』ッて呼ぶんだそうです」

「じゃ、洋服や頸飾りも、その男に買わせたんでしょうか？」

「買わせたのもあるらしいし、西洋人のことだから、友達の女の衣裳か何かを借りて来て、そいつを一時間に合わせたのもあるらしいッて云うことですよ。ナオミさんが『あたし洋服が着てみたいわ』ッて、甘ッたれたのが始まりで、とうとう男が御機嫌を取ることになっちまったんじゃないでしょうか。その洋服も出来合いのようなものじゃなくって、体にぴったり嵌まっていて、靴なんかもフレンチ・ヒールのきゅッと踵の高いやつで、総エナメルの爪先のところに、多分新ダイヤか何かでしょうが、細かい宝石が光ってるんです。まるで昨夜のナオミさんは、お伽噺のシンデレラと云う風でしたよ」

私は浜田にそう云われて、そのシンデレラのナオミの姿がどんなに美しかったかと思うと、はっと我知らず胸が躍って来るのでしたが、又その次の瞬間には、あまりな不行跡に呆れてしまって、浅ましいような、情ないような、口惜しいような、何とも云えないイヤな気持になるのでした。熊谷ならばまだしものこと、性の知れない西洋人の所へなんぞ出かけて行って、ずるずるべったりに泊り込んで、着物を拵えて貰うなんて、それが昨日(きのう)まで仮りにも亭主を持っていた女のすべき業(わざ)だろうか？　あの、己(おれ)が長年同棲(どうせい)していたナオミと云うのは、そんな汚れた、売春婦のような女だったのか？　己には彼女の正体が今の今まで分らないで、愚かな夢を見ていたのか？　ああ、成るほど浜田の云うように、己はどんなに恋しくっても、もうあの女はあきらめなければならないのだ。己は見事に恥を搔(か)かされた、男の面(つら)へ泥を塗られた。………

「浜田君、くどいようでももう一度念を押しますが、今の話は残らず事実なんですね？　熊谷が証明するばかりでなく、君も証明するんですね？」

浜田は私の眼の中に涙が湧(わ)いて来たのを見て、気の毒そうに頷(うなず)きながら、

「そう云われると僕はあなたのお心持をお察しして、云い辛(づら)くなって来るんですが、現に昨夜は僕もその場に居合わせたんだし、大体熊谷の云うことは本当だろうと思われるんです。まだこの外にもお話すればいろいろなことが出て来るので、成(な)る程(ほど)とお思いになるでしょうが、どうぞそこまではお聞きにならずに、僕を信じて下さいませんか。僕が決して、面白半分に事実を誇張しているのではないと云うことを、――」

「ああ、有難(ありがと)う、そこまで伺えばもういいんです、もうそれ以上聞く必要は……」

どうした加減か、こう云った拍子に私の言葉は喉(のど)に詰まって、急にパラパラ大粒の涙が落ちて来たので、「こりゃいけない」と思った私は、突然浜田にひしと抱き着き、その肩の上へ顔を突ッ伏してしまいました。そしてわあッと泣きながら、途轍(とてつ)もない声で叫びました。

「浜田君！　僕は、僕は、………もうあの女はキレイサッパリあきらめたんです！」

「御尤もです！　そうおっしゃるのは御尤もです！」

と、浜田も私に釣り込まれたのか、やはり濁声で云うのでした。

「僕は、ほんとうのことを云うと、ナオミさんには最早や望みがないと云うことを、今日はあなたに宣告する気で来たんですよ。そりゃあの人のことですから、又いつ何時、あなたの所へ平気な顔で現われるかも知れませんが、今では事実、誰も真面目でナオミさんを相手にする者はありゃしないんです。熊谷なんぞに云わせると、まるでみんなが慰み物にしているんで、とても口に出来ないようなヒドイ仇名さえ附いているんです。あなたは今まで、知らない間にどれほど恥を掻かされているか分りゃしません。……」

嘗ては私と同じように熱烈にナオミを恋した浜田、そして私と同じように彼女に背かれてしまった浜田、――この少年の、悲憤に充ちた、心の底から私のためを思ってくれる言葉の節々は、鋭いメスで腐った肉を抉り取るような効果がありました。みんなが慰みものにしている、口には出来ないヒドイ仇名が附いている、――この恐ろしいスッパ抜きは却って気分をサバサバとさせ、私は瘧が取れたように一時に肩が軽くなって、涙さえ止まってしまいました。

二十三

「どうです河合さん、そう閉じ籠ってばかりいないで、気晴らしに散歩してみませんか」――と、浜田に元気をつけられて、「それではちょっと待って下さい」――と、この二日間口も漱がず、髯も剃らずにいた私は、剃刀をあてて、顔を洗って、セイセイとした心持になり、浜田と一緒に戸外へ出たのはかれこれ二時半頃でした。

「こう云う時には、却って郊外を散歩しましょう」と浜田が云うので、私もそれに賛成しましたが、

「それじゃ、こっちへ行きましょうか」

と、池上の方へ歩き出したので、私はふいとイヤな気がして立ち止まりました。

「あ、そっちはいけない、その方角は鬼門ですよ」

「へえ、どう云う訳で？」

「さっきの話の、曙楼と云う家がその方角にあるんですよ」

「あ、そいつはいけない！　じゃあどうしましょう？　これからずっと海岸へ出て、川崎の方へ行ってみましょうか」

「ええ、いいでしょう、それなら一番安全です」

すると浜田は、今度はグルリと反対を向いて、停車場の方へ歩き出しましたが、考えてみると、その方角も満更危険でないことはない。ナオミが未だに曙楼へ行くのだとすれば、ちょうど今頃熊谷を連れて出て来ないとも限らないし、例の毛唐と京浜間を往復しないものでもないし、いずれにしても省線電車の停る所は禁物だと思ったので、

「今日は君には飛んだお手数をかけましたなあ」

と、私は何気なくそう云いながら、先へ立って、横丁を曲って、田圃路にある踏切を越えるようにしました。

「なあに、そんなことは構いません、どうせ一度はこう云うことがありゃしないかと思っていたんです」

「ふむ、君から見たら、僕と云うものは随分滑稽に見えたでしょうね」

「けれども僕も、一時は滑稽だったんだから、あなたを笑う資格はありません。僕はただ、自分の熱が冷めてみると、あなたを非常にお気の毒だとは思いましたよ」

「しかし君は若いんだからまだいいですよ、僕のように三十幾つにもなって、こんな馬鹿な目を見るなんて、話にも何もなりゃしません。それも君に云われなければ、いつまで馬鹿を続けていたか知れないんだから、……」

田圃へ出ると、晩秋の空はあたかも私を慰めるように、高く、爽やかに晴れていましたが、風がひゅうひゅう強く吹くので、泣いた跡の、腫れぼったい眼の縁がヒリヒリしました。そして遠くの線路の方には、あの禁物の省線電車が、畑の中をごうごう走って行くのでした。

「浜田君、君は昼飯をたべたんですか」

と、暫く無言で歩いてから、私は云いました。

「いや、実はまだですが、あなたは？」

「僕は一昨日から、酒は飲んだが飯は殆どたべないんで、今になったら非常に腹が減って来ました」

「そりゃそうでしょう、そんな無茶をなさらない方がよござんすね、体を壊しちゃつまりませんから」

「いや、大丈夫、君のお蔭で悟りを開いちまったから、もう無茶なことはしやしません。僕は明日から生れ変った人間になります、そうして会社へも出るつもりです」

「ああ、その方が気が紛れますよ。僕も失恋した時分、どうかして忘れようと思って、一生懸命音楽をやりましたっけ」

「音楽がやれると、そう云う時にはいいでしょうなあ。僕にはそんな芸はないから、会社の仕事をコツコツやるより仕方がないが。――しかし兎に角腹が減ったじゃありませんか、どこかで飯でも喰いましょうよ」

二人はこんな風にしゃべりながら、六郷の方までぶらぶら歩いてしまいましたが、それから間もなく、川崎の町の或る牛肉屋へ上り込んで、ジクジク煮える鍋を囲みながら、また「松浅」の時のように杯の遣り取りを始めていました。

「君、君、どうです一杯」

「やあ、そう飲まされちゃ、空き腹だからこたえますなあ」

「まあいいでしょう、今夜は僕の厄落しだから、一つ祝杯を挙げて下さい。僕も明日から酒は止めます、その代り今夜は大いに酔って談じようじゃありませんか」

「ああ、そうですか、それじゃあなたの健康を祝します」

浜田の顔が真っ赤に火照って、満面に出来たニキビの頭が、あたかも牛肉が湯立ったようにぶつぶつ光り出した時分には、私も大分酔っ払って、悲しいのだか嬉しいのだか何も分らなくなっていました。

「ところで浜田君、僕は聞きたいことがあるんだ」

と、私は頃合を見計らって、一段と膝を進めながら、

「ヒドイ仇名がナオミに附いていると云うのは、一体どんな仇名ですか？」

「いや、そりゃ云えません、そりゃあとでもヒドイんですから」

「ヒドクったって構わんじゃありませんか。もうあの女は僕とはあかの他人だから、遠慮することはないじゃないですか。え、何と云うんだか教えて下さいよ。却ってそいつを聞かされた方が、僕は気持がサッパリするんだ」

「あなたはそうかも知れませんが、僕には到底、云うに堪えないことなんだから堪忍して下さい。兎に角ヒドイ仇名だと思って、想像なすったら分るんですよ。尤もそう云う仇名が附いた、由来だけならお話してもよござんすがね」

「じゃあその由来を聞かして下さい」

「しかし河合さん、……困っちゃったなあ」

と云って、浜田は頭を掻きながら、

「それも随分ヒドイんですよ、お聞きになったらいくら何でも、きっと気持を悪くしますよ」

「いいです、いいです、構わないから云って下さい！　僕は今じゃ純然たる好奇心から、あの女の秘密を知りたいんです」

「じゃあその秘密を少々ばかり云いましょうか、――あなたは一体、この夏鎌倉にいらしった時分、ナオミさんに幾人男があったと思います？」

「さあ、僕の知っている限りでは、君と熊谷だけだけれど、まだその外にもあったんで

すか？」

「河合さん、あなた驚いちゃいけませんよ、――関も中村もそうだったんですよ」

私は酔ってはいましたけれど、ピリリと体に電気が来たような気がしました。そして思わず、眼の前にあった杯をガブガブ五六杯引っかけてから、始めて口を利きました。

「するとあの時の連中は、一人残らず？――」

「ええ、そうですよ、そうしてあなた、どこで会っていたと思うんです？」

「あの大久保の別荘ですか？」

「あなたの借りていらしった、植木屋の離れ座敷ですよ」

「ふうむ、……」

と云ったなり、まるで息でも詰まったようにしいんと沈んでしまった私は、

「ふうむ、そうか、実際驚きましたなあ」

と、やっと呻るような声を出しました。

「だからあの時分、恐らく一番迷惑したのは植木屋のかみさんだったでしょうよ。熊谷の義理があるもんだから、出てくれろとも云う訳に行かず、そうかと云って自分の家が一種の魔窟になってしまって、いろんな男がしっきりなしに出入りするんで、近所隣りには体裁が悪いし、それに万一、あなたに知れたら大変だと思うもんだから、ハラハラしていたようでしたよ」

「ははあ、成る程、そう云われりゃあ、いつだか僕がナオミのことを尋ねると、かみさんがひどく面喰って、オドオドしていたようでしたが、そう云う訳があったんですか。

大森の家は君の密会所にされるし、植木屋の離れは魔窟になるし、それを知らずにいたなんて、イヤハヤどうも、さんざんな目に遭ってたんだな」

「あ、河合さん、大森のことは云いッこなし！　それを云われると詫まります」

「あははは、なあにいいですよ、もう何もかも一切過去の出来事だから、差支えないじゃありませんか。しかしそれほどナオミの奴に巧く欺されていたのかと思うと、むしろ欺されても痛快ですな。あんまり技がキレイなんで、唯あッと云って感心しちまうばかりですな」

「まるで相撲の手か何かで、スポリと背負い投げを喰わされたようなもんですからね」

「同感々々、全くお説の通りですよ。――それで何ですか、その連中はみんなナオミに翻弄されて、互いに知らずにいたんですか？」

「いや、知ってましたさ、どうかすると一度に二人がカチ合うことがあったくらいです」

「それで喧嘩にもならないんですか？」

「奴等は互いに、暗黙のうちに同盟を作って、ナオミさんを共有物にしていたんです。つまりそれからヒドイ仇名が附いちゃったんで、蔭じゃあみんな、仇名でばかり呼んでましたよ。あなたはそれを御存じないから、却って幸福だったけれど、僕はつくづく浅ましい気がして、どうかしてナオミさんを救い出そうと思ったんですが、意見をするとつんと怒って、あべこべに僕を馬鹿にするんで、手の附けようがなかったんです」

浜田もさすがにあの時分のことを想い出したのか、感傷的な口調になって、

「ねえ河合さん、僕はいつぞや『松浅』でお目にかかった時、こんなことまではあなた

に云わなかったでしょう。――」

「あの時の君の話だと、ナオミを自由にしているものは熊谷だと云う――」

「ええ、そうでした、僕はあの時そう云いました。尤もそれは譃じゃないので、ナオミさんと熊谷とはガサツなところが性に合ったのか、一番仲よくしていました。だから誰よりも熊谷が巨魁だ。悪いことはみんな彼奴が教えるんだと思ったので、ああ云う風に云ったのですが、まさかそれ以上は、あなたに云えなかったんですよ。まだあの時は、あなたがナオミさんを捨てないように、そして善良な方面へ導いておやりになるようにと、祈っていたのですから」

「それが導くどころじゃない、却ってこっちが引き摺られて行っちまったんだから、――」

「ナオミさんにかかった日には、どんな男でもそうなりまさあ」

「あの女には不思議な魔力があるんですな」

「確かにあれは魔力ですなあ！　僕もそれを感じたから、もうあの人には近寄るべからず、近寄ったらば、こっちが危いと悟ったんです。――」

ナオミ、ナオミ、――互いの間にその名が幾度繰り返されたか知れませんでした。二人はその名を酒の肴にして飲みました。その滑かな発音を、牛肉よりも一層旨い食物のように、舌で味わい、唾液で舐り、そして唇に上せました。

「だがいいですよ、まあ一遍はああ云う女に欺されてみるのも」

と、私は感慨無量の体でそう云いました。

「そりゃそうですとも！　僕は兎に角あの人のお蔭で初恋の味を知ったんですもの。たとい僅かの間でも美しい夢を見せて貰った、それを思えば感謝しなけりゃなりませんよ」

「だけども今にどうなるでしょう、あの女の身の行く末は？」

「さあ、これからどんどん堕落して行くばかりでしょうね。熊谷の話じゃ、マッカネルの所にだって長くいられる筈はないから、二三日したら又どこかへ行くだろう、己ンとこにも荷物があるから来るかも知れないッて云っていましたが、全体ナオミさんは、自分の家がないんでしょうか？」

「家は浅草の銘酒屋なんですよ、——彼奴に可哀そうだと思って、今まで誰にも云ったことはありませんがね」

「ああ、そうですか、やっぱり育ちと云うものは争われないもんですなあ」

「ナオミに云わせると、もとは旗本の侍で、自分が生れた時は下二番町の立派な邸に住んでいた。『奈緒美』と云う名はお祖母さんが附けてくれたんで、そのお祖母さんは鹿*鳴館時代にダンスをやったハイカラな人だったと云うんですが、どこまで本当だか分りゃしません。何しろ家庭が悪かったんです、僕も今になって、しみじみそれを思いますよ」

「そう聞くと、尚更恐ろしくなりますなあ、ナオミさんには生れつき淫蕩の血が流れていたんで、ああなる運命を持っていたんですね、折角あなたに拾い上げて貰いながら、——」

二人はそこで三時間ばかりしゃべりつづけて、戸外へ出たのは夜の七時過ぎでしたが、いつまでたっても話は尽きませんでした。

「浜田君、君は省線で帰りますか?」

と、川崎の町を歩きながら、私は云いました。

「さあ、これから歩くのは大変ですから、——」

「それはそうだが、僕は京浜電車にしますよ、彼奴が横浜にいるんだとすると、省線の方は危険のような気がするから」

「それじゃ僕も京浜にしましょう。——だけどもいずれ、ナオミさんはああ云う風に四方八方飛び廻っているんだから、きっとどこかで打つかりますよ」

「そうなって来ると、うっかり戸外も歩けませんね」

「盛んにダンス場へ出入りしているに違いないから、銀座あたりは最も危険区域ですね」

「大森だって危険区域でないこともない、横浜があるし、花月園があるし、例の曙楼があるし、………ことに依ったら、僕はあの家を畳んでしまって下宿生活をするかも知れません。当分の間、このホトボリが冷めるまでは彼奴の顔を見たくないから」

私は浜田に京浜電車を附き合って貰って、大森で彼と別れました。

鹿鳴館時代　鹿鳴館は明治十六年(1883)ごろ、政府の欧化政策にそって、外国人との社交場として上流人が宴会や舞踏会を催した建物。そういう欧化主義のさかんだった時代。

二十四

私がこう云う孤独と共に失恋に苦しめられている際に、又もう一つ悲しい事件が起りました。と云うのは外でもなく、郷里の母が脳溢血で突然逝ってしまったことです。危篤だと云う電報が来たのは、浜田に会った翌々日の朝のことで、私はそれを会社で受け取ると、すぐその足で上野へ駈けつけ、日の暮れ方に田舎の家へ着きましたが、もうその時は、母は意識を失っていて、私を見ても分らないらしく、それから二三時間の後に息を引き取ってしまいました。

幼い折に父を失い、母の手一つで育った私は、「親を失う悲しみ」と云うものを始めて経験した訳です。況んや母と私の仲は世間普通の親子以上であったのですから。私は過去を回想しても、自分が母に反抗したことや、母が私を叱ったことや、そう云う記憶を何一つとして持っていません。それは私が彼女を尊敬していたせいもあるでしょうが、むしろそれより、母が非常に思いやりがあり、慈愛に富んでいたからです。よく世間では、息子がだんだん大きくなり、郷里を捨てて都会へ出るようになってしまうと、親は何かと心配したり、その子の素行を疑ったり、或はそれが原因で疎遠になったりするものですが、私の母は、私が東京へ行ってから後も、私を信じ、私の心持を理解し、私のためを思ってくれました。私の下に二人の妹があるだけで、総領息子を手放すことには、女親としては淋しくもあり心細くもあったでしょうに、母は一度も愚痴をこぼしたことはなく、常に私の立身出世を祈っていました。それ故私は、彼女の膝下にいた時よりも遠く離れてしまった時に、一層強く、彼女の慈愛のいかに深いかを感じたものです。殊にナオミとの結婚前後、それに引き続いていろいろの我が儘を、母が快く聴いてくれる度毎に、その温情を涙ぐましく思わないことはなかったのです。

その母親にこうも急激に、思いがけなく死なれた私は、亡骸の傍に侍りながら夢に夢見る心地でした。つい昨日まではナオミの色香に身も魂も狂っていた私、そして今では仏の前に跪いて線香を手向けている私、この二つの「私」の世界は、どう考えても連絡がないような気がしました。昨日の私がほんとうの私か、今日の私がほんとうの私か？――嘆き、悲しみ、愕きの涙に暮れつつも、自分で自分を省ると、どこからともなくそう云う声が聞えます。「お前の母が今死んだのは、偶然ではないのだ。母はお前を戒めるのだ、教訓を垂れて下すったのだ」と、又一方からそんな囁きも聞えて来ます。すると私は、今更のように在りし日の母の俤を偲び、済まないことをしたのを感じて、再び悔恨の涙が堰きあえず、あまり泣くので極まりが悪いので、そっとうしろの裏山へ登って、少年時代の思い出に充ちた森や、野路や、畑の景色を瞰おろしながら、そこでさめざめと泣きつづけたりするのでした。

この大いなる悲しみが、何か私を玲瓏たるものに浄化してくれ、心と体に堆積していた不潔な分子を、洗い清めてくれたことは云うまでもありません。この悲しみがなかったなら、私は或は、まだ今頃はあの汚らわしい淫婦のことが忘れられず、失恋の痛手に悩んでいたでしょう。それを思うと母が死んだのはやはり無意義ではないのでした。いや、少なくとも、私はその死を無意義にしてはならないのでした。で、その時の私の考えでは、自分は最早や都会の空気が厭になった、立身出世と云うけれども、東京に出て唯徒らに軽佻浮華な生活をするのが立身でもなし、出世でもない。自分のような田舎者には結局田舎が適しているのだ。自分はこのまま国に引っ込んで、故郷の土に親しもう。と、そして母親の墓守をしながら、村の人々を相手にして、先祖代々の百姓になろう。と、そんな気持にさえなったのですが、叔父や、妹や、親類の人々の意見では、「それもあんまり急な話だ、今お前さんが力を落すのも無理はないが、さればと云って男一匹が、母の死のために大事な未来をむざむざ埋めてしまうでもなかろう。誰でも親に死に別れると一時は失望するものだけれど、月日がたてばその悲しみも薄らいで来る。だからお前さんも、そうするならばそうするで、もっとゆっくり考えてからにしたらよかろう。それに第一、突然罷めてしまったんでは会社の方へも悪いだろうから」と云うのでした。私は「実はそれだけではない、まだみんなに云わなかったが、女房の奴に逃げられてしまって、……」と、つい口もとまで出ましたけれど、大勢の前で恥かしくもあり、ごたごたしている最中なので、それは云わずにしまいました。(ナオミが田舎へ顔を見せないことに就いては、病気だと云って取り繕って置いたのです)そして初七日の法要が済むと、後々の事は、私の代理人として財産を管理していてくれた叔父夫婦に頼み、兎に角みんなの云う言を聴いてひとまず東京へ出て来ました。

が、会社へ行っても一向面白くありません。それに社内での私の気受けも、前ほど良くありません。精励恪勤、品行方正で「君子」の仇名を取った私も、ナオミのことですっかり味噌を附けてしまって、重役にも同僚にも信用がなく、甚だしきは今度の母の死去に就いても、それを口実に休むのだろうと、冷やかす者さえあるのでした。そんなこんなで私は愈〻イヤ気がさして、二七日の日に一と晩泊りで帰省した折、「そのうち会社を罷めるかも知れない」と、叔父に洩らしたくらいでした。叔父は「まあまあ」と云って、深くも取り上げてくれないので、又明くる日から渋々会社へ出ましたけれど、会社にいる間はまだいいとして、夕方から夜の時間が、どうにも私には過しようがありません。それと云うのが、田舎へ引っ込むか、断然東京に踏み止まるか、その決心がつきませんから、私は未だに下宿住まいをするのでもなく、ガランとした大森の家に独りで寝泊りをしていたのです。

会社が済むと、私はやはりナオミに遇うのが厭でしたから、賑やかな場所は避けるようにし、京浜電車でまっすぐ大森へ帰ります。そして近所の一品料理か、そばかうどんで型ばかりの晩飯をたべると、もうそれからは何もすることがありません。仕方がないから寝室へ上って布団を被ってしまいますが、そのまますやすや寝られることはめったになく、二時間も三時間も眼が冴えています。寝室と云うのは、例の屋根裏の部屋のことで、そこには今でも彼女の荷物が置いてあり、過去五年間の不秩序、放埒、荒色の匂いが、壁にも柱にも滲み着いています。その匂いとはつまり彼女の肌の臭いで、不精な彼女は汚れ物などを洗濯もせずに、丸めて突っ込んで置くものですから、それが今では風通しの悪い室内に籠ってしまっているのです。私はこれでは溜らないと思って、後にはアトリエのソオファに寝ましたが、そこでも容易に寝つかれないことは同じでした。

母が死んでから三週間過ぎて、その年の十二月にはいってから、私は遂に辞職の決心を固めました。そして会社の都合上、今年一杯で罷めると云うことに極まりました。尤もこれは誰にも予め相談をせず、独りで運んでしまったので、国の方ではまだ知らないでいたのですが、そうなってみると後一と月の辛抱ですから、私は少し落ち着きました。いくらか心にも余裕が出来、暇な時には読書するとか、散歩するとかしましたけれど、しかしそれでも危険区域には、決して近寄りませんでした。或る晩あまり退屈なので品川の方まで歩いて行った時、時間つぶしに松之助*の映画を見る気になって活動小屋にはいったところが、ちょうどロイド*の喜劇を映していて、若い亜米利加の女優たちが現れて来ると、やはりいろいろ考え出されてイケませんでした。「もう西洋の活動写真は見ないことだ」と、私はその時思いました。

すると、十二月の半ばの、或る日曜の朝でした。私が二階に寝ていると、（私はその頃、アトリエでは寒くなって来たので再び屋根裏へ引っ越していました）階下で何かががさがさと云う物音がして、人のけはいがするのです。ハテ、おかしいな、表は戸締まりがしてある筈だが、……と、そう思っているうちに、やがて聞き覚えのある足音がして、それがずかずか階段を上って、私が胸をヒヤリとさせる暇もなく、

「今日はア」

と、晴れやかな声で云いながら、いきなり鼻先のドーアを開けて、ナオミが私の眼の前に立ちました。

「今日はア」

と、彼女はもう一度そう云って、キョトンとした顔で私を見ました。

「何しに来た？」

私は寝床から起きようともしないで、静かに、冷淡にそう云いました。よくもずうずうしく来られたものだと心のうちでは呆れながら。――

「あたし？――荷物を取りに来たのよ」

「荷物は持って行ってもいいが、お前、どこからはいって来たんだ」

「表の戸から。――あたしン所に鍵があったの」

「じゃあその鍵を置いて行っておくれ」

「ええ、置いて行くわ」

それから私は、ぐるりと彼女に背中を向けて黙っていました。暫くの間、彼女は私の枕もとでばたンばたンと云わせながら、風呂敷包みを拵えているのでしたが、そのうちにきゅッと帯を解くような音がしたので、気が付いて見ると、彼女は部屋の隅の方の、しかも私の視線の届く場所へやって来て、後向きになって、着物を着換えているのです。私はさっき、彼女がここへはいって来た時、早くも彼女の服装に注意したのですが、それは見覚えのない銘仙の衣類で、しかも毎日それればかり着ていたものか、襟垢が附いて、膝が出て、よれよれになっているのでした。彼女は帯を解いてしまうと、その薄汚い銘

松之助　尾上松之助（1875―1926）。「目玉の松ちゃん」と呼ばれた時代劇映画の大スター。
ロイド　Harold Lloyd（1893―1971）。無声映画時代に大人気だったアメリカのコメディアン。トレードマークの丸眼鏡が「ロイド眼鏡」と呼ばれた。

仙を脱いで、これも汚いメリンスの長襦袢一つになりました。それから、今引き出した金紗縮緬の長襦袢を取って、それをふわりと肩に纏って、体中をもくもくさせながら、下に着ていたメリンスの方を、するすると殻を脱ぐように畳の上へ落します。そしてその上へ、好きな衣裳の一つであった亀甲絣の大島を着て、紅と白との市松格子の伊達巻を巻いてぎゅうッと胴がくびれるくらい固く緊め上げ、今度は帯の番かと思うと、私の方を向き直って、そこにしゃがんで、足袋を穿き換えるのでした。

私は何より、彼女の素足を見せられるのが一番強い誘惑なので、なるべくそっちを見ないようにはしましたけれど、それでもちょいちょい眼を向けないではいられませんでした。彼女も無論それを意識してやっているので、わざとその足を鰭のようにくねくねさせながら、時々探りを入れるように、私の眼つきにそっと注意を配りました。が、穿き換えてしまうと、脱ぎ捨てた着物をさっさと始末して、

「さよならア」

と云いながら、戸口の方へ風呂敷包みを引き摺って行きました。

「おい、鍵を置いて行かないか」

と、私はその時始めて声をかけました。

「あ、そうそう」

と彼女は云って、手提袋から鍵を出して、

「じゃ、ここへ置いて行くわよ。——だけどもあたし、とても一遍じゃ荷物が運びきれないから、もう一度来るかも知れないわよ」

「来ないでもいい、己(おれ)の方から浅草の家へ届けてやるから」

「浅草へ届けられちゃ困るわ、少し都合があるんだから。――」

「そんならどこへ届けたらいいんだ」

「どこってあたし、まだ極(き)まっちゃあいないんだけれど……」

「今月中に取りに来なけりゃ、己は構わず浅草の方へ届けるからな、――そういつまでもお前の物を置いとく訳には行かないんだから」

「ええ、いいわ、じき取りに来るわ」

「それから断って置くけれど、一遍で運びきれるように車でも持って、使の者を寄越(よこ)しておくれ、お前自身で取りに来ないで」

「そう、――じゃ、そうします」

そして彼女は出て行きました。

これで安心と思っていると、二三日過ぎた晩の九時頃、私がアトリエで夕刊を読んでいる時、又ガタリと云う音がして、表のドーアへ誰かが鍵(かぎ)を挿(さ)し込みました。

二十五

「誰(だれ)？」

「あたしよ」

云うと同時にパタンと戸が開(あ)いて、黒い、大きな、熊(くま)のような物体が戸口の闇(やみ)から部(へ)

屋へ闖入して来ましたが、忽ちぱッとその黒い物を脱ぎ捨てると、今度は狐のように白い肩だの腕だのを露わにした、うすい水色の仏蘭西ちりめんのドレスを纏った、一人の見馴れない若い西洋の婦人でした。肉つきのいい項には虹のようにギラギラ光る水晶の頸飾りをして、眼深に被った黒天鵞絨の帽子の下には、一種神秘な感じがするほど恐ろしく白い鼻の尖端と頤の先が見え、生々しい朱の色をした唇が際立っていました。

「今晩はア」

と、そう云う声がして、その西洋人が帽子を取った時、私は始めて「おや、この女は？――」とそう思い、それからしみじみ顔を眺めているうちに、漸く彼女がナオミであることに気がつきました。こう云うと不思議なようですけれども、事実それほどナオミの姿はいつもと変っていたのです。いや、姿だけならいくら変っても見違える筈はありませんが、何よりもまず私の瞳を欺いたものはその顔でした。どう云う魔法を施したものか、顔がすっかり、皮膚の色から、眼の表情から、輪廓までが変っているので、私はその声を聞かなかったら、帽子を脱いだ今になっても、まだこの女はどこかの知らない西洋人だと思っていたかも分りません。次には前にも云う通り、その肌の色の恐ろしい白さです。洋服の外へはみ出している豊かな肉体のあらゆる部分が、林檎の実のように白いことです。ナオミも日本の女としては黒い方ではありませんでしたが、しかしこんなに白い筈はない。現に殆ど肩の方まで露出している両腕を見ると、それがどうして日本人の腕とは信じられない。いつぞや帝劇でバンドマンのオペラがあった時、私は若い西洋の女優の腕の白さに見惚れたことがありましたっけが、ちょうどこの腕があれに似ている、いや、あれよりも白いくらいな感じでした。

するとナオミは、その水色の柔かい衣と頸飾りとをゆらりとさせて、踵の高い、新ダイヤの石を飾ったパテントレザー靴の爪先でチョコチョコと歩いて、――ああ、これがこの間浜田の話したシンデレラの靴なんだなと、私はその時思いました。――片手を腰にあてて、肘を張って、さも得意そうに胴をひねって奇妙なしなを作りながら、啞然としている私の鼻先へ、いきなり無遠慮に寄って来たものです。

「譲治さん、あたし荷物を取りに来たのよ」

「お前が取りに来ないでもいい、使を寄越せと云ったじゃないか」

「だってあたし、使を頼む人がなかったんだもの」

そう云う間も、ナオミは始終、体をじっとしてはいませんでした。顔はむずかしく、真面目腐った風をしながら、脚をぴたりと喰っ着けて立ってみるとか、片足を一歩踏み出してみるとか、踵でコツンと床板を叩いてみるとか、その度毎に手の位置を換え、肩を聳やかし、全身の筋肉を針線のように緊張させ、総べての部分に運動神経を働かせていました。すると私の視覚神経もそれに従って緊張し出して、彼女の一挙手、一投足、その体中の一寸々々を、残る隈なく看て取らないではいられませんでしたが、よくよくその顔に注意すると、なるほど面変りをしたのも道理、彼女は生え際の髪の毛を、二三寸ぐらいに短く切って、一本一本毛の先を綺麗に揃えて、支那の少女がするように、額の方へ暖簾の如く垂れ下げているのです。そして残りの毛髪を一つに纏めて、円く、平に、顱頂部から耳朶の上へ被らせているのが、大黒様の帽子のようです。これは彼女の今までにない結髪法で、顔の輪廓が別人のようになっているのは、このせいに違いありません。それからなお気を付けて見ると、眉の恰好が又いつもとは異っています。彼女の眉毛は生れつき太く、クッキリとして濃い方であるのに、それが今夜は、細長い、ぼうッと霞んだ弧を描いて、その弧の周囲は青々と剃ってあるのです。これだけの細工がしてあることはすぐと私に分りましたが、魔法の種が分らないのは、その眼と、唇と、肌の色でした。眼玉がこんなに西洋人臭く見えているのは、眉毛のせいもあろうけれども、まだその外にも何か仕掛けがしてあるらしい。それは大方眼瞼と睫毛だ、あすこに何か秘密があるのだ、と、そうは思っても、それがどう云う仕掛けであるか判然しません。唇なども、上唇の真ん中のところが、ちょうど桜の花弁のように、いやにカッキリと二つに割れていて、しかもその紅さは、普通の口紅をさしたのとは違った、生き生きとした自然のつやがある。肌の白さに至っては、いくら視つめても全く生地の皮膚のようで、お白粉らしい痕がありません。それに白いのは顔ばかりでなく、肩から、腕から、指の先までがそうなのですから、もしお白粉を塗ったとすれば全身へ塗っていなければならない。で、この不可解なえたいの分らぬ妖しい少女、――それはナオミであると云うよりも、ナオミの魂が何かの作用で、或る理想的な美しさを持つ幽霊になったのじゃないかしらん? と、私はそんな気さえしました。

「ねえ、いいでしょう、二階へ荷物を取りに行っても?――」

と、ナオミの幽霊はそう云いましたが、その声を聞くとやはりいつものナオミであって、確かに幽霊ではありません。

「うん、それはいい、……それはいいが、……」

と、私は明らかに慌てていたので、少し上ずった口調で云いました。

「……お前、どうして表の戸を開けたんだ？」

「どうしてッて、鍵で開けたわ」

「鍵はこの前、ここへ置いて行ったじゃないか」

「鍵なんかあたし、幾つもあるわよ、一ッきりじゃないことよ」

その時始めて、彼女の紅い唇が突然微笑を浮かべたかと思うと、媚びるような、嘲るような眼つきをしました。

「あたし、今だから云うけれど、合鍵を沢山拵えて置いたの、だから一つぐらい取られたって困りゃしないわ」

「けれども己の方が困るよ、そう度々やって来られちゃ」

「大丈夫よ、荷物さえすっかり運んでしまえば、来いと云ったって来やしないわよ」

そして彼女は、踵でクルリと身を翻して、トン、トン、トンと階段を昇って、屋根裏の部屋へ駈け込みました。……

……それから一体、何分ぐらいたったでしょうか？ 私がアトリエのソオファに靠れて、彼女が二階から降りて来るのをぼんやり待っていた間、……それは五分とはたたないほどの間だったか、或は半時間、一時間ぐらいもそうしていたのか？……私にはどうもこの間の「時の長さ」と云うものがハッキリしません。私の胸にはただ今夜のナオミの姿が、或る美しい音楽を聴いた後のように、恍惚とした快感となって尾を曳いているだけでした。その音楽は非常に高い、非常に浄らかな、この世の外の聖なる境から響いて来るようなソプラノの唄です。もうそうなると情欲もなく恋愛もありません、……私の心に感じたものは、そう云うものとは凡そ最も縁の遠い漂渺とした陶酔でした。私は幾度も考えてみましたが、今夜のナオミは、あの汚らわしい淫婦のナオミ、多くの男にヒドイ仇名を附けられている売春婦にも等しいナオミとは、全く両立し難いところの、そして私のような男はただその前に跪き、崇拝するより以上のことは出来ないところの、貴い憧れの的でした。もしも彼女の、あの真白な指の先がちょっとでも私に触れたとしたら、私はそれを喜ぶどころかむしろ戦慄するでしょう。この心持は何に譬えたら読者に了解して貰えるか、――まあ云ってみれば、田舎の親父が東京へ出て、或る日偶然、幼い折に家出をした自分の娘と往来で遇う。が、娘は立派な都会の婦人になってしまって、穢い田舎の百姓を見ても自分の親だとは気が付かず、親父の方はそれと気が付いても、今では身分が違うために傍へも寄れない、これが自分の娘だったかと驚き呆れて、恥かしさの余りコソコソ逃げて行ってしまう。――その時の親父の、淋しいような、有難いような心持。それでなければ許嫁の女に捨てられた男が、五年も十年もたってから、或る日横浜の埠頭に立つと、そこに一艘の商船が着いて、帰朝者の群が降りて来る。そして図らずもその群の中から彼女を見出す。さては彼女は洋行をして帰って来たのかとそう思っても、男は最早や彼女に近づく勇気もない。自分は昔に変らない一介の貧書生、女はと見れば野暮臭い娘時代の俤はなく、巴里の生活、紐育の贅沢に馴れたハイカラな婦人、二人の間には既に千里の差が出来ている。――その時の書生の、捨てられた自分を我と我が身で蔑むような、思いの外な彼女の出世をせめても己れの喜びとする心持。――こう云ってみても、やはり十分に説き尽してはいませんけれども、強いて譬えればそう云ったようなものでしょうか。兎に角今までのナオミには、いくら拭っても拭いきれない過去の汚点がその肉体に滲み着いていた。然るに今夜のナオミを見るとそれらの汚点は天使のような純白な肌に消されてしまって、思い出すさえ忌まわしいような気がしたものが、今はあべこべに、その指先に触れるだけでも勿体ないような感じがする。――これは一体夢でしょうか？　そうでなければナオミはどうして、どこからそんな魔法を授かり、妖術を覚えて来たのでしょうか！　二三日前にはあの薄汚い銘仙の着物を着ていた彼女が、………

トン、トン、トンと、再び威勢よく階段を降りる足音がして、その新ダイヤの靴の爪先が私の眼の前で止まりました。

「譲治さん、二三日うちに又来るわよ」

と、彼女は云うのです。………眼の前に立ってはいますけれども、顔と顔とは三尺ほどの間隔を保ち、風のように軽い衣の裾をも決して私に触れようとはしないで、………

「今夜はちょっと本を二三冊取りに来ただけなの。まさかあたしが、大きな荷物を一度に背負って行かれやしないわ。おまけにこんななりをしていて」

私の鼻は、その時どこかで嗅いだことのあるほのかな匂いを感じました。ああこの匂い、………海の彼方の国々や、世にも妙なる異国の花園を想い出させるような匂い、………これはいつぞや、ダンスの教授のシュレムスカヤ伯爵夫人、………あの人の肌から匂った匂いだ。ナオミはあれと同じ香水を着けているのだ。……

私はナオミが何と云っても、ただ「うんうん」と頷いただけでした。彼女の姿が再び夜の闇に消えてしまっても、まだ部屋の中に漂いつつ次第にうすれて行く匂いを、幻を趁うように鋭い嗅覚で趁いかけながら。……

二十六

読者諸君、諸君は既に前回までのいきさつのうちに、私とナオミとが間もなく撚りを戻すようになることを、――それが不思議でも何でもない、当然の成り行きであることを、予想されたでありましょう。そうして事実、結果は諸君の予想通りになったのですが、しかしそうなってしまうまでには思いの外に手数がかかって、私はいろいろ馬鹿な目を見たり、無駄な骨折りをしたりしました。

私とナオミとは、あれからじきに馴れ馴れしく口を利くようにはなりました。と云うのは、あの明くる晩も、その次の晩も、あれからずっと、ナオミは毎晩何かしら荷物を取りに来ないことはなかったからです。来れば必ず二階へ上って、包みを拵えて降りて来ますが、それもほんの申訳の、縮緬の帛紗へ包まるくらいな細々した物で、

「今夜は何を取りに来たんだい？」

と尋ねてみても、

「これ？　これは何でもないの、ちょっとした物なの」

と、曖昧に答えて、

「あたし、喉が渇いているんだけれど、お茶を一杯飲ましてくれない？」

などと云いながら、私の傍へ腰かけて、二三十分しゃべって行くと云う風でした。

「お前はどこかこの近所にいるのかね？」

と、私は或る晩、彼女とテーブルに向い合って、紅茶を飲みながらそう云ったことがありました。

「なぜそんなことを聞きたがるの？」

「聞いたって差支えないじゃないか」

「だけども、なぜよ。――聞いてどうするつもりなのよ」

「どうすると云うつもりはないさ、好奇心から聞いてみたのさ。――え、どこにいるんだよ？　己に云ったっていいじゃないか」

「いや、云わないわ」

「なぜ云わない？」

「あたしは何も、譲治さんの好奇心を満足させる義務はないわよ。それほど知りたけりゃあたしの跡をつけていらっしゃい、秘密探偵は譲治さんのお得意だから」

「まさかそれほどにしたくはないがね、――しかしお前のいる所がどこか近所に違いないとは思っているんだ」

「へえ、どうして？」

「だって、毎晩やって来て荷物を運んで行くじゃないか」

「毎晩来るから近所にいると限りゃしないわ、電車もあれば自動車もあるわよ」

「じゃ、わざわざ遠くから出て来るのかい？」

「さあ、どうかしら、――――」

　そう云って彼女はハグラカシてしまって、

「――毎晩来ちゃあ悪いッて云うの？」

と、巧妙に話頭を転じました。

「悪いと云う訳じゃあないが、……………来るなと云っても構わず押しかけて来るんだから、今更どうも仕方がないが、………」

「そりゃあそうよ、あたしは意地が悪いから、来るなと云えばなお来るわよ。――それとも来られるのが恐ろしいの？」

「うん、そりゃ、………いくらか恐ろしくないこともない。………」

　すると彼女は、仰向きになって真っ白な頤を見せ、紅い口を一杯に開けて、俄かにきゃッきゃッと笑いこけました。

「でも大丈夫よ、そんな悪いことはしやしないわよ。それよりかもあたし、昔のことは忘れてしまって、これから後もただのお友達として、譲治さんと附き合いたいの。ねえ、いいでしょ？　それならちっとも差支えないでしょ？」

「それも何だか、妙なもんだよ」

「何が妙なの？　昔夫婦でいた者が、友達になるのがなぜおかしいの？　それこそ旧式な、時勢後れの考えじゃなくって？――ほんとうにあたし、以前のことなんかこれッぱかしも思っていないのよ。そりゃ今だって、もし譲治さんを誘惑する気なら、ここですぐにもそうしてしまうのは訳なしだけれど、あたし誓って、そんなことはきっとしないわ。折角譲治さんが決心したのに、それをグラツカせちゃ気の毒だから。……」

「じゃ、気の毒だと思って憐れんでやるから、友達になれと云う訳かね？」

「何もそう云う意味じゃないわ。譲治さんだって憐れまれたりしないように、シッカリしていればいいじゃないの」

「ところがそれが怪しいんだよ、今シッカリしているつもりだが、お前と附き合うとだんだんグラツキ出すかも知れんよ」

「馬鹿ね、譲治さんは。――それじゃ友達になるのはいや？」

「ああ、まあいやだね」

「いやならあたし、誘惑するわよ。――譲治さんの決心を蹈み躙って、滅茶苦茶にしてやるわよ」

ナオミはそう云って、冗談ともつかず、真面目ともつかず、変な眼つきでニヤニヤしました。

「友達として清く附き合うのと、誘惑されて又ヒドイ目に遭わされるのと、どっちがよくって？――あたし今夜は譲治さんを脅迫するのよ」

一体この女は、どんなつもりで己と友達になろうと云うのかと、私はその時考えました。彼女が毎晩訪ねて来るのは、単に私をからかうだけの興味ではなく、まだ何かしらもくろみがあるに違いありません。まず友達になって置いて、それから次第に丸め込んで、自分の方から降参をする形式でなく再び夫婦になろうと云うのか？　彼女の真意がそうであるなら、そんな面倒な策略を弄してくれないでも、私は訳なく同意したでしょう。なぜなら私の胸の中には、彼女と夫婦になれるのであったら決して「いや」とは云えない気持が、もういつの間にかムラムラと燃えていたのですから。

「ねえ、ナオミや、ただの友達になったって無意味じゃないか。そのくらいならいっそ、元通り夫婦になってくれないかね」

と、私は時と場合に依っては、自分の方からそう切り出してもいいのでした。けれども今夜のナオミの様子では、私が真面目に心を打ち明けて頼んだところで、手軽に「うん」とは云いそうもない。

「そんなことは真っ平御免よ、ただの友達でなければいやよ」

と、こっちの腹が見えたとなると、いよいよ図に乗って茶化すかも知れない。私の折角の心持がそんな扱いを受けるようではつまらないし、それに第一、ナオミの真意が夫婦になると云うのではなく、自分はどこまでも自由の立場にいて、いろいろの男を手玉に取ろう、そして私を手玉の一つに加えてやろうと、そう云う魂胆だとすれば、尚更迂闊なことは云えない。現に彼女はその住所をさえハッキリ云わないくらいだから、今でも誰か男があると思わなければならないし、それをそのままずるずるべったりに妻に持ったら、私は又しても憂き目を見るのだ。

　そこで私は咄嗟の間に思案をめぐらして、

「では友達になってもいいよ、脅迫されちゃ溜らないから」

と、こっちもニヤニヤ笑いながらそう云いました。と云うのは、友達として附き合っていれば、追い追い彼女の真意が分って来るだろう。そして彼女にまだ少しでも真面目なところが残っていたら、その時始めてこっちの胸を打ち明けて、夫婦になるようにと説きつける機会もあるだろうし、今より有利な条件で妻にすることが出来るでもあろうと、私は私で腹に一物あったからです。

「じゃあ承知してくれたのね？」

ナオミはそう云って、擽ぐったそうに私の顔を覗き込んで、

「だけど譲治さん、ほんとうにただの友達よ」

「ああ、勿論さ」

「イヤらしいことなんか、もうお互いに考えないのよ」

「分っているとも。――それでなけりゃ己も困るよ」

「ふん」

と云って、ナオミは例の鼻の先で笑いました。

こんなことがあってから後、彼女はますます足繁く出入するようになりました。夕方会社から帰って来ると、

「譲治さん」

と、いきなり彼女が燕のように飛び込んで来て、

「今夜晩飯を御馳走しない？　友達ならばそのくらいのことはしてもいいでしょ」

と、西洋料理を奢らせて、たらふく喰べて帰ったり、そうかと思うと雨の降る晩に遅く

やって来て、寝室の戸をトントンと叩いて、

「今晩は、もう寝ちまったの？――寝ちまったらば起きないでもいいわ。あたし今夜は泊るつもりでやって来たのよ」

と、勝手に隣りの部屋へはいって、床を敷いて寝てしまったり、或る時などは朝起きて見ると、彼女がちゃんと泊り込んでいて、ぐうぐう眠っていたりすることもありました。そして彼女は二た言目には、「友達だから仕方がないわよ」と云うのでした。

　私はその時分、彼女をつくづく天稟の淫婦であると感じたことがありましたが、それはどう云う点かと云うと、彼女はもともと多情な性質で、多くの男に肌を見せるのを屁とも思わない女でありながら、それだけ又、平素は非常にその肌を秘密にすることを知っていて、たとい僅かな部分をでも、決して無意味に男の眼には触れさせないようにしていたことです。誰にでも許す肌であるものを、不断は秘し隠しに隠そうとする、――これは私に云わせると、確かに淫婦が本能的に自己を保護する心理なのです。なぜなら淫婦の肌と云うものは、彼女に取って何より大切な「売り物」であり、「商品」であるから、場合に依っては貞女が肌を守るよりも、一層厳重にそれを守らねばならない訳で、そうしなければ、「売り物」の値打ちはだんだん下落してしまいます。ナオミは実にこの間の機微を心得ていて、嘗て彼女の夫であった私の前では、尚更その肌を押し包むようにするのでした。が、では絶対に慎しみ深くするのかと云うと、それが必ずしもそうではなく、私がいるとわざと着物を着換えたり、着換える拍子にずるりと襦袢を滑り落して、

「あら」

と云いながら、両手で裸体の肩を隠して隣りの部屋へ逃げ込んだり、一と風呂浴びて帰って来て、鏡台の前で肌を脱ぎかけ、そして始めて気が付いたように、

「あら、譲治さん、そんな所にいちゃいけないわ、彼方へ行ってらっしゃいよ」

と、私を追い立てたりするのでした。

　こう云う風にして見せるともなく折々ちらと見せられるナオミの肌の僅かな部分は、たとえば頸の周りとか、肘とか、脛とか、踵とか云うほどの、ほんのちょっとした片鱗だけではありましたけれども、彼女の体が前よりもなおつややかに、憎いくらいに美しさを増していることは、私の眼には決して見逃せませんでした。私はしばしば想像の世界で、彼女の全身の衣を剝ぎ取り、その曲線を飽かずに眺め入ることを余儀なくされました。

「譲治さん、何をそんなに見ているの？」

と、彼女は或る時、私の方へ背中を向けて着換えながら云いました。

「お前の体つきを見ているんだよ、何だかこう、先より水々しくなったようだね」

「まあ、いやだ、――レディーの体を見るもんじゃないわよ」

「見やしないけれど、着物の上からでも大概分るさ。先から出ッ臀だったけれど、この頃は又膨れて来たね」

「ええ、膨れたわ、だんだんお臀が大きくなるわ。だけども脚はすっきりして、大根のようじゃなくってよ」

「うん、脚は子供の時分からまっすぐだったね。立つとピタリと喰っ着いたけれど、今でもそうかね」

「ええ、喰っ着くわ」

そう云って彼女は、着物で体を囲いながらピンと立ってみて、

「ほら、ちゃんと着くわよ」

その時私の頭の中には、何かの写真で覚えのあるロダンの彫刻が浮かびました。

「譲治さん、あなたあたしの体が見たいの？」

「見たければ見せてくれるのかい？」

「そんな訳には行かないわよ、あなたとあたしは友達じゃないの。――さ、着換えてしまうまでちょいと彼方へ行ってらっしゃい」

そして、彼女は、私の背中へ叩きつけるようにぴしゃんとドーアを締めました。

こんな調子で、ナオミはいつも私の情欲を募らせるようにばかり仕向ける、そして際どいところまでおびき寄せて置きながら、それから先へは厳重な関を設けて、一歩もはいらせないのです。私とナオミとの間にはガラスの壁が立っていて、どんなに接近したように見えても、実は到底踰えることの出来ない隔たりがある。ウッカリ手出しをしようものなら必ずその壁に突き当って、いくら懊れても彼女の肌には触れる訳に行かないのです。時にはナオミはヒョイとその壁を除けそうにするので、「おや、いいのかな」と思ったりしますが、近寄って行けばやはり元通り締まってしまいます。

「譲治さん、あなたいい児ね、一つ接吻して上げるわ」

と、彼女はからかい半分によくそんなことを云ったものです。からかわれるとは知っていながら、彼女が唇を向けて来るので私もそれを吸うようにすると、アワヤと云う時その唇は逃げてしまって、はッと二三寸離れた所から私の口へ息を吹っかけ、

「これが友達の接吻よ」

と、そう云って彼女はニヤリと笑います。

この「友達の接吻」と云う風変りな挨拶の仕方、――女の唇を吸う代りに、息を吸うだけで満足しなければならないところの不思議な接吻、――これはその後習慣のようになってしまって、別れ際などに、

「じゃさようなら、又来るわよ」

と、彼女が唇をさし向けると、私はその前へ顔を突き出して、あたかも吸入器に向ったようにポカンと口を開きます。その中へ彼女がはッと息を吹き込む、私がそれをすうッと深く、眼を潰って、おいしそうに胸の底に嚥み下します。彼女の息は湿り気を帯びて生温かく、人間の肺から出たとは思えない、甘い花のような薫りがします。――彼女は私を迷わせるように、そっと唇へ香水を塗っていたのだそうですが、そう云う仕掛けがしてあることを無論その頃は知りませんでした。――私はこう、彼女のような妖婦になると、内臓までも普通の女と違っているのじゃないかしらん、だから彼女の体内を通って、その口腔に含まれた空気は、こんなになまめかしい匂いがするのじゃないかしらん、と、よくそう思い思いしました。

私の頭はこうして次第に惑乱され、彼女の思う存分に掻き挘られて行きました。私は

今では、正式な結婚でなければ厭だの、手玉に取られるだけでは困るのと、もうそんなことを云っている余裕はなくなりました。いや、正直を云うとこうなることは始めから分っていた筈なので、もしほんとうに彼女の誘惑を恐れるなら、附き合わなければいいものを、彼女の真意を探るためだとか、有利な機会を窺うためだとか云ったのは、自分で自分を欺こうとする口実に過ぎなかったのです。私は誘惑が恐い恐いと云いながら、本音を吐けばその誘惑を心待ちにしていたのです。ところが彼女はいつまでたってもそのつまらない友達ごっこを繰り返すばかりで、決してそれ以上は誘惑しません。これは彼女がいやが上にも私を焦らす計略だろう、焦らして焦らし抜いて、「時分はよし」と見た頃に突然「友達」の仮面を脱ぎ、得意の魔の手を伸ばすであろう、今に彼女はきっと手を出す、出さないで済ます女ではない、こっちはせいぜい彼女の計略に載せられてやって「ちんちん」と云えば「ちんちん」をする、「お預け」と云えば「お預け」をする、何でも彼女の注文通りに芸当をやっていれば、しまいには獲物にありつけるだろうと、毎日々々、鼻をうごめかしていましたが、私の予想は容易に実現されそうもなく、今日はいよいよ仮面を脱ぐか、明日は魔の手が飛び出すかと思っても、その日になると危機一髪と云うところでスルリと逃げられてしまうのです。

そうなると私は、今度はほんとうに焦れ出しました。「己はこの通り待ちかねているんだ、誘惑するなら早くしてくれ」と云わぬばかりに、体中に隙を見せたり、弱点をさらけ出したりして、果てはこっちからあべこべに誘いかけたりしました。しかし彼女は一向取り上げてくれないで、

「何よ譲治さん！　それじゃ約束が違うじゃないの」

と、子供をたしなめるような眼つきで、私を叱りつけるのです。

「約束なんかどうだっていい、己はもう……」

「駄目、駄目！　あたしたちはお友達よ」

「ねえ、ナオミ、……そんなことを云わないで、……お願いだから、……」

「まあ、うるさいわね！　駄目だったら……さ、その代りキッスして上げるわ」

そして彼女は、例のはッと云う息を浴びせて、

「ね、いいでしょ？　これで我慢しなけりゃ駄目よ、これだけだって友達以上かも知れないけれど、譲治さんだから特別にして上げるんだわ」

が、この「特別」な愛撫の手段は、却って私の神経を異常に刺戟する力はあっても、決して静めてはくれません。

「畜生！　今日も駄目だったか」

と、私はますます苛立って来ます。彼女がふいと風のように出て行ってしまうと、暫くの間は何事も手に着かず、自分で自分に腹を立てて、檻に入れられた猛獣の如く部屋の中をウロウロしながら、そこらじゅうの物を八つ中りに叩きつけたり、破いたりします。

私は実に、この気違いじみた、男のヒステリーとも云うべき発作に悩まされたものでしたが、彼女の来るのが毎日であるので、発作の方も極まって一日一遍ずつは起るのでした。おまけに私のヒステリーは普通のそれと性質が違い、発作が止んでしまっても、後でケロリと気が軽くなりはしませんでした。むしろ気分が落ち着いて来ると、今度は前

よりも一層明瞭に、一層執拗に、ナオミの肉体の細々した部分がじーッと思い出されました。着換えをした時にちょいと着物の裾から洩れた足であるとか、息を吹っかけてくれた時についニ三寸傍まで寄って来た唇であるとか、そう云うものがそれらを実際に見せられた時より、却って後になって一と入まざまざと眼の前に浮かび、その唇や足の線を伝わって次第に空想をひろげて行くと、不思議や実際には見えなかった部分までも、あたかも種板を現像するようにだんだん見え出して、遂には全く大理石のヴィナスの像にも似たものが、心の闇の底に忽然と姿を現わすのです。私の頭は天鵞絨の帷で囲まれた舞台であって、そこに「ナオミ」と云う一人の女優が登場します。八方から注がれる舞台の照明は真暗な中に揺らいでいる彼女の白い体だけを、カッキリと強い円光をもって包みます。私が一心に視つめていると、彼女の肌に燃える光りはいよいよ明るさを増して来る、時には私の眉を灼きそうに迫って来る。活動写真の「大映し」のように、部分々々が非常に鮮やかに拡大される、……その幻影が実感をもって私の官能を脅やかす程度は、本物と少しも変りはなく、物足りないのは手で触れることが出来ないと云う一点だけで、その他の点では本物以上に生き生きとしている。あんまりそれを視つめると、私はしまいにグラグラと眩暈がするような心地を覚えて、体中の血が一度にかあッと顔の方へ上って来て、ひとりでに動悸が激しくなります。すると再びヒステリーの発作が起って、椅子を蹴飛ばしたり、カーテンを引きちぎったり、花瓶を打っ壊したりします。

私の妄想は日増しに狂暴になって行き、眼を瞑りさえすればいつでも暗い眼瞼の蔭にナオミがいました。私はよく、彼女の芳わしい息の匂いを想い出して、虚空に向って口を開け、はッとその辺の空気を吸いました。往来を歩いている時でも、部屋に蟄居している時でも、彼女の唇が恋しくなると、私はいきなり天を仰いで、はッはッとやりました。私の眼には到る所にナオミの紅い唇が見え、そこらじゅうにある空気と云う空気が、みんなナオミのいぶきであるかと思われました。つまりナオミは天地の間に充満して、私を取り巻き、私を苦しめ、私の呻きを聞きながら、それを笑って眺めている悪霊のようなものでした。

「譲治さんはこの頃変よ、少うしどうかしているわよ」

と、ナオミは或る晩やって来て、そう云いました。

「そりゃあどうかしているだろうさ、こんなにお前に焦らされりゃあ、……」

「ふん、……」

「何がふんだい？」

「あたし、約束は厳重に守るつもりよ」

「いつまで守るつもりなんだい？」

「永久に」

「冗談じゃない、こうしていると己はだんだん気が変になるよ」

「じゃ、いいことを教えて上げるわ、水道の水を頭からザッと打っかけるといいわ」

「おい、ほんとうにお前……」

「又始まった！　譲治さんがそんな眼つきをするから、あたし尚更からかってやりたくなるんだわ。そんなに傍へ寄って来ないで、もっと離れていらっしゃいよ、指一本でも触らないようにして頂戴よ」

「じゃあ仕方がない、友達のキッスでもしておくれよ」

「おとなしくしていればして上げるわ、だけども後で気が変になりやしなくって？」

「なってもいいよ、もうそんなことを構ってなんかいられないんだ」

二十七

その晩ナオミは、「指一本でも触らないように」私をテーブルの向う側にかけさせ、ヤキモキしている私の顔を面白そうに眺めながら、夜遅くまで無駄口を叩いていましたが、十二時が鳴ると、

「譲治さん、今夜は泊めて貰うわよ」

と、又しても人をからかうような口調で云いました。

「ああ、お泊り、明日は日曜で己も一日内にいるから」

「だけども何よ。泊ったからって、譲治さんの注文通りにはならないわよ」

「いや、御念には及ばないよ、注文通りになるような女でもないからな」

「なれば都合がいいと思っているんじゃないの」

そう云って彼女は、クスクスと鼻を鳴らして、

「さ、あなたから先へお休みなさい、寝語を云わないようにして」

と、私を二階へ追い立てて置いて、それから隣りの部屋へはいって、ガチンと鍵をかけました。

私は勿論、隣りの部屋が気にかかって容易に寝つかれませんでした。以前、夫婦でいた時分にはこんな馬鹿なことはなかったんだ、己がこうして寝ている傍に彼女もいたんだ、そう思うと、私は無上に口惜しくてなりませんでした。壁一重の向うでは、ナオミが頻りに、――或はわざとそうするのか、――ドタンバタンと、床に地響きをさせながら、布団を敷いたり、枕を出したり、寝支度をしています。あ、今髪を解かしているな、着物を脱いで寝間着に着換えているところだなと、それらの様子が手に取るように分ります。それからぱッと夜具をまくったけはいがして、続いてどしんと、彼女の体が布団の上へ打っ倒れる音が聞えました。

「えらい音をさせるなあ」

と、私は半ば独り言のように、半ば彼女に聞えるように云いました。

「まだ起きているの？　寝られないの？」

と、壁の向うからすぐとナオミが応じました。

「ああ、なかなか寝られそうもないよ、――己はいろいろ考えごとをしているんだ」

「うふふ、譲治さんの考えごとなら、聞かないでも大概分っているわ」

「だけども、実に妙なもんだよ。現在お前がこの壁の向うに寝ているのに、どうすることも出来ないなんて」

「ちっとも妙なことはないわよ。ずっと昔はそうだったじゃないの、あたしが始めて譲治さんの所へ来た時分は。——あの時分には今夜のようにして寝たじゃないの」

私はナオミにそう云われると、ああそうだったか、そんな時代もあったんだっけ、あの時分にはお互いに純なものだったのにと、ホロリとするような気になりましたが、これは少しも今の私の愛慾を静めてはくれませんでした。却って私は、二人がいかに深い因縁で結び着けられているかを思い、到底彼女と離れられない心持を、痛切に感じるばかりでした。

「あの時分にはお前は無邪気なもんだったがね」

「今だってあたしは至極無邪気よ、有邪気なのは譲治さんだわ」

「何とでも勝手に云うがいいさ、己はお前をどこまでも追っ駈け廻すつもりだから」

「うふふふ」

「おい！」

私はそう云って、壁をどん、と打ちました。

「あら、何をするのよ、ここは野中の一軒家じゃあないことよ。どうぞお静かに願います」

「この壁が邪魔だ、この壁を打っ壊してやりたいもんだ」

「まあ騒々しい。今夜はひどく鼠が暴れる」

「そりゃ暴れるとも。この鼠はヒステリーになっているんだ」

「あたしはそんなお爺さんの鼠は嫌いよ」

「馬鹿を云え、己はじじいじゃないぞ、まだやっと三十二だぞ」

「あたしは十九よ、十九から見れば三十二の人はお爺さんよ。悪いことは云わないから、外に奥さんをお貰いなさいよ、そうしたらヒステリーが直るかも知れないから」

ナオミは私が何を云っても、しまいにはもう、うふうふ笑うだけでした。そして間もなく、

「もう寝るわよ」

と、ぐうぐう空鼾をかき出しましたが、やがてほんとうに寝入ったようでした。

明くる日の朝、眼を覚まして見ると、ナオミはしどけない寝間着姿で、私の枕もとに坐っています。

「どうした？　譲治さん、昨夜は大変だったわね」

「うん、この頃己は、時々あんな風にヒステリーを起すんだよ。恐かったかい？」

「面白かったわ、又あんな風にさしてみたいわ」

「もう大丈夫だ、今朝はすっかり治まっちまった。――ああ、今日は好い天気だなあ」

「好い天気だから起きたらどう？　もう十時過ぎよ。あたし一時間も前に起きて、今朝湯に行って来たの」

私はそう云われて、寝ながら彼女の湯上り姿を見上げました。一体女の「湯上り姿」と云うものは、――それの真の美しさは、風呂から上ったばかりの時よりも、十五分なり二十分なり、多少時間を置いてからがいい。風呂に漬かるとどんなに皮膚の綺麗な女でも、一時は肌が茹り過ぎて、指の先などが赤くふやけるものですが、やがて体が適当な温度に冷やされると、始めて蠟が固まったように透き徹って来る。ナオミは今しも、

風呂の帰りに戸外の風に吹かれて来たので、湯上り姿の最も美しい瞬間にいました。その脆弱な、うすい皮膚は、まだ水蒸気を含みながらも真っ白に冴え、着物の襟に隠れている胸のあたりには、水彩画の絵の具のような紫色の影があります。顔はつやつやと、ゼラチンの膜を張ったかの如く光沢を帯び、ただ眉毛だけがじっとり濡れていて、その上にはカラリと晴れた冬の空が、窓を透してほんのり青く映っています。

「どうしたんだい、朝ッぱらから湯になんぞはいって」

「どうしたって大きなお世話よ。――ああ、いい気持だった」

と、彼女は鼻の両側を平手でハタハタと軽く叩いて、それからぬうッと、顔を私の眼の前へ突き出しました。

「ちょいと！　よく見て頂戴、髭が生えてる？」

「ああ、生えてるよ」

「ついでにあたし、床屋へ寄って顔を剃って来ればよかったっけ」

「だってお前は剃るのが嫌いだったじゃないか。西洋の女は決して顔を剃らないと云って。――」

「だけどこの頃は、亜米利加なんかじゃ顔を剃るのが流行っているのよ。ね、あたしの眉毛を御覧なさい、亜米利加の女はこんな工合にみんな眉毛を剃っているから」

「ははあ、そうか、お前の顔がこの間から面変りがして、眉の形まで違っちまったのは、そこをそんな風に剃っているせいか」

「ええそうよ、今頃になって気が付くなんて、時勢後れね」

ナオミはそう云って、何か別なことを考えている様子でしたが、

「譲治さん、もうヒステリーはほんとうに直って？」

と、ふいとそんなことを尋ねました。

「うん、直ったよ。なぜ？」

「直ったら譲治さんにお願いがあるの。——これから床屋へ出かけて行くのは大儀だから、あたしの顔を剃ってくれない？」

「そんなことを云って、又ヒステリーを起させようッて気なんだろう」

「あら、そうじゃないわよ、ほんとに真面目(まじめ)で頼むんだから、そのくらいな親切があってもいいでしょ？　もっともヒステリーを起されて、怪我(けが)でもさせられちゃ大変だけれど」

「安全剃刀(あんぜんかみそり)を貸してやるから、自分で剃ったらいいじゃないか」

「ところがそうは行かないの。顔だけならいいけれど、頸(くび)の周(まわ)りから、ずうッと肩のうしろの方まで剃るんだから」

「へえ、どうしてそんな所まで剃るんだ？」

「だってそうでしょ、夜会服を着れば肩の方まですっかり出るでしょ。——」

そしてわざわざ、肩の肉をちょっとばかり出して見せて、

「ほら、ここいらまで剃るのよ、だから自分じゃ出来やしないわ」

そう云ってから、彼女は慌(あわ)てて又その肩をスポリと引っ込めてしまいましたが、毎度い、い、い、してやられる手ではありながら、それが私にはやはり抵抗し難いところの誘惑でした。

ナオミの奴、顔が剃りたいのでも何でもないんだ、己を翻弄するつもりで湯にまではいって来やがったんだ。——と、そう分ってはいましたけれども、兎に角肌を剃らせると云うのは、今までにない一つの新しい挑戦でした。今日こそうんと近くへ寄って、あの皮膚をしみじみと見られる、もちろん触ってみることも出来る。そう考えただけでも私は、とても彼女の申出でを断る勇気はありませんでした。

ナオミは私が、彼女のために瓦斯焜炉で湯を沸かしたり、それを金盥へ取ってやったり、ジレットの刃を附け換えたり、いろいろ支度をしてやっている間に、窓のところへ机を持ち出してその上に小さな鏡を立て、両足の間へ臀をぴたんこに落して据わって、次には白い大きなタオルを襟の周りへ巻き着けました。が、私が彼女のうしろへ廻って、コールゲートのシャボンの棒を水に塗らして、いよいよ剃ろうとするとたんに、

「譲治さん、剃ってくれるのはいいけれど、一つの条件があることよ」

と、云い出しました。

「条件？」

「ええ、そう。別にむずかしいことじゃないの」

「どんなことさ？」

「剃るなんて云ってゴマカして、指で方々摘まんだりしちゃ厭だわよ、ちっとも肌に触らないようにして、剃ってくれなけりゃ」

「だってお前、——」

「何が『だって』よ、触らないように剃れるじゃないの、シャボンはブラシで塗ればい

いんだし、剃刀はジレットを使うんだし、……床屋へ行っても上手な職人は触りゃしないわ」

「床屋の職人と一緒にされちゃあ遣り切れないな」

「生意気云ってらあ、実は剃らして貰いたい癖に！——それがイヤなら、何も無理には頼まないわよ」

「イヤじゃあないよ。そう云わないで剃らしておくれよ、折角支度までしちゃったんだから」

私はナオミの、抜き衣紋にした長い襟足を視つめると、そう云うより外はありませんでした。

「じゃ、条件通りにする？」

「うん、する」

「絶対に触っちゃいけないわよ」

「うん、触らない」

「もしちょっとでも触ったら、その時すぐに止めにするわよ。その左の手をちゃんと膝の上に載せていらっしゃい」

私は云われる通りにしました。そして右の方の手だけを使って、彼女の口の周りから剃って行きました。

彼女はうっとりと、剃刀の刃で撫でられて行く快感を味わっているかのように、瞳を鏡の面に据えて、おとなしく私に剃らせていました。私の耳には、すうすうと引く睡いような呼吸が聞え、私の眼には、その頤の下でピクピクしている頸動脈が見えています。私は今や、睫毛の先で刺されるくらい彼女の顔に接近しました。窓の外には乾燥し切った空気の中に、朝の光が朗かに照り、一つ一つの毛孔が数えられるほど明るい。私はこんな明るい所で、こんなにいつまでも、そしてこんなにも精細に、自分の愛する女の目鼻を凝視したことはありません。こうして見るとその美しさは巨人のような偉大さを持ち、容積を持って迫って来ます。その恐ろしく長く切れた眼、立派な建築物のように秀でた鼻、鼻から口へつながっている突兀とした二本の線、その線の下に、たっぷり深く刻まれた紅い唇。ああ、これが「ナオミの顔」と云う一つの霊妙な物質なのか、この物質が己の煩悩の種となるのか。……………そう考えると実に不思議になって来ます。私は思わずブラシを取って、その物質の表面へ、ヤケにシャボンの泡を立てます。が、いくらブラシで掻き廻しても、それは静かに、無抵抗に、ただ柔かな弾力をもって動くのみです。

…………私の手にある剃刀は、銀色の虫が這うようにしてなだらかな肌を這い下り、その項から肩の方へ移って行きました。かっぷくのいい彼女の背中が、真っ白な牛乳のように、広く、堆く、私の視野にはいって来ました。一体彼女は、自分の顔は見ているだろうが、背中がこんなに美しいことを知っているだろうか？　彼女自身は恐らくは知るまい。それを一番よく知っているのは私だ、私は嘗てこの背中を、毎日湯に入れて流してやったのだ。あの時もちょうど今のようにシャボンの泡を掻き立てながら。……………これは私の恋の古蹟だ。私の手が、私の指が、この凄艶な雪の上に嬉々として戯れ、ここを自由に、楽しく蹈んだことがあるのだ。今でもどこかに痕が残っているかも知れない。

………

「譲治さん、手が顫えるわよ、もっとシッカリやって頂戴。……」

突然ナオミの云う声がしました。私は頭がガンガンして、口の中が干涸らびて、奇態に体が顫えるのが自分でも分りました。はッと思って、「気が違ったな」と感じました。それを一生懸命に堪えると、急に顔が熱くなったり、冷めたくなったりしました。

しかしナオミのいたずらは、まだこれだけでは止まないのでした。肩がすっかり剃れてしまうと、袂をまくって、肘を高くさし上げて、

「さ、今度は腋の下」

と云うのでした。

「え、腋の下?」

「ええ、そう、――洋服を着るには腋の下を剃るもんよ、ここが見えたら失礼じゃないの」

「意地悪!」

「どうして意地悪よ、おかしな人ね。――あたし湯冷めがして来たから早くして頂戴」

その一刹那、私はいきなり剃刀を捨てて、彼女の肘へ飛び着きました、――飛び着くと云うよりは噛み着きました。と、ナオミはちゃんとそれを予期していたかの如く、すぐその肘で私をグンと撥ね返しましたが、私の指はそれでもどこかに触ったと見え、シャボンでツルリと滑りました。彼女はもう一度、力一杯私を壁の方へ突き除けるや否

や、

「何をするのよ！」

と、鋭く叫んで立ち上りました。見るとその顔は、――私の顔が真っ青だったからでしょうが、彼女の顔も――冗談ではなく、真っ青でした。

「ナオミ！　ナオミ！　もうからかうのはいい加減にしてくれ！　よ！　何でもお前の云うことは聴く！」

何を云ったか全く前後不覚でした、ただセッカチに、早口に、さながら熱に浮かされた如くしゃべりました。それをナオミは、黙って、まじまじと、棒のように突っ立ったまま、呆れ返ったと云う風に睨みつけているだけでした。

私は彼女の足下に身を投げ、跪いて云いました。

「よ、なぜ黙っている！　何とか云ってくれ！　否なら己を殺してくれ！」

「気違い！」

「気違いで悪いか」

「誰がそんな気違いを、相手になんかしてやるもんか」

「じゃあ己を馬にしてくれ、いつかのように己の背中へ乗っかってくれ、どうしても否ならそれだけでもいい」

私はそう云って、そこへ四つン這いになりました。

一瞬間、ナオミは私が事実発狂したかと思ったようでした。彼女の顔はその時一層、どす黒いまでに真っ青になり、瞳を据えて私を見ている眼の中には、殆ど恐怖に近いも

のがありました。が、忽ち彼女は猛然として、図太い、大胆な表情を湛え、どしんと私の背中の上へ跨がりながら、

「さ、これでいいか」

と、男のような口調で云いました。

「うん、それでいい」

「これから何でも云うことを聴くか」

「うん、聴く」

「あたしが要るだけ、いくらでもお金を出すか」

「出す」

「あたしに好きなことをさせるか、一々干渉なんかしないか」

「しない」

「あたしのことを『ナオミ』なんて呼びつけにしないで、『ナオミさん』と呼ぶか」

「呼ぶ」

「きっとか」

「きっと」

「よし、じゃあ馬でなく、人間扱いにして上げる、可哀そうだから。――――」

そして私とナオミとは、シャボンだらけになりました。……………

「……………これで漸く夫婦になれた、もう今度こそ逃がさないよ」

と、私は云いました。

「あたしに逃げられてそんなに困った？」

「ああ、困ったよ、一時はとても帰って来てはくれないかと思ったよ」

「どう？　あたしの恐ろしいことが分った？」

「分った、分り過ぎるほど分ったよ」

「じゃ、さっき云ったことは忘れないわね、何でも好きにさせてくれるわね。――夫婦と云っても、堅ッ苦しい夫婦はイヤよ、でないとあたし、又逃げ出すわよ」

「これから又、『ナオミさん』に『譲治さん』で行くんだね」

「ときどきダンスに行かしてくれる？」

「うん」

「いろいろなお友達と附き合ってもいい？　もう先のように文句を云わない？」

「うん」

「尤もあたし、まアちゃんとは絶交したのよ。――」

「へえ、熊谷と絶交した？」

「ええ、した、あんなイヤな奴はありゃしないわ。――これからなるべく西洋人と附き合うの、日本人より面白いわ」

「その横浜の、マッカネルと云う男かね？」

「西洋人のお友達なら大勢あるわ。マッカネルだって、別に怪しい訳じゃないのよ」

「ふん、どうだか、――」

「それ、そう人を疑ぐるからいけないのよ、あたしがこうと云ったらば、ちゃんとそれをお信じなさい。よくって？　さあ！　信じるか、信じないか？」

「信じる！」

「まだその外にも注文があるわよ、――譲治さんは会社を罷めてどうするつもり？」

「お前に捨てられちまったら、田舎へ引っ込もうと思ったんだが、もうこうなれば引っ込まないよ。田舎の財産を整理して、現金にして持ってくるよ」

「現金にしたらどのくらいある？」

「さあ、こっちへ持って来られるのは、二三十万はあるだろう」

「それッぽっち？」

「それだけあれば、お前と己と二人ッきりなら沢山じゃないか」

「贅沢をして遊んで行かれる？」

「そりゃ、遊んじゃあ行かれないよ。――お前は遊んでもいいけれど、己は何か事務所でも開いて、独立して仕事をやるつもりだ」

「仕事の方へみんなお金を注ぎ込んじまっちゃイヤだわよ、あたしに贅沢をさせるお金を、別にして置いてくれなけりゃ。いい？」

「ああ、いい」

「じゃ、半分別にして置いてくれる？――三十万円なら十五万円、二十万円なら十万円、――」

「大分細かく念を押すんだね」

「そりゃあそうよ、初めに条件を極めて置くのよ。――どう？　承知した？　そんなにまでしてあたしを奥さんに持つのはイヤ？」

「イヤじゃないッたら、――」

「イヤならイヤと仰っしゃいよ、今のうちならどうでもなるわよ」

「大丈夫だってば、――承知したってば、――」

「それからまだよ、――もうそうなったらこんな家にはいられないから、もっと立派な、ハイカラな家へ引っ越して頂戴」

「無論そうする」

「あたし、西洋人のいる街で、西洋館に住まいたいの、綺麗な寝室や食堂のある家へはいってコックだのボーイを使って、――」

「そんな家が東京にあるかね？」

「東京にはないけれど、横浜にはあるわよ。横浜の山手にそう云う借家がちょうど一軒空いているのよ、この間ちゃんと見て置いたの」

私は始めて彼女に深いたくらみがあったのを知りました。ナオミは最初からそうするつもりで、計画を立てて、私を釣っていたのでした。

二十八

さて、話はこれから三四年の後のことになります。

私たちは、あれから横浜へ引き移って、かねてナオミの見つけて置いた山手の洋館を借りましたけれども、だんだん贅沢が身に沁みるに従い、やがてその家も手狭だと云うので、間もなく本牧の、前に瑞西人の家族が住んでいた家を、家具ぐるみ買って、そこへはいるようになりました。あの大地震で山手の方は残らず焼けてしまいましたが、本牧は助かった所が多く、私の家も壁に亀裂が出来たぐらいで、殆どこれと云う損害もなしに済んだのは、全く何が仕合わせになるか分りません。ですから私たちは、今でもずっとこの家に住んでいる訳なのです。

私はその後、計画通り大井町の会社の方は辞職をし、田舎の財産は整理してしまって、学校時代の二三の同窓と、電気機械の製作販売を目的とする合資会社を始めました。この会社は、私が一番の出資者である代りに、実際の仕事は友達がやってくれているので、毎日事務所へ出る必要はないのですが、どう云う訳か、私が一日家にいるのをナオミが好まないものですから、イヤイヤながら日に一遍は見廻ることにしてあります。私は朝の十一時頃に、横浜から東京に行き、京橋の事務所へ一二時間顔を出して、大概夕方の四時頃には帰って来ます。

昔は非常な勤勉家で、朝は早起きの方でしたけれども、この頃の私は、九時半か十時でなければ起きません。起きるとすぐに、寝間着のまま、そっと爪先で歩きながら、ナオミの寝室の前へ行って、静かに扉をノックします。しかしナオミは私以上に寝坊ですから、まだその時分は夢現で、

「ふん」

と、微かに答える時もあり、知らずに寝ている時もあります。答えがあれば私は部屋へはいって行って挨拶をし、答えがなければ扉の前から引き返して、そのまま事務所へ出かけるのです。

こう云う風に、私たち夫婦はいつの間にか、別々の部屋に寝るようになっているのですが、もとはと云うと、これはナオミの発案でした。婦人の閨房は神聖なものである、夫と雖も妄りに犯すことはならない、――と、彼女は云って、広い方の部屋を自分が取り、その隣りにある狭い方のを私の部屋にあてがいました。そうして隣り同士とは云っても、二つの部屋は直接つながってはいないのでした。その間に夫婦専用の浴室と便所が挟まっている、つまりそれだけ、互いに隔たっている訳で、一方の室から一方へ行くには、そこを通り抜けなければなりません。

ナオミは毎朝十一時過ぎまで、起きるでもなく睡るでもなく、寝床の中でうつらうつらと、煙草を吸ったり新聞を読んだりしています。煙草はディミトリノの細巻、新聞は*都新聞、それから雑誌のクラシックやヴォーグを読みます。いや読むのではなく、中の写真を、――主に洋服の意匠や流行を、――一枚々々丁寧に眺めています。その部屋は東と南が開いて、ヴェランダの下にすぐ本牧の海を控え、朝は早くから明るくなります。ナオミの寝台は、日本間ならば二十畳も敷けるくらいな、広い室の中央に据えてあるのですが、それも普通の安い寝台ではありません。ある東京の大使館から売り物に出た、天蓋の附いた、白い、紗のような帳の垂れている寝台で、これを買ってから、ナオミは一層寝心地がよいのか、前よりもなお床離れが悪くなりました。

彼女は顔を洗う前に、寝床で紅茶とミルクを飲みます。その間にアマ*が風呂場の用意をします。彼女は起きて、真っ先に風呂へはいり、湯上りの体を又暫く横たえながら、マッサージをさせます。それから髪を結い、爪を研き、七つ道具と云いますがなかなか七つどころではない、何十種とある薬や器具で顔じゅうをいじくり廻し、着物を着るのにあれかこれかと迷った上で、食堂へ出るのが大概一時半になります。

午飯をたべてしまってから、晩まで殆ど用はありません。晩にはお客に呼ばれるか、或は呼ぶか、それでなければホテルへダンスに出かけるか、何かしないことはないのですから、その時分になると、彼女はもう一度お化粧をし、着物を取り換えます。夜会がある時は殊に大変で、風呂場へ行って、アマに手伝わせて、体じゅうへお白粉を塗ります。

ナオミの友達はよく変りました。浜田や熊谷はあれからふッつり出入りをしなくなってしまって、一と頃は例のマッカネルがお気に入りのようでしたが、間もなく彼に代った者は、デュガンと云う男でした。デュガンの次には、ユスタスと云う友達が出来ました。このユスタスと云う男は、マッカネル以上に不愉快な奴で、ナオミの御機嫌を取ることが実に上手で、一度私は、腹立ち紛れに、舞踏会の時此奴を打ん殴ったことがあります。すると大変な騒ぎになって、ナオミはユスタスの加勢をして「気違い！」と云って私を罵る。私はいよいよ猛り狂って、ユスタスを追い廻す。みんなが私を抱き止めて

都新聞　今の「東京新聞」の前身。株式界、花柳界などの消息や文芸読物が売り物だった。
アマ　女性の使用人。

「ジョージ！　ジョージ！」と大声で叫ぶ。――私の名前は譲治ですが、西洋人はGeorgeのつもりで「ジョージ」「ジョージ」と呼ぶのです。――そんなことから、結局ユスタスは私の家へ来ないようになりましたが、同時に私も、又ナオミから新しい条件を持ち出され、それに服従することになってしまいました。

　ユスタスの後にも、第二第三のユスタスが出来たことは勿論ですが、今では私は、我ながら不思議に思うくらいおとなしいものです。人間と云うものは一遍恐ろしい目に会うと、それが強迫観念になって、いつまでも頭に残っていると見え、私は未だに、嘗てナオミに逃げられた時の、あの恐ろしい経験を忘れることが出来ないのです。「あたしの恐ろしいことが分ったか」と、そう云った彼女の言葉が、今でも耳にこびり着いているのです。彼女の浮気と我が儘とは昔から分っていたことで、その欠点を取ってしまえば彼女の値打ちもなくなってしまう。浮気な奴だ、我が儘な奴だと思えば思うほど、一層可愛さが増して来て、彼女の罠に陥ってしまう。ですから私は、怒れば尚更自分の負けになることを悟っているのです。

　自信がなくなると仕方がないもので、目下の私は、英語などでも到底彼女には及びません。実地に附き合っているうちに自然と上達したのでしょうが、夜会の席で婦人や紳士に愛嬌を振りまきながら、彼女がぺらぺらまくし立てるのを聞いていると、何しろ発音は昔から巧かったのですから、変に西洋人臭くって、私には聞きとれないことがよくあります。そうして彼女は、ときどき私を西洋流に「ジョージ」と呼びます。

　これで私たち夫婦の記録は終りとします。これを読んで、馬鹿々々しいと思う人は笑って下さい。教訓になると思う人は、いい見せしめにして下さい。私自身は、ナオミに惚(ほ)れているのですから、どう思われても仕方がありません。

ナオミは今年(ことし)二十三で私は三十六になります。

春琴抄（しゅんきんしょう）

○

春琴、ほんとうの名は鵙屋琴、大阪道修町の薬種商の生れで歿年は明治十九年十月十四日、墓は市内下寺町の浄土宗の某寺にある。先達通りかかりにお墓参りをする気になり立ち寄って案内を乞うと「鵙屋さんの墓所はこちらでございます」といって寺男が本堂のうしろの方へ連れて行った。見ると一と叢の椿の木かげに鵙屋家代々の墓が数基ならんでいるのであったが琴女の墓らしいものはそのあたりには見あたらなかった。むかし鵙屋家の娘にしかじかの人があった筈ですがその人のはというと暫く考えていて「それならあれにありますのがそれかも分りませぬ」と東側の急な坂路になっている段々の上へ連れて行く。知っての通り下寺町の東側のうしろには生国魂神社のある高台が聳えているので今いう急な坂路は寺の境内からその高台へつづく斜面なのであるが、そこは大阪にはちょっと珍しい樹木の繁った場所であって琴女の墓はその斜面の中腹を平らにしたささやかな空地に建っていた。光誉春琴恵照禅定尼、と、墓石の表面に法名を記し裏面に俗名鵙屋琴、号春琴、明治十九年十月十四日歿、行年五拾八歳とあって、側面に、門人温井佐助建之と刻してある。琴女は生涯鵙屋姓を名のっていたけれども「門人」温井*検校と事実上の夫婦生活をいとなんでいたのでかく鵙屋家の墓地と離れたところへ別に一基を選んだのであろうか。寺男の話では鵙屋の家はとうに没落してしまい近年は稀に一族の者がお参りに来るだけであるがそれも琴女の墓を訪うことは殆どないのでこれが鵙屋さんの身内のお方のものであろうとは思わなかったという。するとこの仏さまは無縁になっているのですかというと、いえ無縁という訳ではありませぬ萩の茶屋の方に住んでおられる七十恰好の老婦人が年に一二度お参りに来られます、そのお方はこのお墓へお参りをされて、それから、それ、ここに小さなお墓があるでしょうと、その墓の左脇にある別な墓を指し示しながらきっとそのあとでこのお墓へも香華を手向けて行かれますお経料などもそのお方がお上げになりますという。寺男が示した今の小さな墓標の前へ行って見ると石の大きさは琴女の墓の半分くらいである。表面に真誉琴台正道信士と刻し裏面に俗名温井佐助、号琴台、鵙屋春琴門人、明治四十年十月十四日歿、行年八拾三歳とある。即ちこれが温井検校の墓であった。萩の茶屋の老婦人というのは後に出て来るからここには説くまいただこの墓が春琴の墓にくらべて小さく且その墓石に門人である旨を記して死後にも師弟の礼を守っているところに検校の遺志がある。私は、折柄夕日が墓石の表にあかあかと照っているその丘の上に彳んで脚下にひろがる大大阪市の景観を眺めた。蓋しこのあたりは難波津の昔からある丘陵地帯で西向きの高台がここからずっと天王寺の方へ続いている。そして現在では煤煙で痛めつけられた木

検校　盲人の男子の最上級の官名。

の葉や草の葉に生色がなく埃まびれに立ち枯れた大木が殺風景な感じを与えるがこれらの墓が建てられた当時はもっと鬱蒼としていたであろうし今も市内の墓地としてはまずこの辺が一番閑静で見晴らしのよい場所であろう。奇しき因縁に纏われた二人の師弟は夕靄の底に大ビルディングが数知れず屹立する東洋一の工業都市を見下しながら、永久にここに眠っているのである。それにしても今日の大阪は検校が在りし日の俤をとどめぬまでに変ってしまったがこの二つの墓石のみは今も浅からぬ師弟の契りを語り合っているように見える。元来温井検校の家は日蓮宗であって検校を除く温井一家の墓は検校の故郷江州日野町の某寺にある。然るに検校が父祖代々の宗旨を捨てて浄土宗に換えたのは墓になっても春琴女の側を離れまいという殉情から出たもので、春琴女の存生中、早く既に師弟の法名、この二つの墓石の位置、釣合い等が定められてあったという。目分量で測ったところでは春琴女の墓石は高さ約六尺検校のは四尺に足らぬほどであろうか。二つは低い石甃の壇の上に並んで立っていて春琴女の墓の右脇に一と本の松が植えてあり緑の枝が墓石の上へ屋根のように伸びているのであるが、その枝の先が届かなくなった左の方の二三尺離れたところに検校の墓が*鞠躬如として侍坐する如く控えている。それを見ると生前検校がまめまめしく師に事えて影の形に添うように扈従していた有様が偲ばれ恰も石に霊があって今日もなおその幸福を楽しんでいるようである。私は春琴女の墓前に跪いて恭しく礼をした後検校の墓石に手をかけてその石の頭を愛撫しながら夕日が大市街の彼方に沈んでしまうまで丘の上に低徊していた

○

近頃私の手に入れたものに「鵙屋春琴伝」という小冊子がありこれが私の春琴女を知るに至った端緒であるがこの書は生漉きの和紙へ四号活字で印刷した三十枚ほどのもので察するところ春琴女の三回忌に弟子の検校が誰かに頼んで師の伝記を編ませ配り物にでもしたのであろう。されば内容は文章体で綴ってあり検校のことも三人称で書いてあるけれども恐らく材料は検校が授けたものに違いなくこの書のほんとうの著者は検校その人であると見て差支えあるまい。伝に依ると「春琴の家は代々鵙屋安左衛門を称し、大阪道修町に住して薬種商を営む。春琴の父に至りて七代目也。母しげ女は京都麩屋町の跡部氏の出にして安左衛門に嫁し二男四女を挙ぐ。春琴はその第二女にして文政十二年五月二十四日を以て生る」とある。又曰く、「春琴幼にして穎悟、加ふるに容姿端麗にして高雅なること譬へんに物なし。四歳の頃より舞を習ひけるに挙措進退の法自ら備はりてさす手ひく手の優艶なること舞妓も及ばぬ程なりければ、師もしばしば舌を巻きて、あはれこの児、この材と質とを以てせば天下に嬌名を謳はれんこと期して待つべきに、良家の子女に生れたるは幸とや云はん不幸とや云はんと呟きしとかや。又早くより読み書きの道を学ぶに上達頗る速かにして二人の兄をさへ凌駕したりき」と。これらの記事が春琴を視ること神の如くであったらしい検校から出たものとすればどれほど信

鞠躬如　おそれつつしむさま、かがむさま。　生漉き　楮、三椏、雁皮ばかりで、まぜ物なしに漉いた紙。　穎悟　才智のすぐれていること。

を置いてよいか分らないけれども彼女の生れつきの容貌が「端麗にして高雅」であったことはいろいろな事実から立証される。当時は婦人の身長が一体に低かったようであるが彼女も身の丈が五尺に充たず顔や手足の道具が非常に小作りで繊細を極めていたという。今日伝わっている春琴女が三十七歳の時の写真というものを見るのに、輪郭の整った瓜実顔に、一つ一つ可愛い指で摘まみ上げたような小柄な今にも消えてなくなりそうな柔かな目鼻がついている。何分にも明治初年か慶応頃の撮影であるからところどころに星が出たりして遠い昔の記憶の如くうすれているのでそのためにそう見えるのでもあろうが、その朦朧とした写真では大阪の富裕な町家の婦人らしい気品を認められる以外に、うつくしいけれどもこれという個性の閃めきがなく印象の稀薄な感じがする。年恰好も三十七歳といえばそうも見え又二十七八歳のようにも見えなくはない。この時の春琴女は既に両眼の明を失ってから二十有余年の後であるけれども盲目というよりは眼をつぶっているという風に見える。嘗て佐藤春夫が云ったことに聾者は愚人のように見え盲人は賢者のように見えるという説があった。なぜならつんぼは人の云うことを聴こうとして眉をしかめ眼や口を開け首を傾けたり仰向けたりするので何となく間の抜けたところがある然るに盲人はしずかに端坐して首をうつ向け、瞑目沈思するかの如き様子をするからいかにも考え深そうに見えるというのであって果して一般に当て篏まるかどうか分らないがそれは一つには仏菩薩の眼、慈眼視衆生という慈眼なるものは半眼に閉じた眼であるからそれを見馴れているわれわれは開いた眼よりも閉じた眼の方に慈悲や有難みを覚え或る場合には畏れを抱くのであろうか。されば春琴女の閉じた眼瞼にもそれが取り分け優しい女人であるせいか古い絵像の観世音を拝んだようなほのかな慈悲を感ずるのである。聞くところに依ると春琴女の写真は後にも先にもこれ一枚しかないのであるという彼女が幼少の頃はまだ写真術が輸入されておらず又この写真を撮った同じ年に偶然或る災難が起りそれより後は決して写真などを写さなかった筈であるから、われわれはこの朦朧たる一枚の映像をたよりに彼女の風貌を想見するより仕方がない。読者は上述の説明を読んでどういう風な面立ちを浮かべられたか恐らく物足りないぼんやりしたものを心に描かれたであろうが、仮りに実際の写真を見られても格別これ以上にはっきり分るということはなかろう或は写真の方が読者の空想されるものよりもっとぼやけているでもあろう。考えてみると彼女がこの写真をうつした年即ち春琴女が三十七歳の折に検校も亦盲人になったのであって、検校がこの世で最後に見た彼女の姿はこの映像に近いものであったかと思われる。すると晩年の検校が記憶の中に存していた彼女の姿もこの程度にぼやけたものではなかったであろうか。それとも次第にうすれ去る記憶を空想で補って行くうちにこれとは全然異なった一人の別な貴い女人を作り上げていたであろうか

○

春琴伝は続けて曰く、「されば両親も琴女を視ること掌中の珠の如く、五人の兄妹達に超えて唯り此の児を寵愛しけるに、琴女九歳の時不幸にして眼疾を得、幾くもなくして遂に全く両眼の明を失ひければ、父母の悲歎大方ならず、母は我が児の不憫さに天を

恨み人を憎みて一時狂せるが如くなりき。春琴これより舞技を断念して専ら琴三絃の稽古を励み、*絲竹の道を志すに至りぬ」と。春琴の眼疾というのは何であったか明らかでなく伝にもこれ以上の記載がないが後に検校が人に語ってまことに*喬木は風に妬まれるとやら、お師匠さまは御器量や芸能が諸人にすぐれておられたばかりに一生のうちに二度までも人の嫉みをお受けなされたお師匠さまの御不運は全くこの二度の御災難のお蔭じゃと云ったのを思い合わせれば、何かその間に事情が伏在するようでもある。検校は又お師匠さまのは風眼であったとも云った。春琴女は甘やかされて育ったために驕慢なところはあったけれども言語動作が愛嬌に富み目下の者への思いやりが深く加うるに至って花やかな陽気な性質であったから、人あたりもよく兄弟仲も睦じく一家中の者に親しまれたが一番末の妹に附いていた乳母が両親の愛情の偏頗なのを憤って密かに琴女を憎んでいたという。風眼というものは人も知る如く花柳病の黴菌が眼の粘膜を侵す時に生ずるのであるから検校の意は、蓋しこの乳母が或る手段を以て彼女を失明させたことを諷するのである。しかし確かな根拠があってそう思うのか検校一人だけの想像説であるのか明瞭でない。春琴女が後年の烈しい気象を見れば或はそういう事実が性格に影響を及ぼしたのかとも猜せられなくはないがこのことに限らず検校の説には春琴女の不幸を歎くあまり知らず識らず他人を傷つけ呪うような傾きがあり俄かに悉くを信ずる訳に行かない乳母の一件なども恐らくは揣摩臆測に過ぎないであろう。要するにここでは敢て原因を問わず唯九歳の時に盲目になったことを記せば足りる。そして「これより舞技を断念して専ら琴三絃の稽古を励み、絲竹の道を志」した。つまり春琴女が思いを音曲にひそめるようになったのは失明した結果だということになり彼女自身も自分のほんとうの天分は舞にあった、わたしの琴や三味線を褒める人があるのはわたしというものを知らないからだ眼さえ見えたら自分は決して音曲の方へは行かなかったのにと常に検校に述懐したという。これは半面に自分の不得意な音曲でさえこのくらいに出来るという風に聞え彼女の驕慢な一端が窺われるがこの言葉なども多少検校の修飾が加わってはしないか少くとも彼女が一時の感情に任せて発した言葉を有難く肝に銘じて聴き、彼女を偉くするために重大な意味を持たせた嫌いがありはしないか。前掲の萩の茶屋に住んでいる老婦人というのは鴫沢てるといい*生田流の勾当で晩年の春琴と温井検校に親しく仕えた人であるがこの勾当の話を聞くに、お師匠さま〔春琴のこと〕は舞がお上手だったそうにございますが琴や三味線も五つ六つの時分から春松という検校さんに手ほどきをしてお貰いなされそれからずっと稽古を励んでおられました、それ故盲目になってから始めて音曲を習われたのではないのでございます、よいお内の娘さん方は皆早くから遊芸のけいこをされますのがその頃の習慣でございましたお師匠さまは十の歳にあのむずかしい「残月」の曲を聞き覚えて独りで三味線にお取りなされたと申し升そうしてみれば音曲の方にも生れつきの天才を備えておられたのでございましょうなかなか凡人

糸竹の道　糸竹とは琴、琵琶などの絃楽器と、笙、笛などの管楽器。従って、音楽の道のこと。　**喬木は風に妬まれる**　すぐれた人物は人にねたまれる。　**生田流の勾当**　「生田流」は、江戸時代中期に京都の生田検校の始めた箏曲の一派。主として関西で行なわれ、唄よりも楽器本位である。関東の山田流に対する。勾当は、検校に次ぐ盲人の位。

には真似られぬことでございますただ盲目になられてからは外に楽しみがございませぬので一層深くこの道へおはいりなされ、精魂を打ち込まれたのかとぞんじますとのことである。多分この説の方がほんとうなので彼女の真の才能は実は始めより音楽に存したのであろう舞踊の方は果してどの程度であったか疑わしく思われる

○

音曲の道に精魂を打ち込んだとはいうものの生計の心配をする身分ではないから最初はそれを職業にしようというほどの考はなかったであろう後に彼女が琴曲の師匠として門戸を構えたのは別種の事情がそこへ導いたのであり、そうなってからでもそれで生計を立てたのではなく月々道修町の本家から仕送る金子の方が比較にならぬほど多額だったのであるが、彼女の驕奢と贅沢とはそれでも支えきれなかった。されば始めは格別将来の目算もなく唯好きにまかせて一生懸命に技を研いたのであろうが天稟の才能に熱心が拍車をかけたので、「十五歳の頃春琴の技大いに進みて儕輩を抽んで、同門の子弟にして実力春琴に比肩する者一人もなかりき」とあるのは恐らく事実であろう。鳴沢勾当曰くお師匠さまがいつも自慢をされましたのに春松検校は随分稽古が厳しいお方だったけれど、わたしは身に沁みて叱られたということがなかった褒められたことの方が多かった、私が行くとお師匠さんは必ず御自分で稽古をつけて下されそれはそれは親切に優しく教えて下さるのでお師匠さんを怖がる人たちの気が知れなんだということでござります、でござりますから修行の苦しみというものを知らずにあれまでにおなりなされた

のは天品だったのでござりましょうと。蓋し春琴は鵙屋のお嬢様であるからいかに厳格な師匠でも芸人の児を仕込むような烈しい待遇をする訳には行かない幾分か手心を加えたのであろうその間には又、千金の家に生れながら不幸にして盲目となった可憐な少女を庇護する感情もあったろうけれ共何よりも師の検校は彼女の才を愛し、それに惚れ込んだのであった。彼は我が児以上に春琴の身を案じたまたま微恙で欠席する等のことがあれば直ちに使を道修町に走らせ或は自ら杖を曳いて見舞った。常に春琴を弟子に持っていることを誇りとして人に吹聴し玄人筋の門弟たちが大勢集まっている所でお前達は鵙屋のこいさんの芸を手本とせよ〔注、大阪では「お嬢さん」のことを「糸さん」或は「とうさん」といい姉娘に対して妹娘を「小糸さん」或は「こいさん」などと呼び分けること現在も然り。春松検校は春琴の姉にも手ほどきをしたことあり家庭的に親しかったので春琴をかく呼んだのであろう〕今に腕一本で食べて行かなければならない者が素人のこいさんに及ばないようでは心細いぞといった。又春琴をいたわり過ぎるという批難があった時何をいうぞ師たる者が稽古をつけるには厳しくするこそ親切なのじゃわしがあの児を叱らぬのはそれだけ親切が足らぬのじゃあの児は天性芸道に明るく悟りが速いから捨てて置いても進む所までは進む本気で叩き込んだらばいよいよ後生畏ろしい者になり本職の弟子共が困るであろう、何も結構な家に生れて世過ぎに不自由のない娘をそれほどに教え込まずとも鈍根の者をこそ一人前に仕立ててやろうと力瘤を入れているのに、何という心得違いをいうぞといった

○

春松検校の家は靫にあって道修町の鵙屋の店からは十丁ほどの距離であったが春琴は毎日丁稚に手を曳かれて稽古に通ったその丁稚というのが当時佐助と云った少年で後の温井検校であり、春琴との縁がかくして生じたのである。佐助は前に述べた如く江州日野の産であって実家はやはり薬屋を営み彼の父も祖父も見習い時代に大阪に出て鵙屋に奉公をしたことがあるという鵙屋は実に佐助に取って累代の主家であった。春琴より四つ歳上で十三歳の時に始めて奉公に上ったのであるから春琴が九つの歳即ち失明した歳に当るが彼が来た時は既に春琴の美しい瞳が永久に鎖された後であった。佐助はこのことを、春琴の瞳の光を一度も見なかったことを後年に至るまで悔いていない却って幸福であるとした。もし失明以前を知っていたら失明後の顔が不完全なものに見えたろうけれども幸い彼は彼女の容貌に何一つ不足なものを感じなかった最初から円満具足した顔に見えた。今日大阪の上流の家庭は争って邸宅を郊外に移し令嬢たちも亦スポーツに親しんで野外の空気や日光に触れるから以前のような深窓の佳人式箱入娘はいなくなってしまったが現在でも市中に住んでいる子供たちは一般に体格が繊弱で顔の色なども概して青白い田舎育ちの少年少女とは皮膚の冴え方が違う良く云えば垢抜けがしているが悪く云えば病的である。これは大阪に限ったことでなく都会の通有性だけれども江戸では女でも浅黒いのを自慢にしたくらいで色の白さは京阪に及ばない大阪の旧家に育ったぼんちなどは男でさえ芝居に出て来る若旦那そのままにきゃしゃで骨細なのがあり、三十歳前後に至って始めて顔が赭く焼けて来て脂肪を湛え急に体が太り出して紳士然たる貫禄を備えるようになるその時分までは全く婦女子も同様に色が白く衣服の好みも随分柔弱なのである。まして旧幕時代の豊かな町人の家に生れ、非衛生的な奥深い部屋に垂れ籠めて育った娘たちの透き徹るような白さと青さと細さとはどれほどであったか田舎者の佐助少年の眼にそれがいかばかり妖しく艶に映ったか。この時春琴の姉が十二歳すぐ下の妹が六歳で、ぽっと出の佐助にはいずれも鄙には稀な少女に見えた分けても盲目の春琴の不思議な気韻に打たれたという。春琴の閉じた眼瞼が姉妹たちの開いた瞳より明るくも美しくも思われてこの顔はこれでなければいけないのだこうあるのが本来だという感じがした。四人の姉妹のうちで春琴が最も器量よしという評判が高かったのは、たといそれが事実だとしても幾分か彼女の不具を憐れみ惜しむ感情が手伝っていたであろうが佐助に至ってはそうでなかった。後日佐助は自分の春琴に対する愛が同情や憐愍から生じたという風に云われることを何よりも厭いそんな観察をする者があると心外千万であるとした。わしはお師匠様のお顔を見てお気の毒とかお可哀そうとか思ったことは一遍もないぞお師匠様に比べると眼明きの方がみじめだぞお師匠様があの御気象と御器量で何で人の憐れみを求められよう佐助どんは可哀そうじゃと却ってわしを憐れんで下すったものじゃ、わしやお前達は眼鼻が揃っているだけで外のことは何一つお師匠様に及ばぬわしたちの方が片羽ではないかと云った。但しそれは後の話で佐助は最初燃えるような崇拝の念を胸の奥底に秘めながらまめまめしく仕えていたのであろうまだ恋愛という自覚はなかったであろうし、あっても相手は頑是ないこいさんである上に累代の主家のお嬢様である佐助としてはお供の役を仰せ付かって毎日一緒に道を歩くことの出来るのがせめてもの慰めであっただろう。いったい新参の少年の身を以て大切なお嬢様の手曳きを命ぜられたというのは変なようだが始めは佐助に限っていたのではなく女中が附いて行くこともあり外の小僧や若僧が供をすることもありいろいろであったのを或る時春琴が「佐助どんにしてほしい」といったのでそれから佐助の役に極まったそれは佐助が十四歳になってからである。彼は無上の光栄に感激しながらいつも春琴の小さな掌を己れの掌の中に収めて十丁の道のりを春松検校の家に行き稽古の済むのを待って再び連れて戻るのであったが途中春琴はめったに口を利いたことがなく、佐助もお嬢様が話しかけて来ない限りは黙々として唯過ちのないように気を配った。春琴は「何でこいさんは佐助どんがええお云いでしたんでっか」と尋ねる者があった時「誰よりもおとなしゅうていらんこと云えへんよって」と答えたのであった。元来彼女は愛嬌に富み人あたりが良かったことは前に述べた通りだけれども失明以来気むずかしく陰鬱になり晴れやかな声を出すことや笑うことが少く口が重くなっていたので、佐助が余計なおしゃべりをせず役目だけを大切に勤めて邪魔にならぬようにしている所が気に入ったのであるかも知れない「佐助は彼女の笑う顔を見るのが厭であったという蓋し盲人が笑う時は間が抜けて哀れに見える佐助の感情ではそれが堪えられなかったのであろう」

○

おしゃべりをしないから邪魔にならぬからというのが果して春琴の真意であったか佐

助の憧憬の一念がおぼろげに通じて子供ながらもそれを嬉しく思ったのではなかったか十歳の少女にそういうことは有り得ないとも考えられるが、俊敏で早熟の上に盲目になった結果として第六感の神経が研ぎ澄まされてもいたことを思うと必ずしも突飛な想像であるとはいえない気位の高い春琴は後に恋愛を意識するようになってからでも容易に胸中を打ち明けず久しい間佐助に許さなかったのである。さればそこに多少の疑問はあるけれども兎に角始め佐助というものの存在は殆ど春琴の念頭にないかの如くであった少くとも佐助にはそう見えた。手曳きをする時佐助は左の手を春琴の肩の高さに捧げて掌を上に向けそれへ彼女の右の掌を受けるのであったが春琴には佐助というものが一つの掌に過ぎないようであったたまたま用をさせる時にもしぐさで示したり顔をしかめてみせたり謎をかけるようにひとりごとを洩らしたりしてどうせよこうせよとはっきり意志を云い現わすことはなく、それを気が付かずにいると必ず機嫌が悪いので佐助は絶えず春琴の顔つきや動作を見落さぬように緊張していなければならず恰も注意深さの程度を試されているように感じた。もともと我が儘なお嬢様育ちのところへ盲人に特有な意地悪さも加わって片時も佐助に油断する暇を与えなかった。或る時春松検校の家で稽古の順番が廻って来るのを待っている間にふと春琴の姿が見えなくなったので佐助が驚いてその辺を捜すと知らぬ間に厠に行っているのであった。いつも小用に立つ時には黙って春琴が出て行くのをそれと察して追いかけながら戸口まで手を曳いて連れて行き、そこに待っていて手水の水をかけてやるのに今日は佐助がうっかりしていたのでそのまま独り手さぐりで行ったのである。「済まんことでござりました」と佐助は声をふるわせながら、厠から出て手水鉢の柄杓を取ろうと手を伸ばしている少女の前に駈けて来て云ったが春琴は「もうええ」と云いつつ首を振った。しかしこういう場合「もうええ」といわれても「そうでござりますか」と引き退ってはいっそう後がいけないのである無理にも柄杓を捥ぎ取るようにして水をかけてやるのがコツなのである。又或る夏の日の午後に順番を待っている時うしろに畏まって控えていると「暑い」と独りごとを洩らした「暑うござりますなあ」とおあいそを云ってみたが何の返事もせず暫くすると又「暑い」という、心づいて有り合わせた団扇を取り背中の方からあおいでやるとそれで納得したようであったが少しでもあおぎ方が気が抜けるとすぐ「暑い」を繰り返した。春琴の強情と気儘とはかくの如くであったけれども特に佐助に対する時がそうなのであっていずれの奉公人にもという訳ではなかった元来そういう素質があったところへ佐助が努めて意を迎えるようにしたので、彼に対してのみその傾向が極端になって行ったのである彼女が佐助を最も便利に思った理由もここにあるのであり佐助も亦それを苦役と感ぜずむしろ喜んだのであった彼女の特別な意地悪さを甘えられているように取り、一種の恩寵の如くに解したのでもあろう

○

春松検校が弟子に稽古をつける部屋は奥の中二階にあったので佐助は番が廻って来ると春琴を導いて段梯子を上り検校とさし向いの席に直らせて琴なり三味線なりをその前に置き、一旦控え室へ下って稽古の終るのを待ち再び迎えに行くのであるが待っている

間もう済む頃かと油断なく耳を立てていて済んだら呼ばれない中に直ちに立って行くようにしたされば春琴の習っている音曲が自然と耳につくようになるのも道理である佐助の音楽趣味はかくして養われたのであった。後年一流の大家になった人であるから生れつきの才能もあったろうけれどももし春琴に仕える機会を与えられず又何かにつけて彼女に同化しようとする熱烈な愛情がなかったならば、恐らく佐助は鵙屋の暖簾を分けて貰い一介の薬種商として平凡に世を終ったであろう後年盲目となり検校の位を称してからも常に自分の技は遠く春琴に及ばずと為し全くお師匠様の啓発に依ってここまで来たのであるといっていた。春琴を*九天の高さに持ち上げ百歩も二百歩も謙っていた佐助であるからかかる言葉をそのまま受け取る訳には行かないが、技の優劣は兎に角として春琴の方がより天才肌であり佐助は刻苦精励する努力家であったことだけは間違いがあるまい。彼が密かに一挺の三味線を手に入れようとして主家から給される時々の手あてや使い先で貰う祝儀などを貯金し出したのは十四歳の暮であって翌年の夏ようよう粗末な稽古三味線を買い求めると番頭に見咎められぬように棹と胴とを別々に天井裏の寝部屋へ持ち込み、夜な夜な朋輩の寝静まるのを待って独り稽古をしたのである。しかし当初は、父祖の業を継ぐ目的で丁稚奉公に住み込んだ身の将来これを本職にしようという覚悟も自信もあったのではなかった唯春琴に忠実である余り彼女の好むところのものを己れも好むようになりそれが昂じた結果であり音曲を以て彼女の愛を得る手段に供しようなどの心すらもなかったことは、彼女にさえ極力秘していた一事を以て明らかである。

九天の高さ　九天は中国で天を九つの方位にわけたものだが、また天の最も高い所をもいう。

佐助は五六人の手代や丁稚共と立つと頭がつかえるような低い狭い部屋へ寝るので彼等の眠りを妨げぬことを条件として内証にしておいてくれるように頼んだ。幾ら眠っても寝足りない年頃の奉公人共は床にはいると忽ちぐっすり寝入ってしまうから苦情をいう者はいなかったけれども佐助は皆が熟睡するのを待って起き上り布団を出したあとの押入の中で稽古をした。それでなくても天井裏は蒸し暑いのに押入の中の夏の夜の暑さは格別であったに違いないがこうすると絃の音の外へ洩れるのを防ぐことが出来、鼾ごえや寝言など外部の音響をも遮断するに都合が好かった勿論爪弾きで撥は使えなかった燈火のない真っ暗な所で手さぐりで弾くのである。しかし佐助はその暗闇を少しも不便に感じなかった盲目の人は常にこう云う闇の中にいるこいさんも亦この闇の中で三味線を弾きなさるのだと思うと、自分も同じ暗黒世界に身を置くことがこの上もなく楽しかった後に公然と稽古することを許可されてからもこいさんと同じにしなければ済まないと云って楽器を手にする時は眼をつぶるのが癖であったつまり眼明きでありながら盲目の春琴と同じ苦難を嘗めようとし、盲人の不自由な境涯を出来るだけ体験しようとして時には盲人を羨むかの如くであった彼が後年ほんとうの盲人になったのは実は少年時代からのそういう心がけが影響しているので、思えば偶然でないのである

○

いずれの楽器も蘊奥を極めることのむずかしさは同一であろうがヴァイオリンと三味線とはツボに何の印もなく且弾奏の度毎に絃の調子を整えてかかる必要があるので一と

通り弾けるようになるまでが容易でなく独稽古には最も不向きである況んや音譜のない時代に於てをや師匠に就いても琴は三月三味線は三年と普通に云われる。佐助は琴のような高価な楽器を買う金もなし第一あんな嵩張るものを担ぎ込む訳に行かないので三味線から始めたのであるが調子を合わせることは最初から出来たというそれは音を聴き分ける生れつきの感覚が少くともコンマ以上であったことを示すと共に、平素春琴に随行して検校の家で待っている間に如何に注意深く他人の稽古を聴いていたかを証するに足りる。調子の区別も曲の詞も音の高低も節廻しも総べて彼は耳の記憶を頼りにしなければならなかったそれ以外に頼るものは何もなかった。かくして十五歳の夏から約半歳の間は幸い同室の朋輩の外に誰にも知られずに済んだのであったがその年の冬に至って一つの事件が起った或る夜明け方と云っても冬の午前四時頃まだ真っ暗な夜中も同然の時刻に、鵙屋の*御寮人即ち春琴の母のしげ女がふと厠に起きてどこからともなく洩れて来る「雪」*の曲を聞いたのである。昔は寒稽古と云って寒中夜のしらしら明けに風に吹き曝されながら稽古をするという習慣があったけれども道修町は薬屋の多い区域であって堅儀な店舗が軒を列ね遊芸の師匠や芸人などの住宅のある所でもなしなまめかしい種類の家は一軒もないのであるそれにしんしんと更けた真夜中、寒稽古にしても時刻があまり突飛過ぎる、寒稽古なら一生懸命撥音たかく弾くであろうに微かな爪弾きで弾いているそのくせ一つ所を合点の行くまで繰り返し練習しているらしく熱心のさまが想いやら

御寮人　上方方言。中流の人の娘あるいは若い妻のこと。　**雪**　地唄の代表的な曲。思う男に捨てられた芸者が、浮世を捨てて尼となった心境をうたったもの。

れた。鵙屋の御寮人は訝しみながらもその時は大して気にも止めず寝てしまったがその後二三度も夜中起き出でる毎に耳についたことがありそう云えば私も聞きましたどこで弾いているのでござりましょう、狸の腹鼓とも違うようでござりますなどと云う者も出て来て店員たちの知らぬ間に奥で問題になっていた。佐助は夏以来ずっと押入の中でしていればよかったのだが誰も気が付きそうにないので大胆になって来たのと、何分激しい業務の余暇に睡眠時間を盗んでは稽古するのであるから次第に寝不足が溜って来て暖い所だとつい居睡りが襲って来るので、秋の末頃から夜な夜なそっと物干台に出て弾いた。いつも夜の四つ時即ち午後十時には店員たちと共に眠りに就き午前三時頃に眼を覚まして三味線を抱えて物干台に出るそうして冷たい夜気に触れつつ独習を続け東が仄かに白み初める刻限に至って再び寝床に帰るのであるある春琴の母が聞いたのはそれであった。蓋し佐助が忍び出た物干台というのは店舗の屋上にあったのであろうから真下に寝ている店員共よりも中前栽を隔てた奥の者が渡り廊下の雨戸を開けた時にまずその音を聞きつけたのである。奥からの注意で店員共が取り調べられ結局佐助の所為と分って一番々頭の前に呼びつけられ大眼玉を喰った上に以後は断じて罷りならぬと三味線を没収されたことは当然の成行を見た訳であるが、この時意外な所から佐助に救いの手が伸ばされた兎に角どのくらい弾けるものか聴いてみたいという意見が奥から持ち出されたのである而もその首唱者は春琴であった。佐助はこのことが春琴に知れたら定めし機嫌を損ずるであろう唯与えられた手曳きの役をしていればよいのに丁稚の分際で生意気な真似をすると憫殺されるか嘲笑されるか、どっちみち碌なことはあるまいと恐れを抱いていただけに「聴いてやろう」と云われると却って尻込みをした。自分の誠意が天に通じてこいさんの心を動かしたのなら有難いけれども多分一場の笑い草にしてやろうという慰み半分のいたずらであるとしか思えなかったしそれに人前で聴かせるほどの自信もなかった。しかし聴こうと云い出したからは如何に辞退しても許す筈のない春琴である上に母親や姉妹たちも好奇心に駆られているので遂に奥の間へ呼び出され独習の結果を披露することになったのである彼に取っては寔に晴れの場面であった。当時佐助は五つ六つの曲をどうやらこなすまでに仕上げていたので知っているだけを皆やってみよと云われるままに度胸を据えて精限り根限り弾いた「黒髪*」のようなやさしいものや「茶音頭*」のような難曲や素より何の順序もなく聞き噛りで習ったのであるからいろいろのものを不規則に覚えていたのである鵙屋の家族は佐助が邪推したように笑い草にするつもりであったかも知れないが、短時日の独稽古にしてはかんどころも確かなら節廻しも出来ていることが分って聴いた後には皆感心した

○

黒髪　地唄のひとつ。伊東祐親の娘辰姫の、頼朝、政子への嫉妬を描いた曲。手ほどきの曲とされる。長唄にもこの名の曲がある。　**茶音頭**　箏曲。元来は地唄として、今から百年ほど前に菊岡検校によって作曲されたが、間もなく当時の箏の名人、八重崎検校によって、替手風の箏の手がつけられた。茶の湯の道具や茶室などに関する名前にちなんだ文句で男女の仲を歌ったもの。

春琴伝に曰く「時に春琴は佐助が志を憐み、汝の熱心に賞でて以後は妾が教へて取らせん、汝余暇あらば常に妾を師と頼みて稽古を励むべしと云ひ、春琴の父安左衛門も遂に之を許しければ佐助は天にも昇る心地して丁稚の業務に服する傍日々一定の時間を限り指南を仰ぐこととはなりぬ。かくて十一歳の少女と十五歳の少年とは主従の上に今又師弟の契を結びたるぞ目出度き」と。気むずかしやの春琴が佐助に対して突然かかる温情を示したのは何故であったろうか実は春琴の発意ではなく周囲の者がそう仕向けたのであるともいう。思うに盲目の少女は幸福な家庭にあっても動もすれば孤独に陥り易く憂鬱になりがちであるから親たちは勿論下々の女中共まで彼女の取扱いに困り、何とかして心を慰め気を晴らさせる術もあらばと苦慮していた矢先たまたま佐助が彼女と趣味を同じゅうすることを知ったのである。大方こいさんの我が儘に手を焼いていた奥の奉公人たちは佐助にお相手役をなすり付けて少しでも自分たちの荷を軽くしようという考から、何と佐助どんは奇特なものではござりませぬかあれを折角こいさんが仕込んでおやりなされましたらどうでござります定めし本人も冥加に余り喜ぶことでござりましょうなどと水を向けたのではなかったであろうか。但し下手におだてるとツムジを曲げる春琴であるから必ずしも周囲の仕向けに乗せられたのではないかも知れぬ流石に彼女もこの時に至って佐助を憎からず思うようになり心の奥底に春水の湧き出ずるものがあったのかも知れぬ。何にしても彼女が佐助を弟子に持とうと云い出してくれたのは親兄弟や奉公人共に取って有難いことだったいくら天才児だと云っても十一歳の女師匠が果して人を教えることが出来るかどうかは問う所でない、唯そういう風にして彼女の退屈が紛れてくれれば端の者が助かる云わば「学校ごッこ」のような遊戯をあてがい佐助にお相手を命じたのである。だから佐助のためよりも春琴のために計らったことなのであるが結果から見れば佐助の方が遥かに多く恩沢に浴した。伝には「丁稚の業務に服する傍日々一定の時間を限り」とあるけれども今まででも毎日手曳きを勤め一日の中の何時間かはこいさんに仕えていたのであるその上こいさんの部屋へ呼ばれて音楽の授業を受けたとすると店の仕事を顧みる暇はなかったであろう。安左衛門は商人に仕立てるつもりで預かった子を娘の守りにしてしまっては国元の親たちに済まぬという心づかいもあったらしいが丁稚一人の将来よりも春琴の機嫌を取る方が大切であったし佐助自身もそれを望んでいる以上、まあ当分はそうして置いてもと黙許の形になったのであろうと思われる。佐助が春琴を「お師匠様」と呼び出したのはこの時からであって常には「こいさん」と呼んでよいが授業の間は必ずそう呼ぶように春琴が命じたそして彼女も「佐助どん」と云わずに「佐助」と云い、すべて春松検校がその内弟子を遇する様を真似厳重に師弟の礼を執らせたかくして大人たちの企図した如くたわいのない「学校ごッこ」が続けられ春琴もそれに紛れて孤独を忘れていたのであるが、二人はその後月を重ね年を経ても一向この遊戯を中止する模様がなかった却って二三年後には教える方も教えられる方も次第に遊戯の域を脱して真剣になった。春琴の日課は、午後二時頃に靫の検校の家へ出かけて三十分乃至一時間稽古を授かり帰宅後日の暮れまで習って来たものを練習する。扨夕食を済ませてから時々気が向いた折に佐助を二階の居間へ招いて教授するそれが遂には毎日欠かさず教えるようになりどうかすると九時十時に至っても尚許さず、

「佐助、わてそんなこと教せたか」「あかん、あかん、弾けるまで夜通しかかったかて遣りや」と激しく叱咤する声が屢〻階下の奉公人共を驚かした時に依るとこの幼い女師匠は「阿呆、何で覚えられへんねん」と罵りながら撥を以て頭を殴り弟子がしくしく泣き出すことも珍しくなかった

○

昔は遊芸を仕込むにも火の出るような凄じい稽古をつけ往々弟子に体刑を加えることがあったのは人のよく知る通りである本年〔昭和八年〕二月十二日の大阪朝日新聞日曜のページに「人形浄瑠璃の血まみれ修業」と題して小倉敬二君が書いている記事を見るに、摂津大掾亡き後の名人三代目越路太夫の眉間には大きな傷痕が三日月型に残っていたそれは師匠豊沢団七から「いつになったら覚えるのか」と撥で突き倒された記念であるという又文楽座の人形使い吉田玉次郎の後頭部にも同じような傷痕がある玉次郎若かりし頃「*阿波の鳴門」で彼の師匠の大名人吉田玉造が捕り物の場の十郎兵衛を使い玉次郎がその人形の足を使った、その時キット極まるべき十郎兵衛の足が如何にしても師匠玉造の気に入るように使えない「阿呆め」というなり立廻りに使っていた本身の刀でいきなり後頭部をグヮンとやられたその刀痕が今も消えずにいるのである。而も玉次郎を殴った玉造も嘗て師匠金四のために十郎兵衛の人形を以て頭を叩き割られ人形が血で真赤に染まった。彼はその血だらけになって砕け飛んだ人形の足を師匠に請うて貰い受け真綿にくるみ白木の箱に収めて、時々取り出しては慈母の霊前に額ずくが如く礼拝した

「この人形の折檻がなかったら自分は一生凡々たる芸人の末で終ったかも知れない」としばしば泣いて人に語った。先代大隅太夫は修業時代には一見牛のように鈍重で「のろま」と呼ばれていたが彼の師匠は有名な豊沢団平*俗に「大団平」と云われる近代の三味線の巨匠であった或る時蒸し暑い真夏の夜にこの大隅が師匠の家で木下蔭挟合戦*の「壬生村」を稽古して貰っていると「守り袋は遺品ぞと」というくだりがどうしても巧く語れない遣り直し遣り直して何遍繰り返してもよいと云ってくれない師匠団平は蚊帳を吊って中にはいって聴いている大隅は蚊に血を吸われつつ百遍、二百遍、三百遍と際限もなく繰り返しているうちに早や夏の夜の明け易くあたりが白み初めて来て師匠もいつかくたびれたのであろう寝入ってしまったようであるそれでも「よし」と云ってくれないうちはと「のろま」の特色を発揮してどこまでも一生懸命根気よく遣り直し遣り直し語っているとやがて「出来た」と蚊帳の中から団平の声、寝入ったように見えた師匠はまんじりともせずに聴いていてくれたのである凡そかくの如き逸話は枚挙に遑なく敢て

阿波の鳴門　浄瑠璃時代物「傾城阿波鳴門」のこと。明和五年(1768)、大阪竹本座で初演。阿波徳島の城主玉木家のお家騒動に、名剣の紛失事件をからませてある。お鶴とその母お弓の生き別れの場は特に有名。

豊沢団平　文政十年—明治三十一年(1827—1898)。義太夫節三味線方の名人。三代目豊沢広助の弟子。また廃滅していた曲を節章によって集大成した。作曲に「壺坂」「良弁杉」などがある。

木下蔭挟合戦　正しくは木下蔭狭間合戦。浄瑠璃時代物。寛政元年(1789)、大阪で初演。太閤記物のひとつとして名高い。その九冊目が「壬生村の段」である。

浄瑠璃の太夫や人形使いに限ったことではない生田流の琴や三味線の伝授に於ても同様であったそれにこの方の師匠は大概盲人の検校であったから不具者の常として片意地な人が多く勢い苛酷に走った傾きがないでもあるまい。春琴の師匠春松検校の教授法も夙に厳格を以て聞えていたことは前述の如く動もすれば怒罵が飛び手が伸びた教える方も盲人なら教わる方も盲人の場合が多かったので師匠に叱られたり打たれたりする度に少しずつ後ずさりをし、遂に三味線を抱えたまま中二階の段梯子を転げ落ちるような騒ぎも起った。後日春琴が琴曲指南の看板を掲げ弟子を取るようになってから稽古振りの峻烈を以て鳴らしたのもやはり先師の方法を蹈襲したのであり由来する所がある訳なのだが、それは佐助を教えた時代から既に萌していたのである即ち幼い女師匠の遊戯から始まり次第に本物に進化したのである。或は云う男の師匠が弟子を折檻する例は多々あるけれども女だてらに男の弟子を打ったり殴ったりしたという春琴の如きは他に類が少いこれを以て思うに幾分嗜虐性の傾向があったのではないか稽古に事寄せて一種変態な性慾的快味を享楽していたのではないかと。果して然るや否や今日に於て断定を下すことは困難である唯明白な一事は、子供がままごと遊びをする時は必ず大人の真似をするされば彼女も自分は検校に愛せられていたので嘗て己れの肉体に痛棒を喫したことはないが日頃の師匠の流儀を知り師たる者はあのようにするのが本来であると幼心に合点して、遊戯の際に早くも検校の真似をするに至ったのは自然の数でありそれが昂じて習い性となったのであろう

○

佐助は泣き虫であったものかこいさんに打たれる度にいつも泣いたというそれが寔に意気地なくひいひいと声を挙げるので、「又こいさんの折檻が始まった」と端の者は眉をひそめた。最初こいさんに遊戯をあてがったつもりの大人たちもここに至って頗る当惑した毎夜おそくまで琴や三味線の音が聞えるのさえやかましいのに間々春琴の激しい語調で叱り飛ばす声が加わりその上に佐助の泣く声が夜の更けるまで耳についたりするのであるあれでは佐助どんも可哀そうだし第一こいさんのためにならぬと女中の誰彼が見るに見かねて稽古の現場へ割ってはいりとうさんまあ何ということでんの姫御前のあられもない男の児にえらいことしやはりまんねんなあと止めだてでもすると春琴は却って粛然と襟を正してあんた等知ったこッちゃない放ッといてと威丈高になって云ったわてほんまに教せてやってるねんで、遊びごッちゃないねん佐助のためを思やこそ一生懸命になってるねんどれくらい怒ったかていじめたかて稽古は稽古やないかいな、あんた等知らんのか。これを春琴伝は記して汝等妾を少女と侮り敢て芸道の神聖を冒さんとするや、たとい幼少なりとて苟くも人に教うる以上師たる者には師の道あり、妾が佐助に技を授くるは素より一時の児戯にあらず、佐助は生来音曲を好めども丁稚の身として立派なる検校にも就く能わず独習するが不憫さに、未熟ながらも妾が代りて師匠となり如何にもして彼が望みを達せしめんと欲する也、汝等が知る所に非ず疾くこの場を去るべしと毅然として云い放ちければ、聞く者その威容に怖れ弁舌に驚き這々の体にて引き退るを常としたりきと云っている以て春琴の勢い込んだ剣幕を想像することが出来よう。佐助も泣きはしたけれども彼女のそういう言葉を聞いては無限の感謝を捧げたのであった彼の泣くのは辛さを怺えるのみにあらず主とも師匠とも頼む少女の激励に対する有難涙も籠っていた故にどんな痛い目に遭っても逃げはしなかった泣きながら最後まで忍耐し「よし」と云われるまで練習した。春琴は日に依って機嫌のよい時と悪い時とがあり口やかましく叱言を云うのはまだよい方で黙って眉を顰めたまま三の絃をぴんと強く鳴らしたり又は佐助一人に三味線を弾かせ可否を云わずにじっと聴いていたりするそんな時こそ佐助は最も泣かされた。或る晩のこと茶音頭の*手事を稽古していると佐助の呑み込みが悪くてなかなか覚えない幾度やっても間違えるのに業を煮やして例の如く自分は三味線を下に置き、やあチリチリガン、チリチリガン、チリガンチリガンチリガーチテン、トツントツンルン、やあルルトンと右手で激しく膝を叩きながら口三味線で教えていたが遂には黙然として突っ放してしまった。佐助は取り着く嶋もなくされぱと云って止める訳にも行かず何とか彼とか独りで考えては弾いているといつまでたってもよいと云ってくれないそうなると逆上してますますトチリ出す体中に冷汗が湧く何が何やら出鱈目を弾くばかりである而も春琴は寂然として一層唇を固く閉じ眉根に深く刻んだ皺をピクリともさせないかくの如きこと二時間以上に及んだ頃母親のしげ女が寝間着姿で上って来て、熱心にも程がある度が過ぎては体に毒だからと宥めるようにして二人を引き分けた。明くる日春琴は両親の前へ呼び出されてそなたが佐助に教えてやる親切は結構だけれども弟子を罵ったり打ったりするのは人も許し我も許す検校さんのすること也そなたは如何に上手と云っても自分がまだお師匠さんに習っているのに今からそんな真似をしては必ず慢心の基になろう凡そ芸事は慢心したら上達はしませぬ、あまつさえ女の身として男を捉え阿呆などと口汚く云うのは聞辛しあれだけは何卒慎んで下されもうこれからは時間を定めて夜が更けぬうちに止めたがよい佐助のひいひい泣く声が耳について皆が寝られないで困りますと、ついぞ叱言をいったことのない父と母とが懇ろに説諭したので流石の春琴も返す言葉がなく道理に服した体であったがそれも表面だけのことで実際は余り利き目がなかった。佐助は何という意気地なしぞ男の癖に些細なことに怺え性もなく声を立てて泣く故にさも仰山らしく聞えお蔭で私が叱られた、芸道に精進せんとならば痛さ骨身にこたえるとも歯を喰いしばって堪え忍ぶがよいそれが出来ないなら私も師匠を断りますと却って佐助に嫌味を云った爾来佐助はどんなに辛くとも決して声を立てなかった

○

鵙屋の夫婦は娘春琴が失明以来だんだん意地悪になるのに加えて稽古が始まってから粗暴な振舞さえするようになったのを少からず案じていたらしい寔に娘が佐助という相手を得たことは善し悪しであった佐助が彼女の機嫌を取ってくれるのは有難いけれども何事も御無理御尤もで通す所から次第に娘を増長させる結果になり将来どんなに根性のひねくれた女が出来るかもしれぬと密かに胸を痛めたのであろう。それかあらぬか佐助

手事　箏曲の唄のない部分。

は十八歳の冬から改めて主人の計らいに依って春松検校の門にはいった即ち春琴が直接教授することを封じてしまったのである。これは親達の考では娘が師匠の真似をするのが最も悪い何よりも娘の品性に良からぬ影響を与えると見たからであったろうが同時に佐助の運命もこの時に決した訳であるこの時以来佐助は完全に丁稚の任務を解かれ名実共に春琴の手曳きとして又相弟子として検校の家へ通うようになった。本人がそれを望んだのは云うまでもないとして安左衛門も大いに国元の親達を説き付け諒解を得るように努めた商人になる目的を放棄させる代りには行末のことを保証し必ず捨てて置かぬからとそこは言葉を尽したものと察せられる。按ずるに安左衛門夫婦は春琴のために慮って佐助を婿に貰ったらと云う意志が動いていたのであろう不具の娘であってみれば対等の結婚はむずかしい佐助ならば願ってもない良縁であると思うのも無理からぬ所である。而してその翌々年即ち春琴十六歳佐助二十歳の時始めて親達は結婚のことを諷したのであったが意外にも彼女はにべもなく峻拒した自分は一生夫を持つ気はない殊に佐助などとは思いも寄らぬと甚しい不機嫌であった然るに何ぞ図らんそれより一年を経て春琴の体にただならぬ様子が見えることを母親が感づいたのであるまさかとは思ったけれども内々気を付けてみるとどうも怪しい、人眼に立つようになってからでは奉公人の口がうるさい今のうちなら兎角繕ろう道もあろうと父親にも知らせずそっと当人に尋ねるとそんな覚えはさらさらないと云う深くも追及しかねるので腑に落ちないながら一箇月ほど捨てておくうちに最早や事実を蔽い隠せぬまでになった。今度は春琴は素直に妊娠を認めたが如何に聞かれても相手を云わない強いて問い詰めるとお互に名を云わぬ約束をしたと云う佐助かと云えば何であのような丁稚風情にと頭から否定した。誰しも一往佐助に疑いを持って行くところであるけれども親たちにしても去年の春琴の言葉があるのでよもやと思ったのであるそれにそう云う関係があれば中々人前を隠し切れぬもの、経験の浅い少女と少年がどんなに平気を装っても嗅ぎ付かれずにはいないものだが佐助が同門の後輩となってからは以前のように夜更けるまで対坐する機会もなく時折兄弟子の格式を以ておさらいをしてやるぐらいなものその他の時はどこまでも気位の高いこいさんであって、佐助を遇するに手曳き以上の扱いはしていないようなので奉公人共も二人の間に間違いがあろうとは思ってもみなかった寧ろ主従の区別が有り過ぎ情味が乏しいほどに思えた。しかし佐助に聞いたらば様子が知れよう相手はきっと検校の門下生であろうと見当をつけたが佐助も知らぬ存ぜぬの一点張りで、自分の身に覚えのないのは勿論誰といって心あたりもないと云う。けれどもこの時御寮人の前へ呼ばれた佐助の態度がオドオドして胡散臭いのに不審が加わり問い詰めて行くと辻褄の合わないことが出て来て実はそれを申しましてはこいさんに叱られますからと泣き出してしまった。いやいやこいさんを庇うのはよいが主人の云い付けをなぜ聴かぬ隠し立てをしては却ってこいさんのためになりませぬ是非相手の名を云うて御覧と口を酸ッぱくしても云わぬそれでも結局のところ相手はやはり当の本人の佐助であることが言外に酌み取れた決して白状しませぬとこいさんに約束した手前を恐れて明瞭には云わないのだがそれを察して貰いたそうに云うのであった。鵙屋夫婦は出来てしまったことは仕方がないしまあま佐助だったのはよかったそのくらいなら去年縁組をすすめた時なぜあのような心にもないことを云ったのやら娘気というものはたわいのないものと愁いのうちにも安堵の胸をさすり、この上は人の口の端にかからぬうち早く一緒にさせる方がと改めて春琴に持ちかけてみると、又してもそんな話はいやでございます去年も申しましたように佐助などとは考えてもみませぬこと、私の身を不憫がって下さいますのは忝うございますがいかに不自由な体なればとて奉公人を婿に持とうとまでは思いませぬお腹の子の父親に対しても済まぬことでございますと顔色を変えて云うのであるではそのお腹の子の父親はと聞けばそればかりは尋ねないで下さりませどうでその人に添うつもりはございませぬという。そうなると又佐助の言葉がアヤフヤに思え孰方の云うことが本当やらさっぱり訳が分らなくなり困じ果てたが佐助以外に相手があろうとも考えられず今となってはきまりが悪いのでわざと反対なことを云うのであろうそのうちには本音を吐くであろうともうそれ以上の詮議は止めて取敢えず身二つになるまで有馬へ湯治にやることにした。それは春琴が十七歳の五月で佐助は大阪に居残り女中二人が附き添って十月まで有馬に滞在し目出度男の子を生んだその赤ん坊の顔が佐助に瓜二つであったとやらで漸く謎が解けたようなものの、それでも春琴は縁組の相談に耳を借さないのみならず未だに佐助が赤児の父親であることを否定する拠ん所なく二人を対決させてみると春琴は屹となり佐助どん何ぞ疑ぐられるようなこと云うたんと違うかわてが迷惑するよって身に覚えのないことはないとはっきり明りを立ててほしいと云う釘を打たれて佐助は一と縮みに縮み上り仮りにも御主のとうさんを滅相なことでございます、子飼いの時より一方ならぬ大恩を受けながらそのような身の程知らずの不料簡は起しませぬ思いも寄らぬ濡れ衣でございますと今度は春琴に口を合わせ徹頭徹尾否認するのでいよいよ埒が明かなくなった。それでも生れた子が可愛くはないかそなたがそんなに強情を張るなら父なし児を育てる訳には行かぬ断って縁組みが厭だとあれば可哀そうでも嬰児はどこぞへくれてやるより仕方がないがと子を枷にして詰め寄ると何卒どこへなとお遣りなされて下さりませ一生独り身で暮らす私に足手まといでございますと涼しい顔つきで云うのである

◯

この時春琴が生んだ子は余所へ貰われて行ったのである弘化二年の生れに当るから今日存命しているとも思われないし貰われて行った先も知れていない何れ両親が然るべく処置したのであろう。そんな訳でとうとう春琴は我を張り通し妊娠の一件を有耶無耶に葬って又いつの間にか平気な顔で佐助に手曳きさせながら稽古に通っていたもうその時分彼女と佐助との関係は殆ど公然の秘密になっていたらしいそれを正式にさせようとすれば当人たちが飽くまで否認するものだから、娘の気象を知っている親達は已むを得ず黙許の形にしておいたと見えるかくして主従とも相弟子とも恋仲ともつかぬ曖昧な状態が二三年つづいた後春琴二十歳の時春松検校が死去したのを機会に独立して師匠の看板を掲げることになり親の家を出て淀屋橋筋に一戸を構えた同時に佐助も附いて行ったのである。蓋し彼女は検校の生前既に実力を認められいつにても独立して差支ないよう許可を得ていたことと思われる検校は已れの名の一字を取って彼女に春琴という名を与え晴れの演奏の時しばしば彼女と合奏したり高い所を唄わせたりして常に引き立ててやっ

ていたされば検校亡き後に門戸を構えるに至ったのは当然であるかも知れぬ。しかし彼女の年齢境遇等に照らし俄かに独立する必要があったろうとは考えられないこれは恐らく佐助との関係を慮ったのであろうというのは、最早公然の秘密になっている二人をいつまで曖昧な状態に置いては奉公人共の示しが付かずせめて一軒の家に同棲させるという方法を取ったので春琴自身もその程度なら敢て不服はなかったのであろう。勿論佐助は淀屋橋へ行ってからも少しも前と異った扱いはされなかったやはりどこまでも手曳きであったその上検校が死んだので再び春琴に師事することになり今は誰に遠慮もなく「お師匠様」と呼び「佐助」と呼ばれた。春琴は佐助と夫婦らしく見られるのを厭うこと甚しく主従の礼儀師弟の差別を厳格にして言葉づかいの端々に至るまでやかましく云い方を規定したまたまそれに悖ることがあれば平身低頭して詫まっても容易に赦さず執拗にその無礼を責めた。故に様子を知らない新参の入門者は二人の間を疑う由もなかったという又鵙屋の奉公人共はあれでこいさんはどんな顔をして佐助どんを口説くのだろうこっそり立ち聴きしてやりたいと蔭口を云ったという何故春琴は佐助を待つことかくの如くであった乎。但し大阪は今日でも婚礼に家柄や資産や格式などを云々すること東京以上であり元来町人の見識の高い土地であるから封建の世の風習は思いやられる従って旧家の令嬢としての矜恃を捨てぬ春琴のような娘が代々の家来筋に当る佐助を低く見下したことは想像以上であったであろう。又盲目の僻みもあって人に弱味を見せまい馬鹿にされまいとの負けじ魂も燃えていたであろう。とすれば佐助を我が夫として迎えるなど全く己れを侮辱することだと考えたかも知れぬ宜しくこの辺の事情を察すべきであるつまり目下の人間と肉体の縁を結んだことを恥ずる心があり反動的に余所々々しくしたのであろう。然らば春琴の佐助を見ること生理的必要品以上に出でなかったであろう乎多分意識的にはそうであったかと思われる

○

伝に曰く「春琴居常潔癖にして聊かにても垢着きたる物を纏はず、肌着類は毎日取換へて洗濯を命じたりき。又朝夕に部屋の掃除を励行せしむること厳密を極め、坐する毎に一々指頭を以て座布団畳等の表面を撫で試み*毫釐の塵埃をも厭ひたりき。嘗て門弟の胃を病む者あり、口中に臭気あるを悟らず師の前に出でて稽古しけるに、春琴例の如く三の絃を*鏗然と弾きてその儘三味線を置き、顰蹙して一語を発せず、門弟為す所を知らずして恐る恐る理由を問ふこと再三に及びし時、妾は盲人なれ共鼻は確也、匆々に去って含嗽をせよと云ひしとぞ」と。盲人なるが故にかくの如く潔癖だったのでもあろうが又こういう人が盲人であったとすると身の周りの世話をする者の心づかいは推量に余る。手曳きという役は手を曳くばかりが受け持ちではない飲食起臥入浴上厠等日常生活の些事に亙って面倒を見なければならぬ而して佐助は春琴の幼時より此等の任務を担当し性癖を呑み込んでいたので彼でなければ到底気に入るようには行かなかった佐助は寧ろこの意味に於いて春琴に取り欠くべからざる存在であった。それに道修町の時分にはまだ両親や兄弟達へ気がねがあったけれども一戸の主となってからは潔癖と我が儘が募る一

毫釐　すこしの量。毫も釐も分量の単位で十毫が一釐。　**鏗然**　金属や石の楽器の音の形容。

方で佐助の用事はますます煩多を加えたのであるこれは鳴沢てる女の話で流石に伝には記してないが、お師匠様は厠から出ていらしっても手をお洗いになったことがなかったなぜなら用をお足しになるのに御自分の手は一遍もお使いにならない何から何まで佐助どんがして上げた入浴の時もそうであった高貴の婦人は平気で体じゅうを人に洗わせて羞恥ということを知らぬというがお師匠様も佐助どんに対しては高貴の婦人と選ぶ所はなかったそれは盲目のせいもあろうが幼い時からそういう習慣に馴れていたので今更何の感情も起らなかったのかも知れない。彼女は又非常にお洒落であった失明以来鏡を覗いたことはなくとも己れの容色については並々ならぬ自信があり衣類や髪飾りの配合等に苦労することは眼明きと同じであった思うに記憶力の強い彼女は九歳の時の己れの顔立ちを長く覚えていたであろうしその上世間の評判や人々のお世辞が始終耳にはいるので自分の器量のすぐれていることはよく承知していたのであるされば化粧に浮身を窶すことは大抵でなかった。常に鶯を飼っていて糞を糠に交ぜて使い又糸瓜の水を珍重し顔や手足がつるつる滑るようでなければ気持を悪がり地肌の荒れるのを最も忌んだ総べて絃楽器を弾く者は絃を押える必要上左手の指の爪の生え加減を気にするものだが必ず三日目毎に爪を剪らせ鑢をかけさせたそれが左の手ばかりでなく両手両足に及んだ剪ると云っても殆ど眼に見えて伸びていない僅かに一厘二厘に過ぎないのをいつも同じ恰好に正確に剪るように命じ剪った痕を一つ一つ手でさぐって見て少しでも狂いがあることを許さなかった佐助は実にこのような世話を一人で引き請け合間には又稽古をして貰い時にはお師匠様に代って後進の弟子達に教えもした

○

肉体の関係ということにもいろいろある佐助の如きは春琴の肉体の巨細を知り悉して剰す所なきに至り月並の夫婦関係や恋愛関係の夢想だもしない密接な縁を結んだのである後年彼が己れも亦盲目になりながら尚よく春琴の身辺に奉仕して大過なきを得たのは偶然でない。佐助は一生妻妾を娶らず丁稚時代より八十三歳の老後まで春琴以外に一人の異性をも知らずに終り他の婦人に比べてどうのこうのと云う資格はないけれども晩年鰥暮らしをするようになってから常に春琴の皮膚が世にも滑かで四肢が柔軟であったことを左右の人に誇って已まずそればかりが唯一の老いの繰り言であったしばしば掌を伸べてお師匠様の足はちょうどこの手の上へ載るほどであったと云い、又我が頬を撫でながら踵の肉でさえ己のここよりはすべすべして柔かであったと云った。彼女が小柄だったことは前に書いたが体は着痩せのする方で裸体の時は肉づきが思いの外豊かに色が抜けるほど白く幾つになっても肌に若々しいつやがあった平素魚鳥の料理を好み分けても鯛の造りが好物で当時の婦人としては驚くべき美食家であり酒も少々は嗜んで晩酌に一合は欠かさなかったと云うからそんなことが関係していたかも知れない〔盲人が物を食う時はさもしそうに見え気の毒な感じを催すものであるまして妙齢の美女の盲人に於てをや春琴はそれを知ってか知らずか佐助以外の者に飲食の態を見られるのを嫌った客に招かれた時なぞはほんの形式に箸を取るのみであったから至ってお上品のように思われたけれども内実は食べ物に贅を尽した尤も大食というのではない飯は軽く二杯たべおかずも一と箸ずついろいろの皿へ手をつけるので品数が多くなり給仕に手数のかかることは大抵でなかったまるで佐助を困らせるのが目的のように思えるほどだった。佐助は鯛のあら煮の身をむしること蟹蝦等の殻を剝ぐことが上手になり鮎などは姿を崩さずに尾の所から骨を綺麗に抜き取った」頭髪も亦非常に多量で真綿の如く柔くふわふわしていた手は華車で掌がよく撓い絃を扱うせいか指先に力があり平手で頰を撲たれると相当に痛かった。頗る上気せ性の癖に又頗る冷え性で盛夏と雖も嘗て肌に汗を知らず足は氷のようにつめたく四季を通じて厚い袘綿のはいった羽二重もしくは縮緬の小袖を寝間着に用い裾を長く曳いたまま着て両足を十分に包んで寝ねそれで少しも寝姿が乱れなかった。上気することを恐れるためなるべく炬燵や湯たんぽを用いず余り冷えると佐助が両足を懐に抱いて温めたがそれでも容易に温もらず佐助の胸が却って冷え切ってしまうのであった入浴の時は湯殿に湯気が籠らぬように冬でも窓を開け放ち微温湯に一二分間ずつ何回にも漬かるようにして長湯をすると直きに動悸がして湯気に上りそうになるので出来るだけ短時間に煖まり大急ぎで体を洗わねばならぬかくの如きことを知れば知るほど佐助の労苦真に察すべしである。而も物質的に報いられる所は甚だ薄く給料等も時々の手当てに過ぎず煙草銭にも窮することがあり衣類は盆暮れに仕着せを貰うだけであった師匠の代稽古はするけれども特別の地位は認められず門弟や女中共は彼を「佐助どん」と呼ぶように命ぜられ出稽古の供をする時は玄関先で待たされた。或る時佐助齲歯を病み右の頰が夥しく脹れ上り夜に入ってから苦痛堪え難きほどであったのを強いて怺えて色に表わさず折々そっと含嗽をして息がかからぬように注意しながら仕えているとやがて春琴は寝床にはいって肩を揉め腰をさすれと云う云われるままに暫く按摩しているともうよいから足を温めよと云う畏まって裾の方に横臥し懐を開いて彼女の蹠を我が胸板の上に載せたが胸が氷の如く冷えるのに反し顔は寝床のいきれのためにかっかっと火照って歯痛がいよいよ激しくなるのに溜りかね、胸の代りに脹れた頰を蹠へあてて辛うじて凌いでいると忽ち春琴がいやと云うほどその頰を蹴ったので佐助は覚えずあっと云って飛び上った。すると春琴が曰くもう温めてくれぬでもよい胸で温めよとは云うたが顔で温めよとは云わなんだ蹠に眼のなきことは眼明きも盲人も変りはないに何とて人を欺かんとはするぞ汝が歯を病んでいるらしきは大方昼間の様子にても知れたり且右の頰と左の頰と熱も違えば脹れ加減も違うことは蹠にてもよく分る也左程苦しくば正直に云うたらよろしからん妾とても召使を労わる道を知らざるにあらず然るにいかにも忠義らしく装いながら主人の体を以て歯を冷やすとは大それた横着者哉その心底憎さも憎しと。春琴の佐助を遇すること大凡この類であった分けても彼が年若い女弟子に親切にしたり稽古してやったりするのを懌ばずたまたまそういう疑いがあると嫉妬を露骨に表わさないだけ一層意地の悪い当り方をしたそんな場合に佐助は最も苦しめられた

○

女で盲目で独身であれば贅沢と云っても限度があり美衣美食を恣にしてもたかが知れているしかし春琴の家には主一人に奉公人が五六人も使われている月々の生活費も生やさしい額ではなかった何故そんなに金や人手がかかったと云うとその第一の原因は小

鳥道楽にあった就中彼女は鶯を愛した。今日啼きごえの優れた鶯は一羽一万円もするのがある往時と雖も事情は同じだったであろう。尤も今日と昔とでは啼きごえの聴き分け方や翫賞法が幾分異なるらしいけれどもまず今日の例を以て話せばケッキョ、ケッキョ、ケッキョケッキョと啼く所謂谷渡りの声ホーキーベカコンと啼く所謂高音、ホーホケキヨウの地声の外にこの二種類の啼き方をするのが値打ちなのであるこれは藪鶯では啼かないたまたま啼いてもホーキーベカコンと啼かずにホーキーベチャと啼くから汚い、ベカコンと、コンと云う金属性の美しい余韻を曳くようにするには或る人為的な手段を以て養成するそれは藪鶯の雛を、まだ尾の生えぬ時に生け捕って来て別な師匠の鶯に附けて稽古させるのである尾が生えてからだと親の藪鶯の汚い声を覚えてしまうので最早や矯正することが出来ない。師匠の鶯も元来そう云う風にして人為的に仕込まれた鶯であり有名なのは「鳳凰」とか「千代の友」とか云ったようにそれぞれ銘を持っているされぱどこの誰氏の家にはしかじかの名鳥がいると云うことになれば鶯を飼っている者は我が鶯のために遥々とその名鳥の許を訪ね啼き方を教えて貰うこの稽古を声を附けに行くと云い大抵早朝に出かけて幾日も続ける。時には師匠の鶯の方から一定の場所に出張し弟子の鶯共がその周囲に集まりあたかも唱歌の教室の如き観を呈する勿論箇々の鶯に依って素質の優劣声の美醜があり、同じ谷渡りや高音にも節廻しの上手下手余韻の長短等さまざまであるから良き鶯を獲ることは容易にあらず獲れば授業料の儲けがあるので価の高いのは当然である。春琴は我が家に飼っている一番優秀な鶯に「天鼓」と云う銘をつけて朝夕その声を聴くのを楽しんだ天鼓の啼く音は実に見事であった高音のコンという音の冴えて余韻のあることは人工の極致を尽した楽器のようで鳥の声とは思われなかったそれに声の寸が長く張りもあればつやもあったされば天鼓の取り扱いは甚だ鄭重で食物の如きも注意に注意を加えさせた普通鶯の擦り餌を作るには大豆と玄米を炒って粉にした物へ糠を交えて白粉を製し、別に鮒や鮠の干したのを粉にした鮒粉と云うものを用意してこの二つを半々に混じ大根の葉を擦った汁で溶く中々面倒なものであるその外声をよくするためには蘡薁という蔓草の茎の中に巣食う昆虫を捕って来て日に一匹或は二匹宛与えるかくの如き手数を要する鳥を大概五六羽は飼育していたので奉公人の一人か二人はいつもそれに係りきりであった。又鶯は人の見ている前では啼かない籠を飼桶という桐の箱に入れ障子を篏めて密閉し紙の外からほんのり明りがさすようにするこの飼桶の障子には紫檀黒檀などを用いて精巧な彫刻を施したり或は蝶貝を鏤め蒔絵を描いたりして趣向を凝らし中には骨董品などもあって今日でも百円二百円五百円などと云う高価なのが珍しくない天鼓の飼桶には支那から舶載したという逸品が篏まっていた骨は紫檀で作られ腰に琅玕の翡翠の板が入れてありそれへ細々と山水楼閣の彫りがしてあった誠に高雅なものであった。春琴は常に我が居間の床脇の窓の所にこの箱を据えて聴き入り天鼓の美しい声が囀る時は機嫌がよかった故に奉公人共は精々水をかけてやり啼かせるようにした大抵快晴の日の方がよく啼くので天気の悪い日は従って春琴も気むずかしくなった天鼓の啼くのは冬の末より春にかけてが最も頻繁で夏に至ると追い追い回数が少くなり春琴も次第に鬱々とする日が多かった。いったい鶯は上手に飼えば寿命が長いものだけれどもそれには細心の注意が肝要で経験のない者に任せたら直き死んでしまう死ねば又代りの鶯を買う春琴の家でも初代の天鼓は八歳の時に死しその後暫く二代目を継ぐ名鳥を得られなかったが、数年を経て漸く先代を恥かしめぬ鶯を養成しこれを再び天鼓と名づけて愛翫した「二代目の天鼓も亦その声霊妙にして*迦陵頻迦を欺きければ日夕籠を座右に置きて鍾愛すること大方ならず、常に門弟等をしてこの鳥の啼く音に耳を傾けしめ、然る後に諭して曰く、汝等天鼓の唄ふを聴け、元来は名もなき鳥の雛なれども幼少より練磨の功空しからずしてその声の美なること全く野生の鶯と異れり、人或は云はん、かくの如きは人工の美にして天然の美にあらず、谷深き山路に春を訪ね花を探りて歩く時流れを隔つる霞の奥に思ひも寄らず啼き出でたる藪鶯の声の風雅なるに如かずと、然れども妾は左様には思はず、藪鶯は時と所を得て始めて雅致あるやうに聞ゆる也、その声を論ずれば未だ美なりと云ふべからず、之に反して天鼓の如き名鳥の囀るを聞けば、居ながらにして幽邃閑寂なる山峡の風趣を偲び、渓流の響の*潺湲たるも尾上の桜の*靉靆たるも悉く心眼心耳に浮び来り、花も霞もその声の裡に備はりて身は紅塵万丈の都門にあるを忘るべし、是れ技工を以て天然の風景とその徳を争ふもの也音曲の秘訣もここに在りと。又鈍根の子弟を恥ぢしめて、小禽と雖も芸道の秘事を解するにあらずや汝人間に生れながら鳥類にも劣れりと叱咤すること屢〻なりき」成る程理屈はその通りであるが何かにつけて鶯に比較されては佐助を始め門弟一同やりきれなかったことであろう

○

鶯に次いで愛したものは雲雀であったこの鳥は天に向って飛揚せんとする習性があり籠の裡にあっても常に高く舞い上るので籠の形も縦に細長く造り三尺四尺五尺と云うような丈に達する。然れ共雲雀の声を真に賞美するには籠より放ってその姿の見えずなるまで空中に舞い上らせ、雲の奥深く分け入りながら啼く声を地上にあって聞くのである即ち雲切りの技を楽しむ。大抵雲雀は一定時間空中に留まった後再び元の籠へ舞い戻って来る空中に留まっている時間は十分乃至二三十分であり長く留まっているほど優秀な雲雀であるとされる故に雲雀の競技会の時には籠を一列に並べて置き同時に戸を開いて空へ放ちやり最後に戻って来たものを勝とする。劣等の雲雀は戻って来る時誤まって隣の籠へはいったり甚しきは一丁も二丁も離れた所へ下りたりするが普通はちゃんと自分の籠を弁えている蓋し雲雀は垂直に舞い上り空中の一箇所に留まっていて再び垂直に降下するのであるされば自然と元の籠へ戻るようになる雲切りとは云うけれども雲を切って横に飛ぶのではない雲を切るように見えるのは雲の方が雲雀を掠めて飛ぶためである。淀屋橋筋の春琴の家の隣近所に家居する者はうららかな春の日に盲目の女師匠が物干台に立ち出でて雲雀を空に揚げているのを見かけることが珍しくなかった彼女の傍にはいつも佐助が侍り外に鳥籠の世話をする女中が一人附いていた女師匠が命ずると女中が籠の戸を開ける雲雀は嬉々としてツンツン啼きながら高く高く昇って行き姿を霞の中に没

迦陵頻迦　仏教の経文で、極楽にいるという想像上の鳥。しぎに似ていて、雪山に棲み、妙音で経典の句を伝えるといわれ、人頭鳥身の姿で表わされる。　**潺湲**　水の流れる音。　**靉靆**　たなびくさま。

する女師匠は見えぬ眼を上げて鳥影を追いつつやがて雲の間から啼きしきる声が落ちて来るのを一心に聴き惚れている時には同好の人々がめいめい自慢の雲雀を持ち寄って競技に興じていることもある。そういう折に隣近所の人々も自分たちの家の物干に上って雲雀の声を聴かせて貰う中には雲雀よりも別嬪の女師匠の顔を見たがる手合もある町内の若い衆などは年中見馴れている筈だのに物好きな痴漢はいつの世にも絶えないもので雲雀の声が聞えるとそれ女師匠が拝めるぞとばかり急いで屋根へ上って行った彼等がそんなに騒いだのは盲目というところに特別の魅力と深みを感じ、好奇心をそそられたのであろう平素佐助に手を曳かれて出稽古に赴く時は黙々としてむずかしい表情をしているのに、雲雀を揚げる時は晴れやかに微笑んだり物を云ったりする様子なので美貌が生き生きと見えたのでもあろうか。まだこの外にも駒鳥鸚鵡目白頬白など飼ったことがあり時に依っていろいろな鳥を五羽も六羽も養っていたそれらの費用は大抵でなかったのである

○

彼女は所謂内面の悪い方であった外に出ると思いの外愛想がよく客に招かれた時などは言語動作が至ってしとやかで色気があり家庭で佐助をいじめたり弟子を打ったり罵ったりする婦人とは受け取りかねる風情があった又附き合いのためには見えを飾り派手を喜び祝儀無祝儀盆暮れの贈答等には鵙屋の娘たる格式を以て中々の気前を見せ、下男下女*おちゃこ駕籠舁き人力車夫等へ*纏頭にも思い切った額を弾んだ。だがそれならば無鉄

砲な浪費家であったかと云うのに、断じてそうではなかったらしい嘗て作者は「私の見た大阪及び大阪人」と題する篇中に大阪人のつましい生活振りを論じ東京人の贅沢には裏も表もないけれども大阪人はいかに派手好きのように見えても必ず人の気の付かぬ所で冗費を節し締括りを附けていることを説いたが春琴も道修町の町家の生れであるどうしてその辺にぬかりがあろうや極端に奢侈を好む一面極端に吝嗇で慾張りであった。もともと派手を競うのは持ち前の負けじ魂に発しているのでその目的に添わぬ限りは妄りに浪費することなく所謂死に金を使わなかった気紛れにぱっぱっと播き散らすのでなく使途を考え効果を狙ったのであるその点は理性的打算的であったされば或る場合には負けじ魂が却って貪慾に変形し門弟より徴する月謝やお膝付の如き、女の身として大凡そ他の師匠連との振り合いもあるべきに自ら恃すること頗る高く一流の検校と同等の額を要求して譲らなかった。そのくらいはまだよいとして弟子共が持って来る中元や歳暮の付け届け等にまで干渉し少しでも多いことを希望して暗々裡にその意を諷すること執拗を極めた或る時盲人の弟子があり家貧しき故に月々の謝礼も滞りがちであったが中元に付け届けをすることが出来ず心ばかりに白仙羹を一と折買って来て情を佐助に訴え、何卒私の貧を憐みお師匠様にそこを宜敷お執成し下されお目こぼしを願度と云った。佐助も気の毒に思い恐る恐るその旨を取り次いで陳弁すると俄かに顔の色を変えて月謝や付け届けを矢釜敷云うのを慾張りのように思うか知れぬがそんな訳ではない銭金はどうで

おちゃこ　上方方言。劇場や芝居茶屋などで客の接待をする女。　纏頭　祝儀のこと。もと歌舞演芸などをしたものに、衣服を脱いで与え、頭にまとわしたことからきた。

もよけれど大体の目安を定めて置かなんだら師弟の礼儀というものが成り立たぬ、あの子は毎月の謝礼をさえ怠り今又白仙羹一と折を中元と称して持参するとは無礼の至り師匠を蔑ろにすると云われても仕方がなかろう、乍折角それほど貧しくては芸道の上達も覚束ない勿論事と品に依っては無報酬にて教えてやらぬものでもないがそれは行く末に望みもあり万人に才を惜しまれるような麒麟児に限ったこと、貧苦に打ち克ち一と廉の名人となるほどの者は生れつきから違っている筈根と熱心とばかりでは行かぬあの子は厚かましいだけが取柄で芸の方はさして見込みがあろうとも思えず貧を憐んで下されなどとは己惚れも甚しい、なまじ人に迷惑をかけ恥を曝すよりもうこの道で立つことをふっつりあきらめたがよかろう、それでも習いたいのなら大阪には幾らもよい師匠があるどこへなと勝手に弟子入りをしや私の所は今日限り止めて貰いますと此方から断りますと、云い出したからはいかに詫び入っても聴き入れずとうとう本当にその弟子を断ってしまった。又余分の付け届けを持って行くとさしも稽古の厳重な彼女もその日一日はその子に対して顔色を和げ心にもない褒め言葉を吐いたりするので聞く方が気味を悪がりお師匠さんのお世辞と云うと恐ろしいものになっていた。そんな次第故諸方からの到来物は一々自ら吟味して菓子の折まで開けて調べるという風で月々の収入支出等も佐助を呼びつけて珠算盤を置かせ決算を明らかにした彼女は非常に計数に敏く暗算が達者であり一度聞いた数字は容易に忘れず米屋の払いがいくらいくら酒屋の払いがいくらいくらと二月三月前のことまで正確に覚えていた畢竟彼女の贅沢は甚だしく利己的なもので自分が奢りに耽るだけどこかで差引をつけなければならぬ結局お鉢は奉公人に廻った。彼女の家庭では彼女一人が大名のような生活をし佐助以下の召使は極度の節約を強いられるため爪に火を燈すようにして暮らしたその日その日の飯の減り方まで多いの少いのと云うので食事も十分には摂れなかった位であった奉公人は蔭口をきいて、お師匠様は鶯や雲雀の方がお前等より忠義者だと仰っしゃるが忠義なのも無理がない、私等よりも鳥の方がずっと大事にされていると云った

○

鵙屋の家でも父の安左衛門が生存中は月々春琴の云うがままに仕送ったけれども父親が死んで兄が家督を継いでからはそうそう云うなりにもならなかった。今日でこそ有閑婦人の贅沢は左迄珍しくないようなものの昔は男子でもそうは行かぬ裕福な家でも堅儀な旧家ほど衣食住の奢りを慎み僭上の誹を受けないようにし成り上り者に伍するのを嫌った春琴に奢侈を許したのは外に楽しみのない不具の身を憐れんだ親の情であったのだが、兄の代になると兎角の批難が出て最大限度月に幾何と額をきめられそれ以上の請求には応じてくれないようになった彼女の吝嗇もそういうことが多分に関係しているらしい。しかし尚且生活を支えて余りある金額であったから琴曲の教授などはどうでもよかったに違いなく弟子に対して鼻息の荒かったのも当然である。事実春琴の門を叩く者は幾人と数えるほどで寂々寥々たるものであったされぱこそ小鳥道楽などに耽っている暇があったのである但し春琴が生田流の琴に於ても三絃に於ても当時大阪第一流の名手であったことは決して彼女の自負のみにあらず公平な者は皆認めていた春琴の傲慢を憎

む者と雖も心中私かにその技を妬み或は恐れていたのである作者の知っている老芸人に青年の頃彼女の三絃をしばしば聴いたという者がある尤もこの人は浄るりの三味線弾きで流儀は自ら違うけれども近年地唄の三味線で春琴の如き微妙の音を弄するものを他に聴いたことがないと云う又団平が若い頃に嘗て春琴の演奏を聞き、あわれこの人男子と生れて太棹を弾きたらんには天晴れの名人たらんものをと嘆じたという団平の意太棹は三絃芸術の極致にして而も男子にあらざれば遂に奥義を究むる能わずたまたま春琴の天稟を以て女子に生れたのを惜しんだのであろうか、抑も亦春琴の三絃が男性的であったのに感じたのであろうか。前掲の老芸人の話では春琴の三味線を蔭で聞いていると音締が冴えていて男が弾いているように思えた音色も単に美しいのみではなくて変化に富み時には沈痛な深みのある音を出したといういかさま女子には珍しい妙手であったらしい。もし春琴が今少し如才なく人に謙ることを知っていたなら大いにその名が顕われたであろうに富貴に育って生計の苦難を解せず気随気儘に振舞ったために世間から敬遠され、その才の故に却って四方に敵を作り空しく埋れ果てたのは自業自得ではあるけれ共寔に不幸と云わねばならぬ。されば春琴の門に入る者は兼てより彼女の実力に服しこの人を措いて師と頼む者はないと云う風に思い詰め、修業のためには甘んじて苛辣な鞭撻を受けよう怒罵も打擲も辞する所にあらずという覚悟の上で来たのであったがそれでも長く堪え忍んだ者は少く大抵は辛抱出来ずにしまった素人などは一と月と続かなかった。按ずるに春琴の稽古振りが鞭撻の域を通り越して往々意地の悪い折檻に発展し嗜虐的色彩をまで帯びるに至ったのは幾分か名人意識も手伝っていたのであろう即ちそれを世間も許し門弟も覚悟していたのでそうすればするほど名人になったような気がし、段々図に乗って遂に自分を制しきれなくなったのである

○

鴫沢てる女はいう、お弟子さんはほんに少うございましたが中にはお師匠さんの御器量が目あてで習いに来られるお人もございました、素人衆は大概そんなのが多かったようでございますと。美貌で未婚で且資産家の娘であったからこれはいかにもありそうに思われる彼女が弟子を遇すること峻烈であったのはそういう冷やかし半分の狼連を撃退する手段でもあったと云うが皮肉にもそれが却って人気を呼んだらしくもある邪推をすれば真面目な玄人の門弟の中にも盲目の美女の笞に不思議な快感を味わいつつ芸の修業よりもその方に惹き付けられていた者が絶無ではなかったであろう幾人かはジャン・ジ*ャック・ルーソーがいたであろう今や春琴の身に降りかかった第二の災難を叙するに際し伝にも明瞭な記載を避けてあるためにその原因や加害者を判然と指摘し得ないのが残念であるが、恐らく上記の如き事情で門弟の何者かに深刻な恨みを買いその復讐を受けたと見るのが最も当っているようである。茲に考えられることは土佐堀の雑穀商美濃屋九兵衛の悴に利太郎と云うぼんちがあった中々の放蕩者で兼てより遊芸自慢であったが

ジャン・ジャック・ルーソー　Jean-Jacques Rousseau（1712—78）。フランス十八世紀の思想家。「エミール」などの著書がある。幼少時代愛に飢えた環境にあったため女性に対する被虐趣味があった。

いつの頃よりか春琴の門に入って琴三味線を習っていたこの者親の身代を鼻にかけどこへ行っても若旦那で通るのをよいことにして威張る癖があり同門の子弟を店の番頭手代並みに心得見下す風があったので春琴も心中面白くなかったけれども、そこは例の附け届けを十分にたっぷり薬を利かしてあるので断りもならず精々如才なく扱っていた。然るに流石のお師匠さんも己には一目置いているなどと云い触らし殊に佐助を軽蔑して彼の代稽古を嫌いお師匠さんの教授でなければ治まらず段々増長する様子に春琴も癇癖を募らせていたところ父親九兵衛が老後の用意に天下茶屋の閑静な場所を選び葛家葺の隠居所を建て十数株の梅の古木を庭園に取り込んであったが或る年の如月にここで梅見の宴を催し、春琴を招いたことがあった。総大将は若旦那の利太郎それに幇間芸者等の末*社が加わり春琴には佐助が附き添って行ったこと云うまでもない佐助はその日利太郎始め末社からちょいちょい杯をさされるので大いに当惑した近頃師匠の晩酌の相手をして少しばかり手が上ったけれども余り行ける口でなかったし他処へ行っては師匠の許可がない限り一滴と雖も飲むことを禁ぜられていたし酔っては肝腎の手曳きの役が忽諸になるから飲む真似をして胡麻化しているのを利太郎が眼敏く見つけ、お師匠はん、お師匠はんのお許しが出な佐助どん飲みゃはれしまへん今日は梅見だっしゃないかいな一日ぐらいゆっくりさしたげなはれ佐助どんがへたばったかて手曳きになりたがってる者がそこらに二人や三人いまんねと胴間声で絡んで来るので苦笑いしながらまあまあ少しはようござります余り酔わさんようにしてやって下されと程よくあしらうとさあお許しが出たとばかりに彼方からも此方からもさすそれでもきっと引き締めて七分通りは盃洗に飲ました。その日一座に連なった幇間も芸者もかねて聞き及んだ高名の女師匠を眼のあたりに見噂に違わぬ姥桜の艶姿と気韻とに驚かぬ者なく口々に褒めそやしたというそれは利太郎の胸中を察し歓心を買わんがためのお世辞でもあったであろうが当時三十七歳の春琴は実際よりも慥に十は若く見え色飽くまで白くして襟元などは見ている者がぞくぞくと寒気がするように覚えた甲の色のつやつやとした小さな手をつつましく膝に置いて俯向き加減にしている盲目の皃のあでやかさは一座の瞳を悉く惹き寄せて恍惚たらしめたのであった。滑稽なことは皆が庭園へ出て逍遥した時佐助は春琴を梅花の間に導いてそろりそろり歩かせながら「ほれ、ここにも梅がございます」と一々老木の前に立ち止まり手を把って幹を撫でさせた凡そ盲人は触覚を以て物の存在を確かめなければ得心しないものであるから、花木の眺めを賞するにもそんな風にする習慣がついていたのであるが、春琴の繊手が佶屈した老梅の幹を頻りに撫で廻す様子を見るや「ああ梅の樹が羨しい」と一幇間が奇声を発したすると今一人の幇間が春琴の前に立ち塞がり「わたい梅の樹だっせ」と道化た恰好をして疎影横斜の態を為したので一同がどっと笑い崩れた。これらは一種の愛嬌であって春琴を讃える意味にこそなれ侮る心ではなかったけれども遊里の悪洒落に馴れない春琴は余りよい気持ちがしなかったいつも眼明きと同等に待遇されることを欲し差別されるのを嫌ったのでこう云う冗談は何よりも癇に触った。やがて夜に入り座敷を変えて再び宴を開いた時佐助どんあんたも疲れはったやろお師匠

末社　たいこもち。客をとりもって遊ばせる男芸者。大神（大尽―大金持）をとりまくという意から出たことば。

はんはわいが預かる、あっちに支度したあるさかい一杯やって来とくなはれと云われるままに、無闇に酒を強いられぬうち腹を拵えて置くに如かずと佐助は別室へ引き退って先に夕飯の馳走を受けたが御飯を戴きますというのを銚子を持った老妓の一人がべったり着き切りでまあお一つまあお一つと重ねさせるお蔭で思いの外時間を潰したが食事を済ませても暫く呼びに来ないのでそこに控えていた間に座敷の方でどういうことがあったのか、佐助を呼んで下されと云うのを無理に遮り手水ならばわいが附いて行ったげると廊下へ連れて出て手を握ったか何かであろう、いえいえやはり佐助を呼んで下されと強情に手を振り払ってその儘立ちすくんでいる所へ佐助が駈け付け、顔色でそれと察した。しかし結局こんなことから出入りをしなくなってくれたらいい塩梅だと思っていたのに色男を台無しにされては素直にあきらめきれなかったものか又明くる日からずうずうしくも平気で稽古にやって来たのでそれならば本気で叩き込んでやる真剣の修行に堪えるなら堪えてみよと俄かに態度を改めてピシピシと教えた。そうなると利太郎は面喰って毎日三斗の汗を流しふうふう云い出した元来が自分免許の芸でおだてられているうちはよいが意地悪く突っ込まれたらアラだらけであるそこへ無遠慮な怒罵が飛ぶから稽古に事寄せて隙もあらばと云うようなだらけた心では辛抱しきれず次第に横着になりいくら熱心に教えてもわざと気のない弾き方をする遂に春琴は「阿呆」と云いさま撥を以て打った弾みに眉間の皮を破ったので利太郎は「あ痛」と悲鳴を挙げたが、額からぽたぽた滴れる血を押し拭い「覚えてなはれ」と捨台辞を残して憤然と座を立ちそれきり姿を見せなかった

○

一説に春琴に危害を加えた者は北の新地辺に住む某少女の父親ではなかったかというこの少女は芸者の*下地ッ子であったからみっちり仕込んで貰うつもりで稽古の辛さを怺えつつ春琴の門に通っていたところ或る日撥で頭を打たれ泣いて家へ逃げ帰ったその傷痕が生え際に残ったので当人よりも親父がカンカンに腹を立てて捻じ込んだ多分養父ではない実父だったのであろう何ぼ修行だからと云って年歯も行かぬ女の子を苛むにも程がある、売り物の顔に疵をつけられこの儘では済まされないどうしてくれると大分過激な言辞を使ったので持ち前の聴かぬ気を出し妾の所は躾が厳しいので通っているそのくらいなら何で稽古に寄越しなさったのかと逆捻じ的の挨拶をしたすると親父も負けてはいず打つのも殴るのもよいが眼の見えぬお人のすることは危険だどこへどんな怪我をさせるかも知れぬ盲人は盲人らしく殊勝にせよと、出様に依っては暴力にも訴えかねまじき気味合なので佐助が割ってはいりようようその場を預かって帰した春琴は真っ青になって慄え上り沈黙してしまったが最後まで謝罪の言葉を吐かなかったこの父親が娘の器量を損ぜられた仕返しに春琴の容貌に悪戯を加えたという。しかし生え際と云っても額の真中か耳のうしろかどこかにちょっぴり痕が附いたぐらいを根に持って一生相好が変るほどの凄じい危害を与えたと云うのは我が子いとしさに取り上気せた親心にしても余り復讐が執拗に過ぎる第一相手は盲人であるから美貌を醜貌に変ぜしめても当人にはそ

下地ッ子　将来芸者に仕立てるために養育して遊芸などを習わせておく少女。

れほど打撃にはならないもし春琴のみを目的とするなら他にもっと痛快な方法もあろう。察する所復讐者の意図は春琴を苦しめるに止まらず春琴以上に佐助を悲嘆せしめようとしたのではないかそれは又結果に於て最も春琴を苦しめることになるのであるかく考えれば前掲の少女の父親よりも利太郎を疑う方が順当のように思われるが如何。利太郎の横恋慕にどの程度の熱意があったか知るべくもないが若年の頃は誰しも年下の女より年増女の美に憧れる恐らく極道の果てのあでもないこうでもないが昂じた揚句盲目の美女に蠱惑を感じたのであろう最初は一時の物好きで手を出したとしても肘鉄砲を食わされた上に男の眉間まで割られれば随分性悪な意趣晴らしをしないものでもない。だが何分にも敵の多い春琴であったからまだこの外にもどんな人間がどんな理由で恨みを抱いていたかも知れず一概に利太郎であるとは断定し難い又必ずしも痴情の沙汰ではなかったかも知れない金銭上の問題にしても、前に挙げた貧しい盲人の弟子のような残酷な目に遭った者は一人や二人ではなかったという又利太郎ほど厚かましくはないにしても佐助を嫉妬していた者は何人もあったという佐助が一種奇妙な位置にある「手曳き」であったことは長い間には隠し切れず門弟中に知れ渡っていたから、春琴に思いを寄せる者は私かに佐助の幸福を羨み或る場合には彼のまめまめしい奉公振りに反感を抱いていたのである。正式の夫であるならば或はせめて情夫としての待遇を受けているなら文句の出どころはなかったけれども表面はどこまでも手曳きであり奉公人であり按摩から三介の役まで勤めて春琴の身の周りのことは一切取りしきり忠実一方の人間らしく振舞っているのを見ては、裏面の消息を解する者には片腹痛く思えたでもあろうああ云う手曳きならちっとやそっと辛いことがあっても己だって勤める感心するには当らぬと嘲る者も少くなかった。されば佐助に憎しみをかけ春琴の美貌が一朝恐ろしい変化を来たしたら彼奴がどんな面をするかそれでも神妙にあの世話の焼ける奉公を仕遂げるだろうかそれが見物だと云う全くの*敵本主義からでも決行しないとは限らない。要するに臆説紛々として孰れが真相やら判定し難いが茲に全然意外な方面に疑いをかけようとする有力な一説があって曰く、恐らく加害者は門弟ではあるまい春琴の商売敵である某検校か某女師匠であろうと。別に証拠はないけれども或はこれが最も穿った観察であるかも知れない蓋し春琴が居常傲岸にして芸道にかけては自ら第一人者を以て任じ世間もそれを認める傾向があったことは同業の師匠連の自尊心を傷け時には脅威ともなったであろう検校と云えば昔は京都より盲人の男子に下される一つの立派な「位」であって特別の衣服と乗物を許され尋常芸人の輩とは世間の待遇も違っていたのに、そう云う人が春琴の技に及ばないと云う噂を立てられては盲人であるだけに根強い意趣を含んだでもあろうし何とかして彼女の技術と評判とを葬り去る陰険な手段をも考えたであろうよく芸の上の嫉妬から水銀を飲ましたと云う例を聞くが春琴の場合は声楽と器楽と両方であったから彼女の見え坊と器量自慢とに附け込み再び公衆の面前へ出られぬように相を変えさせたと云うのである。もし加害者が某検校にあらずして某女師匠であったとすれば器量自慢ま

敵本主義　真の目的を隠して、他を目的とするかのようにみせかけて行動すること。明智光秀が本能寺に信長を襲った時、直前まで毛利勢を攻めると見せかけて、急に「わが敵は本能寺にあり」と言った故事による。

でが面憎かったに違いないから彼女の美貌を破壊し去ることに一層の快味を覚えたであろう。かく色々と疑い得らるる原因を数えて来れば早晩春琴に必ず誰かが手を下さなければ済まない状態にあったことを察すべく彼女は不知不識の裡に禍の種を八方へ蒔いていたのである

○

前記天下茶屋の梅見の宴の後約一箇月半を経た三月晦日の夜八つ半時頃即ち午前三時々分に「佐助は春琴の苦吟する声に驚き眼覚めて次の間より馳せ付け、急ぎ燈火を点じて見れば、何者か雨戸を抉じ開け春琴が伏戸に忍び入りしに、早くも佐助が起き出でたるけはひを察し、一物をも得ずして逃げ失せぬと覚しく、既に四辺に人影もなかりき。この時賊は周章の余り、有り合はせたる鉄瓶を春琴の頭上に投げ付けて去りしかば、雪を欺く豊頬に熱湯の余沫飛び散りて口惜しくも一点火傷の痕を留めぬ。素より白璧の微瑕に過ぎずして昔ながらの花顔玉容は依然として変らざりしかども、それより以後春琴は我が面上の些細なる傷を恥づること甚しく、常に縮緬の頭巾を以て顔を覆ひ、終日一室に籠居して嘗て人前に出でざりしかば、親しき親族門弟と雖もその相貌を窺ひ知り難く、為めに種々なる風聞臆説を生むに至りぬ」と云うのが春琴伝の記載である。伝は続けて曰く「蓋し負傷は軽微にして天稟の美貌を殆ど損ずることなかりき。その人に面接するを厭ひたるは彼女が潔癖の致す所にして、取るにも足らぬ傷痕を恥辱の如く考へしは盲人の思ひ過しとや云はん」と。更に又曰く「然るに如何なる因縁にや、それより数

十日を経て佐助も亦白内障を煩ひ、忽ち両眼暗黒となりぬ。佐助は我が眼前朦朧として物の形の次第に見え分かずなり行きし時、俄盲目の怪しげなる足取りにて春琴の前に至り、狂喜して叫んで曰く、師よ、佐助は失明致したり、最早や一生お師匠様のお顔の瑕を見ずに済む也、寔によき時に盲目となり候もの哉、是れ必ず天意にて侍らんと。春琴之を聴きて憮然たること良〻久し矣」と。佐助が衷情を思いやれば事の真相を発くのに忍びないけれどもこの前後の伝の叙述は故意に曲筆しているものと見る外はない彼が偶然白内障になったと云うのも腑に落ちないし又春琴がいかに潔癖でありいかに盲人の思い過しであろうとも天稟の美貌を損じなかった程度の火傷であるならば何を以て頭巾で面体を包んだり人に接するのを厭ったりしようぞ事実は花顔玉容に無残な変化を来したのである。鳴沢てる女その他二三の人の話に依ると賊は予め台所に忍び込んで火を起し湯を沸かした後、その鉄瓶を提げて伏戸に闖入し鉄瓶の口を春琴の頭の上に傾けて真正面に熱湯を注ぎかけたのであると云う最初からそれが目的だったので普通の物盗りでもなければ狼狽の余りの所為でもないその夜春琴は全く気を失い、翌朝に至って正気付いたが焼け爛れた皮膚が乾き切るまでに二箇月以上を要した中々の重傷だったのである。されば物凄い相貌の変り方について種々奇怪なる噂が立ち毛髪が剝落して左半分が禿げ頭になっていたと云うような風聞も根のない臆説とのみ排し去る訳には行かない佐助はそれ以来失明したから見ずに済んだでもあろうけれども、「親しき親族門弟と雖もその相貌を窺ひ知り難」かったと云うのは如何であろう乎絶対に何人にも見せないようにすることは不可能であろうし現に鳴沢てる女の如きも見ていない筈はないのである。但してる女も佐助の志を重んじ決して春琴の容貌の秘密を人に語らない私も一往は尋ねてみたが佐助さんはお師匠様を始終美しい器量のお方じゃと思い込んでいやはりましたので私もそう思うようにしておりましたと云い委しくは教えてくれなかった

○

佐助は春琴の死後十余年を経た後に彼が失明した時のいきさつを側近者に語ったことがありそれに依って詳細な当時の事情が漸く判明するに至った。即ち春琴が兇漢に襲われた夜佐助はいつものように春琴の閨の次の間に眠っていたが物音を聞いて眼を覚ますと有明行燈の灯が消えてい真っ暗な中に呻きごえがする佐助は驚いて跳び起きまず灯をともしてその行燈を提げたまま屏風の向うに敷いてある春琴の寝床の方へ行ったそしてぼんやりした行燈の灯影が屏風の金地に反射する覚束ない明りの中で部屋の様子を見廻したけれ共何も取り散らした形跡はなかった唯春琴の枕元に鉄瓶が捨ててあり、春琴も蓐中にあって静かに仰臥していたが何故か呍々と呻っている佐助は最初春琴が夢に魘されているのだと思いお師匠さまどうなされましたお師匠さまと枕元へ寄って揺り起そうとした時我知らずあと叫んで両眼を蔽うた佐助々々わては浅ましい姿にされたぞわての顔を見んとおいてと春琴も亦苦しい息の下から云い身悶えしつつ夢中で両手を動かし顔を隠そうとする様子に御安心なされませお皃は見は致しませぬこの通り眼をつぶっておりますと行燈の灯を遠のけるとそれを聞いて気が弛んだものかそのまま人事不省になった。その後も始終誰にもわての顔を見せてはならぬきっとこのことは内密にしてと夢うつつの裡に譫語を云い続け、何のそれほど御案じになることがござりましょう火膨れの痕が直りましたらやがて元のお姿に戻られますと慰めればこれほどの大火傷に面体の変らぬ筈があろうかそのような気休めは聞きともないそれより顔を見ぬようにしてと意識が恢復するにつれて一層云い募り、医者の外には佐助にさえも負傷の状態を示すことを嫌がり膏薬や繃帯を取り替える時は皆病室を追い立てられた。されば佐助は当夜枕元へ駈け付けた瞬間焼け爛れた顔を一と眼見たことは見たけれ共正視するに堪えずして咄嗟に面を背けたので燈明の灯の揺めく蔭に何か人間離れのした怪しい幻影を見たかのような印象が残っているに過ぎず、その後は常に繃帯の中から鼻の孔と口だけ出しているのを見たばかりであると云う思うに春琴が見られることを怖れた如く佐助も見ることを怖れたのであった彼は病床へ近づく毎に努めて眼を閉じ或は視線を外らすようにした故に春琴の相貌が如何なる程度に変化しつつあるかを実際に知らなかったし又知る機会を自ら避けた。然るに養生の効あって負傷も追い追い快方に赴いた頃一日病室に佐助が唯一人侍坐していると佐助お前はこの顔を見たであろうのと突如春琴が思い余ったように尋ねたいえいえ見てはならぬと仰っしゃってでござりますものを何でお言葉に違いましょうぞと答えるともう近いうちに傷が癒えたら繃帯を除けねばならぬしお医者様も来ぬようになる。そうしたら余人は兎も角お前にだけはこの顔を見られねばならぬと勝気な春琴も意地が挫けたかついぞないことに涙を流し繃帯の上から頻りに両眼を押し拭えば佐助も諳然として云うべき言葉なく共に嗚咽するばかりであったがようござります、必ずお顔を見ぬように致します御安心なさりませと何事か期する所があるように云った。

それより数日を過ぎ既に春琴も床を離れ起きているようになり何時繃帯を取り除けても差支ない状態にまで治癒した時分或る朝早く佐助は女中部屋から下女の使う鏡台と縫針とを密かに持って来て寝床の上に端座し鏡を見ながら我が眼の中へ針を突き刺した針を刺したら眼が見えぬようになると云う智識があった訳ではないなるべく苦痛の少い手軽な方法で盲目になろうと思い試みに針を以て左の黒眼を突いてみた黒眼を狙って突き入れるのはむずかしいようだけれども白眼の所は堅くて針がはいらないが黒眼は柔かい二三度突くと巧い工合にずぶと二分ほどはいったと思ったら忽ち眼球が一面に白濁し視力が失せて行くのが分った出血も発熱もなかった痛みも殆ど感じなかったこれは水晶体の組織を破ったので外傷性の白内障を起したものと察せられる佐助は次に同じ方法を右の眼に施し瞬時にして両眼を潰した尤も直後はまだぼんやりと物の形など見えていたのが十日ほどの間に完全に見えなくなったと云う。程経て春琴が起き出でた頃手さぐりしながら奥の間に行きお師匠様私はめしいになりました。もう一生涯お顔を見ることはござりませぬと彼女の前に額ずいて云った。佐助、それはほんとうか、と春琴は一語を発し長い間黙然と沈思していた佐助はこの世に生れてから後にも先にもこの沈黙の数分間ほど楽しい時を生きたことがなかった昔*悪七兵衛景清は頼朝の器量に感じて復讐の念を断じ最早や再びこの人の姿を見まいと誓い両眼を抉り取ったと云うそれと動機は異なるけれどもその志の悲壮なことは同じであるそれにしても春琴が彼に求めたものはかくの如きことであった乎過日彼女が涙を流して訴えたのは、私がこんな災難に遭った以上お前も盲目になって欲しいと云う意であった乎そこまでは忖度し難いけれども、佐助それはほんとうかと云った短かい一語が佐助の耳には喜びに慄えているように聞えた。そして無言で相対しつつある間に盲人のみが持つ第六感の働きが佐助の官能に芽生えて来て唯感謝の一念より外何物もない春琴の胸の中を自ずと会得することが出来た今まで肉体の交渉はありながら師弟の差別に隔てられていた心と心とが始めて犇と抱き合い一つに流れて行くのを感じた少年の頃押入れの中の暗黒世界で三味線の稽古をした時の記憶が蘇生って来たがそれとは全然心持が違った凡そ大概な盲人は光の方向感だけは持っている故に盲人の視野はほの明るいもので暗黒世界ではないのである佐助は今こそ外界の眼を失った代りに内界の眼が開けたのを知り嗚呼これが本当にお師匠様の住んでいらっしゃる世界なのだこれで漸うお師匠様と同じ世界に住むことが出来たと思ったもう衰えた彼の視力では部屋の様子も春琴の姿もはっきり見分けられなかったが繃帯で包んだ顔の所在だけが、ぼうっと仄白く網膜に映じた彼にはそれが繃帯とは思えなかったつい二た月前までのお師匠様の円満微妙な色白の顔が鈍い明りの圏の中に来迎仏の如く浮かんだ

○

佐助痛くはなかったかと春琴が云ったいいえ痛いことはござりませなんだ御師匠様の大難に比べましたらこれしきのことが何でござりましょうあの晩曲者が忍び入り辛き目

悪七兵衛景清　平氏の侍大将平景清。藤原忠清の子。体が大きく勇力に富み、伯父大日坊を殺したので悪七兵衛と称された。景清が盲目になった話は、謡曲の「景清」、浄瑠璃の「壇浦兜軍記」などに採られている。

をおさせ申したのを知らずに睡っておりましたのは返す返すも私の不調法毎夜お次の間に寝させて戴くのはこういう時の用心でござりますのにこのような大事を惹き起しお師匠様を苦しめて自分が無事でおりましては何としても心が済まず罰が当ってくれたらよいと存じまして何卒わたくしにも災難をお授け下さりませこうしていては申訳の道が立ちませぬと御霊様に祈願をかけ朝夕拝んでおりました効があって有難や望みが叶い今朝起きましたらこの通り両眼が潰れておりました定めし神様も私の志を憐れみ願いを聞き届けて下さったのでござりましょうお師匠様お師匠様私にはお師匠様のお変りなされたお姿は見えませぬ今も見えておりますのは三十年来眼の底に沁みついたあのなつかしいお顔ばかりでござります何卒今まで通りお心置きのうお側に使って下さりませ俄盲目の悲しさには立ち居も儘ならず御用を勤めますのにもたどたどしゅうござりましょうがせめて御身の周りのお世話だけは人手を借りとうござりませぬと、春琴の顔のありかと思われる仄白い円光の射して来る方へ盲いた眼を向けるとよくも決心してくれました嬉しゅう思うぞえ、私は誰の恨みを受けてこのような目に遭うたのか知れぬがほんとうの心を打ち明けるなら今の姿を外の人には見られてもお前にだけは見られとうないそれをようこそ察してくれました。あ、あり難うござり升そのお言葉を伺いました嬉しさは両眼を失うたぐらいには換えられませぬお師匠様や私を悲嘆に暮れさせ不仕合わせな目に遭わせようとした奴はどこの何者か存じませぬがお師匠様のお顔を変えて私を困らしてやると云うなら私はそれを見ないばかりでござり升私さえ目しいになりましたらお師匠様の御災難は無かったのも同然、折角の悪企みも水の泡になり定めし其奴は案に相違していることでござりましょうほんに私は不仕合わせどころかこの上もなく仕合わせでござり升卑怯な奴の裏を掻き鼻をあかしてやったかと思えば胸がすくようでござり升佐助もう何も云やんなと盲人の師弟相擁して泣いた

◯

禍を転じて福と化した二人のその後の生活の模様を最もよく知っている生存者は鴫沢てる女あるのみである照女は本年七十一歳春琴の家に内弟子として住み込んだのは明治七年十二歳の時であった。てる女は佐助に糸竹の道を習う傍二人の盲人の間を斡旋して手曳きとも付かぬ一種の連絡係りを勤めた蓋し一人は俄盲目一人は幼少からの盲目とは云え箸の上げ下しにも自分の手を使わず贅沢に馴れて来た婦人のこと故是非共そう云う役目を勤める第三者の介在が必要でありなるべく気の置けない少女を雇うことにしていたがてる女が採用されてからは実体な所が気に入られ大いに二人の信任を得てその儘長く奉公をし、春琴の死後は佐助に仕えて彼が検校の位を得た明治二十三年まで側に置いて貰ったと云う。てる女が明治七年に始めて春琴の家へ来た時春琴は既に四十六歳遭難の後九年の歳月を経もう相当の老婦人であった顔は仔細があって人には見せない又見てはならぬと聞かされていたが、紋羽二重の被布を着て厚い座布団の上に据わり浅黄鼠の縮緬の頭巾で鼻の一部が見える程度に首を包み頭巾の端が眼瞼の上へまで垂れ下るようにし頰や口なども隠れるようにしてあった。佐助は眼を突いた時が四十一歳初老に及んでの失明はどんなにか不自由だったであろうがそれでいながら痒い処へ手が届くように春琴を労わり少しでも不便な思いをさせまいと努める様は端の見る目もいじらしかった春琴も亦余人の世話では気に入らず私の身の周りのことは眼明きでは勤まらない長年の習慣故佐助が一番よく知っていると云い衣裳の着附けも入浴も按摩も上厠も未だに彼を煩わした。さればてる女の役目と云うのは春琴よりも寧ろ佐助の身辺の用を足すことが主で直接春琴の体に触れたことはめったになかった食事の世話だけは彼女がいないとどうにもならなかったけれどもその外は唯入用な品物を持ち運び間接に佐助の奉公を助けた例えば入浴の時などは湯殿の戸口までは二人に附いて行きそこで引き退って手が鳴ってから迎えに行くともう春琴は湯から上って浴衣を着頭巾を被っているその間の用事は佐助が一人で勤めるのであった盲人の体を盲人が洗ってやるのはどんな風にするものか嘗て春琴が指頭を以て老梅の幹を撫でた如くにしたのであろうが手数の掛かることは論外であったろう万事がそんな調子だからとてもややこしくて見ていられない、よくまああれでやって行けると思えたが当人たちはそう云う面倒を享楽しているものの如く云わず語らず細やかな愛情が交されていた。按ずるに視覚を失った相愛の男女が触覚の世界を楽しむ程度は到底われ等の想像を許さぬものがあろうさすれば佐助が献身的に春琴に仕え春琴が又怡々としてその奉仕を求め互に倦むことを知らなかったのも訝しむに足りない。而も佐助は春琴の相手をする余暇を割いて多くの子女を教えていた当時春琴は一室に垂れ籠めてのみ暮らすようになり佐助に琴台と云う号を与えて門弟の稽古を全部引き継がせ、音曲指南の看板にも鵙屋春琴の名の傍へ小さく温井琴台の名を掲げていたが佐助の忠義と温順とは夙に近隣の同情を集め春琴時代より却って門下が賑わっていた滑稽なことは佐助が弟子に教えている間春琴は独り奥の間にいて鶯の啼く音などに聞き惚れていたが、時々佐助の手を借りなければ用の足りない場合が起ると稽古の最中でも佐助々々と呼ぶすると佐助は何を措いてもすぐ奥の間へ立って行ったそんな訳だから常に春琴の座右を案じて出教授には行かず宅で弟子を取るばかりであった。茲に一言すべきことはその頃道修町の春琴の本家鵙屋の店は次第に家運が傾きかけ、月々の仕送りも途絶えがちになっていたのであるもしそう云う事情がなければ何を好んで佐助は音曲を教えようぞ忙しい合間を見つつ春琴の許へ飛んで行った片羽鳥は稽古をつけながらも気が気でなかったであろうし春琴も亦同じ思いに悩んだであろう

○

師匠の仕事を譲り受けて痩腕ながら一家の生計を支えて行った佐助は何故正式に彼女と結婚しなかったのか春琴の自尊心が今もそれを拒んだのであろう乎てる女が佐助自身の口から聞いた話に春琴の方は大分気が折れて来たのであったが佐助はそう云う春琴を見るのが悲しかった、哀れな女気の毒な女としての春琴を考えることが出来なかったと云う畢竟めしいの佐助は現実に眼を閉じ永劫不変の観念境へ飛躍したのである彼の視野には過去の記憶の世界だけがあるもし春琴が災禍のため性格を変えてしまったとしたらそう云う人間はもう春琴ではない彼はどこまでも過去の驕慢な春琴を考えるそうでなければ今も彼が見ているところの美貌の春琴が破壊されるされば結婚を欲しなかった理由は春琴よりも佐助の方にあったと思われる。佐助は現実の春琴を以て観念の春琴を喚び

起す媒介としたのであるから対等の関係になることを避けて主従の礼儀を守ったのみならず前よりも一層己れを卑下し奉公の誠を尽して少しでも早く春琴が不幸を忘れ去り昔の自信を取り戻すように努め、今も昔の如く薄給に甘んじ下男同様の粗衣粗食を受け収入の全額を挙げて春琴の用に供したその他経済を切り詰めるため奉公人の数を減らし色々の点で節約したけれ共彼女の慰安には何一つ遺漏のないようにした故に盲目になってからの彼の労苦は以前に倍加した。てる女の言に依れば当時門弟達は佐助の身なりが余りみすぼらしいのを気の毒がり今少し辺幅を整えるように諷する者があったけれ共耳にもかけなかったそして今も尚門弟達が彼を「お師匠さん」と呼ぶことを禁じ「佐助さん」と呼べと云いこれには皆が閉口してなるべく呼ばずに済まそうと心がけたがてる女だけは役目の都合上そう云う訳に行かず常に春琴を「お師匠様」と呼び佐助を「佐助さん」と呼び習わした。春琴の死後佐助がてる女を唯一の話相手とし折に触れては亡き師匠の思い出に耽ったのもそんな関係があるからである後年彼は検校となり今は誰にも憚からずお師匠様と呼ばれ琴台先生と云われる身になったがてる女からは佐助さんと呼ばれるのを喜び敬称を用いるのを許さなかった嘗ててる女に語って云うのに、誰しも眼が潰れることは不仕合わせだと思うであろうが自分は盲目になってからそう云う感情を味わったことがない寧ろ反対にこの世が極楽浄土にでもなったように思われお師匠様と唯二人生きながら蓮の台の上に住んでいるような心地がした、それと云うのが眼が潰れると眼あきの時に見えなかったいろいろのものが見えてくるお師匠様のお顔なぞもその美しさが沁々と見えてきたのは目しいになってからであるその外手足の柔かさ肌のつやつやしさお声の綺麗さもほんとうによく分るようになり眼あきの時分にこんなにまでと感じなかったのがどうしてだろうかと不思議に思われた取り分け自分はお師匠様の三味線の妙音を、失明の後に始めて味到したいつもお師匠様は斯道の天才であられると口では云っていたものの漸くその真価が分り自分の技倆の未熟さに比べて余りにも懸隔があり過ぎるのに驚き今までそれを悟らなかったのは何と云う勿体ないことかと自分の愚かさが省みられたされば自分は神様から眼あきにしてやると云われてもお断りしたであろうお師匠様も自分も盲目なればこそ眼あきの知らない幸福を味えたのだと。佐助の語る所は彼の主観の説明を出でずどこまで客観と一致するかは疑問だけれ共余事は兎に角春琴の技芸は彼女の遭難を一転機として顕著な進境を示したのではあるまい乎。いかに春琴が音曲の才能に恵まれていても人生の苦味酸味を嘗めて来なければ芸道の真諦に悟入することはむずかしい彼女は従来甘やかされて来た他人に求むる所は酷で自分は苦労も屈辱も知らなかった誰も彼女の高慢の鼻を折る者がなかった然るに天は痛烈な試練を降して生死の巌頭に彷徨せしめ増上慢を打ち砕いた。思うに彼女の容貌を襲った災禍はいろいろの意味で良薬となり恋愛に於ても芸術に於ても嘗て夢想だもしなかった三昧境のあることを教えたであろうてる女は屢〻春琴が無聊の時を消すために独りで絃を弄んでいるのを聞いた又その傍に佐助が恍惚として項を垂れ一心に耳を傾けている光景を見たそして多くの弟子共は奥の間から洩れる精妙な撥の音を訝しみあの三味線には仕掛けがしてあるのではないかなどと呟いたと云う。この時代に春琴は弾絃の技巧のみならず作曲の方面にも思いを凝らし夜中密かにあれかこれかと爪弾きで音を綴っていたてる女が覚

えているのに「春鶯囀」と「六の花」の二曲があり先日聞かして貰ったが独創性に富み作曲家としての天分を窺知するに足りる

○

春琴は明治十九年六月上旬より病気になったが病む数日前佐助と二人中前栽に降り愛玩の雲雀の籠を開けて空へ放った照女が見ていると盲人の師弟手を取り合って空を仰ぎ遥かに遠く雲雀の声が落ちて来るのを聞いていた雲雀は頻りに啼きながら高く高く雲間へはいりいつまでたっても降りて来ない余り長いので二人共気を揉み一時間以上も待ってみたが遂に籠に戻らなかった。春琴はこの時から怏々として楽しまず間もなく脚気に罹り秋になってから重態に陥り十月十四日心臓麻痺で長逝した。雲雀の外に第三世の天鼓を飼っていたのが春琴の死後も生きていたが佐助は長く悲しみを忘れず天鼓の啼く音を聞く毎に泣き暇があれば仏前に香を薫じて或る時は琴を或る時は三絃を取り春鶯囀を弾いた。夫れ*緡蛮たる黄鳥は丘隅に止るとと云う文句で始まっているこの曲は蓋し春琴の代表作で彼女が心魂を傾け尽したものであろう詞は短いが非常に複雑な手事が附いている春琴は天鼓の啼く音を聞きながらこの曲の構想を得たのである手事の旋律は*鶯の凍れる涙今やとくらんと云う深山の雪の漏けそめる春の始めから、水嵩の増した渓流のせせらぎ松籟の響き東風の訪れ野山の霞梅の薫り花の雲さまざまな景色へ人を誘い、谷から谷へ枝から枝へ飛び移って啼く鳥の心を隠約の裡に語っている生前彼女がこれを奏でると天鼓も嬉々として咽喉を鳴らし声を絞り絃の音色と技を競った。天鼓はこの曲を聞いて生れ故郷の渓谷を想い広々とした天地の陽光を慕ったのであろうが佐助は春鶯囀を弾きつつどこへ魂を馳せたであろう触覚の世界を媒介として観念の春琴を視詰めることに慣らされた彼は聴覚に依ってその欠陥を充たしたのであろう乎。人は記憶を失わぬ限り故人を夢に見ることが出来るが生きている相手を夢でのみ見ていた佐助のような場合にはいつ死別れたともはっきりした時は指せないかも知れない。因みに云う春琴と佐助との間には前記の外に二男一女があり女児は分娩後に死し男児は二人共赤子の時に河内の農家へ貰われたが春琴の死後も遺れ形見には未練がないらしく取り戻そうともしなかったし子供も盲人の実父の許へ帰るのを嫌った。かくて佐助は晩年に及び嗣子も妻妾もなく門弟達に看護されつつ明治四十年十月十四日光誉春琴恵照禅定尼の祥月命日に八十三歳と云う高齢で死んだ察する所二十一年も孤独で生きていた間に在りし日の春琴とは全く違った春琴を作り上げ愈ゝ鮮かにその姿を見ていたであろう佐助が自ら眼を突いた話を天龍寺の*峩山和尚が聞いて、転瞬の間に内外を断じ醜を美に回した禅機を賞し達人の所為に庶幾しと云ったと云うが読者諸賢は首肯せらるるや否や

緡蛮たる黄鳥　緡蛮とは鳥の鳴声の形容。黄鳥はうぐいす。　**鶯の凍れる涙今やとくらん**　古今和歌集巻一春歌「二条の后の春のはじめの御歌　雪のうちに春は来にけりうぐひすの凍れる涙いまやとくらむ」による。

峩山和尚　橋本峨山。嘉永五年―明治三十三年（1852―1900）。臨済宗の僧侶。名は昌禎。京都烏丸の人。五歳の時鹿王院で得度し、明治三十二年（1899）天龍寺を嗣いでからは寺門を大いに揚げた。著書に「峨山禅師言行録」がある。

谷崎潤一郎伝

井上靖

I

こんど谷崎潤一郎の評伝並びに作品解説の筆を執るに当って、氏の半世紀の長きに亙る作家生活が生み出した夥しい数の小説、随筆類の主なものを読み返してみる機会を持った。「少将滋幹の母」「細雪」「鍵」「瘋癲老人日記」等、終戦後に発表されたものは、それぞれそれを読んだ時の記憶もまだ鮮やかで、再読してさして前の印象を改めることもなかったが、それ以前の作品は若い時読んだままになっているものが多く、記憶も曖昧で、中には初めて読むような思いを懐かせられるものもあって、こうした通読の機会を持ったことは大変いいことだったと思う。その代り、長く宝石箱の中に仕舞い込んでおいたものが、取り出してみると意外に輝きを失ったものに変じている場合もあって、そうした時は損をしたような気持にもなったが、またその反対の場合もあった。私は今まで大切に仕舞い込んでいた幾つかの宝石を失い、その代り新しい幾つかの宝石を得た。

新しく得た宝石の中で最も大きいものは「瘋癲老人日記」である。これは発表当時読んで、氏の代表作の一つに算えるべきものであるとは思っていたが、こんど再読して、と言うよりは氏の八十年の生涯の果てに置かれている作品として改めて読んで、前とは比較にならぬ程の強い感動をこの作品から受けた。この作品に於てみる谷崎潤一郎という作家の老成の仕方というか、解脱の仕方というか、ある到達点への到達の仕方は非凡であると思った。このように不逞不逞しく、同時にまた気楽に死の前に居坐った人間のあるのを私は知らない。

「瘋癲老人日記」は言うまでもなく、死と性を取り扱った小説で、主人公は老人である。作者は老人の持つあらゆる要素を抽出して、それで一人の人造老人を作り上げ、その老人に死と格闘させ、性と格闘させている。

「瘋癲老人日記」は、氏がそれまで書いた作品の系譜に於てはどこにも席がない。前期のいわゆる悪魔主義の作品と称せられる一聯の作品とも、また「蘆刈」「吉野葛」等に見る古典美の世界とも、「陰翳礼讃」に見る美意識とも、上方文化への傾倒を美しい絨毯模様に織ってみせた「細雪」の世界とも、それらの孰れとも異ったところに坐っている。それでいて、この作品はそれまでの氏の作品と全く無関係かというとそうではない。女性崇拝や被虐症的なものは、氏がどの作品に於ても護符のように離さなかったと同様に、この作品に於てもまた離してはいない。西洋趣味も古いものへの憧憬も、それぞれ今までとは違った頗る無造作な形ではあるが、そこにちゃんと投げ込まれている。大体作品の主題そのものが氏にとって決して新しいものではないのである。

　それでいて出来上がった作品は全く従来のどの作品とも違っている。一種の抽象小説とでも呼ぶべきものである。氏は自分が持っているすべてのものを投入して、全く異った作品を最後の作品として遺(のこ)したのである。それならどこが違っているのであろうか。それははっきりしていると思う。この作品における氏は何ものにも酔おうとしていないし、酔ってもいないのである。私は氏が自分のものをすべて投げ込んで、自分が訳した「源氏物語」からも取り得るものは取って書き上げたものが、「少将滋幹の母」であり、これこそ作家としての氏の完成を示すものであると信じていたが、氏はそのあとにもう一つの行き着いた世界を作品に遺しているのである。「少将滋幹の母」は私たちが知っている谷崎文学の集大成であり、それのみごとな完成であるが、「瘋癲老人日記」の方はいささか趣を異にしている。これは作家としての氏が八十年生きた果てに小説の形に書いた人生の決算書とでも言うべきものではないかと思う。氏はこの作品で初めて何ものにも酔っていない醒(さ)めた自分を示している。主人公の老人を美女の足型を刻んだ重石の下に眠らせようとする作者の思いつきは、確かに作者らしくはあるが、もう氏のすべての作品にあった陶酔はない。氏はこの作品に於て少しも変貌はしていない。あくまで谷崎潤一郎である。ただ氏は氏を一生支配したものから、谷崎文学を形造ったそれこそ沢山の谷崎的なものから、解放されてはいないが、自由になっているのである。

「春琴抄(しゅんきんしょう)」も「盲目物語(もうもくものがたり)」も「蘆刈」も多くの谷崎ファンを作った。それを作るだけの読者を魅するものがあった。エロチシズムのむんむんとする初期の作品にも、亦同じものがあった。「瘋癲老人日記」にはもはやそうしたものはない。ある作品を読んで、それに魅せられ、作者に会わずにいられないような思いを持つ、そうした型の読者とは、「瘋癲老人日記」は無縁である。また作者の人生感や人生哲学に傾倒する、そうした読者をも亦、この「瘋癲老人日記」は受けつけないだろう。身につまされるものなどみじんもないのである。文学が読者に何らかの感動を与えるものだとすれば「瘋癲老人日記」も亦そうしたものであるに違いないが、ただその感動はかなり厄介な困ったものである。人生いかに生くべきかとは無関係な感動である。人生はさして尊くもないし、生きる価値のあるものかどうかは判らない。併し、死と顔をつき合せた人間の行きついた姿は、よかろうと悪かろうとこのようなものである。作者はこの作品でこのように言っているように見える。しかも、それを難しい顔はしないで投げ出しているのである。見たい人は見ろ、見たくない人は見るな。作者はそういう態度をとっている。

と言って、片意地になったり、ひねくれたりしているところは少しもない。自分が生れつき持っているものは、相変らず後生大事に持っているし、自分以外の何者にもなっていないのである。ここにいるのはやはり「刺青（しせい）」を書いた作家であるし、「春琴抄」を書いた作家である。ただ同じ作家であるが、すっかり醒めて円満具足の表情をとっていることだけが違っている。氏もいつ醒めたか自分でも知らないかも知れない。書いてみたら、ひどく身も蓋（ふた）もない形でそこに醒めている自分を見出したのかも知れない。

私は氏は不思議な老成、解脱の仕方をしたと思う。いかなる作家もしなかった独自な人間完成である。氏は人間として高く完成したか低く完成したか知らない。併し、これだけははっきり言えると思う。氏が書いた「瘋癲老人日記」の主人公こそ、氏が書いた人物の中で、誰にでもすぐ人造人間と判りながら、しかも一番生き生きと生きているのである。

氏は第一作を発表して以来、誰も知っている通りずっと天才作家の名をほしいままにして来ている。併し、私は氏を天才と感じたこと、この作品に於けるほど強かったことはない。

谷崎文学の大きな流れは、「刺青」に源を発して、「瘋癲老人日記」にまで達したのである。「瘋癲老人日記」を到達点に置いてみると、私には大きな俯瞰を持った谷崎文学はまた違ったものに見えてくる。豊かな水量で移動していた水の流れがついに河口を見付けて、流れの途中にあった瀬や淵が急に波立ち騒いでくるような、そんな思いを懐かせられる。

II

谷崎潤一郎氏は明治十九年七月二十四日、東京市日本橋区蠣殻町二丁目十四番地に、父倉五郎、母関の間に次男として生れた。長男はすでに夭折しており、のちに三男精二以下六人の弟妹が生れた。父倉五郎は養子で、母関は谷崎家の三女であった。二人は結婚すると分家したが、氏が生れた頃、一家は谷崎活版所をやっている弟夫婦のいた本家に同居していた。

《――私の生れた家は日本橋の蠣殻町にあった。人形町通りを水天宮の方から来て、左側の絵草紙屋と瀬戸物屋の角を曲って、一町ほど行ったところの右側にあったのである。……（中略）……生れた家は、その頃の商店の構えといえば大概どれも同じように、間口のひろい、総二階の土蔵造りの家であった。……もっとも、私の家は商いをしていたのではなく、つい近くにある米屋町――米穀取引所の気配を刷る印刷所であった。その時分には夕刊新聞などがなかったから、毎日夕方にその日の商況や相場などを記載して、それを相場師仲間へ売ったのである。いわば小さな新聞社のようなものだったが、この編集をやっていたのは、私が覚えてからは私の母の弟にあたる叔父であった。》（「生れた家」大正十年）

父倉五郎は氏が生れた頃洋酒屋の店を持ったり、街灯や軒灯を点滅して回る仕事をする会社を経営したりして、いずれも失敗しているが、祖父久右衛門が一代で財を築き、そのあとを引きついだ氏の叔父たちの仕事が当座は軌道にのっていたので、一家は生活には何一つ不自由しなかった。氏はよく叔父や母に連れられて芝居見物に行っており、その頃の、多分四歳頃と思われる遠い思い出を、「幼少時代」の冒頭で綴っている。

観劇のことに限らず、氏ほど己が幼時のことを愛惜の情をもって作品の中に綴っている作家は少ないと思う。その意味では己が幼時の回想録とでも謂うべき「幼少時代」（昭和三十年―三十一年　文藝春秋所載）は氏の人間形成の跡を辿る上に大切な資料であり、同時にまた明治中期の東京風俗資料としても貴重なものである。

《――自分が小説家として今日まで成し遂げた仕事は、従来考えていたよりも一層多く、自分の幼少時代に負うところがあるのではあるまいか、……私の場合は、現在自分が持っているものの大部分が、案外幼少時代に既に悉く芽生えていたのであって、青年時代以後に於てはほんとうに身についたものは、そんなに沢山ないような気がするので

ある。》(「私の『幼少時代』について」昭和三十年)

そしてこの幼少時代に於て、作家としての氏の生涯に消えることのない強い影を落したのは母関女であった。「母を恋うる記」を最初の作品として、多くの作品で、いろいろに形を変えて、母への思慕を語り、幼時自分の心に焼きつけられた母の美しさを描いている。氏は永遠の女性の原形を氏を生んだ女性から得ている。「蘆刈」、「盲目物語」、「吉野葛」等の作品に登場して来る女性は、いずれも母関女の分身であるとも言えよう。母関女と別れて暮したわけでもないし、特別に母親を慕わなければならぬ環境にあったとも思われないが、この異常とさえ思われる母親に対する思慕と憧憬は、長い生涯に於て消えることがなかったものである。

《——私はよく、母が美人に見えるのは子の慾目ではないか知らん、誰でも自分の母の顔は綺麗に見えるのではなかろうか、とそう思い思いした。顔ばかりでなく、大腿部の辺の肌が素晴らしく白く肌理が細かだったので、一緒に風呂に這入っていて思わずはっとして見直したこともたびたびであった。》(「幼少時代」)

氏はこの永遠の女性型の女性のほかに、もう一つの型の女性を理想の美の型として選んでいる。それは処女作「刺青」に出て来る女性であり、これまた幾多の作品に於て、形を変え、姿を変えて登場して来る。「春琴抄」の春琴もそうだし、「瘋癲老人日記」の颯子もまたそうである。どこかに悪魔的なところを持ち、慕いよる男性を己が前に膝まずかせずにはおかぬ女性である。こうした型の女性と、作家としての氏は生涯縁を切ることはできなかったのである。多くの作家が第一作に登場する己が創った人物に一生支配されるように、氏も亦この作家の担う宿命から例外ではなかったのである。

　それは兎も角として、永遠の女性型の女性と娼婦型の女性、精神的な女性と感覚的な女性、この二つの全く相反した型の女性を、氏はある時は別々に描き分け、ある時はひとりの女性に両方の要素を持たせ、谷崎文学に登場する女主人公たちを創り上げているのである。


　氏が六歳の時、父倉五郎は三度転業して、米穀取引所の仲買店を蠣殻町一丁目に持ったが、三年後に営業不振でこの店も畳んでいる。そして氏が十歳の時からは一家は叔父や伯父の世話になって生活して行かなければならぬ境遇に落ち込んでいる。このような父の失敗や、それに伴っての転住転居は氏を早熟多感な少年に育てて行く。

　明治二十五年、七歳で、日本橋区坂本町の市立尋常小学校へ入学する。入学当時は、附添の乳母なしには通学できない内気な少年であったが、受持の野川誾栄先生の好指導を得て次第に頭角を現わし、小学校はずっと優等生で通すことになる。十歳の時、雑誌「少年世界」が創刊され、そこに載った小説や歴史物語に熱中した。この頃から高等小学校四年を卒業するまで、小学校の同級の文学少年たちと文学グループをつくり、氏の作品「小さな王国」を思わせるような特殊な雰囲気のなかに成長した。幼稚園の頃から一緒で、家が没落してから苦境に立った氏につねに支援を惜しまなかった親友笹沼源之助も、その仲間の一人だった。仲間たちは頻繁に集り、文学を語り美術を論じ、昂然として少年文士を気取った。たとえばこんな話がある。その頃どこへ行くにも二人連れだった笹沼源之助と、よく受持の野川先生の家に遊びに行った。先生から芝居の話や絵の話を聴いての帰り、いつも寄るそば屋があった。そんな年頃でそば屋へ入るのさえませているのに、ふつうならおかめとか天ぷらを注文するところ、谷崎少年は気取って、「あられをくんな」と声をかけた。あられというのははしらの入ったそばで通人でなければ知らないそばなのである。浜本浩「大谷崎の生立記」が伝える微笑ましいエピソードである。尋常科を終え、高等科に進むと、先輩の中学生が中心でやっていた全部肉筆で書かれた回覧雑誌「学生倶楽部」を引継ぎ、氏は花月散士または笑谷居士というペンネームで、歴史、小説、図画などをさかんに書き寄せている。こうした早熟な小学生たちを見守り指導していたのは、担任教師であった稲葉清吉先生である。稲葉先生は高等一年生に儒教や仏教の哲理を解き、太平記や平家物語の美文を諳誦させた。そうした教導に直ちに反応を示した天才児童谷崎は、先生に特に寵愛された。氏は「幼少時代」のなかで、自分の生涯で凡そ師と名づくべき人々のうちでこの人以上に強い影響を与えられた人はない、と語っている。この頃好んで読んだ本は、「新八犬伝」（巌谷小波）「日本歴史譚」叢書（大和田建樹）などであった。また十四歳の時、漢学の塾に通って、「大学」「中庸」から「十八史略」などを習い、英国婦人の経営するサンマー塾で英語の初歩を習っている。

阪本小学校高等科を明治三十四年に卒業、卒業成績は二番。当時氏の家は既に窮迫著しく、氏を上級学校へ行かすだけの余裕を持たなかったが、友達の笹沼源之助（笹沼家は東京で唯一の高級中華料理店偕楽園を経営していた）や伯父たちの援助で府立一中に入学、ここでも異常な秀才ぶりで、全校を驚歎させた。当時一級上に在学していた辰野隆博士は、小学校から大学を卒えるまで中学時代の谷崎氏ほど華やかな秀才にお目にかかったことがない、と言い、「旧友潤一郎」その他の随筆でその頃の氏の面影を伝えている。中学生の谷崎氏は両手を上着のポケットに突込み、眼を光らせながらのそりのそりと精悍な野良猫のような感じで歩いた。ある日、体操の時間に木馬の飛び越えをやらされた。体操の得意な辰野氏は、一旦逆立ちの姿勢になり、更に中抜けするという妙技を発揮して、鬼久保という渾名の、髯面の体操教師を大いに喜ばせた。谷崎氏の番がきた。鉄棒にぶらさがればぶらさがったきりの谷崎少年に木馬が飛べるはずがない。目標に近づいてから速力をゆるめることもできない少年は、体の勢いで前にのめり、木馬で鼻柱を打ち、砂の中に顔を突込んだ。起き上った少年の顔は、砂と鮮血にまみれていた。――顔を洗ってこい！　と教師が怒鳴った。全校に鳴りひびいた秀才谷崎少年は、顔を洗って再び列に入った。鼻の孔に紙を詰め、跛をひきひき鬼久保の号令に歩調を合わせた。

無器用な秀才、それでいて少し不良じみた、毅然としたところのある少年の姿がここにある。

幼少時代の神童ぶり、早熟ぶりは、氏の小説「小さな王国」や「神童」などのいわゆる少年ものに描き込まれているが、ここでやや詳しく作家の少年期を顧みたのは、小説と伝記的事実の間に符牒を合わせてみるためではない。早くから開発された氏の才能は、早熟にありがちな小さな完成とか急速な衰弱から完全にまぬがれて、洗練された感性の一番下の層として後年まで生き残ったということを指摘しておきたいのである。氏の生活も趣味も、その後大きな変遷をとげるのだが、それはひとつのものが流れ去ったり枯れたりした後で別のものが生れるというのではなしに、積み重ねられ、層を成していくという種類の変遷の仕方であった。氏は自分の好みの趣くまま、何ものにも制されることなく生きていったが、何ものにも制されまいとする決意に於て潔癖であったといえよう。このことは氏が己れを小説家として意識する以前に、自らの裡(うち)にそなわっていた強固な天稟(てんぴん)であった。

III

氏は府立一中から一高英法科、転じて英文科を経て、東京帝国大学国文科へ入学した。明治四十一年、二十三歳の時である。《一高から大学へ移る時に、全く背水の陣を敷くつもりで文科に転じた。それも最も人気の悪い、兎角時勢おくれのように思われがちな国文科であった。それは、いよいよ創作家になろうという悲壮な覚悟をきめたので、国文科だったら、学校の方を怠けるのに一番都合がいいと思ったからであった。》と、氏は「青春物語」(昭和七年—八年)で述懐している。家の資産や援助を全く当てに出来ない氏は、多くの文学を志す青年と同じように、去就に迷った。それに氏といえども、やはり自分の天分に疑いを持つこともあったであろう。十八九歳から二十四五歳頃までの間は、「暗澹(あんたん)たる危惧(きぐ)」の時代であり、「悲壮な覚悟」を強いられていた時代であった。

四十三年九月授業料滞納のため諭旨退学となったが、小山内薫を中心に、和辻哲郎、後藤末雄、木村荘太、大貫晶川らによって八月頃から計画されていた同人雑誌「新思潮」（第二次）に勧誘され、それに加わった。それ以前に、二、三の習作を試み、「帝国文学」などで没書にされ失意のうちにあった氏にとっては、まさに新しい希望の舞台である。九月に発行された「新思潮」創刊号に戯曲「誕生」、十月号に戯曲「象」、そして十一月号に「刺青」、十二月号に「麒麟」を発表した。

当時の明治末期の文壇は、自然主義派と反自然主義派の併立状態にあった。併し、「破戒」（明治三十九年）を書いた島崎藤村、「蒲団」（明治四十年）の田山花袋などが中心人物であった自然主義と、ほぼ二、三年後に登場してきた、雑誌「スバル」に拠る耽美派、雑誌「白樺」に拠るいわゆる白樺派の作家達との間に、はっきりした思想的な対立があったわけではない。文学理念の上では、互いに侵し合い、修正し合っていたところの方が多かった、といえよう。耽美派の旗手であった永井荷風が、自然主義にことさら反対の態度を表明したことはなく、自然主義派の方も、荷風のデビュー当時の作品に高い評価を与えていたことなどは、その間の事情を物語るものである。

耽美派の牙城は、「明星」の後を嗣いで発刊された雑誌「スバル」であった。「スバル」と繋りのあったものは、荷風の主宰した「三田文学」であり、それに四か月遅れて創刊された「新思潮」である。氏はこの帝大系同人雑誌「新思潮」の中心的存在として、「誕生」「刺青」「麒麟」等を発表したのである。

「スバル」の中心人物、木下杢太郎、北原白秋らが、若い、芸術至上主義的傾向をもつ、詩人、作家、美術家を糾合して「パンの会」をつくった。それは、若さと、ややロマンチックな熱気にあふれる一大集団であり、そのメンバーだった高村光太郎は「青春の（無鉄砲な）爆発」であった、と回想している。

既に「刺青」を世に問うた氏は、四十三年十一月二日に開かれた「パンの会」の大会に出席している。この日の会は洋行する石井柏亭の送別を兼ね、稀に見る盛会であった。与謝野鉄幹を頭に戴くいわゆる耽美派とそれに連なる人々が一堂に会し、それに新興の息吹にあふれた白樺派の作家たちが加わった。「新思潮」同人たちと初めて「パンの会」に顔を出した谷崎氏は、ここで、敬愛の的であり、作風の上で師とも仰いでいた永井荷風に初めて出会う。「あれは誰、あれは誰」と次々にやってくる先輩たちを指しながら仲間たちと囁き合っていると、痩軀長身、黒い背広を着こんだ二十八九歳の紳士が会場の戸口へ入ってくる。荷風だ。一瞬息を詰まらせながら、その優雅な身のこなしにうっとりと見惚れる。会の空気は次第に昂まり、人影が入り乱れるが、氏は荷風のことを忘れることができない。遂に意を決してこの先輩の前に自ら名のりをあげる。その時の感激を氏は「青春物語」のなかで生き生きと回想している。

《――最後に私は思い切って荷風先生の前へ行き、「先生！　僕は先生が好きなんです！　僕は先生を崇拝しております！　先生のお書きになるものはみな読んでおります！」と云いながら、ピョコンと一つお辞儀をした。先生は酒を飲まれないので、端然と椅子にかけたまま、「有難うございます、有難うございます」と、うるさそうに云わ

れた。》

翌明治四十四年は氏にとって生涯の記念すべき年であった。氏はこの年一月、戯曲「信西」を「スバル」に発表、以後一年の間、「彷徨」「少年」「幇間」「飈風」「秘密」などの諸作を矢つぎばやに生みだした。ためられていた才能が堰を切って一挙に流れだしたような、若い力に満ちた初期作品群である。こうした時に当って、荷風の評論「谷崎潤一郎氏の作品」が「三田文学」十一月号に掲載された。荷風は《明治現代の文壇に於て今日まで誰一人手を下すことの出来なかった、あるいは手を下そうともしなかった芸術の一方面を開拓した成功者は谷崎潤一郎氏である。》といった調子で書きおこし、その作品の特徴の第一を肉体的恐怖から生ずる神秘、幽玄、第二を全く都会的なる事、第三を文章の完全なる事とし、「氏の作品を論評する光栄を担う」という言葉まで使った。新進ではあったが、既に四十二年「ふらんす物語」を刊行して以来、文壇注目の人であった荷風の、この正面切った激賞によって、谷崎氏の新進作家としての地位は決定したのである。氏は、これより前「暗澹たる危惧」の大学時代に、強度の神経衰弱に罹り、茨城にあった親友笹沼源之助の偕楽園別荘に転地療養したが、その折、そこで荷風の「あめりか物語」を読んで強い感銘を受け、「自分の芸術上の血族の一人が早くもここに現われたような気」がし、「誰よりも先にこの人に認めて貰いたい」と思った。まさしく氏は、この時望んだように荷風に認められ、稀にみる華々しさで文壇に登場することができたのである。

翌四十五年、再発した神経衰弱に苦しみながら、「悪魔」「羹」などの問題作を発表し、次第に本格的な作家生活に入っていった。

以来大正七年頃まで、新奇華麗な意匠をこらした短篇を数多く生み出していった時期を、氏の初期作家活動として考えられよう。代表的な作品に「お艶殺し」「お才と巳之介」「神童」「人魚の嘆き」「異端者の悲しみ」「小さな王国」などを算える。この間、伝記として記しておくことは、大正四年、三十歳で石川千代子と結婚、本所新小梅町に家を持ったことである。翌五年、長女鮎子が生れている。そして七年、家族を実家に預け、一人で中国を旅行している。この頃から、一年ほど前に知合った無名作家の佐藤春夫氏と近くに住むようになり、親交を深めていく。佐藤氏は大正七年「お絹とその兄弟」を書き、八年「田園の憂鬱」を発表してゆるぎない地位を確立した。

初期の作品は、唯美的あるいは悪魔的などと称されてきた。この形容詞は、平面描写を唱え、無技巧の技巧をその理想としていた自然主義が主潮であった当時の文壇に、氏の作風が強い衝撃を与えたことを示してはいるが、作家に貼られるあらゆるレッテル同様、はなはだ漠然としたものであり、何ほどのことも説明してはいない。ここに、私なりにこの時期の氏の作風に見られる特徴を二つ拾いだしてみよう。そのひとつは、小説の素材にも文章にも、じつに絢爛たる意匠がほどこされていることである。氏にとって、小説とはまずなによりも氏が営々として培ってきた感覚や官能の、十全なる解放であったはずである。そして氏の肉体に裏打ちされているそうした感覚的なものをそのまま小説の世界に置くためには、文体の細心な知的操作を必要とした。いま私はそのよく工夫された装飾的な文体をそれ自体としては高く評価することはできないが、そこにこめられた肉体的な感覚の世界の開放という意味は、近代文学の流れの中で重くかつ大きかったと思う。いまひとつの特徴は、人間の感覚がとらえる美や快楽が、人間と人間（男と女）の間に果てしない葛藤（かっとう）を呼びおこし、そこに緊張した劇的関係が生れる、という氏の全作品に影を落としているテーマである。セックスが人間を破滅させ、あるいは押し流していく。これは、氏がはじめてわが国の小説に持ち込んだテーマであり、氏はそれを生涯を通して追求していく。

Ⅳ

余程の幸運と偶然の力に恵まれぬ限り、どんなに才能ある作家でも、壁に頭を打ちつけたような時期に見舞われることがあるものである。そんな時、作家は不意の沈黙を強いられたり、あるいは逆に不本意な濫作に陥ったりする。いずれにせよ、結果としてみると、人々は作家の一生の中で不可思議な空白を見出すことになる。

大正八年あるいはそれより一、二年前から十二年の関東大震災までの数年は、谷崎氏に於けるそういう時期であったのではないかと思われてならない。氏はこの頃の一時期、映画に異常な興味を示し、シナリオを書いたり自ら制作したりした。戯曲作品が多く、小説は寥々（りょうりょう）たるもので、わずかに大正八年の「母を恋うる記」をあげることができようか。

住居を横浜に構えるようになったが、これは西洋風の生活と雰囲気への憧（あこが）れのためである。この西洋趣味は、西洋文化の真髄の把握を目ざすというようなものではなく、従って、先輩荷風に見られるような西洋と日本の文化の間にある齟齬矛盾に身を裂かれる苦悩といったものはみじんもなかった。氏の西洋への憧憬はあくまでも異国趣味の追求であり、洋服を着、洋食を食べ、ベッドに寝るということで、その欲求は満たされ得たのである。それは、横浜と神戸とせいぜい上海で済まされたので、自ら「相当な西洋熱」と言っているにも拘らず、氏は一度も洋行していないのである。真の西洋を決して必要としなかったところに、氏の精神の一つの特徴を見ることができるかも知れない。

作家活動の低迷と相俟って、この頃の氏は生活の上でも、妻千代子との間がうまくいかず、時経るにしたがって、どうにも埋めることができぬ深い溝となっていくようであった。

そんな折、関東大震災が襲った。

災禍の東京を避けてほんの一時の避難のつもりで京都に家を持ったのが、やがて兵庫県に移り、ついに関西に定住することになるのである。関西に居着いてしまったのは、その後も頻々と起る関東の地震が、大の地震嫌いである氏を一層臆病にしたこと、東京の復興がいっこうに捗らないのに業を煮やしたこと、更になによりも、大阪や京都や奈良などの古い日本が、知らぬ間に氏を征服してしまったためであった、と氏は述懐している。昭和九年に書かれた「東京をおもう」というエッセイのなかで、昔馴染みの東京の下町はことごとく灰燼に帰したと嘆き、更に、中年に及んで移住したので、全く関西に同化しきれようとは思わないが、できるだけ同化したいと願っているし、もう東京には何の未練もない、と氏は言い切っている。

　そして氏は、再び東京には住まなかった。戦後、健康上の理由で、酷暑厳寒の京都から、気候の良い熱海へ移り居を構えたが、震災復興後の東京に対しては「一箇のエトランゼエ」と自認し、遂に東京という「生れ故郷」に帰ることはなかったのである。

　関西移住は、氏の文学の上に言葉には尽くされぬような大きな影響を与えている。移住した翌年、大阪朝日新聞に力作「痴人の愛」を連載した。この作品は、これまでの初期作品の集成として意味を持つもので、文体も作中の雰囲気も、従来通りであり、そこに氏の新しい飛躍を認めることはできないかわりに、ようやく円熟期を迎えつつあった作家が、これまで追求してきたテーマを骨太い構成をもつ長篇のなかで十全に描き切ってみせたのである。初期の短篇に見られる虚空を射し貫くようなきらめきは既にないが、作家の横浜での生活などに裏打ちされている新風俗の展開が当時の読者を魅了した。この小説の連載が進むうち、銀座の酒場の女給たちの源氏名に、「ナオミ」というのが圧倒的に流行するほどだったことでも、そのもてはやされぶりが窺われよう。

　ほんとうの円熟は、兵庫県武庫郡本山村岡本好文園での生活がある程度の落着きを得た昭和二、三年頃から現われる。昭和三年、「卍」と「蓼喰う虫」を並行して発表しはじめ、前者は五年後者は四年にそれぞれ完結した。この二つの名作のどちらをとるかは、人それぞれに意見があろうが、ともに完成度の高い渾然たる名品であり、谷崎文学を代表するものであることは認められるだろう。いまここでこれらの作品を論ずる暇はないが、関西での生活から得たものが、はっきりとこの二作には滲み出ている。「卍」に於ては、大阪弁によって語られるその文体。この同性愛の物語は、大阪弁によって、豊潤で香り高いエロチシズムの極を表現している。「蓼喰う虫」では、全篇を貫くテーマそのものが、女への心の動きを通して語られる、日本的なもの、陰翳ある世界への回帰である。氏が、古い伝統をもつ上方文化の裡に見い出した、没個性の、それ故に永遠を思わせる美の世界への心の傾斜が、くっきりと精密に描き出されている。

V

昭和二年、芥川龍之介は、作家としての行き詰りの自覚を赤裸に告白したエッセイ「文芸的な、余りに文芸的な」の中で、谷崎氏の〝奇抜な話〟の上に立った小説に疑問を表明した。ストオリイの趣向の面白さは、作品の芸術的価値と最も関わるところが少ないものである。「話」らしい話のない小説を必ずしも最上であるとは思わないが、自分の目ざすところは、「話」らしい話のない小説の持つ芸術的純粋性である、と告白したのである。昭和二年は芥川の自殺した年である。芥川は自らの生命を断つ前に、自身のそれまでの作風を否定し、わが国独自の私小説に対し絶望的に譲歩したわけであった。谷崎氏は丁度その時、文芸的エッセイ「饒舌録」を雑誌に連載し、いわゆる大衆小説としか見做されぬ「大菩薩峠」を擁護賞揚していた。氏は早速、その誌上に芥川に対する反論を発表した。筋（ストオリイ）の面白さは、言い換えれば、物の組み立て方、構成の面白さ、建築的な美しさである。これに芸術的価値がないとは言えない。「およそ文学に於て構造的美観を最も多く持ち得るのは小説で、筋の面白さを除外するのは小説という形式の持つ特権を捨ててしまうことだ」とするのが氏の主張であった。

氏の小説に対するこうした考え方は、初期から一貫していて、生涯変らなかった。小説の物語性、構成の面白さ、美しさについて、氏は常に腐心していた。日本の伝統美を深くたたえている後期（「吉野葛」以後をいま仮に後期とよぶ）の作品に於ても、土台となっているのは、西洋十九世紀の小説に学んだ、構築の妙をきわめた物語の世界である。すなわち、その文体のすみずみに行きわたっている古典的な美意識は、完全にそれとは無縁にみえるスタンダールやバルザックの小説構成法から学んだものに支えられている。震災前氏は横浜に住んだりして、「熱心な西洋好き」であった。その頃の氏の作品に格別大切なものを与えたとは思われない氏の西洋趣味が、生活に根ざした日本の伝統的な美を汲みとろうとする時、はっきり生きてきたということは面白いことである。

氏と芥川は、ただ単に紙上の論敵という間柄だったのではない。氏はこの才気煥発な後輩を非常に高く買っていたし、芥川の方も、かわらぬ敬愛の気持を抱いていた。大正十五年十二月の末頃、芥川が大阪へ赴いた折、氏は、東京にいた頃から面識のあった芥川を迎えて大阪の宿に同宿し、一緒に遊びまわった。その宿の女主人が、ある資産家の文学好きの奥さんが、是非あなた方に逢いたい、と言っていると告げ、一人の女性を引合わせた。大阪でも有名な豪商、根津清太郎の夫人松子であった。氏は以来、根津夫妻と昵懇となり、交際を深めていった。後年の大作「細雪」は、松子夫人と二人の妹たちが、そのモデルであるといわれている。

昭和五年、四十五歳の時、妻千代子と離婚した。そして谷崎夫人であった千代子が佐藤春夫夫人となったことは余りにも有名な事件である。この三角関係は解決の難しい事件であったと思われるが、三人とも、さまざまな体験を経てきた大人であった。冷静に協議し、互いの立場をいたわり合いながら、善く事を処理した、と言えよう。同年八月十八日、知人宛に次のような挨拶状を送った。

《拝啓炎暑の候尊堂益々御清栄奉慶賀候陳者我等三人此度合議を以て千代は潤一郎と離別致し春夫と結婚致す事と相成り潤一郎娘鮎子は母と同居致す可く素より双方交際の儀は従前通りにつき右御諒承の上一層の御厚誼を賜度何れ相当の仲人を立て御披露に可及候へ共不取敢以寸楮御通知申上候　敬具

谷崎潤一郎
千代
佐藤春夫

なほ小生は当分旅行致すべく不在中留守宅は春夫一家に託し候間この旨申し添へ候

谷崎潤一郎》

この事件は、当時新聞などにも大きく報道され、文壇以外の人々の口の端にものぼった。東京朝日新聞は記事中、次のような谷崎氏の談話を載せている。

「十六年間連れ添った妻です、女としてはこれという欠点もありませんが、僕がこんな性格だから、性格として少し合わないところもありました。六七年前一度ゴシップ子の口の端に上った事がありましたが、その時にはまだ僕もそこまで決心はつきかねましたが、今度は佐藤の方から話があったので、千代の気持も聞いた上で、こうすることにしました。……」

佐藤春夫氏は、手記「僕等の結婚――文字通り読めぬ人には恥あれ――」を発表、勇気をもって真実の一部始終を告白し、世間の誤解や不要な好奇心に対した。それでも戦前のことであり、珍しいケースであっただけに様々な臆測と誤解が生れた。その最たるものは、谷崎氏と佐藤氏が夫人を交換したという噂がまことしやかに伝わったことで、この誤伝はかなり根強く長く生きながらえた。

氏と千代子夫人、それに佐藤氏が絡まるこの関係は、長かっただけに、両氏の作品にも深く影を落している。谷崎氏の小説「神と人との間」（大正十二年）「蓼喰う虫」（昭和三年）、佐藤氏の小説「この三つのもの」（大正十四、五年）及び人口に膾炙された詩「秋刀魚の歌」などに、それを窺うことができる。

氏は翌六年再婚したが、この結婚もうまく行かず、三年ほどで離別。十年、根津松子と結婚することでようやく生涯の理想的伴侶を得る。この松子夫人との結婚の経緯は、昭和三十八、九年に書かれた回想風エッセイ「雪後庵夜話」で語られている。

関西の風土と文化に馴染み、そこで見出され、氏の裡に肉体化された古典的な美意識は、高名なエッセイ「陰翳礼讃」（昭和八年）にその性格が詳しく語られている。光と翳のあわいにたゆたう薄明の地帯の美、それが氏の意にかなう、日本固有の美であった。

そういう認識を基底において、「吉野葛」(六年)「盲目物語」(六年)「蘆刈」(七年)「春琴抄」(八年)などの、壮年期の傑作が次々に生み出されたのである。併し、ここでひとつ注意しておきたいことは、氏の全作品がそうなのだが、日本固有の美と言い陰翳の美と言っても、その言葉から連想されやすい枯淡の境地とは全く無縁であるということである。氏の作品のよいものは、いかなる時でも豊潤な艶やかさを失ってはいない。「吉野葛」と同じ年に、近代日本の小説で他に類例をみないくらい濃密なロマンチシズムに彩られた「武州公秘話」のような作品をも私たちは持っているのである。

ともあれ、古典的な美の世界の追求とそれへの愛惜が、氏に「源氏物語」の現代語訳を試みさせるに至った。昭和十年にこれが訳業にとりかかり、十三年に脱稿、十四年「潤一郎訳源氏物語」(全二十六巻)として刊行された。王朝時代の雅びな言葉にこもる微妙な諧調は、特殊な、しかも見事な氏の文体によって現代語の中に生きることになったのだが、この奇蹟的な作業を見ると、氏がそれまで作家として積み重ねてきた努力の大きさを想わざるを得ない。氏はその後もこの改訳に特別な熱意を注ぎ、二十六年「新訳」を刊行(二十九年終了)、更に死の前年現代表記による「新々訳」を完成した。

源氏物語の訳業は、氏の創作自体にも強い影響を与えたことは言うまでもなかろう。源氏物語の持つ絵巻物的な美しさと豊かさを作品の中へ移植しようという企図のもとに筆を執ったものが「細雪」である。「細雪」は十八年一月「中央公論」に発表された。同誌に連載の予定が、検閲当局の圧迫により掲載禁止となったので、翌十九年、上巻のみを二百部限定自費出版し、以後発表の機会を奪われながらも、営々と書きついだ。おそらく氏にとっては、書かずにはおれぬ小説を書くことは、有名な美食と同じように中断できない日常の営みであったはずである。氏は既に氏なりに骨の髄まで作家だった。

関西に住み、東京に置かれてあるいわゆる文壇にごく自然な形で背をむけ、理屈を言わず、小説の鬼という面を実生活の上で少しも感じさせない氏ではあったが、戦中から戦後にかけての、この「細雪」の執筆態度は、作家であるという確固たる自覚を無言の裡に覗かせている点で、感動的なものである。

「源氏物語」の絵巻物的要素を現代の物語の中に可能な限り生かそうとしたこの「細雪」は、そうした意味では単に上方趣味に色あげした平板な作品になり、部分的に谷崎文学のみが持つ豊潤さはあるにしても、必ずしも成功した作品とは言えない。むしろ源氏物語の持つ生々流転の大きい人間世界の拡がりが作品の上に出ているのは「少将滋幹の母」（二十四年―二十五年）に於てであろう。源氏の底に流れている無常感が、氏の意識の有無を越えて、傑作「少将滋幹の母」を生むことになったのである。この作品には、古くから氏の心と肉体に宿っているテーマ、永遠の女性への渇仰とか、精神と肉体の拮抗（きっこう）とかいうテーマが渾然と織り込まれてい、この完成からふり返ってみると、今更ながら氏の歩んできた遥（はる）かな時間というものを想わせられるのである。

VI

「少将滋幹の母」が示している完成度の高さは、永遠の女性としての母への憧憬というテーマの回帰性と相俟って、作家としての氏の生涯のサイクルがここで結ばれたという観を呈しているかのようである。そこへ、「瘋癲老人日記」のような作品が更に生み出されたのである。それに対する私の驚きは冒頭に述べた通りだが、更に考えてみれば、「少将滋幹の母」をもって一つのサイクルが閉じたということもまた事実なのである。「瘋癲老人日記」は、一人の老人が、新しく見出した相手である「死」と、新しく始めた対話から生まれた、完成もなにもない、独自の確固たる世界なのである。

戦後氏は暫く京都に住み、家を潺湲亭と名づけた。二十二年最初の高血圧に襲われ、安静を強いられた。この厄介な病気と睨み合いながら、以後、健康な時間を盗んで、仕事を続けてゆく。二十四年には文化勲章。二十五年以後、健康上の理由から、多く熱海に住むことになり、二十九年からは熱海に定住。家を雪後庵と名づけた。健康に気を配りながら、老年に至っても少しも衰えを見せぬ作家活動を続けるかたわら、時折東京へ出て観劇や美食を楽しんだ。いつ頃からか、老作家は日劇ミュージック・ホールへ足を運ぶようになった。この時ばかりはいつも影のように寄り添う松子夫人は同伴せず、「ホルモン注射よりも若返る秘薬だ」と冗談を言いながら、若い踊子たちの肢体を楽しんだ。特にごひいきは、「寸のつまったペルシャ猫のような顔」と豊満な肉体を持つ春川ますみで、何度か楽屋まで訪ねたりするほどのひいきぶりであった。そんな時の氏の身装はハンチングに和服、そしてステッキをつき、持病の右手の痛みをかばうため、指だけが出る手製の手袋を嵌めていた。

戦後の代表的な作品として、前記のもののほかに、老大家の作品としては考えられぬほどの反響を呼んだ「鍵」（三十一年）及び「台所太平記」（三十七年―三十八年）などがあり、随筆として度々引用した「幼少時代」、更に死の前々年から前年にかけて語られた回想録「雪後庵夜話」がある。

氏の最晩年は、病いによって、右手の自由が奪われ、「台所太平記」も「瘋癲老人日記」も、口述筆記によって書かれた作品である。その事情が、氏に新しい文体と様式を発見させたことにあずかっただろうことは、推測にかたくないが、それにしても驚くべき作家精神ではないだろうか。

その死までの数年間、死は既に谷崎氏にとって親しい観念であったに違いない。健康が少しずつ害われてゆき、それが元に復することはなかった。八十に垂んとする老作家は文字どおり死の直前まで、己が芸術の創造に腐心していたが、それはまた死と闘う執念でもあった。もっとも、老大家となった氏の発表するものには、どこか大らかな、春風の通うようなところがあって、深刻さや悲壮感とは完全に無縁であったけれども。

昭和三十五年、年来の友、笹沼源之助、吉井勇、和辻哲郎、古川緑波等を一挙に喪った。死の影が氏を囲みはじめた。三十八年、こよなく愛した京都の、好んで散歩した法然院に、自らの墓を建てた。高さ約七〇センチの鞍馬石の自然石がひっそりと二つ並び、氏の方の墓石の表に「寂」、隣の石には「空」とそれぞれ一字ずつ、自筆で刻み込まれた。

四十年七月三十日午前七時五十分、腎不全から心不全を併発して、湯河原の自宅で死去。享年七十九歳。

Ⅶ

私が氏と最初にお会いしたのは昭和二十二、三年頃のことである。当時、私は毎日新聞社大阪本社に勤めており、学芸部に席を置いていたので、何かそんな関係で、京都の南禅寺下河原町のお宅に氏をお訪ねしたのである。非常に礼儀正しい感じで、一介の新聞記者である私にも居住居を正して挨拶されるので、すっかり恐縮して、こちらの体が小さくなって行くような思いを持ったことを覚えている。それから間もなく、私は京都の橋本節哉氏のお宅で屢々氏とお目にかかるようになった。関雪遺稿集や関雪素描集を出す企画があって、氏はその編纂委員に名前を列ねておられ、私も美術記者としてその一員に加えられていたので、そんな関係で氏と同席する機会を持ったのである。氏はその編纂委員会にいつも顔を見せたが、別に何の発言をするでもなく、専ら橋本家に蔵せられてある中国関係の古い美術品を手にとっては熱心に見ていた。

昭和二十五年芥川賞を貰った直後、私は熱海のお宅へ氏をお訪ねし、夕食を御馳走になったことがあった。食卓の上にいっぱい並べられた料理を前にして、氏はいかにも食べることに専念している感じだった。私は殆ど言葉らしい言葉は口から出さず、ただ黙って御馳走を戴いた。

中央公論社から谷崎潤一郎全集が出た時、大阪でその出版記念の講演会が開かれ、伊藤整氏、有吉佐和子氏等と一緒に講演した。氏は椅子に腰かけて、舞台の袖で講師たちの話を全部聞いておられた。こうしたところも礼儀正しい感じであった。

この講演のあとで、「吉兆」で何人かの人たちが氏夫妻を囲んで夕食をとった。その食事が始まる前に、私たちは控えの部屋のソファに並んで腰かけていた。氏もその部屋に居たが、ふいに立ち上がると、ちょっとごめん下さいと言って、私たちの前に来た。その時気付いたのだが、私たちの頭の上に近衛文麿の横書きの額があった。氏は私たちが立ち上がったあとのソファの上に乗って、眼をそこに捺されてある印に近づけて、それを覗き込んでいた。私はその時、自分が見たいと思ったものは、どのようにしてでも見る氏を感じた。印象的だった。

またその時の会食で、氏はお隣りの夫人から、そのお料理は半分にしておおきなさいとか固いからおやめになったらとか、そのような注意を受けていた。そうだね、これは半分にしておこうとか、これはやめようとか、氏は夫人の注意に従って、自分で自分に言いきかすようなことを低くつぶやいていたが、時には、おいしいね、やはりみんな食べてしまおうとか、そんな宣言をこれもひとり言の形でして、結局のところ料理の大部分を平らげてしまったようであった。

こうしたところも氏らしくて面白かった。氏は周囲の者たちの話の中で、何か自分の注意をひく言葉が耳にはいると、その時だけちょっとその方へ顔を向けたが、長くそれに注意していることはなく、すぐまた食べものの方へ眼を返した。いかなる話題も皿の中の料理ほどの魅力は具えていないようであった。そんな氏に、私の方は料理はそっちのけにして気をとられていた。

私が最後に氏にお目にかかったのは、氏が昭和三十七年度毎日芸術大賞を受けた時の授賞式場に於てであった。その時氏と私が一緒に写っている写真を、私はあとで新聞社から届けられた。いまとなってみると、私には貴重な写真である。その写真を見ると、私は腰かけている氏の前に立って、何か話しかけており、氏の方は私の方を見上げて笑っている。勿論、私は何を氏に話していたか覚えていないが、氏がいかにも楽しそうに笑っていることが、私には不思議である。私はいつも氏の前では多少固くなっており、氏を笑わせるような気の利いたことが、私の口から出る筈はないからである。氏は一体、あの時何をあのように笑っていたのであろうか。

作品解説

井上靖

刺青　麒麟

「刺青」は明治四十三年十一月「新思潮」の第三号に発表された作品で、次の「麒麟」と共に、作者の作家としての地位を決定づけた文字通り出世作というべきものである。これ以前に、同じ「新思潮」創刊号に「誕生」を発表しているので、それが第一作だが、一般にはこの作品が処女作として通っている。発表当時は何の反響もなく、月評にも取り上げられなかったが、翌四十四年十一月に「三田文学」に掲載された永井荷風の評論「谷崎潤一郎氏の作品」に於て他の作品と共に絶讃され、作者は文壇に花々しく登場することになったのである。

「刺青」はそういう意味で、作者にとっては記念すべき作品である。刺青師清吉に依って、美しい背中に女郎蜘蛛の刺青をされた若い娘が、それに依って過去と訣別(けつべつ)して、全く新しい別の女に生れ変るという話で、いま読んでみると、さして新しいという感銘は受けないが、この作品が発表された頃は自然主義文学が文壇の主流をなしている時代で、永井荷風に依ってロマン主義の旗幟(きし)は既に掲げられていたとはいえ、やはりこの作品は世を瞠目(どうもく)させるだけのものを持った新風中の新風であったのである。

これまでこのような異常な題材を取り上げた作家もなかったし、それをこのように感覚的な筆致で、執拗に書いた作家もなかったのである。読者はこの作品には谷崎文学の持つあらゆる要素が萌芽(ほうが)として覗いているのを見るだろう。

「麒麟」は「刺青」に続く作品で「新思潮」第四号に掲載されたものである。一見「刺青」とは全く異った題材を、全く異った筆致で書いており、作家として全く異った才能資質を世に披露しようとする若い作者の意気軒昂(けんこう)たるものが感じられる。「麒麟」の主題は「刺青」の主題をもっとはっきりと烈しく出したもので、その意味では同系列の作品である。「刺青」には官能的なものへの礼讃と、その勝利への確信が書かれてあったが、この作品も亦同じである。女体の持つ官能美が、冷厳な徳性を打ち負かすことを、史記に出ている説話に材をとって描いているのである。この作品もまたいま読んでみると、「刺青」同様、さして新しい作品という感銘は受けないし、作品として指摘できる欠点も持っている。人物は観念的に取り扱われて生きた人間としては描かれていず、また結論が早急に押し出されている譏り(そし)は免れ得ないと思う。

併し、この作品も亦「刺青」同様、背景をなしている発表当時の時代というものを考慮にいれずには論じられぬものだと思う。発表当時も一部から「刺青」や「麒麟」の欠点は取り上げられていたのであるが、それでいてなお、当時の文壇はこの作品の持つ新しさを認めざるを得なかったのである。

痴人の愛

この作品は、大正十三年三月から「大阪朝日新聞」に連載されたが、途中で新聞社の都合により中断され、後半は雑誌「女性」に連載されて、翌十四年七月に完結した。関西に移住した直後の作品であるが、関西での生活の影響はまだ全く現われていない。むしろ、これまでの創作活動の一つの決算であり、初期作品で追求された主題や手法が、もっとも大規模なかたちでここに集成された感がある。その意味で、これはやはり谷崎文学の代表作の一つと言えよう。

谷崎氏にとって、美とは観念のうちに想定されるものでは決してなかった。美は女体というはっきりした対象であり、それの齎す官能的陶酔であった。文体のさまざまな装飾に包まれてその中核にあるものは〝性〟へのあくなき渇仰であるが、この渇仰に殉ずる限り、人間の内なる道徳とか秩序が破壊され、社会的には異端者とならざるを得ない。果てしない惑乱に身を委ねなければならなくなる。この小説は、そうした秩序の崩壊に対する恐怖を読者に目覚めさせる一方、進んで社会の異端者となること、言い換えれば、己れの感性と欲求にあくまでも忠実であることの確固たる作者の決意が仄めかされているとも言えるようである。

第一次大戦後、急激に流入してきた西洋の意匠が、丁度この頃、モダンガールと称される種族を生み落し、女主人公ナオミは、その新風俗の体現者として描かれている。当時、一時横浜に住んだりして、エキゾチシズムの対象として西洋に憧れていた作者は、この新風俗の申し子のようなナオミを生き生きと描くのに成功している。併し、ナオミを跪拝し、渇仰する譲治の混乱は、それが一個の肉体への渇仰である故に、単純であり、その苦痛も混乱も、平板なものであり、繰返しにすぎない。ここに、この小説の、明快さと同時にストオリイの冗漫と退屈があるといえよう。おそらく、ナオミに体現される新風俗が、さして興味をもって見られなくなった現在、その部分が死に絶え、作者の決意だけが、小説の結構として骨太く露呈してくる感がある。ともあれここに至って、作者の美の哲学、あるいは〝痴人〟の哲学は確立されたのであり、露わに顕示された思想は、その後の豊饒多彩な作品のゆるぎない基盤のように思われてくる。

春琴抄

「春琴抄」は昭和八年「中央公論」六月号に発表され、発表当時から今日まで谷崎文学の傑作として、変らぬ評価をかちえている作品である。「春琴抄」の女主人公春琴は「刺青」以来幾多の作品に登場して来た美貌で、怜悧で、意地が悪く、嗜虐的性向を持った女性で、谷崎文学の読者には目新しい女性ではないが、併し、そうした性格が春琴に於て殆ど完璧と言っていい描き方をされていることは注目すべきである。そしてこの春琴に献身的な仕え方をして、愛情と尊敬とで彼女の一生を支え、そのことに生き甲斐を見出す佐助も亦よく描けている。これも完璧と言っていい描き方である。構成と言い、文体と言い、人物の造型と言い、何ひとつ文句のつけようのないみごとなできである。作者が円熟した時期に於ての作品で、底光り、艶、そうしたものが作品全体にわたって感じられ、谷崎文学の中でも最も完成度の高い作品たり得ている。

改めて説明するまでもないが、一生春琴に奉仕することを生き甲斐として来た佐助が、春琴が火傷で顔を汚した時、自らの眼を潰すことに依って、自分の瞼にやきついている美しい春琴の映像を守り、それと共に永遠に生きようとする殉教的な高い境地の謳歌が、この作品の主題である。

谷崎文学を代表する傑作を三つ選ぶ場合、この作品を選ぶか、選ばないかは、なかなか面白い問題である。完成度という点からは当然一位か二位に置かるべき作品ではあるが、この作品の主題となっている殉教者的なものの肯定、どこかに病的なものの感じられる愛の謳歌に同調できない者もあるに違いなく、そうした者は「春琴抄」をとらないだろうと思われる。筆者も亦、自分の好みから言えば、「少将滋幹の母」「瘋癲老人日記」「吉野葛」などの作品の方が好きである。

最後にこの作品に描かれている物語は実際にあったことを小説化したような体裁をとっているが、すべては作者空想上の所産である。佐助も、春琴も、鵙屋春琴伝という小冊子も、作者が作った架空なもので、小説家としての作者の才能の一面の非凡さを示している。

谷崎潤一郎年譜

稲垣達郎

明治十九年（一八八六）

七月二十四日、東京市日本橋区（現・中央区日本橋）蠣殻町二丁目十四番地に生まれた。父倉五郎、母関の次男。長男はすでに夭折、のち三男精二、四男得三、長女園、次女伊勢、三女末、五男終平が生まれた。谷崎家は祖父久右衛門が、旅館経営などで資産を築きあげたもので、潤一郎が生まれたころは、「米穀取引所の気配を刷る印刷所」を経営していた。父倉五郎は養子として入り、三女関の婿として分家はしたが、本家に同居していた。倉五郎は、洋酒屋、点燈会社など拡張した家業を受けついだがいずれも不振に陥り、のち仲買人となった。

明治二十五年（一八九二）　六歳

九月、日本橋阪本小学校に入学。このころ非常に内気なお坊っちゃん育ちで、乳母の附添いがなくては学校へ通えぬほどであった。

明治二十六年（一八九三）　七歳

三月、最初の一年間ほとんど通学しなかったので落第。四月、ふたたび一年生になった。担任が野川誾栄先生となり、尋常科卒業まで四年間変わらなかった。潤一郎は、日本画家あがりで芝居通の先生に愛され、励みがついてすすんで登校するようになり、第一学年を首席で修了した。

明治二十九年（一八九六）　十歳

同級の文学少年たちに誘われて、文学青年野村孝太郎を中心とする同好会に入会、回覧雑誌「学生倶楽部」を出した。この雑誌の仲間に、笹沼源之助もいた。笹沼は有名な中華料理店偕楽園の息子で、小学一年ごろから親しくなり、以後終生かわらぬ親友となった。なお雑誌は、メンバーを変えたりして高等科に入っても発行し続けた。

明治三十年（一八九七）　十一歳

二月、尋常科第四学年を卒業。四月、高等科第一学年に進学。稲葉清吉先生が担任となり、和漢の文学をよくしたこの先生から深い影響を受けた。高等科時代も早熟な文学熱は続き、新しい意気ごみで「学生倶楽部」を再発行し、多くの原稿を書いた。

明治三十四年（一九〇一）　十五歳

三月、阪本小学校全科を卒業。潤一郎の尋常科後半ごろから商売の不振を続けていた父はそのころいよいよ窮迫し、中学校へ進学させる意志なく、高等小学校で廃学のはずであったが、本人の懇願、先生の勧告、親戚の心配などがあって、四月、東京府立第一中学校（現・日比谷高校）に入学した。一級上に辰野隆（ゆたか）、一級下に大貫（おおぬき）雪之助（晶川（しょうせん）、岡本かの子の兄）などがいた。在学中文芸部員になり、学友会雑誌に、詩、短文などを多数発表した。

明治三十五年（一九〇二）　十六歳

六月、父の事業はますます苦境に陥り、廃学を迫られたが、教師の斡旋で築地精養軒の主人北村家の住込み家庭教師になった。九月、一級とびこえて第三学年に進んだ。

明治三十八年（一九〇五）　十九歳

三月、府立第一中学校卒業。九月、第一高等学校（現・東大教養学部）英法科に入学。

明治四十年（一九〇七）　二十一歳

六月、北村家を出された。初恋の相手だった小間使福子から来た手紙が家人に見つけられたためである。前年ごろより文芸部委員となり校友会雑誌に作品を発表した。なお、四十一年には、和辻哲郎、大貫晶川などが委員になっている。

この恋愛事件をきっかけに文学で身を立てる決意を固め、英法科から英文科へ転じた。北村家を出てからは伯父久兵衛と親友笹沼源之助の援助を受けた。

明治四十一年（一九〇八）　二十二歳

七月、第一高等学校英文科卒業。九月、東京帝国大学国文科入学。

明治四十二年（一九〇九）　二十三歳

このころ、史劇「誕生」を書き、雑誌「帝国文学」へ送ったが没書となった。また短篇「一日」を書き、人を介して「早稲田文学」に掲載を依頼したが実現しなかった。失望と焦慮のあまり自暴自棄の生活に陥り、強度の神経衰弱にかかって、常陸の助川（現・日立市）にあった偕楽園別荘に転地した。

明治四十三年（一九一〇）　二十四歳

八月、小山内薫を中心に、和辻哲郎、後藤末雄、木村荘太、大貫晶川らと文学雑誌「新思潮」（第二次）発刊を計画、資金は木村および笹沼が提供した。これは、「白樺」（四月）、「三田文学」（五月）創刊の気運に乗ったものである。九月、「新思潮」が創刊されたが、小山内の「反古」のため発禁となった。潤一郎は、創刊号に史劇「誕生」、「『門』を評す」を発表。同月、月謝滞納のため大学を諭旨退学となる。十月、「象」（新思潮）、「The Affair of Two Watches」（同）、十一月、「刺青」（同）、十二月、「麒麟」（同）を発表。

明治四十四年（一九一一）　二十五歳

一月、戯曲「信西」（スバル）を発表。三月、「新思潮」を廃刊。六月、「少年」（スバル）、九月、「幇間」（同）、十月、「飇風」（発禁、三田文学）、十一月、「秘密」（中央公論）を発表。十二月、短篇集『刺青』を籾山書店より刊行。

十一月、永井荷風が「谷崎潤一郎氏の作品」を「三田文学」に発表、激賞した。これによって、文壇的地位を確立した。

明治四十五年・大正元年（一九一二）　二十六歳

二月、「悪魔」（中央公論）発表。四月、「朱雀日記」（大阪毎日新聞、東京日日新聞）、七月、「羹（あつもの）」（東京日日新聞、十一月で中絶）を連載。

一月、読売新聞社主催、芝紅葉館の文士合同新年宴会に出席、文壇の諸先輩に紹介された。四月、京都に遊んだ。連夜の遊興から神経衰弱再発、強迫観念に苦しんだ。七月、徴兵検査を受けたが脂肪過多症で不合格。

大正二年（一九一三）　二十七歳

一月、「続悪魔」（中央公論）発表。短篇集『悪魔』を籾山書店より、『羹』を春陽堂より刊行。四月、「少年の記憶」（大阪毎日新聞）、五月、脚本「恋を知る頃」（中央公論）、九月、「熱風に吹かれて」（同）を発表。十月、『恋を知る頃』を植竹書店より刊行。

大正三年（一九一四）　二十八歳

一月「捨てられるまで」（中央公論）発表。三月、『甍（いらか）』（内容、「憎み」「熱風に吹かれて」）を鳳鳴社より刊行。九月、「饒太郎」（中央公論）、十二月、「金色の死」（東京朝日新聞）を発表。

大正四年（一九一五）　二十九歳

一月、「お艶殺し」（中央公論）、「懺悔話」（大阪朝日新聞）、六月、戯曲「法成寺物語」（中央公論）発表。同月、『お艶殺し』を千章館より刊行。九月、「お才と巳之介」（中央公論）発表。十月、『お才と巳之介』を新潮社より刊行。十一月、「独探」（新小説）を発表。

五月二十四日、石川千代子（群馬県前橋市の人）と結婚、本所区新小梅町に新居を構えた。

大正五年（一九一六）　三十歳

一月、「神童」（中央公論）、「鬼の面」（東京朝日新聞）、三月、戯曲「恐怖時代」（発禁、中央

公論）、五月、「父となりて」（中央公論）、九月、「亡友」（発禁、新小説）、「美男」（発禁、新潮）、十一月、「病蓐の幻想」（中央公論）を発表。

三月、長女鮎子が生まれた。同年中、二度転居した。

大正六年（一九一七）　　三十一歳

一月、「人魚の嘆き」（中央公論）、「魔術師」（新小説）、二月、「鶯姫」（中央公論）を発表。四月、『人魚の嘆き』（挿絵のため発禁になったといわれる）を春陽堂より刊行。七月、「異端者の悲しみ」（五年八月脱稿、中央公論）、九月、戯曲「十五夜物語」（同）、「女人神聖」（婦人公論、七年六月完結）、十一月、「ハッサン・カンの妖術」（中央公論）を発表。五月、母関死去。

大正七年（一九一八）　　三十二歳

二月、「兄弟」（中央公論）、三月「人面疽」（新小説）、四月、「二人の稚児」（中央公論）、五月、「金と銀」（黒潮、これは後半を「二人の芸術家の話」として中央公論別冊「秘密と開放」号に掲載）を発表。八月、「小さな王国」（中外日報）発表。九月、「嘆きの門」（中央公論、十一月まで）連載。十月、「柳湯の事件」（中外日報）発表。

三月、神奈川県鵠沼（くげぬま）の「あずまや」別館に転居。十一月上旬家をたたんで家族を蠣殻町の父の家（米穀仲買商）に預け、単身、朝鮮、満州、中国各地を旅行した。十二月末、帰国。

大正八年（一九一九）　　三十三歳

一月、「母を恋うる記」（大阪毎日、東京日日両新聞）、二月、「蘇州紀行」（中央公論）、六月、「富美子の足」（雄弁、七月完結）を発表。八月、『人魚の嘆き・魔術師』を春陽堂より刊行。九月、「或る少年の怖れ」（中央公論）を発表。同月、『近代情痴集』（永井荷風序）を新潮社より刊行。

二月、父倉五郎死去。三月、蠣殻町の店を親戚に引き渡し、本郷区（現・文京区）曙町に家を構えて、近くの駒込に住んでいた佐藤春夫と交遊をはじめた。十二月、神奈川県小田原に転居。

大正九年（一九二〇）　　三十四歳

一月、「鮫人」（中央公論、十月まで）を連載。四月、「芸術家一家言」（改造、十月まで）を連載。

五月、大正活映株式会社（横浜）が創立され、脚本部顧問に招聘された。シナリオ執筆はこれを機縁としている。六月、処女作シナリオ「アマチュア倶楽部」を脱稿、八月、撮影完了、十一月、有楽座で公開。続いて泉鏡花の「葛飾砂子」を脚色撮影した。

大正十年（一九二一）　　三十五歳

一月、『潤一郎傑作全集』（全五巻）を春陽堂より刊行。三月、「私」（改造）、「不幸な母の話」（中央公論）、八月、「AとBの話」（改造）、「『カリガリ博士』を見る」（活動雑誌）、十二月、戯曲「愛すればこそ」（第一幕）（改造）を発表。

映画関係では、三月、「雛祭の夜」を撮影、つづいて「蛇性の婬」を脚色制作した。十一月、大正活映と関係を断った。

九月、横浜市本牧に転居した。

大正十一年（一九二二）　　三十六歳

一月、戯曲「堕落」（「愛すればこそ」第二、三幕）（中央公論）、三月、「青い花」（改造）、六月、戯曲「お国と五平」（新小説）を発表。『愛すればこそ』を改造社より刊行。七月、戯曲「本牧夜話」（改造）を発表。

七月、帝国劇場で自作「お国と五平」を演出した。十月、横浜市内山手二六七番地のAに転居した。

大正十二年（一九二三）　　三十七歳

一月、「アヴェ・マリア」（中央公論）、戯曲「愛なき人々」（改造）を発表。「肉塊」（東京朝日新聞、四月完結）、「神と人との間」（婦人公論、十三年二月完結）を連載。

九月一日、箱根ホテルから小涌谷ホテルへ向うバスのなかで、関東大震災に遭った。このとき家族は横浜にいたが、いったん大阪に赴き、神戸から海路で横浜に入った。家族とは東京府下杉並村で再会し、同月末、一家をあげて関西に移住した。最初京都に、ついで兵庫県六甲に住んだ。

大正十三年（一九二四）　三十八歳

一月、戯曲「無明と愛染」（第一幕）（改造、第二幕は同誌三月）を発表。三月、「痴人の愛」（大阪朝日新聞、六月まで）を連載。十一月、「痴人の愛（続篇）」（女性、十四年七月完結）を連載。十二月、『新選谷崎潤一郎集』を改造社より刊行。

三月、兵庫県武庫郡本山村北畑に転居。

大正十四年（一九二五）　三十九歳

一月、「マンドリンを弾く男」（第一幕）（改造）、四月、「蘿洞先生」（同）を発表。七月、『痴人の愛』を改造社より刊行。十一月、「馬の糞」（改造）を発表。

大正十五年・昭和元年（一九二六）　四十歳

一月、「友田と松永の話」（主婦之友、五月まで）を連載。五月、「上海見聞録」（文藝春秋）発表、「上海交友記」（女性、八月まで）連載。八月、「青塚氏の話」（改造）発表、『谷崎潤一郎集』（現代小説全集）を新潮社より刊行。

一月、上海に遊び、二月帰国。この間、内山完造、田漢、郭沫若、欧陽予倩らと知りあった。

昭和二年（一九二七）　四十一歳

一月、「顕現」（婦人公論、三年一月まで）を連載。二月、「饒舌録」（改造、十二月まで）を連載、芥川龍之介と小説美学に関して論争した。同月、『谷崎潤一郎集』（現代日本文学全集）を改造社より刊行。九月、「芥川君と私」（改造）、「いたましき人」（文藝春秋、芥川龍之介追悼号）を発表。

七月、友人であり論敵でもあった芥川龍之介が自殺した。

昭和三年（一九二八）　四十二歳

二月、『谷崎潤一郎篇』（明治大正文学全集）を春陽堂より刊行。三月、「卍」（改造、五年四月完結）、「黒白」（朝日新聞）を連載。五月、「続蘿洞先生」（新潮）を発表。十二月、「蓼喰う虫」（東京日日新聞、四年六月まで）を連載。

昭和四年（一九二九）　四十三歳

八月、「『谷崎氏』と蒲生氏」（文藝春秋）発表。十月、「三人法師」（中央公論、十一月完結）、十一月、「現代口語文の欠点について」（改造）を発表。同月、『蓼喰う虫』を改造社より刊行。

昭和五年（一九三〇）　四十四歳

三月、「乱菊物語」（朝日新聞、九月で前篇終り）を連載。四月、『谷崎潤一郎全集』（全十二巻、六年十月完結）を改造社より刊行。

八月、千代子夫人と離婚。十八日付で知友宛に次のような挨拶状を送った。

拝啓　炎暑之候尊堂益々御清栄奉慶賀候
陳者我等三人此度合議を以て千代は潤一郎と離別致し春夫と結婚致す事と相成り潤一郎娘鮎子は母と同居致す可く素より双方交際の儀は従前の通りにつき右御諒承の上一層の御厚誼を賜度何れ相当の仲人を立て御披露に可及候へ共不取敢以寸楮御通知申上候　敬具
谷崎潤一郎
千代
佐藤春夫

なほ小生は当分旅行致すべく不在中留守宅は春夫一家に託し候間この旨申し添へ候
谷崎潤一郎

昭和六年（一九三一）　四十五歳

一月、「吉野葛」（中央公論、二月完結）を発表。四月、「恋愛及び色情」（婦人公論、六月ま

で）を連載。同月、『卍』を改造社より刊行。九月、「盲目物語」（中央公論）発表。十月、「武州公秘話」（新青年、七年十一月完結）を連載。十一月、「永井荷風氏の近業について」（改造、のち「『つゆのあとさき』を読む」と改題）、「佐藤春夫に与えて過去半生を語る書」（中央公論）を発表。

四月、古川丁未子と結婚。丁未子は鳥取市生まれ、昭和三年大阪女子専門学校英文科卒業、在学中から岡本の谷崎邸に出入していた。五月、密教研究のため妻を伴って高野山泰雲院に滞在。三カ月ほどで下山し、西宮市外大社村にあった根津清太郎の別荘に住んだ。根津は幾代もつづいた大阪の豪商で、文士、画家のパトロンをもって自ら任じ、潤一郎ほか上山草人、小出楢重、久米正雄らと交遊があった。

昭和七年（一九三二）　四十六歳

二月、「私の見た大阪及び大阪人」（中央公論、四月完結）発表。『盲目物語』を中央公論社より刊行。四月、『倚松庵随筆』を創元社より刊行。七月、「正宗白鳥氏の批評を読んで」（改造）発表。九月、「青春物語」（中央公論、八年三月完結、十月以降「若き日のことども」と改題）を連載。十一月、「蘆刈」（改造、十二月完結）を発表。

二月、兵庫県武庫郡魚崎町横屋西田五五四番地に転居した。

昭和八年（一九三三）　四十七歳

三月、「『芸』について」（改造、のち「芸談」と改題）発表。四月、自筆本『蘆刈』を創元社より刊行。六月、「春琴抄」（中央公論）、七月、「韮崎氏の口よりシュパイヘル・シュタインが飛び出す話」（経済往来）、八月、戯曲「顔世」（改造、十月完結）を発表。同月、『青春物語』を中央公論社より刊行。十二月、「陰翳礼讃」（経済往来、九年一月完結）発表。『春琴抄』を創元社より刊行。

五月、妻丁未子と別居した。

昭和九年（一九三四）　四十八歳

一月、「東京をおもう」（中央公論、四月完結）を連載。十一月、『文章読本』を中央公論社より刊行。

三月、根津松子と同棲。松子は大阪の富豪森田安松の次女。大正十三年、清太郎に嫁したが、種々の事情から別居することが多かった。四月、松子、根津から森田姓に復帰。十月、丁未子夫人と離婚。

昭和十年（一九三五）　四十九歳

一月、「聞書抄」（大阪毎日新聞、東京日日新聞、六月まで）を連載。「私の貧乏物語」（中央公論）発表。五月、『摂陽随筆』を中央公論社より刊行。七月、「厠のいろいろ」（文藝春秋）、八月、「旅のいろいろ」（経済往来）を発表。九月、『源氏物語』の現代語訳の執筆を開始した。十月、『武州公秘話』を中央公論社より刊行。

一月、森田松子と結婚。

昭和十一年（一九三六）　五十歳

一月、「猫と庄造と二人のおんな」（改造、後半を七月）発表。四月、『鶉鴫隴雉纂（じゅんいつろう）』を日本評論社より、六月、六部集『蓼喰う虫』を創元社より刊行。

昭和十二年（一九三七）　五十一歳

二月、六部集『盲目物語』を創元社より刊行。七月、『猫と庄造と二人のおんな』を創元社より、十二月、六部集『吉野葛』を創元社より刊行。

六月、帝国芸術院（十六年以後日本芸術院）会員になった。

昭和十三年（一九三八）　五十二歳

二月、「源氏物語の現代語訳について」（中央公論）を発表。九月、現代語訳「源氏物語」（三千三百九十一枚）を山田孝雄の校閲を経て脱稿した。準備に二年、執筆に三年、計五年を費やした。

昭和十四年（一九三九）　　五十三歳

一月、「源氏物語序」（中央公論）を発表。『潤一郎訳源氏物語』（全二十六巻、十六年七月完結）を中央公論社より刊行。十月、「泉先生と私」（文藝春秋）発表。

四月、長女鮎子が竹田龍児と結婚した。

昭和十五年（一九四〇）　　五十四歳

四月、「旧友左団次を悼む」（中央公論）を発表。

昭和十七年（一九四二）　　五十六歳

三月、「シンガポール陥落に際して」（文芸）発表。六月、「初昔」（日本評論、九月完結）、「きのうきょう」（文藝春秋、十一月完結）を連載。十二月、『初昔・きのうきょう』を創元社より刊行。この年、「細雪」の執筆を開始した。

昭和十八年（一九四三）　　五十七歳

一月、三月、「細雪」を「中央公論」に発表したが、検閲当局の圧迫をうけ、一、二カ月の間隔をおきながら発表する予定であったところ、六月以降は掲載禁止となった。しかし中央公論社の援助などもあり、戦時下、営々と執筆を続けた。十二月、六部集『聞書抄（第二盲目物語）』を創元社より刊行。

昭和十九年（一九四四）　　五十八歳

四月、兵庫県魚崎より熱海市西山に疎開。七月、『細雪』上巻を二百部限定自費出版して、友人知己に頒布した。十二月、「細雪」中巻を脱稿したが、軍当局の干渉によって印刷頒布を禁じられた。

昭和二十年（一九四五）　　五十九歳

三月、大空襲後の東京に赴いた。五月、ふたたび魚崎に戻り、さらに岡山県津山に避難した。七月、岡山県勝山町に再疎開した。八月十三日、岡山に避難してきた永井荷風に会った。十月、終戦後初めて上京し、『細雪』の出版について打ち合わせた。

昭和二十一年（一九四六）　六十歳

六月、『細雪』上巻を中央公論社より刊行。八月、「磯田多佳女のこと」（新生、九月完結）、十二月、「同窓の人々」（新潮）を発表。

三月、単身京都に出る。五月、家族を京都に迎え仮り住まいし、十一月、左京区南禅寺下河原町に転居。新居を潺湲亭（せんかんてい）（前（さき）の）と名づけた。

昭和二十二年（一九四七）　六十一歳

一月、「『潺湲亭』のことその他」（中央公論）を発表。二月、『細雪』中巻を中央公論社より刊行。三月、「細雪」下巻（婦人公論、二十三年十月完結）の連載をはじめた。

五月、血圧が異常に高くなり、医師から安静を命じられた。六月、新村出（しんむらいずる）、川田順、吉井勇らと京都大宮御所にて天皇に面会した。十一月、『細雪』により、毎日出版文化賞を受けた。

昭和二十三年（一九四八）　六十二歳

三月、歌集『都わすれの記』を創元社より刊行。五月、前後七年を費やした「細雪」全篇脱稿。八月、「所謂痴呆の芸術について」（新文学、十月まで）を連載。十月、「雪」（新潮）、「客ぎらい」（文学の世界）を発表。十二月、『細雪』下巻を中央公論社より刊行。

昭和二十四年（一九四九）　六十三歳

一月、「月と狂言師」（中央公論）、九月、「京洛その折々」（旅）を発表。十二月、「少将滋幹の母」（毎日新聞、二十五年三月まで）を連載。

一月、『細雪』により、二十三年度朝日文化賞を受賞。三月、芸術院会員、芸能関係者とともに、天皇の招待で会食した。五月、左京区下鴨泉川町に転居した（後（のち）の潺湲亭）。十一月、第八回文化勲章受章。

昭和二十五年（一九五〇）　六十四歳

一月、「A夫人の手紙」（中央公論文芸特集号）を発表（二十一年秋執筆したもので、CIE（民間情報教育局）の検閲のため発表できずにいた）。三月、『月と狂言師』を中央公論社より、六月、『颱風』（発禁作品集）を啓明社より刊行。七月、『谷崎潤一郎作品集』（全九巻、二十六年一月完結）を創元社より刊行開始。八月、『少将滋幹の母』を毎日新聞社より刊行。

二月、熱海市仲田に別邸を求め、雪後庵（前の）と名づけ、健康上の理由から、多く夏冬をここで過ごした。

昭和二十六年（一九五一）　六十五歳

一月、「元三大師の母――乳野物語――」（心、三月完結）、「『篁日記』を読む」（中央公論、のち「小野篁妹に恋する事」と改題）を発表。五月、『潤一郎新訳源氏物語』（全十二巻、二十九年十二月完結）を中央公論社より刊行。六月、『谷崎潤一郎随筆選集』（全三巻、七月完結）を創芸社より刊行。十一月、「忘れ得ぬ日の記録」（毎日新聞発行『天皇歌集みやまきりしま』）を発表。

十二月、文化功労者となる。

昭和二十七年（一九五二）　六十六歳

一月、「吉井勇君に」（毎日新聞）、三月、「或る時」（同）、五月、「久米君の死の前後」（文藝春秋）、六月、「メモランダム」（毎日新聞）を発表。

この年、健康をそこないもっぱら静養に努めた。

昭和二十八年（一九五三）　六十七歳

一月、「ラジオ漫談」（毎日新聞）、三月、「春団治のことその他」（同）を発表。六月、『谷崎潤一郎集』（昭和文学全集）を角川書店より刊行。九月、『谷崎潤一郎文庫』（全十巻、二十九年二月完結）を中央公論社より刊行。

昭和二十九年（一九五四）　六十八歳

七月、「潤一郎新訳源氏物語」を脱稿。九月、『谷崎潤一郎集』（現代日本文学全集）を筑摩書房より刊行。十一月、「老俳優の思い出――上山草人のこと――」（別冊文藝春秋）を発表。

四月、熱海市伊豆山鳴沢に転居（後の雪後庵、三十四年ごろより湘碧山房とも称した）。

昭和三十年（一九五五）　六十九歳

一月、「老いのくりこと」（中央公論）、二月、「創作余談」（毎日新聞）を発表。四月、「幼少時代」（文藝春秋、三十一年三月まで）を連載。十一月、「過酸化満俺水の夢」（中央公論、のち「過酸化マンガン水の夢」と改題）を発表。

昭和三十一年（一九五六）　七十歳

一月、「鍵」（中央公論、十二月まで）を連載。二月、「鴨東綺譚」（週刊新潮、六回にて第一部完）を連載したが中絶。四月、『谷崎潤一郎集（二）』（現代日本文学全集）を筑摩書房より刊行。十一月、『過酸化マンガン水の夢』を、十二月、『鍵』を中央公論社よりそれぞれ刊行した。

この年暮に京都下鴨の家を処分した。

昭和三十二年（一九五七）　七十一歳

二月、「欧陽予倩君の長詩」（心）を発表。三月、『幼少時代』を文藝春秋新社より刊行。七月、「老後の春」（中央公論）、九月、「親不孝の思い出」（同、三回で中絶）を発表。十二月、『谷崎潤一郎全集』（全三十巻、三十四年七月完結）を中央公論社より刊行開始。

昭和三十三年（一九五八）　七十二歳

一月、「明治回顧」（東京タイムズ）を発表。二月、「残虐記」（婦人公論、十一月まで、十回で中絶）を連載。六月、「ふるさと」（中央公論）、七月、「四月の日記」（心）を発表。

昭和三十四年（一九五九）　七十三歳

一月、「気になること」（中央公論）、四月、「高血圧症の思い出」（週刊新潮、六回完結）を発表。九月、『潤一郎訳源氏物語』（新書版全八巻、三十五年五月完結）を中央公論社より刊行。十月、「夢の浮橋」（中央公論）、十一月、「文壇昔ばなし」（週刊コウロン、三回完結）を発表。

十一月、NHKテレビ「ここに鐘は鳴る」に出演した。

昭和三十五年（一九六〇）　七十四歳

一月、「おふくろお関・春の雪」（別冊週刊朝日）、「或る日の問答」（中央公論）、「石仏抄」（心、のち「千万子抄」と改題）を発表。二月、『夢の浮橋』を中央公論社より刊行。九月、「三つの場合（阿部さんの場合）」（中央公論）、十一月、「三つの場合（岡さんの場合）」（中央公論）、十二月、「吉井勇翁枕花」（週刊公論）を発表。

四月、次女恵美子、観世栄夫と結婚。十月、狭心症で東大上田内科に入院（十二月に退院）。この年、年来の友笹沼源之助、吉井勇、和辻哲郎、古川緑波を喪った。

昭和三十六年（一九六一）　七十五歳

二月、「三つの場合（明さんの場合）」（中央公論）を発表。三月、「当世鹿もどき」（週刊公論、七月、二十一回完結）を連載。四月、『三つの場合』を中央公論社より刊行。十月、「女優さんと私」（朝日新聞、二回完結）を発表。十一月、「瘋癲老人日記」（中央公論、三十七年五月まで）を連載。

昭和三十七年（一九六二）　七十六歳

一月、「わが小説」（朝日新聞）を発表。五月、『瘋癲老人日記』を中央公論社より刊行。随筆「四季（六篇）」（朝日新聞PR版、六月まで）を発表。十月、「台所太平記」（サンデー毎日、三十八年三月まで）を連載。

昭和三十八年（一九六三）　七十七歳

四月、『台所太平記』を中央公論社より刊行。六月、「雪後庵夜話」（中央公論、九月完結）、八月、「京羽二重」（新潮）を発表。

一月、『瘋癲老人日記』により昭和三十七年度毎日芸術大賞受賞。四月、伊豆山の邸宅を処分、熱海市西山の吉川英治別邸に転居。

昭和三十九年（一九六四）　七十八歳

一月、「おしゃべり」（婦人公論）、「続雪後庵夜話」（中央公論）を発表。二月、初の新かなづかいによる『谷崎潤一郎（一）』（日本の文学）を中央公論社より刊行。十一月、『新々訳源氏物語』（四十年十一月完結）を中央公論社より刊行。

六月、日本人として初めて全米芸術院・米国文学芸術アカデミー名誉会員となった。七月、神奈川県湯河原町吉浜字蓬ヶ平に新築移転。湘碧山房と名付ける。

昭和四十年（一九六五）　七十九歳

二月、東京医科歯科大学附属病院に入院、三月退院。五月、最後の上洛。七月三十日、腎不全から心不全を併発し、湯河原の自宅で死去した。八月三日、青山葬儀所で葬儀。絶筆「にくまれ口」（婦人公論、九月号）、絶筆「七十九歳の春」（中央公論、九月号）が発表された。九月二十五日、京都市左京区鹿ケ谷法然院に葬られた。生前、自ら定めた墓所である。戒名、安楽寿院功誉文林徳潤居士。

昭和四十一年十一月より、『谷崎潤一郎全集』（全二十八巻）を中央公論社より刊行。四十二年十二月、遺稿集『雪後庵夜話』を中央公論社より刊行。

（本年譜は満年齢を採用したので、本書収録「谷崎潤一郎伝」と一歳ずつの差が生じている箇所がある。なお、本稿作成にあたって、河出書房版日本文学全集「谷崎潤一郎」所載の年譜、角川書店版近代文学鑑賞講座「谷崎潤一郎」所載の年譜を参照した。）

ＤＴＰ制作　エヴリ・シンク

文春文庫

刺青　痴人の愛　麒麟　春琴抄

定価はカバーに表示してあります

2021年８月10日　第１刷

著　者　谷崎潤一郎
発行者　花田朋子
発行所　株式会社　文藝春秋

東京都千代田区紀尾井町 3-23　〒102-8008
ＴＥＬ 03・3265・1211㈹
文藝春秋ホームページ　http://www.bunshun.co.jp

落丁、乱丁本は、お手数ですが小社製作部宛お送り下さい。送料小社負担でお取替致します。

印刷・図書印刷　製本・加藤製本

Printed in Japan
ISBN978-4-16-791740-1

（　）内は解説者。品切の節はご容赦下さい。

夏目漱石
こころ　坊っちゃん
青春を爽快に描く「坊っちゃん」、知識人の心の葛藤を真摯に描く「こころ」。日本文学の永遠の名作を一冊に収めた漱石文庫。読みやすい大きな活字、詳しい年譜、注釈、作家案内。（江藤　淳）
な-31-1

夏目漱石
それから　門
近代知識人の一典型である長井代助を通じて、エゴイズムと社会の相克を描いた『それから』。罪を負った代助の〝後日の姿〟を冷徹に見つめた『門』。代表作二篇を収める。（江藤　淳）
な-31-2

夏目漱石
吾輩は猫である
苦沙弥、迷亭、寒月ら、太平の逸民たちの珍妙なやりとりを、猫の視点から描いた漱石の処女小説。滑稽かつ饒舌な文体と痛烈な文明批評で日本中の話題をさらった永遠の名作。（江藤　淳）
な-31-3

長野まゆみ
鉱石倶楽部
「葡萄狩り」「天体観測」「寝台特急」「卵の箱」――石から生まれた美しい物語たちが幻想的な世界へ読者を誘う。ファンタジー短篇「ゾロ博士の鉱物図鑑」収録。著者秘蔵の鉱石写真も多数掲載。
な-44-2

長野まゆみ
フランダースの帽子
ポンペイの遺跡、猫めいた老婦人、白い紙の舟、姉妹がついたウソ、不在の人物の輪郭――何が本当で何が虚偽なのか。消えゆく記憶の彼方から浮かび上がる、六つの物語。（東　直子）
な-44-6

長嶋　有
猛スピードで母は
母は結婚をほのめかしアクセルを思い切り踏み込んだ。現実にクールに立ち向かう母の姿を小学生の皮膚感覚で綴った芥川賞受賞作。文學界新人賞「サイドカーに犬」も併録。（井坂洋子）
な-47-1

長嶋　有
問いのない答え
震災の直後にネムオがツイッターで始めた言葉遊び。会ったことはないのにつながってゆく人々の日々を描き、穏やかに心を揺する傑作。静かなやさしさが円を描く長編。（藤野可織）
な-47-5

（　）内は解説者。品切の節はご容赦下さい。

那須正幹
ぼくらは海へ
船作りを思い立った少年たち。冒険への憧れが彼らを駆り立てる。さまざまな妨害と、衝撃のラスト。児童文学の巨匠・那須正幹が、かつて少年だったすべての大人に贈る物語。（あさのあつこ）
な-63-1

中村文則
世界の果て
部屋に戻ると、見知らぬ犬が死んでいた――。奇妙な状況におかれた、どこか「まともでない」人間たちを描く中村文則の初短編小説集。5編の収録作から、ほの暗い愉しみが溢れ出す。
な-69-1

中村文則
惑いの森
毎夜1時にバーに現われる男。植物になって生き直したいと願う青年。愛おしき人々のめくるめく毎日が連鎖していく。あなた自身も知らない心の深奥を照らす魔性の50ストーリーズ。
な-69-2

中村文則
私の消滅
心療内科を訪れた美しい女性、ゆかり。男は彼女の記憶に奇妙に欠けた部分があることに気づき、その原因を追い始める。Bunkamuraドゥマゴ文学賞を受賞した傑作長編小説。
な-69-3

中島　敦
李陵（りりょう）　山月記（さんげつき）
人生の孤独と絶望を中国古典に、あるいは南洋の夢に託した作家、中島敦。「光と風と夢」「山月記」「弟子」「李陵」「悟浄出世」「悟浄歎異」の傑作六篇と、注釈、作品解説、作家伝、年譜を収録。
な-70-1

中野量太
湯を沸かすほどの熱い愛
銭湯「幸の湯」の女将さん・双葉に余命宣告が。幸野家には双葉が亡くなる前に絶対に解決しておかなくてはならない秘密があった。話題の映画の、監督自身によるセルフ・ノベライズ。
な-74-1

新田次郎
劒岳〈点の記〉
日露戦争直後、前人未踏といわれた北アルプス、立山連峰の劒岳山頂に、三角点埋設の命を受けた測量官・柴崎芳太郎。幾多の困難を乗り越えて山頂に挑んだ苦戦の軌跡を描く山岳小説。
に-1-34